Sebastian Caspar
Die Ufer unserer Träume

Für Pey

14.11.2018

Impressum:

1. Auflage 2018

Cover: D-ligo
Shutterstock: 1009139734
Lektorat: Denise Bretz
Satz: Denise Bretz

ISBN: 978-3-95791-087-5

Hat dir das Buch gefallen? Schreib uns Deine Meinung unter: info@unsichtbarverlag.de
Mehr Infos jederzeit im Web unter:
www.unsichtbarverlag.de
Unsichtbar Verlag | Dieselstr. 1 | 86420 Diedorf

Sebastian Caspar

Die Ufer unserer Träume

Roman

Lache und die Welt lacht mit dir,
weine und du weinst allein.

Ella Wheeler Wilcox

Für Andreas

Erster Teil

A9

»Trouble / Oh, trouble / Can't you see /
You're eating my heart away«
(Cat Stevens)

Meine kleine Wohnung in Shanghai bestand nur aus einem Zimmer und einer Küche mit abgetrenntem Bad. Eine klappernde Klimaanlage war neben dem Fenster an die Wand geschraubt. Von der Decke hing verstaubt eine ausladende, ziemlich kitschige Lampe, die mehr schlecht als recht an den Abenden, die ich dort alleine verbrachte, den Raum in schmutzig-gelbes Licht tauchte. Unter der Klimaanlage stand ein abgewetztes Sofa, auf dem ich immer einschlief, wenn ich zu viel kasachisches Haschisch geraucht hatte. Schwarz gebrannte DVDs, die ich für zwanzig Cent das Stück in den abertausenden, eigentlich illegalen Videotheken erworben hatte, rotierten stundenlang im Player auf dem Fernseher. Wenn ich Hunger hatte, kochte ich mir eine der leckeren, aber ungesunden Instantnudelsuppen oder holte mir ein paar Kebab Spieße, die muslimische Uiguren neben ihrem Haschisch auf der Straße feilboten.

Ich erinnere mich an den Blick aus dem Fenster, runter in den kleinen Garten, der sich hinter dem Haus erstreckte und komplett verwildert war. An das Treppenhaus, in dem eine daumendicke Schicht aus schmierigem Dreck die Stufen und das Geländer bedeckte und das ich manchmal nachts betrunken hinaufstolperte, da es dort kein Licht gab. Umgeben von einem Gewirr aus kleinen Wegen, Gassen und dunklen Ecken, in denen in manchen Nächten laienhaft aufgetürmte Müllberge brannten, ruhte mein kleines Appartement. Dahinter schossen kaskadengleich Wolkenkratzer in den vom Smog zugezogenen Himmel und der Sound der pulsierenden Stadt schlug wie eine Brandung an die Wände der Häuser, brach sich an ihnen und dröhnte in meinen Ohren, wenn ich dicht und schlapp von der Hitze auf dem Sofa lag.

Alte Chinesen mit verschrumpelten Gesichtern lebten unter, über und neben mir. Und wenn ich abends durch die Straßen strich, beobachtete ich die Verwirbelungen der verschiedensten Ethnien um mich herum. Vertreter sämtlicher autonomer Provinzen Chinas, Inder, Europäer und Amerikaner. Massen von Chinesen, die aus allen Teilen des Landes in diesen Moloch strömten, um sich als rechtlose Wanderarbeiter und Tagelöhner ein paar Yuan dazuzuverdienen. Ich spürte den Puls der kommunistischen Diktatur, der das Land zusammenhielt und nach vorn peitschte. Und irgendwie trieb mich dieser Rhythmus an, machte mich zu dem, der ich immer sein wollte. Ich onanierte und rauchte ein wenig. Gab mich ganz dieser neuen Welt hin. Sog sie auf und ließ sie meine inneren Täler auffüllen.

Doch jetzt kommt mir dies alles bereits weit entfernt und surreal vor. Denn obwohl nur einige Stunden seit den letzten Minuten in China vergangen sind, liegen gefühlt Jahre zwischen der Abreise aus Shanghai und meiner Ankunft hier in Berlin. Ziemlich durch den Wind und komplett übermüdet stehe ich an einem der Gepäckbänder im Flughafen Tegel, warte auf meinen Koffer. Den gesamten Nachtflug war ich umgeben von schreienden Chinesen. Ein letztes Schmankerl dieses durchgedrehten Landes, das ich bereits jetzt vermisse, und außerdem spüre ich, wie Schritt für Schritt meine innere Autonomie verschwindet. Die Sicherheit, abgenabelt von meinem alten Leben zu sein. Weit entfernt von den destruktiven Facetten meines zurückgelassenen Ichs und den kaputten Strukturen, die ich vor einem Jahr verließ. Meine Ankunft in Deutschland wird ummantelt von einer immer stärker werdenden Angespanntheit. Ausgelöst durch die tiefliegende Sorge, erneut in die alten Geschichten hineingezogen zu werden, gepaart mit den Erinnerungen an den Zerfall von dem, was Zoe und mich verbunden hat.

Die Passkontrolle habe ich bereits hinter mir gelassen. Jetzt muss ich noch am Zoll vorbei, aber das sollte kein Problem darstellen, denn ich habe nichts zu verzollen. Aus irgendeinem Grund bin ich wieder einmal einer der Letzten, die an ihr Gepäck kommen, doch irgendwann erscheint auch mein Koffer. Ganz allein liegt er dort auf dem Rollband und ich bin froh, ihn endlich in der Hand halten zu können, ist er doch das einzig Vertraute in meiner neuen Umgebung. Ich gehe vorbei an finster dreinschauenden Zollbeamten, die sich aber anscheinend nicht die Bohne für mich interessieren, und kurze Zeit später stehe ich vor der automatischen Schiebetür mit den Milchglasscheiben, die in die Empfangshalle führt.

Die Tür öffnet sich lautlos. Ich gehe hindurch und es empfängt mich eine Traube von Menschen, die hinter einem silbernen Geländer steht. Manche von ihnen halten Blumen in den Händen und ihre Gesichter strahlen eine freudige Angespanntheit aus. Dann entdecke ich meinen Vater. Mittendrin, zwischen all den Leuten, steht er dort. Irgendwie so richtig verloren, mit dem traurigen Gesicht, das ich so gut von ihm kenne. Ich muss dazu sagen, dass mein Vater sehr klein ist und es ihn ziemlich nerven muss, die ganzen Menschen nicht überblicken zu können. Als sich unsere suchenden Blicke schließlich treffen, hellt sich sein Gesicht auf. Er freut sich, er lächelt. Auch mir fällt es nicht schwer, zurückzulächeln, während ich auf ihn zugehe, und es ist richtig ernst gemeint, was ich da mache.

Ich habe meinen Vater vermisst. Das wird mir jetzt, wo ich vor ihm stehe, erst klar. Er ist älter geworden. Ich bin richtig erschrocken.

Ich stelle den Koffer ab und dann umarmen wir uns und er sagt: „Hallo Liam. Schön, dass du zurück bist."

„Ja, ich freue mich auch", sage ich mit trockener Kehle. Dann lösen sich unsere Körper voneinander. Er fasst mich an den Schultern, tritt einen Schritt zurück.

„Gut siehst du aus. So gesund."

„Vielen Dank", erwidere ich. „Sorry, ich bin ziemlich fertig. Es war ein anstrengender Flug."

„Das ist doch kein Problem. Du musst mir so viel erzählen", meint mein Vater darauf und ich nehme ihm sein Interesse ab. Jetzt bückt er sich und greift in die Plastiktüte, die neben ihm steht und die ich noch gar nicht bemerkt habe. Er zieht einen kleinen Blumentopf mit einem blühenden Kaktus heraus und drückt ihn mir die Hand.

„Willkommen daheim.“ Er verharrt eine Weile, bis er leiser hinzufügt: „Auf einen Neuanfang! Ich hoffe, es wird in Zukunft alles gut zwischen uns laufen.“

Wir verlassen die Halle des Flughafens und für einen kleinen Moment laufen wir so richtig innig und ehrlich nebeneinander auf den Parkplatz zu. Doch als wir sein Auto erreichen, ist dieser kurze Moment der Verbundenheit bereits verschwunden und mein Vater wieder der verschlossene Mensch geworden, den ich in Erinnerung habe. Mir wird das erste Mal richtig bewusst, dass ich von heute an wieder in meinem alten Zimmer wohnen werde. Ich schiebe meinen Koffer auf die Rückbank, lege meinen kleinen Reiserucksack daneben. Dann setzen wir uns ins Auto, schlagen die Türen zu und fahren los. Lange sagen wir nichts, und während wir die Autobahn entlangfahren, spielt mein Vater am Radio herum. Ich schaue ihn aus dem Augenwinkel an und frage mich, ob er tatsächlich noch kleiner geworden sein könnte. Mein Vater schaltet das Radio aus.

„Wir haben im Sommer das Dach neu decken lassen. Das Haus sieht jetzt aus wie frisch gebaut.“

Er blickt zu mir herüber. Wahrscheinlich hofft er, dass ich etwas Adäquates darauf antworte. Doch mir fällt nichts anderes ein, als zu erwidern: „Das hat bestimmt eine schöne Stange Geld gekostet.“

Geld, das er nicht hat, doch das sage ich ihm nicht, sondern denke es nur. Mein Vater bestätigt meine Vermutung.

„Ja, es war ziemlich teuer“, antwortet er lapidar. „Aber dich betrifft es ja sowieso nicht. Ich habe auch mit Anette geklärt, dass du erst einmal wieder bei uns wohnen wirst.“ Es entsteht eine lange, quälende Stille zwischen uns beiden. Leiser schiebt er irgendwann hinterher: „Wir haben uns deswegen auch etwas gestritten."

Gott sei Dank stellt mein Vater wieder das Radio an. Ich sage nur: „Das tut mir leid."

Und während ich über seine Worte nachdenke, blicke ich aus dem Fenster und kalter Schweiß läuft mir den Rücken hinab. Mir ist bewusst, dass ich keine guten Voraussetzungen im Gepäck mitbringe, um nach Hause zu kommen. Es gibt nichts, was mich dort erwartet. Nichts, worauf ich mich freue – momentan nicht einmal auf Zoe. Ich starre auf die Industrieanlagen und die brachliegenden Felder, die an uns vorüberziehen. Auf die Windparks mit ihren riesigen Flügelgeneratoren und die Dächer der Häuser, die die Autobahn säumen und aus deren Schornsteinen Rauch in dünnen Fäden nach oben steigt. Unser Weg, die A9 hinunter, gleicht einem Strom und je näher wir unserem Ziel kommen, desto schneller fällt die in China erlangte Leichtigkeit von mir ab. Eine altbekannte Schwere breitet sich vom Bauch ausgehend in meinem Körper aus. Und als wir nach zwei Stunden von der Autobahn abfahren, um über die Umgehungsstraße langsam in das Tal hinunterzurollen, ist mein Mund ganz trocken und meine Knie sind weich wie Gummi. Es ist vier Uhr nachmittags.

Aokigahara

„Die Lebensspanne ist dieselbe, egal, ob man sie lachend oder weinend verbringt.“ (Japanisches Sprichwort)

Es ist bereits dunkel geworden, als wir das Auto ausladen und mein Vater und ich schweigend, aber gemeinsam über den Hof ins Haus gehen. Als wir vor der Garderobe stehen, drücke ich ihn nochmal kurz und verschwinde dann unter dem Vorwand, ziemlich müde zu sein, in meinem Zimmer. Auf diese Weise umgehe ich unter anderem auch die Peinlichkeit, Anette über den Weg zu laufen. Ich habe sie noch nicht einmal gesehen, doch ich spüre bereits ihre negative Energie. Anette ist die Frau meines Vaters. Sie gleicht einer Heuschrecke, die alles Leben von meinem Vater abfrisst, und darum nenne ich sie auch so.

Wenn ich also an Heuschrecke denke, dann zieht sich mein Inneres wie ein großer Krampf zusammen. Wenn ich Heuschrecke sehe, schaltet alles in mir auf Angriff. Ihr habe ich vor einem Jahr auf dem Flughafen den Handschlag zum Abschied verweigert und fast auf den Boden gespuckt. Ich erinnere mich auch noch daran, dass mein Vater neben ihr stand und leise sagte, dass ihn das alles traurig mache. Heuschrecke sei auch Teil unserer Familie und wir könnten uns doch alle vertragen. Aber für meinen Vater empfinde ich kein Mitleid, nur Unverständnis. Ich komme einfach nicht darüber hinweg, dass er aus Abermillionen weiblicher Geschöpfe gerade Heuschrecke als neue Frau auswählen musste. Es ging mir auch alles viel zu schnell nach dem Tod meiner Mutter. Mein Vater hatte Heuschrecke bereits ein halbes Jahr nach der Beerdigung bei uns zu Hause angeschleppt. Das habe ich nie verstanden. Ich habe sie vom ersten Tag an abgelehnt. Daher ist mein Protest gegen Heuschrecke eine logische Konsequenz: Er ist das gelebte Andenken an meine Mutter. Es kann nichts anderes geben. Ach, ich hoffe einfach, ich bekomme sie nicht allzu oft zu Gesicht. Heuschrecke hängt eh nur im Wohnzimmer ab, säuft Cointreau und glotzt Telenovelas. Daran wird sich auch im Jahr meiner Abwesenheit nichts geändert haben.

Als ich die Tür meines Zimmers hinter mir geschlossen habe, lehne ich mich gegen ihr kaltes Holz, atme tief ein und wieder aus, taste nach dem Lichtschalter. Trotz des einfallenden Scheins der Straßenlaterne vor dem Fenster ist es ziemlich dunkel, und ich muss blinzeln, als das Licht plötzlich den Raum erhellt. Ich stelle fest, dass sich in meinem Zimmer nichts verändert hat. Die Wände sind immer noch mit der gelben Farbe gestrichen, die CDs und mein alter Computer stehen an ihrem angestammten Platz, genau wie der Fernseher und das blaue Sofa. Alles ist so, wie ich es zurückgelassen habe. Ich nehme meinen Rucksack ab und werfe ihn aufs Bett, rolle den Koffer in die Ecke, in der auch der große Spiegel an der Wand hängt.

Ich komme nicht umhin, mich in ihm anzublicken. Habe ich mich verändert? Ich sehe gesund aus. Kein Vergleich zu der Erscheinung, die ich vor einem Jahr abgegeben habe. Der übermäßige Konsum von Crystal hatte zu dem Zeitpunkt seine Spuren hinterlassen. Heute sehe ich fast jünger aus, ich habe zugenommen, das sieht man jetzt – und es gefällt mir nicht. Ich berühre mein Gesicht und fahre mit den Fingern über meine Stirn und meine Lippen. Meine Haare stehen zerzaust vom Kopf ab. Die Augen sind müde und gerötet.

Und während ich vor dem Spiegel stehe und mein Blick sich in ihm verliert, kommen mir wieder die Bilder meiner kleinen Wohnung in der French Concession in Shanghai in den Sinn. Meine Wohnung, die Oase in der Ferne, die ich vor gut vierundzwanzig Stunden verlassen habe und die jetzt nur noch einer Fata Morgana gleicht. Das Gefühl, nein, die Gewissheit, wieder hier zu sein, an diesem Ort, in einem komplett anderen Leben, gepaart mit den Erinnerungen, die in diesem Zimmer auf mich einströmen, ziehen mir auf einmal den Boden unter den Füßen weg und Tränen brechen aus mir heraus. Ich schlage die Hände vors Gesicht und sinke vor dem Spiegel zu Boden. Nun sehe ich auch wieder das Gesicht meiner Mutter vor mir. Jugendlich und hübsch wie ein magisches Gemälde. Ein Gesicht, das ich nur von dem Foto kenne, welches ich immer bei mir trage.

Ich rappele mich auf und setze mich aufs Bett. Öffne meinen Rucksack, nehme mein Notizbuch in die Hand und ziehe das Foto meiner Mutter zwischen den Seiten hervor. Mit den Fingerkuppen streiche ich über das matte Papier, betrachte es, versinke darin. Das Foto ist sepiafarben und zeigt meine Mutter als junge Frau. Sie sitzt in einem Fotostudio auf einem Stuhl und blickt schräg über die Kamera hinweg in die Ferne. Sie lächelt, ehrlich und befreit. *Wunderschön.* Meine Mutter ist auf diesem Foto jünger als ich. Sie wird um die sechzehn gewesen sein, trägt ein figurbetontes, schulterfreies Kleid, ganz im Stil von Jackie Onassis. Eine dezente Perlenkette schmückt ihren Hals. Unschuldig und hoffnungsvoll ist ihr Blick, weit vor der Zeit mit meinem Vater, und ihre lebensfrohe Ausstrahlung passt überhaupt nicht zu der Frau, die ich vor drei Jahren das letzte Mal gesehen habe. Doch ich klammere mich an diese Erinnerung, an dieses Foto. Es ist doch das einzige, das ich von ihr besitze. Das einzige, das mir von ihr geblieben ist. Traurig schiebe ich das Foto wieder zwischen die Seiten und versuche, nicht erneut zu weinen. Ich möchte, dass meine Mutter stolz auf mich ist. Erschöpft sitze ich auf dem Bett und da ich seit zwei Tagen in denselben Klamotten herumlaufe und meine Haut, ganz besonders das Gesicht, von einem Film aus Klimaanlagenluft, Schweiß und dem Rauch der vielen Kippen in der Smoking Lounge überzogen ist, muss ich duschen. Hoffentlich wird mich das auf andere Gedanken bringen.

An mein Zimmer angeschlossen ist ein kleines Bad, sodass ich nicht raus auf den Flur muss, um möglicherweise meinem Vater oder Heuschrecke zu begegnen. Ich stehe auf, ziehe meinen Kapuzenpullover über den Kopf und werfe einen letzten Blick in den Spiegel. Mein Gesicht ist durch das Heulen ganz aufgedunsen. Die Augen sehen jetzt aus, als hätte ich eine Tüte feinstes Gras geraucht. Ich entkleide mich ganz und gehe ins Bad. In der Duschkabine lasse ich gefühlt eine halbe Stunde heißes Wasser auf mich herunterprasseln. Später, nachdem ich mich abgetrocknet habe, ziehe ich mir in meinem Zimmer neue Shorts und ein frisches T-Shirt aus dem Koffer über. Ich lösche das Licht und lege mich in mein Bett, das mein Vater anscheinend frisch bezogen hat. Heuschrecke käme nie auf diese Idee. Ich switche die Taschenlampenfunkton meines Handys an und blicke in meinen Rucksack. Dort liegt obenauf das *TimeOut* Magazin, das ich im Duty-Free-Bereich des Shanghai Pudong International Airports eingesteckt habe. Ich nehme es heraus, setzte mich auf und blättere etwas darin, bleibe bei dem Artikel über diesen mystischen Wald am Fuße des Fujiyamas hängen. Interessiert lese ich im Schein des LED-Lichts noch einmal die Zeilen über den Aokigahara.

In Japan, in der Präfektur Yamanashi, liegt der Aokigahara. Er befindet sich am Fuße des Fujis, südöstlich des Shoji-Sees, und wird von den Einheimischen Aokigahara – *Meer aus Bäumen* – genannt. Das Gehölz ist so dicht, dass man bereits auf kurzer Distanz komplett die Orientierung verlieren kann. Jeden Monat verschwinden auf unerklärliche Weise Menschen in dem Wald, weshalb sich zahlreiche Spukgeschichten um ihn ranken. Angeblich soll sich dort ein mysteriöses Magnetfeld befinden, das Kompasse und Elektronik unbrauchbar macht. Aus ganz Japan besuchen Scharen von Lebensmüden den Aokigahara, einfach um sich dort umzubringen. Seitdem in den sechziger Jahren irgendein japanischer Autor die Protagonistin seines Romans in diesem Wald am Fuße des Fujis aus Liebeskummer Selbstmord begehen ließ, steht dieser Ort im globalen Ranking auf Platz zwei der am stärksten frequentierten Suizidschauplätze der Welt.

Es müssen hunderte Japaner sein, die jedes Jahr in den Wald drängen, um ihrem Dasein ein Ende zu bereiten, und es werden mit jedem Jahr mehr. Einige Wissenschaftler sehen darin bereits ein Phänomen unserer immer einsamer werdenden Gesellschaft, ebenso anonym sterben zu wollen, wie man gelebt hat. Halbverwest hängen die armen Irren an den Bäumen, manche von ihnen sind bis auf die Knochen verrottet. Durch die Bäume schlängelt sich auch ein Gewirr aus farbigen Bändern, letzte Spuren der gejagten Seelen. Sie werden von den Verzweifelten hinter sich hergezogen und als Orientierung an Abbiegungen verknotet. Das passiert häufig, wenn die potentiellen Selbstmörder in das Labyrinth aus Bäumen treten und sich in diesem Moment noch nicht ganz im Klaren über ihren finalen Schritt sind. Doch meistens findet man am Ende dieser Bänder, tief im Herzen der Landschaft, einen grotesk verdrehten Körper mit einer Schlinge um den Hals. Selten gibt der Wald jemanden wieder lebend aus seinen Fängen frei.

Ich schlage das Magazin zu, lege es zurück in den Rucksack und drücke das Licht am Handy aus. Eine Weile starre ich noch in das Dunkel, dann lasse ich mich nach hinten sinken und ziehe die Bettdecke über mich. Mit dem Zeige- und Mittelfinger befühle ich den Pulsschlag an meinem Hals. Ruhig und gleichmäßig pumpt das Herz das Blut durch meinen Körper und ich schaue vorsichtig auf das Plakat, das noch immer an der Wand gegenüber oberhalb des Schreibtischs hängt. Es ist ein Poster von Malcolm X und darauf steht in Schreibmaschinenschrift *By Any Means Necessary*. Malcolms Augen blicken aus dem Fenster und obwohl es dunkel in meinem Zimmer ist, kann ich sein schwarzes Gesicht sehen. Nach einigen Sekunden wende ich meinen Blick von Malcolm ab und schaue durch das Fenster hinaus auf die Krone des Baumes, die sich gespenstisch hin- und her bewegt. Ich denke an die Ereignisse des letzten Jahres und an die Zeit, die wohl noch kommen mag. Ich liege in meinem Bett, lausche hinein in unser Haus, aber höre nichts. Es ist furchtbar still und in meinem Zimmer fühlt sich alles fremd und bösartig an. Ich bin zurück und nichts hat sich verändert. Kurz bevor ich wegdämmere, muss ich nochmal an den Artikel über den Aokigahara denken und dessen Zeilen erscheinen mir wie eine Verbindung. Wie ein Band durch die Nacht, gezogen über Kontinente und schlafende Städte, durch die durchwachten Stunden und den andauernden Schmerz. Und vielleicht ist Deutschland dieser Wald für mich und meine destruktiven Gedanken das farbige Band, das ich hinter mir herziehe.

Auf *Evic Media*, dem Forum, bei dem ich angemeldet bin und das einen schrägen Mix aus allerlei globalen News bereithält, ging es heute Morgen um Mütter, die sich von ihren Töchtern abgelehnt fühlen und sich mit der Gemeinschaft darüber stritten, ob ein Gangbang auf einer Klassenfahrt okay sei. Nebenher Flüchtlingstrecks auf dem Weg nach Europa. Man überlegt, die NATO im Mittelmeer einzusetzen. Nicht vergessen: Morgen Mandy kontaktieren, da ich etwas Gras brauche.

Flashbacks

„Aus einer schlechten Verbindung kann man sich schwerer lösen als aus einer guten.“ (Whitney Houston)

Nach dem Tod meiner Mutter befand sich bei mir vieles im Fallen. Zwar schrieb ich mich an der Hochschule ein, doch etablierte parallel dazu auch eine ernstzunehmende Crystalabhängigkeit. Mit allen Mitteln versuchte ich, mich von dem Schmerz des Verlassenwordenseins und der Wut auf meinen Vater, ausgelöst durch seine Zuneigung zu Heuschrecke, abzulenken. Und mit jedem neuen Monat, der in diesem Orbit aus Selbstzerstörung verstrich, dehnten sich die Etappen meines Selbsthasses weiter aus.

Als mein Studium vor zwei Jahren begann, war ich von heute aus betrachtet absolut neben der Spur. Täglich fuhr ich mit dem Zug nach Leipzig zur Hochschule und zog mir morgens während der Hinfahrt etwas C auf der versifften Toiletten der Regionalbahn rein. Später nach den Vorlesungen wiederholte ich das Ganze, nur um dann nachts hellwach in meinem Zimmer zu sitzen und grübelnd Pornos zu schauen. Ich hasste diese täglichen Zugfahrten nach Leipzig, doch eigentlich hasste ich mein Leben. Am schlimmsten war der Weg zurück. Zurück zu meinem Vater, ins Kaff, zu Heuschrecke. Dann saß ich voll drauf in einem der Waggons, spielte manisch an meinen Haaren herum und starrte mit flackernden Lidern aus dem Fenster hinaus.

Die Anfangsmotivation für mein Studium, die mich trotz Meth noch durch das erste Semester getragen hatte, war im zweiten gänzlich verflogen. Ich hatte keinerlei Ambitionen, mich um das anstehende Praktikum zu kümmern, und fand mich Schritt für Schritt damit ab, mein Studium und mein Leben als gescheitert anzusehen. Die Monate der Autoaggression forderten ihren Tribut. Mein Herz war eiskalt. Im Kopf wurde es immer entrückter und ich fiel in meiner dunklen Welt tiefer und tiefer. Ich fühlte mich orientierungslos, ausgebrannt und leer.

Zoe lernte ich in dieser Zeit, etwa ein halbes Jahr vor der Abreise nach Shanghai, kennen. Sie studierte eine Matrikel über mir, war eine mittelmäßige Studentin, aber fest im Leben verankert. Unter anderem kam sie sehr gut mit ihrer Mutter klar, beide gingen unter anderem regelmäßig gemeinsam zum Sport. Ihr Vater war ein unscheinbarer Beamter, der am Wochenende allein auf dubiose Gartenmessen fuhr. Zoe sprach immer wohlwollend von ihren Eltern, die ich bis heute jedoch nicht kennengerlernt habe. Ich für meinen Teil brachte nur eine angekratzte Seele und all den anderen giftigen Ballast mit. Auf einer der Fachschaftspartys sind Zoe und ich uns das erste Mal nähergekommen und haben am Morgen darauf in ihrem kleinen Zimmer des Studentenwohnheims miteinander geschlafen. So wie man eben mit jemandem schläft, wenn man voll drauf ist. Dominant, kalt und rücksichtslos. Und damit meine ich nur mich, denn ich glaube bis heute, dass Zoe von dem Meth und mir nichts wusste.

Aber vielleicht rede ich mir das auch nur ein, da die Vorstellung, sie habe meine Crystal Exzesse stillschweigend akzeptiert, große Zweifel in mein Vorhaben streut, wieder mit ihr zusammenzukommen. Gleichzeitig weiß ich aber auch, dass ich Zoe nie wirklich nah war, auch wenn ich es mir gewünscht hätte. Das C hat es verhindert. Auf C sind alle emotionalen Verbindungen zerschnitten und intime Dinge wie Zärtlichkeit und Vertrauen unter der Macht der Droge begraben.

Doch dann der Aushang. Am schwarzen Brett unserer Hochschule hing eine Praktikumsanzeige der Deutschen Schule in Shanghai. Passend zu meinem Studienschwerpunkt, weit weg, am anderen Ende der Welt und verdammt gut bezahlt. Am Abend las ich in meinem Zimmer die Anzeige wieder und wieder und nahm das Praktikum zunehmend als den einzigen Weg aus meiner Stagnation wahr. Als einen Neuanfang und die Chance auf eine fundamentale Neuaufstellung. Ich musste unbedingt mit dem Meth aufhören und baute ganz darauf, durch die Chance auf eine einjährige Konsumunterbrechung der Sucht ein Ende zu setzen. Dies ist mir auch gelungen und ich bleibe dabei, nichts mehr von dem Zeug anzurühren. C war für mich nie Verlangen, sondern der Motor einer Kapitulation.

Am selben Tag schickte ich noch eine Bewerbung in den Fernen Osten. Zoe erzählte ich erst Tage später davon. Eine Woche verging, bis die Zusage aus China in mein Postfach flatterte, und ich erinnere mich noch genau daran, wie ich vor dem Rechner saß und völlig perplex auf die E-Mail vor mir starrte - ich hatte es geschafft. Man erwartete mich in China. Die Reaktionen meines Umfeldes auf diese Nachricht waren verhalten. Mein Vater sagte nicht viel zu dem Thema, schien sich aber für mich zu freuen. Heuschrecke zuckte nur mit den Schultern und zog sich noch einen Prosecco rein. Zoe lächelte seit Langem mal wieder richtig offen und meinte, dass das doch gar nicht schlecht sei. Vielleicht würde es helfen, unserer Beziehung einen neuen Anstrich zu verleihen. Und sie hatte Recht, denn zu diesem Zeitpunkt hatten wir uns nicht mehr viel zu sagen, auch wenn sie daran keine Schuld trug. Aber wie hätte ich Zoe unsere Probleme erklären können? Ihr verständlich machen, dass nicht *sie* die Stille zwischen uns auslöste. Ich steuerte straight auf einen Nullpunkt zu und niemand konnte das aufhalten. Summa summarum deutete sich für mich einfach nur das Ende eines abgefuckten Weges an. In der Nacht vor meiner Abreise nach Shanghai lag ich bis zum Morgengrauen wach und dachte darüber nach, was jetzt wohl kommen würde. Ich dachte daran, vielleicht Zoe anzurufen, entschied mich aber dagegen. Monatelang konnte ich *uns* nicht definieren. Nun waren wir verbraucht und ausgedörrt. Unausgesprochen auch die Hoffnung, die wir beide in unseren Köpfen trugen. Der Wunsch, dass die Zeit der Trennung uns eine Entscheidung abnehmen würde. Doch der eigentliche Grund der Stagnation lag bei mir.

Und vielleicht hätte ich Zoe in dieser Nacht doch anrufen sollen, an diesem letzten Abend in Deutschland. Das gesamte Jahr haben wir uns nicht gesehen und zurückblickend wirkten unsere anfänglichen Chats stets gezwungen und wurden schnell zu einer nervenden Verpflichtung. Wir schrieben noch einige E-Mails, die Inhalte waren belanglos. Notizen einer emotionalen Misere. Aber ich habe oft an Zoe gedacht. Auch nach dem totalen Abbruch unserer Kommunikation, und heute, nach einem Jahr der

Distanz, merke ich, dass die Zeit mit Zoe in mir Spuren hinterlassen hat. Spuren, die mir nicht wehtun. Kurz bevor ich nach Shanghai flog, habe ich noch stillschweigend einen Deal mit mir geschlossen: Die Reise nach China, das Praktikum an der Schule wollte ich als Beginn eines neuen Lebens wahrnehmen. Einfach um die Dinge um mich herum und mich selbst wieder auf die Reihe zu bekommen. Ja, vielleicht auch die mit Zoe. Doch jetzt ist da wieder diese Angst. Diese Angespanntheit, diese Sorge. Mein Gott, ich kann nur hoffen, dass ich es schaffe, der zu bleiben, der ich jetzt noch bin. Alles andere wäre ein komplettes Desaster.

RB 26437

„Um die Waffen abzuschaffen, ist es nötig, sie zu ergreifen."
(Mao Tse-tung)

Es ist vier Uhr. Ich habe fast nicht geschlafen, sondern surfe im Dunkeln mit meinem iPhone im Netz. Gerade habe ich Mandy über *Facebook* geschrieben und sie gefragt, ob ich bei ihr vorbeikommen könne. Ich brauche unbedingt etwas zu rauchen. Mandy ist eine alte Freundin. Von ihr bekam ich auch immer das C. Sie konsumiert das Zeug seit Jahren, ist eine junge alleinstehende Mutter und doch allein, denn das Amt hat ihr die Tochter weggenommen. Auf jeden Fall war das der Stand der Dinge, bevor ich nach Shanghai flog. Sicher tut es auch Not, einfach mal zu schauen, wie es um sie steht. Jetzt klingele ich Zoe kurz an, nur damit mein Name auf ihrem Display erscheint, dann checke ich ihr *Facebook*-Profil. Ich versuche, einen Hinweis auf ihre letzten Aktivitäten zu erhaschen. Doch nur die typischen Fotos von kahlen Wäldern und spätgotischen Kathedralen sind auf ihrer Seite angepinnt. Ich schreibe ihr trotzdem über den Messenger, dass ich heute nach Leipzig komme. Frage sie, ob wir uns vielleicht am Nachmittag in der Mensa treffen wollen und wie es ihr eigentlich so geht. Danach rufe ich *Evic Media* auf.

Dort geht es heute Morgen zur Abwechslung mal um ziemlich normale Themen, die die User bewegen. Die Gemeinschaft diskutiert seit Mitternacht über das Pro und Contra der Burka in Europa. Viele User verfechten außerdem leidenschaftlich die Reconquista in Spanien vor knapp 500 Jahren. Also nichts Besonderes. Ich switche zu einer der abertausenden Pornoseiten und nun sind es deren Videos, die auf dem Display meines iPhones leuchten. Pornos glotzen. Auf C habe ich das oft gemacht. Vor dem Rechner, stundenlang. Heute kommt mir das alles abartig vor, denn wenn ich mir die ganzen Pornos so im Netz reinziehe, muss ich auch immer mehr darüber nachdenken, was mit den vielen jungen und hübschen Mädchen, die da aufs Übelste durchgenommen werden, schiefgelaufen ist. Mädchen, die blendend aussehen und gewiss Jura oder Medizin hätten studieren können. Mädchen, die geliebt und mit Bedacht und Fürsorge großgezogen wurden. Junge Frauen, die Eltern haben, die nur das Beste für sie hofften. Ich weiß nicht. Irgendwie ist das doch alles krass und jetzt ekele ich mich sogar davor.

Ich verstehe immer mehr, dass der kurze, aber intensive Ausflug mit C mein Sexualleben beschädigt hat. Das war auch in meiner Beziehung zu Zoe spürbar. Ich habe den Stoff nie vor ihr gezogen, soweit ging es dann doch nicht. Aber vielleicht glaubt sie wirklich, dass ich dieser kalte Typ bin, zu dem mich das C machte. Möglicherweise gefiel es ihr sogar. Unsicher macht mich, dass Zoe mich nie völlig normal erlebt hat. Ich meine ohne Substanzzufuhr. Die Cleanheit des vergangen Jahres hat viel in mir ausgelöst und geordnet und ich schätze, dass die C-

Eskapaden nur eine kurze, extreme Reaktion auf den Tod meiner Mutter gewesen sind. Ein Trauma, das ich zu einem Vermächtnis umwandeln muss. Dazu gehört ebenso, mich von meinem Vater und Heuschrecke zu lösen, denn sie sind nur Ballast auf meinem neuen Weg. Ich bin bereit, alles in die Waagschale zu werfen. Für Zoe, für uns. Ich kann nur hoffen, dass sie genauso denkt.

Es muss gegen halb sechs sein, als ich mich im Bad frisch mache und anziehe. Um viertel nach sechs verlasse ich dann, ohne etwas gegessen zu haben, das Haus, welches dunkel hinter mir zurückbleibt. Als ich den Weg zum Bahnhof einschlage und dichter Nebel wie ein Vorhang auf der Straße hängt, bereite ich mich innerlich auf meinen ersten Tag an der Hochschule nach einem Jahr Abwesenheit vor. Ich habe kein Interesse an einer Interaktion mit meinen Kommilitonen, so viel ist klar. Ich will nur alles schnell hinter mich bringen, um so bald wie möglich unabhängig von den Zugeständnissen meines Vaters zu sein. Auf der Brücke bleibe ich kurz stehen und stecke mir eine Kippe an. Ich blicke hinunter auf den Fluss, der durch den Nebel und die morgendliche Dunkelheit fast nicht zu erkennen ist. Vernehmbar ist nur sein tiefes Rauschen und ich lausche ein wenig diesem Sound, dann gehe ich weiter. In der Empfangshalle des Bahnhofs löse ich meine Fahrkarte am Automaten.

Der Bahnhof ist legendär, denn er ist einfach völlig abgefuckt. Jedes Jahr wird versucht, ihn hier und da etwas aufzuhübschen – vergebens. Dieser Bahnhof ist ein Übergriff auf die Seele, genau wie der Rest dieses Kaffs. Er sieht nicht nur katastrophal aus, er besitzt auch eine Aura, die einem die Energie aus dem Leben saugt. Ich gehe hoch auf den Bahnsteig und steige in die dort wartende, bereits hell erleuchtete Regionalbahn nach Leipzig. Der Triebwagen läuft und beheizt die Waggons. Nach ungefähr zehn Minuten geht es los. Da es noch ziemlich früh ist, sehe ich nichts außer den vereinzelten Lichtern, die in der Dunkelheit vorbeirauschen, als ich aus dem Fenster schaue.

Während der Fahrt wische ich mit dem Daumen auf dem Display meines Handys hin und her und schaue mir Fotos aus Shanghai an. Es sind die üblichen touristischen Motive: der Oriental Pearl Tower, der Bund und der Huangpu-Fluss, die mit Platanen gesäumten Straßen der French Concession. Aber auch den Blick aus meiner ersten Wohnung bei Kathy und Maria habe ich eingefangen. Außerdem schlafende Chinesen an allen Orten und in allen erdenklichen Posen. Ich erinnere mich, dass ich, bevor ich damals in Shanghai ankam, noch einen fünfzehnstündigen Aufenthalt auf dem Flughafen in Kuala Lumpur zu bewältigen hatte. Ich rauchte Kette und drückte mich in den Duty-Free-Läden herum, um dann nochmals einige Stunden später endlich in Hangzhou mit einer Air-Asia-Maschine zu landen. Ohne jegliche Kenntnis der chinesischen Sprache schaffte ich es, mein Busticket zum Bahnhof und dann das Ticket für den Zug nach Shanghai zu lösen. Dazwischen aß ich in einem Fast-Food-Restaurant am Bahnhof in Hangzhou einen Burger und kann mich noch ganz genau an die Bedienung hinter der Kasse erinnern. Es war eine sehr junge Frau, klein und mädchenhaft, die den Arm hochriss, als sie mich sah. Sie schrie etwas auf Chinesisch und ich nahm an, jetzt meine Bestellung aufgeben zu müssen, indem ich auf das Bild eines Burgers zeigte, der auf der vor mir liegenden Karte abgebildet war. Die junge Frau hatte einen Leberfleck auf der

Nase und sah ganz nett aus. Sie muss im Teenageralter gewesen sein. Komisch, wie genau ich mich noch an ihr Gesicht erinnern kann.

Auf der zweistündigen Zugfahrt nach Shanghai wurde mir dann eines klar: China liegt nicht in Südostasien. China liegt in China. Zwei Stunden ging es im Zug, der lautlos über die Gleise schoss, durch plattgewalzte Landschaften. Hier und da standen ein paar Häuser, doch es schien, als wäre die Natur komplett entfernt worden. Nur Schornsteine, die in der Ferne glommen und ihren schwarzen, dicken Rauch unter der gleißenden Sonne in den Himmel bliesen, zeichneten sich am Horizont ab. Irgendwann erreichte der Zug Shanghai und ich war vom Anblick dieser Stadt enttäuscht. Shanghai ist tagsüber farblos und trist. Ganz anders, als ich es mir vorgestellt hatte.

Die Regionalbahn fährt in Leipzig ein. Ich steige aus und gehe den Bahnsteig hinunter zu *McDonald's*, um einen Latte Macchiato zu trinken. Eine knappe Stunde sitze ich auf einem unbequemen Kunstledersessel vor meinem Heißgetränk und spiele mit meinem Handy herum. Dann wird es Zeit. Es ist mittlerweile sieben Uhr, um halb neun beginnt mein Seminar. Mit der Straßenbahn geht es vom Bahnhof aus zur Hochschule. Umsteigen muss ich nicht, denn die Linien 10 und 11 fahren direkt zum Connewitzer Kreuz. Die Scheiben in der Straßenbahn erscheinen mir wie eine Membran. Sie sind so feucht, dass das Kondenswasser in großen Tropfen daran hinunterläuft und der Blick hinaus auf die Straßen durch die Beschlagenheit des Glases verschwommen ist. Als ich am Connewitzer Kreuz aussteige, zünde ich mir noch eine Zigarette an, dann laufe ich gemächlich zum Eingang des Hauptgebäudes. Unter dem Licht des anbrechenden Tages stehen schon ein paar Studenten davor herum und rauchen ebenso. Ich werfe meine Kippe zu Boden, trete sie aus und husche unauffällig durch die große Flügeltür. Zügig gehe ich die Stufen hinauf zur Fakultät.

Begegnung

„Betrachte den Tod als Heimkehr.“
(Konfuzius)

Nun bin ich den ersten Tag zurück und es geht gleich richtig los. Als ich in den Flur, in dem mein Fachbereich liegt, einbiege, steht vor mir plötzlich irgendein Typ. Er versperrt mir regelrecht den Weg und drückt mir eine Ausgabe der Fachschaftszeitung vom vergangenen Jahr in die Hand. Das erkenne ich, da oben rechts auf dem Titelblatt das Datum zu sehen ist, und dies liegt bereits über ein halbes Jahr zurück.

„Hey Liam“, sagt er zu mir, „schön, dass du zurück bist.“

Immer noch völlig hinüber vom Jetlag – ich habe ja kaum geschlafen – stammle ich: „Äh, ja“, und dann nehme ich meinen gesamten Mut zusammen und frage ihn: „Kennen wir uns?“

Er lacht daraufhin richtig irre auf und meint nur, dass ich schon immer ein ziemlicher Witzbold gewesen sei. Jetzt fordert er mich auf, Seite Drei aufzuschlagen, denn da stehe etwas, was ich mir unbedingt ansehen solle. Aus irgendeinem mir nicht erfindlichen Grund tue ich, was er von mir verlangt, obwohl ich das starke Bedürfnis verspüre, einfach wegzurennen. Als ich die von ihm angewiesene Seite aufblättere, muss ich feststellen, dass sie allen Ernstes einen Artikel über mich verfasst haben. *Verloren im Reich der Mitte* lautet die Überschrift. Darunter erscheint eine kurze Abhandlung über meinen Aufenthalt in Shanghai.

Der Typ vor mir meint, dass er den Artikel ganz gelungen findet, auch sehe das Bild von mir doch gar nicht so schlecht aus. Ich kann seinen Blick auf meinem gesenkten Kopf spüren und grummele nur etwas Unverständliches in mich hinein, um ihm ein Zeichen zu geben, dass ich verstanden habe. Hektisch überfliege ich die Zeilen, um nach den Verfassern des Berichts zu suchen, so lange, bis ich fündig werde. Alles klar. Die Knalltüten aus der Fachschaft sind dafür verantwortlich. Eine Gruppe übereifriger Studentinnen, die schon immer die Weisheit mit Löffeln gefressen hat. Ich blicke dem Typen ins Gesicht und bedanke mich irgendwie mechanisch bei ihm und er grinst daraufhin ganz komisch, sagt, dass ich mal wieder bei ihm vorbeikommen soll. Und ich nicke wie ferngesteuert mit dem Kopf.

Ja, jetzt erinnere ich mich. Das schiefe Lächeln, die Narben, die sein Gesicht verzieren. Ein Gesicht, das man schwer vergessen kann. Er ist einige Jahre älter als ich und drückt sich schon seit Ewigkeiten an der Hochschule herum. Auch fällt mir jetzt wieder ein, dass mir im ersten Semester einmal jemand erzählte, er sehe so krass aus, weil er zweimal von einem Auto überrollt worden wäre. Mindestens einmal habe ihn die russische Mafia wegen diverser Außenstände ohnmächtig geprügelt und auf die Straße gelegt.

Auf einmal tritt er einen Schritt an mich heran und legt mir seine Hand auf die Schulter. Er blickt mir tief in die

Augen, lässt mich noch einmal wissen, dass er sich sehr über meine Rückkehr freue. Es klingt, als wählte er jedes Wort mit Bedacht. Er ist mir schon immer ziemlich unheimlich gewesen, doch jetzt wirkt er regelrecht bizarr auf mich und ich bekomme es richtig mit der Angst zu tun.

Ich bedanke mich nochmals bei ihm, rolle die Zeitschrift zusammen und verstaue sie in meinem *Adidas*-Rucksack, den ich bereits wie in Trance von meinem Rücken genommen habe. Mit dem Vorsatz, mir den Artikel bei Gelegenheit mal durchzulesen, entfliehe ich der Situation, indem ich auf eine imaginäre Uhr an meinem Handgelenk blicke und so tue, als hätte ich einen Termin. Irgendwie stimmt das ja auch. Schritt für Schritt langsam rückwärts laufend, bewege ich mich von ihm und seinem kaputten Gesicht weg. Er beobachtet mich dabei und lächelt schief. Als ich schon ungefähr fünf Meter von ihm entfernt bin, ruft er hinterher: „Hey, bestell Mandy einen schönen Gruß von mir", und das ist der Zeitpunkt, in dem ich mich umdrehe und beginne, zu rennen. Die Treppe, die ich noch vor wenigen Minuten nach oben gegangen bin, stürze ich nun in einem Affenzahn hinunter. Dabei muss ich immer wieder darüber nachdenken, was das mit Mandy sollte. Ich stolpere bis runter in den Keller, wo die Toilette des Hausmeisters ist, und schließe mich ein. Nach einer Viertelstunde, in der ich mich etwas beruhige und zum dem Schluss komme, mich eben einfach verhört zu haben, blicke ich auf mein iPhone. Kurz vor halb neun, es wird langsam Zeit, meinen Hintern Richtung Seminar zu bewegen. Einige Momente später schleiche ich die Treppen hinauf und die Gänge entlang, nicht ohne erst hinter jeder Ecke, die ich passiere, hervorzuspähen. Niemand ist zu sehen.

Die Vorlesungen gehen nur noch ein paar Tage. Am kommenden Dienstag ist schon Heiligabend und dann sind Weihnachtsferien. Der Grund meines heutigen Besuchs an der Hochschule ist das Seminar, in das ich mich bereits in China online eingetragen hatte. Es findet jeden Freitag statt und endet im Februar. Im Januar werde ich beginnen, meine Bachelorarbeit zu schreiben. So habe ich es mir jedenfalls seit dem gestrigen Zusammenbruch vor dem Spiegel fest vorgenommen. Der Termin für die Verteidigung meiner Arbeit steht schon fest, den habe ich mir in China über den Hochschulserver blocken lassen. *Selbstkontrolltraining* heißt das Seminar, zu dem ich heute gehe. Laut Vorlesungsverzeichnis soll ich in diesen paar Sitzungen lernen, wie man mit Schwerverbrechern ein lockeres Gespräch führt, um sie dann erfolgreich wieder in die Gesellschaft einzugliedern. Das kann ja lustig werden. Von weitem sehe ich schon einige Studenten vor der Tür des Seminarraumes herumstehen. Der mir bekannte Professor, der das Seminar leiten wird, steht ebenfalls dort und unterhält sich locker mit den anwesenden Personen. Als ich der Gruppe näherkomme, verstummen die Gespräche und alle Augenpaare richten sich auf mich. Gott sei Dank kommt der Professor auf mich zu und begrüßt mich mit Handschlag.

„Herr Einberg“, sagt er lächelnd. „Schön, Sie wieder hier zu haben. Wie ist es Ihnen ergangen?“

Wir führen einen kurzen Small Talk über meine Zeit in China, während alle Studenten in einem Halbkreis um uns beide herumstehen und mich wie Kühe anglotzen. Ich kenne den Herrn Professor seit Beginn meines Studiums. Er ist noch ziemlich jung, schreibt Gedichte und spielt Geige. Außerdem besitzt er einen kleinen Verlag und hat in Peking ein paar Semester Sinologie studiert. Er ist also Fan der Schlitzaugen, von denen ich gerade komme, und ich stelle in dem Gespräch mit ihm in den ersten Minuten klar, dass ich die Chinesen für kulturlos und völlig wahnsinnig halte. Er schaut mich daraufhin entsetzt an und verstummt. Dann gehen wir in den Seminarraum. Ich setze mich auf einen Stuhl, der ganz hinten am Fenster steht, und mache es mir so gut es geht bequem. Soll er doch denken, was er will.

SKT

„Nulla dies sine linea.“
(Plinius)

In dieser ersten Sitzung des Selbstkontrolltrainings fungiere ich nicht als Moderator, sondern nur als Beobachter. Wie ein Voyeur sitze ich hinter einer Scheibe aus dickem Glas, die den Raum trennt und nur von unserer Seite einzusehen ist. Dahinter, in einem Stuhlkreis, formieren sich zehn Männer unterschiedlichsten Typs. Dem Professor zufolge, der jetzt zu den übrigen Studenten spricht und dabei versucht, mich zu ignorieren, sind die Männer allesamt Mörder, Vergewaltiger und Sittlichkeitsverbrecher. Im Knastjargon *Sittiche* genannt. Jeder von ihnen habe bereits mehr als zehn Jahre Haft verbüßt. Jetzt sollten sie mit unserer Hilfe wieder in die Gesellschaft eingegliedert werden – *inkludiert* sage man heute wohl dazu.

Die zwei Studentinnen, die mit der Moderation betraut sind, stehen langsam auf und gehen noch nervös in der Mitte des Raumes umher. So richtig wohl ist ihnen bei dieser Angelegenheit nicht. Dann gehen sie nach draußen, um einige Sekunden später im anderen Teil des Raumes hinter dem Glas zu erscheinen. Der Professor löscht das Licht und der Raum, in dem die Knackis sitzen, zeichnet sich durch die Tönung des Glases in dunklem Gold ab. Beide Studentinnen setzen sich. Und umringt von den zehn Männerkörpern, versuchen sie dann, entspannt zu wirken, indem sie sich ausgesprochen locker geben und etwas herumflachsen. Sie machen das ganz gut. Doch ich merke, dass sie einen Heidenschiss haben. Die eine hat ganz rote Wangen, während sich die andere fahrig durch ihre schwarzen Haare streicht. Sie trägt hautenge Leggins und einen dunkelroten Schal um den Hals geschlungen und sieht richtig gut aus. Von hier drüben können wir alles hören, da in ihrer Nähe zwei Mikros und bei uns zwei Lautsprecher installiert sind.

Das Gespräch beginnt und nach einer Weile ist das eigentlich Verstörende für mich die Tatsache, dass dort auf den Stühlen richtige Menschen sitzen. Keine Monster, Freaks oder durchgeknallte Psychopathen. Ich beginne allmählich, zu glauben, mindestens einen der Knackis heute Morgen im *McCafé* gesehen zu haben. Ganz gewiss kenne ich das Gesicht des Typen, der jetzt, nicht ohne einen gewissen Anflug von Stolz, von seiner mörderischen Tat berichtet. Ehrlich gesagt lausche ich seinen Ausführungen, die dumpf aus den Boxen tönen, mit großer Spannung.

„Ich war schon immer ein sehr eifersüchtiger Typ", erzählt er in einem lapidaren Plauderton. „Leider habe ich irgendwann herausbekommen, dass meine damalige Freundin mich betrog. Deshalb habe ich sie in einen Wald gelockt." Es entsteht eine lange Pause, bevor er mit nun doch etwas belegter Stimme fortfährt. „Na ja, ich habe sie dann dort niedergeschlagen und mehrere Male vergewaltigt. Außerdem habe ich ihr mit einem Holzknüppel beide Körperöffnungen zerstoßen und ihr dann das Gesicht zu Brei geschlagen."

Alle Achtung, der Typ hat echt was zu erzählen, denke ich bei mir, bevor ich weiter zuhöre und mir Notizen auf meinem Collegeblock mache.

„Bitte erzählen Sie doch weiter", ermutigt ihn die Studentin mit den roten Wangen.

„Tja, was gibt es da noch zu sagen?" Kurz scheint es, als überlege er, bevor er dann doch damit rausrückt. „Ich habe ihren zuckenden Körper dann mit Benzin übergossen und ihn angesteckt."

Ich bin total schockiert.

„Heute weiß ich, dass das alles falsch war, und ich schäme mich dafür. Meine Mutter hat seitdem nie wieder mit mir geredet."

Völlig gebannt sitze ich auf dem Stuhl und blicke diesen Mann durch die Scheibe an. Niemals würde man so etwas von ihm erwarten, wenn er hinter einem an der Supermarktkasse stünde.

„Die Herausforderung besteht für mich nun darin, meiner jetzigen Lebensgefährtin diese Geschichte aus meiner Vergangenheit zu beichten. Deshalb bin ich heute hier. Nicht nur weil es verpflichtend ist, sondern auch weil ich weiß, dass ich wirklich Hilfe brauche."

Ich beobachte gerade, wie den beiden Mädels allmählich doch die Gesichtszüge entgleiten, und deshalb beginnt er seine Story noch mal von vorn, nur um die Details seines Gewaltexzesses noch farbenfroher auszumalen. Er steht dabei auf und stellt die Abläufe der Tat nach, indem er Benzin auf einen imaginären Körper gießt und dann nochmal in diesen reintritt. Die Studentin mit den langen schwarzen Haaren beginnt, inmitten des Pools dieser mehr als schrägen Gestalten nervös an den Fingernägeln zu knabbern. Rotbäckchen starrt auf ihre Füße und wünscht sich vermutlich, ganz weit weg zu sein, in sicheren Gefilden. Und ich warte im Grunde nur darauf, dass die gesamte Meute von Verbrechern geschlossen über die beiden herfällt, um ihnen die Kleider vom Leib zu reißen. So wie in den Videos aus Indien oder Ägypten, wo Frauen von einem Pulk Kaputter auf offener Straße misshandelt und gelyncht werden. Doch nichts dergleichen passiert und ich schäme mich ein wenig für meine Gedanken.

Der Rest der studentischen Gruppe, die mit mir im Raum sitzt, besteht aus drei weiteren Mädchen, die ich ebenfalls nicht kenne und die sich alle ähnlich sehen. Sie scheinen aus dem Leipziger Umland zu kommen. Ich nehme an, aus dem Muldentalkreis. Fahrzeugkennzeichen MTL, deswegen von manchen auch Mutantenland genannt. Jedes dieser Mädchen trägt einen unspektakulären Kurzhaarschnitt, dessen meist brünetter Ton von breit gefärbten Strähnen schriller Neonfarben durchbrochen wird. Das hat den Vorteil, dass ich alle drei jeweils anhand des farbigen Einschlags ihrer Frisur voneinander unterscheiden kann: pink, giftgrün und cyan.

Es gibt noch einen Jungen in unserem Seminar, der mir erst jetzt richtig auffällt. Er sitzt unscheinbar in der dunklen Ecke neben der Tür und muss um die zwanzig sein. Traurig sieht er aus, hat schulterlange, dunkelblonde Haare und trägt ein T-Shirt von Goethes Erben. Mir war gar nicht bewusst, dass diese Band noch angesagt ist. Der Junge sitzt völlig unbeteiligt da und malt in sich versunken mit einem schwarzen Fineliner Pentagramme und kopfüber gestürzte Kreuze in seinen Block. Das sehe ich, weil er den Block etwas schräg in meine Richtung hält. Er wirkt total gebrochen. Jetzt blickt er ruckartig auf und es sieht so aus, als würde er dem Geschehen in der anderen

Hälfte des Raumes folgen. Doch als ich ihn genauer betrachte, sehe ich, dass seine Augen ins Leere starren, nur um sich dann wieder seinen kruden Skizzen zuzuwenden.

Schneller als gedacht ist die Sitzung vorbei. Die beiden Mädels haben entgegen meiner Erwartung das Zusammentreffen heil überstanden und kommen jetzt total verschwitzt zu uns herein und umarmen sich. Sichtlich überglücklich, noch am Leben zu sein. Niemand beachtet mich und als alle, auch der Professor, den Raum verlassen haben, erhebe ich mich vom Stuhl, knipse das Licht aus und lasse die Tür ins Schloss fallen. Ich muss feststellen, dass die meisten Kommilitonen aus meinem ehemaligen Semester die Hochschule verlassen und scheinbar ihr Studium beendet haben. Ich glaube zwar, das ein oder andere Gesicht, das mir in den Fluren der Fakultät begegnet, zu erkennen, doch ich habe den Eindruck, als könnten sie mit meiner Person nicht mehr wirklich etwas anfangen. Ein kurzer Blick, ein erzwungenes Lächeln - dann drücken sie sich an mir vorbei. Da war der Typ mit den Narben und der Zeitschrift um einiges kommunikativer. Sicherlich war er high. Anders kann ich mir seine Freude über meine Rückkehr nicht erklären. Vielleicht deshalb auch der Spruch mit Mandy. Ich meine, wenn ich mich nicht verhört habe.

Es ist ungefähr zwölf Uhr, als ich in die Mensa gehe, um einen Kaffee zu trinken, und versuche, während ich allein an einem der zahlreichen runden Tische sitze, meine Gefühle für Shanghai zu fassen zu bekommen. In Shanghai war ich ganz für mich. Das stelle ich immer deutlicher fest. Frei von den Erinnerungen und Verpflichtungen, die ich hier verließ. Von einem Leben, das ich nie mochte und in das ich nun zurückgekehrt bin. Und wenn ich Leben sage, dann meine ich meine Zeit im Kaff, die Abhängigkeiten von anderen Menschen, meinen Vater und Heuschrecke. Die Sache mit meiner Mutter, die Sache mit Zoe.

Ich schlage die Fachschaftszeitung auf, die bis dahin zusammengerollt in meinem Rucksack gesteckt hat. Und wie von mir bereits vermutet, handelt der Artikel hauptsächlich von meinem Aufenthalt in Shanghai. Es wird beschrieben, wie schwer es mir anfänglich fiel, mich den ostasiatischen Gegebenheiten anzupassen und dass ich unter einem starken Magendarminfekt litt. Auch dass ich mit den Schülern das Shaolin-Kloster in der Provinz Henan und die Expo besucht habe. Nachdem ich den Artikel durchgelesen habe, bin ich überrascht über die farbenfrohen Details meiner zwei Auslandssemester und gleichzeitig stark verwundert, denn ich kann mich nicht daran erinnern, jemandem aus der Fachschaft in dieser Zeit auch nur eine E-Mail geschrieben zu haben. Mir ist, als hätte ich einen unsichtbaren Begleiter an meiner Seite gehabt, einen Gefährten, der jede meiner Handlungen und jeden meiner Schritte protokollierte. Vervollständigt wird der Text mit einem Bild von mir. Beim Besuch einer chinesischen Schule für die Kinder der abertausend Wanderarbeiter spiele ich Gitarre, umringt von kleinen schwarzhaarigen Knirpsen in roten Anoraks. Diese Aufnahme hatte ich tatsächlich vor knapp einem halben Jahr an die Hochschule übersandt. Daran kann ich mich sogar noch erinnern.

Ich schlage die Zeitung zu, bleibe am Tisch sitzen und starre in den leeren Kaffeebecher, der vor mir steht. Die Lebensphase, in der ein Studium noch als Befreiungsschlag und geistiger Impuls wahrgenommen werden kann, war in meinem Fall bereits vor Shanghai verpufft. Aber das habe ich ja schon erzählt. Vielleicht lag es an den Drogen, vielleicht an Zoe, vielleicht aber auch nur an mir. Manchmal ging ich nach den Vorlesungen die Karl-Liebknecht-Straße in Leipzig auf und ab oder spazierte in den nicht weit entfernten Clara-Zetkin-Park. Die Wege dort waren im Herbst mit Laub bedeckt und gelegentlich schoss ich mit meiner Kamera ein paar Bilder von besonders schönen Verfärbungen der von den Bäumen abgeworfenen Blätter.

Ich blickte, wenn ich auf einer freien Wiese stand, in den Himmel und dachte über alles nach. Über Zoe, meinen Vater, Heuschrecke und das Gesicht meiner Mutter. Ich dachte an meinen Entschluss, zu studieren, nach Jahren des Müßiggangs und der Eskapaden. Es ist unglaublich, wie alt und leer man sich mit Anfang zwanzig fühlen kann, so völlig durchlebt. Nichts verändert sich, obwohl die Tage und Wochen einfach so dahinrasen. Und obwohl ich China als Land nicht wirklich mag, so muss ich doch sagen, dass ich für ein Jahr dort ein Leben führte, das frei war von solchen zwischenmenschlichen Belastungen. Ich war anders, als ich dort war, aber der Gleiche wie jetzt, bevor ich fortging. Meine Rückkehr holt mich ein. Stück für Stück. Stunde um Stunde.

Jaroslav

„Wollst endlich sondern Grämen aus dieser Welt uns nehmen durch einen sanften Tod.“ (Matthias Claudius)

Die erste Woche in Shanghai wohnte ich in einem von der Schule bezahlten Hotel. Diese Zeit sollte ich nutzen, um mich nach einer Wohnung umzusehen. Doch ich war relativ blank und damit blieb mir nichts anderes übrig, als nach Wohngemeinschaften im Internet zu stöbern. Das Hotel lag direkt neben der Hochstraße Yan'an Lu. Leider habe ich den Namen des Hotels vergessen, doch ich kann mich noch erinnern, dass die Wand des Badezimmers aus Glas bestand und man deshalb beim Duschen das Fernsehprogramm schauen konnte. Vor dem Eingang des Hotels stand am Abend immer dieselbe junge Frau und verkaufte Obst aus einem Holzwagen. Und obwohl sie jung war, sah sie alt aus, denn ihr Gesicht war von der Sonne gegerbt und von tiefen Sorgenfalten gezeichnet. Ich merkte, dass ich sie verunsicherte, wenn wir uns begegneten, denn es war die Zusammenkunft zweier völlig unterschiedlicher Leben. Absolute Armut versus Wohlstandsverwahrlosung, und etwas Unbekanntes, tief und traurig, stieg in mir empor. Einige Male kaufte ich ihr zwei Äpfel ab. Doch Tage später ging ich nur noch an ihr vorbei und lehnte mit einem gequälten Lächeln ihre Früchte ab. Dann war sie traurig und blickte mir hinterher. Die Welt verändert sich nicht. Das Leben ist nicht fair, und irgendwie tut mir das mit ihr bis heute leid, doch ich konnte sowieso nichts für sie tun.

In den ersten Tagen konnte ich außerdem schlecht schlafen. Ich kam nicht zur Ruhe und so fuhr ich mit der Metro kreuz und quer durch die Stadt. Ich las im Internet, wie es um Gras oder Haschisch in Shanghai bestellt war, und irgendwann, auf einem meiner Spaziergänge auf der Nanjing Lu, der größten Flaniermeile der Stadt, drückte mir ein Uigure seine Visitenkarte in die Hand. Ich solle ihn anrufen. Ich rief ihn an, und dann immer wieder.

An all das denke ich, während ich vor dem Wohnheim in Leipzig in der Straße des 18. Oktober stehe und sehnsüchtig hinauf zum obersten Stock blicke. Dorthin, wo Zoes Zimmer war. Es wird bereits dunkel und ein scharfer Wind bläst mir durch die Haare. Ich habe die Hochschule am frühen Nachmittag verlassen und wollte wie immer nicht zurück ins Kaff. Die Gedanken an Zoe trieben mich um und somit entschloss ich mich, den von ihr unbeantworteten Anruf zu ignorieren und einfach dorthin zu gehen, wo wir uns das letzte Mal getroffen hatten. Natürlich weiß ich nicht, ob sie hier noch wohnt, aber mir fällt kein anderer Ort ein, um ihr zu begegnen.

Deshalb gehe ich jetzt auf die große Eingangstür zu, stehe dann vor den unzähligen Klingelschildern und versuche, mich an die Raumnummer von Zoe zu erinnern. Es muss die 412 gewesen sein. Ich drücke nach einigem Suchen den dazugehörigen Klingelknopf, verharre eine

Weile, doch nichts passiert. Enttäuscht drehe ich mich um und schaue über die Straße, hin zum *Rewe*-Supermarkt. Erst glaube ich, mich zu täuschen, doch halb vom Stamm eines Baumes verdeckt sehe ich dort den Grillwagen von Jaroslav stehen. Jaroslav, dem Tschechen. Auf dem Dach seines Wagens ist noch immer dieser riesige Plastikbroiler montiert. Er ist also immer noch hier, denke ich bei mir. So wie jeden Freitag. Bei Wind und Wetter steht Jaroslav dort vorm *Rewe* und auch nach über einem Jahr meiner lokalen Abstinenz ist noch immer auf ihn Verlass. Insgeheim habe ich ja gehofft, dass er hier ist. Er ist so anders als wir. Einfach und angenehm. Jaroslav verkauft vom Morgengrauen bis in den späten Abend hinein gegrillte Hähnchen. Immer hat er eine Menge zu tun. Ich meine, wir kauften ja auch jeden Freitag ein Hähnchen bei ihm, denn sie schmeckten wirklich lecker. Dazu ist Jaroslav auch noch sehr freundlich und zuvorkommend, also total undeutsch. Es ist ein Knochenjob, den er da macht, und am meisten tat er mir im Sommer leid.

Der Sommer vor meiner Abreise im letzten Jahr war mörderisch. Wie ein glühender Ball hing die Sonne am leergefegten Himmel. Es war einfach nicht zum Aushalten. Zoe und ich lagen im Wohnheim auf ihrem Bett, die schwarzen Vorhänge zugezogen. Wir schwänzten die Vorlesungen, trieben es und beobachteten unsere nackten, verschwitzten Körper. Kurz, wir ließen unsere Seelen baumeln und waren niedergeschlagen wegen unserer Beziehungsproblematik. Jaroslav konnte sich derart dekadenten Müßiggang nicht leisten. Er musste vor diesem mannshohen und meterbreiten Grill stehen und Hähnchen verkaufen. Dabei schwitzte er furchtbar und das heiße Fett der aufgespießten Fleischpacken spritzte ihm auf die Hände. Bei einer Zigarette *Schwarzer Krauser* erzählte er mir einmal, dass er zwei Kinder und eine kranke Frau zu Hause in Tschechien habe. Natürlich ist er nicht Eigentümer dieses tollen Wagens. Nein, Jaroslav ist ein unterbezahlter Angestellter bei einem bayrischen Geflügelunternehmen.

Ich entschließe mich, zu ihm rüberzugehen. Vielleicht hat er Zoe ja in den letzten Wochen gesehen. Ich laufe einige Meter zur Fußgängerampel, warte eine Weile, bis sie auf Grün springt, dann überquere ich die Straße. Ich komme dem Grillwagen immer näher und habe Glück, denn keinerlei Kundschaft steht davor. Jaroslav hat mir den Rücken zugewandt und hantiert mit diversem Werkzeug an den einzelnen Spießen herum. Jetzt dreht er sich um, entdeckt mich.

„Hey“, ruft er freudig aus, eine mit Öl verschmierte Geflügelschere in der Hand, „wo kommst du denn her, mein Freund?“

Etwas unsicher stehe ich vor ihm und antworte: „Ich war doch das gesamte letzte Jahr in Shanghai. Das hatte ich dir doch noch erzählt.“

„Stimmt. Ja, ich erinnere mich wieder.“ Jaroslav wischt seine fettigen Hände an den Fetzen einer Küchenrolle ab. „Mein Gott, wie die Zeit vergeht.“

Sein slawischer Akzent klingt für mich richtig beschützend und nun kommt er auch hinter der kleinen Theke hervor, die dem Grillwagen angeschlossen ist. Wir geben uns die Hände und mir ist es egal, dass seine mit Verbrennungsnarben verziert sind. Jaroslav kramt aus einer seiner Taschen ein Päckchen *Schwarzer Krauser* hervor, dreht sich geschwind eine, reicht mir dann auch die

Packung, damit ich mich versorgen kann. Wir stehen ungefähr eine Minute schweigend zusammen, rauchen, blicken abwechselnd auf unsere Kippen und den von Wolken zerrissenen Himmel. Ich erzähle ein bisschen von Shanghai, nicht wirklich viel, zeichne belanglose Bilder, und irgendwann fasse ich Mut und frage ihn, ob er wisse, wo Zoe steckt.

Anscheinend löst der Name in Jaroslav keine Erinnerung aus, denn er zuckt nur mit den Schultern und fragt, wer das sei. Kein Wunder bei den vielen Gesichtern, die ihm am Tag begegnen. Ich erläutere ihm noch ein wenig, wen ich meine, beschreibe das Mädchen, mit dem ich im letzten Jahr öfter bei ihm am Stand war: lange schwarze Haare, schlank, fast so groß wie ich. Doch immer noch nichts. Ich will Jaroslav jedoch nicht in Bedrängnis bringen und darum versuche ich auch, nicht allzu enttäuscht zu klingen, als ich sage, dass das okay und eigentlich auch gar nicht so wichtig sei. Zoe entwickelt sich zu einem Phantom. Wo ihre Eltern wohnen, weiß ich auch nicht. Wir haben nie darüber gesprochen.

Eine Weile stehen wir noch herum, dann muss Jaroslav weiterarbeiten. Hinter mir stehen bereits einige Rentner, die sich durch unwirsches Murren bemerkbar machen, und ich verabschiede mich von Jaroslav.

Ich laufe mit den Händen in den Taschen die Straße hinunter zum Bayerischen Bahnhof. Und obwohl Jaroslav mir nicht weiterhelfen konnte, habe ich tiefen Respekt vor diesem Mann mit den wasserblauen Augen. Dem, der fernab seiner Familie bei Wind und Wetter Broiler verkauft, da sich trotz Stammtischparolen und Ausländerhetze in unseren Breitengraden kein Deutscher findet, um diesen Job auszuüben. Jaroslav hat das Steuer übernommen und schuftet für unsere Renten. Er kümmert sich mit Hingabe um seine Familie und ist ein väterlicher Typ, der sich für nichts zu schade ist, um das Leben am Laufen zu halten – ohne darüber nachzudenken, welche Milch im Latte Macchiato bei *Starbucks* zum Lifestyle passt.

Memories

„Das Auge der Mutter ergründet das Kind bis in die Tiefen des Herzens.“
(Johann Heinrich Pestalozzi)

Auf dem Weg zum Bahnhof muss ich wieder an meine Mutter denken. An den Zeitpunkt, als alles auseinanderging und ich das erste Mal von ihrer Krankheit hörte. Es war ein eigentlich schöner Sommerabend vor knapp fünf Jahren. Und obwohl der Abend so weit zurückliegt, sehe ich wieder jedes Detail vor mir. Unsere Küche, die offenen Fenster und Gardinen, die schlapp an ihnen herunterhängen. Die Schwalben, wie sie draußen tief über das Land fliegen und das am Horizont hängende Gewitter prophezeien.

Ich spüre wieder die Mattigkeit der Hitze auf meinem Körper, sehe mich und meine Mutter nebeneinander am Küchentisch sitzen. Sehe, wie wir auf die vom Licht des Sonnenuntergangs blutrot gefärbten Dächer der Stadt blicken und höre ihre Stimme, die sagt, dass alles anders werden würde. Sie beginnt, zu weinen, zieht ein Taschentuch hervor und trocknet ihr Gesicht. Dann blickt sie aus dem Fenster auf die Linie des Horizonts, der flimmernd über unserer Stadt steht. Irgendwie können wir beide es nicht glauben, was meine Mutter da ausspricht, und ich schüttele seit geraumer Zeit nur mit dem Kopf. Zu der Wut und dem Schmerz, die in mir aufsteigen, gesellt sich eine tiefe Verstörtheit. Ein völliger Unglaube darüber, dass meine Mutter krank ist und mich dadurch verlassen könnte. Jetzt sehe ich auch wieder, wie sie sich zu mir beugt, um mit ihren Händen mein Gesicht zu umschließen. Tief blickt sie mir in die Augen und dann fallen wir uns weinend in die Arme.

Ich glaube, in diesem Moment wurde mir bereits endgültig etwas genommen. Eine Sicherheit, das Urvertrauen. Ein Gefühl, das auffängt und einen spüren lässt, dass schon alles okay werden wird. Ich denke auch, dass meine Mutter an Traurigkeit gestorben ist. Am Gram, der sich in ihr Herz gefressen hatte, denn mein Vater war ihr nie eine große Hilfe gewesen. In der Zeit vor Shanghai hielt mich irgendetwas vom Schmerz der nötigen Aufarbeitung fern. Sicherlich trugen der Kiff, der Sex und das C ihren Teil dazu bei. Doch in Shanghai wurde das erste Mal vieles greifbar und jetzt ist es völlig da. Die Gedanken an meine Mutter überwältigen mich, und obwohl ihr Grab hier in Leipzig ist, traue ich mich nicht, es zu besuchen. Vor zwei Jahren war ich das letzte Mal dort.

Dinge von meiner Mutter, an die ich mich noch erinnern kann: ihre Augen, die braun und für mich als Kind wie eine dunkle Sonne waren, daran, dass ich geweint habe, wenn sie mir *Der Mond ist aufgegangen* vorgesungen hat. An ihre Hände, die immer warm und schützend waren. Dass sie mir irgendwann einmal einen Engel aus Stein schenkte. Irgendwo in einem Kloster, an einem kalten Herbsttag. Ich erinnere mich an den Urlaub an der Ostsee, ohne meinen Vater, und dass ich den Engel damals verloren habe. Eisessen auf einer Promenade, sonnengelbe Markisen, Sonnenbrand auf dem Rücken, Sand an meinen Füßen. Daran, dass sie neben ihrer Ausbildung – sie hatte einen Facharbeiterbrief für Elastverarbeitung – ein Faible für Psychologie pflegte und ich meine damit keinen esoterischen Schwachsinn – meine Mutter las echte Klassiker. Werke von Sigmund Freud, C. G. Jung und Alfred Adler stehen noch heute im Bücherregal unseres Wohnzimmers.

Und obwohl die Jugend meiner Mutter vom Stacheldraht des real existierenden Sozialismus umzäunt war, nahm sie das Licht ihres Daseins in sich auf, machte das Beste daraus, wie man so schön sagt. So lange, bis sie auf meinen Vater traf und die Dunkelheit in ihr Leben trat. Ich glaube, dass mein Vater sie nie geliebt hat. Warum meine Mutter ihn geheiratet hat, habe ich nie verstanden. Es muss die pure Verzweiflung gewesen sein oder einfach nur Mitleid mit der Erscheinung meines Vaters. Ihr Herz war einfach zu groß.

Später sitze ich im Garten. Das Haus meines Vaters liegt hinter mir im Dunkeln. Durch das Fenster des Wohnzimmers im ersten Stock dringt flackernd das blaue Licht des Fernsehers. Die ersten beiden Tage in Deutschland sind nun vergangen und ich bin umgeben vom traurigen Dezember. Eingepackt in eine dicke Jacke drehe ich mir eine Zigarette nach der anderen und blicke auf die Umrisse der vom nächtlichen Frost schwarz gewordenen Blätter zu meinen Füßen. Ich habe aus dem Schuppen des Gartens den Grill herausgeholt und ein kleines Feuer darin entfacht. Aus einer dummen Laune heraus verbrenne ich die Ausgabe der Fachschaftszeitung. Seite um Seite. Es ist dunkel um mich herum. Über mir hat die Nacht ihren Himmel aufgetan und präsentiert ihr unendliches Sternengeflecht. Wie ein Vorhang, glühend und endlos weit. Wenn ich manchmal in das Weltall blicke, dann wird mir immer ganz komisch zumute. So, als wäre man Teil von etwas Unerklärlichem. Die Sache mit Zoe ist das beste Beispiel dafür. Mir macht es zu schaffen, dass sie sich nicht bei mir meldet, und ich frage mich erneut, ob das wohl jemals wieder was zwischen uns werden wird.

Cao Dong Zhi Lu

„Jemand steckt in Schwierigkeiten, etwas Schlimmes ist passiert."
(Louise Bonner)

Am nächsten Morgen sind mein Vater und Heuschrecke scheinbar nicht zu Hause. Jedenfalls höre ich nichts von ihnen und deshalb mache ich erstmal einen Rundgang durchs ganze Haus, bevor ich ins Bad gehe. Dort ziehe ich das T-Shirt und die Shorts aus und stelle mich nackt vor den Spiegel. Meine Haare riechen noch nach Rauch vom letzten Abend. Ein bisschen wie Schinken. Aber das ist mir egal. Eher stört mich mein aus der Form geratener Körper. In China habe ich ordentlich an Gewicht zugelegt. Der ganze Reis, das fettige Essen und die vielen Fressflashs nach dem Kiffen haben deutliche Spuren hinterlassen. Ein richtiger Schwimmring aus Fett umschlingt nun meine Körpermitte. Auch habe ich eine kleine Warze neben dem linken Nasenflügel bekommen, die mich ziemlich entstellt. Ich sehe aus wie eine Hexe und gehe deprimiert über meine hässliche Erscheinung zurück in mein Zimmer, wo ich mich wieder ins Bett lege und mich meiner düsteren Stimmung hingebe.

Schließlich nehme ich mein iPhone zur Hand, das seit gestern in Griffweite auf dem Teppich herumliegt. Wenn ich die Schnauze voll habe von allem und jedem, dann tauche ich hinein in die Tiefen des Webs. Es gibt dort, so viel kranke Scheiße, dass einem sogar die verwackelten Handyvideos aus Krisengebieten manchmal harmlos vorkommen. Und um auf andere Gedanken zu kommen, ziehe ich mir ein paar davon rein. Ich muss sagen, dass ich seit meiner frühen Jugend vom Bösen fasziniert bin. Nein, nicht fasziniert. Ich bin ja kein Sadist. Doch ich ertappe mich immer wieder dabei, auf *YouTube* nach dem Grausamsten zu suchen: Folter, Misshandlung von Kindern, tödliche Schlägereien und Überfälle, Hassverbrechen.

Kurz bevor ich heute aufgestanden bin, als es noch dunkel war, habe ich mir ein Video aus Syrien reingezogen. Dort wurden zwei Zivilisten von Schergen der Assad-Truppen übel zugerichtet. Sie wurden mit LKW-Reifen, die man auf ihre bereits arg geschundenen Körper warf, malträtiert und mit Elektrokabeln ausgepeitscht. Beide hatten ihre Hände auf den Rücken gefesselt. Einem der beiden wurden dann sogar noch die Haare angezündet. Ein Handlanger stellte sich so lange auf den Hals des zweiten Zivilisten, bis dieser nicht mehr zuckte und sein Gesicht violett und angeschwollen war. Der Sound zu dieser Szenerie war das Schlimmste. Die Laute, die ein Mensch von sich gibt, während er gerade zu Tode gefoltert wird, kann man nicht vergessen. Sie brennen sich ins Hirn und hinterlassen tiefe Kerben in der Seele.

Ich checke jetzt *Evic Media*. Es geht momentan um günstige Analplugs und die Qualität der dafür verwendeten Materialien. Ob das alles auch getestet wird und so, und ob man doch zu hochpreisigen Produkten greifen sollte. Außer der Tatsache, dass sich ein Mädchen aus Russland in ihre Haarbürste verliebt hat, ist nichts weiter los. Jetzt surfe ich noch kurz auf *Spiegel Online* und diversen Pornoseiten herum, doch auch das lenkt mich nicht ab und darum lege ich das Handy zur Seite und gehe ins Wohnzimmer. Was ich dort machen soll, weiß ich auch nicht so genau. Vielleicht brauche ich schlichtweg etwas Gesellschaft, auch wenn es nur die mediale ist. Ich setze mich auf das Sofa, schalte den Fernseher ein und zappe mich durch das Morgenprogramm. Nach einer Weile macht mich das hysterische Gekreische der Moderatoren, Stars und Sternchen völlig kirre, also stelle ich den Ton ab und versuche, mich nur auf die flackernden Bilder vor mir zu konzentrieren. Eine Zeit lang geht das ganz gut.

Den späten Nachmittag verbringe ich wieder in meinem Zimmer. Irgendwann ist es dann auch ziemlich spät geworden und ich sitze an meinem Schreibtisch. Auf meinem Collegeblock mit einigen Notizen liegt mein iPhone, das Display ist schwarz, keine Nachricht von Zoe. Es wird Zeit, mich schlafen zu legen. Ich ziehe meine Klamotten aus und lösche das Licht, schaue auf die Schatten in meinem Zimmer. Nach einer Weile gesellen sich kaleidoskopische Gebilde hinzu und die aufkommende Dunkelheit beginnt, zu schweben. Szenen vergangener Tage, Bilder, die ich auf einem Zeitstrahl nicht anordnen könnte, erscheinen vor meinem inneren Auge. Gesichter, Körper und weite Landschaften. Später, kurz bevor ich endlich einschlafe, sind es grelle Spiralen und strahlende Fraktale. So muss es sich anfühlen, wenn man den Verstand verliert. Interessant. Das alles. Sehr sogar.

Bevor ich in meine kleine Wohnung in der French Concession zog, lebte ich einige Wochen mit zwei chinesischen

Mädchen in einem Wolkenkratzer zusammen. Die beiden hießen Maria und Kathy, das jedenfalls waren ihre englischen Namen. Die chinesischen konnte kein Mensch aussprechen. Von Kathy und Maria habe ich keine Fotos. Und wenn ich jetzt an Kathy denke, ist das auch kein großer Verlust. Sie war um die zwanzig, ziemlich dick und voller Pickel in ihrem teigigen Gesicht. Sie war wirklich keine Schönheit. Wir beide haben uns von Beginn an nicht riechen können und als ich nach ein paar Wochen ihre vollgesaugten Tampons auf dem Badezimmerboden vorfand, war bei mir vollends der Ofen aus.

Die zweite Chinesin hieß Maria, war selten da und genau das Gegenteil von Kathy. Für eine Chinesin war sie gut gebaut, hatte ein relativ schön gezeichnetes Gesicht und eine Nuance Charisma. Auch war ihr Englisch besser. Besser im Sinne von: Mit Ach und Krach mal einen Small Talk führen. Marias Zimmer war spärlich eingerichtet. Nur ein Bett stand in der Mitte und zwei leere Regale waren an der Wand befestigt. Als wir beide einmal allein in der Wohnung waren, rief sie mich zu sich. Sie saß in einem dunkelroten Negligé auf der Matratze ihres Bettes, das nicht bezogen war. Das klingt erfunden. Aber ich schwöre, es war tatsächlich so. Maria wollte sich mit mir unterhalten, da sie in zwei Wochen nach Europa fliegen sollte, und ich glaube, wenn ich mutiger gewesen wäre, hätte ich mit Maria an diesem Abend schlafen können. Einmal, und sich dann nie wieder begegnen. Wir beide wussten das. Den ersten Schritt wollte sie dann aber doch nicht machen und so blieb es bei dieser kurzweiligen Unterhaltung.

Nachdem Maria nach Europa geflogen war, kündigte ich den Vertrag mit Kathy. Als ich auszog, wollte sie mir noch einen Schlägertrupp auf den Hals hetzen, weil ich die, meiner Meinung nach überhöhte, Stromrechnung nicht bezahlen wollte. Als aber das Sekretariat meiner Schule bei ihr anrief, um den Vorfall auf Chinesisch zu klären, war sie dann ganz still.

A Scanner Darkly

„Wir wissen nur sehr wenig und das Wenige deuten wir auch noch falsch.“
(Philip K. Dick)

Der nächste Morgen. Es ist beinahe zehn, aber ich liege noch im Bett, surfe auf dem iPhone im Internet. Auf *Evic Media* geht es heute um ein Pferd, das Keyboard spielen kann, und einen kleinen Flüchtlingsjungen, der ertrunken an einen türkischen Strand gespült wurde. Die Gemeinschaft ist außer sich, reflexartige Empörung. Ich fühle mich zu dem Pferd und seinem Keyboard hingezogen. Die Sonne schickt ihre Strahlen durch das Fenster in mein Zimmer und malt Kaskaden aus goldenem Licht an die Wände. In der Nacht habe ich vielleicht drei Stunden geschlafen und in diesen wenigen Stunden habe ich von Zoe geträumt. Das erste Mal seit meiner Ankunft.

Szenen des Traums, an die ich mich erinnern kann: Ich sitze in einem Theater, alle Plätze um mich herum sind leer, es ist dunkel. Ein großer samtener Vorhang auf der Bühne, weißes Spotlicht strahlt darauf. Von irgendwoher klingt der Sound einer Flamenco-Gitarre. Sachte, traurig und jeden Ton einzeln in die Halle werfend. Ich bin älter als jetzt, wie alt genau, weiß ich nicht. Die letzte Note verhallt und erstirbt in der Stille, die mich umgibt. Zoe tritt wie ein Geist hinter dem Vorhang hervor, hinein in den weißen, hellen Lichtkegel und sie ist völlig nackt. Geblendet steht sie dort, verloren. Glaubt, allein zu sein. Ich fühle das. Sie steht ganz still, die Arme an die Seiten gepresst und ihre Augen sind dunkle Höhlen, wie ausgeschabt. Ich ahne, dass etwas Schlimmes mit ihr passieren wird. Voller Panik und Sorge will ich ihr zurufen, dass ich bei ihr bin, dass ich hier sitze und sie nicht allein ist. Doch ich bringe keinen Ton über die Lippen. Wie festgeschweißt sitze ich in dem Sessel, kann nichts tun, kann mich nicht bewegen. Ein Liliputaner erscheint auf der Bühne. Er ist gekleidet wie ein Harlekin und schwingt eine Reitpeitsche über dem Kopf. Er tritt ganz nah an Zoe heran und vor lauter Angst beginnt sie, lautlos zu weinen, doch sie wehrt sich nicht. Sie kann nicht. Genauso wenig wie ich. Der Zwerg schlägt jetzt fest auf ihre Waden. Auf ihr Hinterteil, auf ihre Brüste. Die Rute klatscht auf Zoes Leib. Als ich kurz davor bin, ohnmächtig zu werden, wechselt die Szene.

Zoe und ich sitzen jetzt im Foyer des wohl selben Theaters. Sie trägt eine Tunika und ihr Gesicht schimmert in den Facetten eines Opals, ständig in Bewegung. Sie spricht mit mir, doch ihre Worte klingen wie eine Schallplatte rückwärts abgespielt. Dumpfe Angst besetzt meinen Bauch, steigert sich, als ich neben mir den Liliputaner sehe. Jetzt trägt er einen Smoking nebst Fliege und auf seinem Schoß liegt eine Bibel. Zoe verstummt und blickt nun auch zu ihm und der Zwerg schlägt das Buch der Bücher auf. Er muss nicht lange suchen, bis er seinen kleinen Zeigefinger auf eine ganz bestimmte Stelle legt. *Matthäus – Kapitel 1* steht dort und ich weiß nicht, was damit gemeint ist. Und das geht mir jetzt noch immer so, jetzt, wo ich mich wieder an den Traum erinnere. An die Szenen, die immer blasser werden, bis sie gegen Mittag völlig verschwunden sind.

Ich stehe auf, dusche und putze mir gleichzeitig dazu die Zähne. Dann ziehe ich mich in meinem Zimmer an und gehe nach oben in Richtung Küche. Mein Vater ist sicherlich auf der Arbeit, doch aus dem Wohnzimmer höre ich das Geräusch des Fernsehers. Das muss Heuschrecke sein. *Verdammt*. Ich habe richtig Schiss, doch ich möchte einen Kaffee trinken und deshalb schleiche ich auf Strümpfen in die Küche. Straight bewege ich mich auf den Wasserkocher zu, der Gott sei Dank noch halb gefüllt ist, und drücke sacht den kleinen Hebel nach unten, um ihn anzustellen.

Die wenigen Sekunden, die es braucht, bis das Wasser kocht, werden zu endlosen Jahren. Ich stehe so still wie möglich. Auf einmal geht im Wohnzimmer der Fernseher aus. Kein Ton ist mehr zu hören. Das Geräusch des kochenden Wassers übertüncht jetzt die Stille im Haus. Ich fülle mit zitternden Händen meine Tasse, stelle den Wasserkocher zurück in seine Station. Es bewegt sich etwas nebenan, dann höre ich schnelle Schritte, die sich auf die angelehnte Tür zubewegen und plötzlich verhallen. Kalter Schweiß rinnt schlagartig meinen gesamten Körper hinab. Heuschrecke steht hinter der Tür, ich höre ihren Atem. Mein Herz hämmert wie eine AK-47 in meiner Brust. Langsam nehme ich die Tasse, strecke meinen Arm nach hinten aus, balanciere und pfeffere die Tasse gegen die Wohnzimmertür. Dann renne ich aus der Küche.

Zurück in meinem Zimmer verriegele ich die Tür und setze mich schweißgebadet und schwer atmend auf mein Bett. Ich zittere am ganzen Körper. Erinnerungen schießen mir durch den Kopf. Heuschreckes Hände, ihr Geruch, ihr Flüstern. Um den Ekel vor ihr abzuschwächen, nehme ich das Handy in die Hand, das auf meinem Bett liegt, checke meinen E-Mail-Account und die *Facebook*-Benachrichtigungen. Auf *Evic Media* immer noch dasselbe. Nichts hat sich getan. Kein Lebenszeichen von Zoe oder sonst irgendwem. Ich muss das Haus verlassen. Weg von hier. Weg von Heuschrecke. Mir fällt Mandy wieder ein. Ihr wollte ich heute doch einen Besuch abstatten. Einfach um auf andere Gedanken zu kommen, um den Frust auf Zoe abzudämpfen und vielleicht etwas Gras zu besorgen. Mandys Existenz erscheint mir jetzt wie ein sicherer Hafen.

Ich stehe langsam auf, stelle mich dicht an meine Zimmertür und lausche nach draußen. Nach einer Weile, in der nichts passiert, öffne ich sie einen Spaltbreit. Gedämpft sind von oben wieder die Geräusche des Fernsehers aus dem Wohnzimmer zu hören. Heuschrecke scheint nicht sonderlich beeindruckt von meiner Aktion gewesen zu sein. Ich nehme mein Portemonnaie vom Schreibtisch. Das Handy stecke ich in meine Hosentasche. Dann schleiche ich hinaus auf den Flur, streife mir Schuhe und Jacke über und entfliehe leise dem häuslichen Wahnsinn. Draußen auf der Straße geht es mir schon etwas besser. Ich gehe die Straße hinunter. Vorbei am Bahnhof, am Fluss entlang, hoch auf den Berg. Dorthin, wo Mandy wohnt.

Mandy

„Man weiß selten, was Glück ist, aber man weiß meistens, was Glück war.“
(Françoise Sagan)

Vier Stockwerke ist das Haus hoch, das alle nur *Sing Sing* nennen. Der Name *Sing Sing* hat seinen Ursprung in der indianischen Sprache und leitet sich von Sint Sinks ab, was Stein auf Stein bedeutet. Der Block, in dem Mandy wohnt, wird wohl wegen seines knastartigen Aussehens so bezeichnet. An der Fassade fehlen große Stücke Putz, es sieht so aus, als wäre dort ein Maschinengewehrfeuer eingeschlagen. Die Badezimmerfenster sind klein und vergittert.

Mandy ist ein Thema für sich, ich kenne sie seit einer Ewigkeit. Wir sind auf dasselbe Gymnasium gegangen, doch sie hat es nicht bis zum Abitur geschafft. Mandy und ich haben auch mal in einer Band gespielt, mehr schlecht als recht. Oft habe ich sie gehasst, weil sie so zerstörerisch und brutal sein konnte. Gerade auf Alk und Meth war sie unerträglich, doch loslassen konnte ich sie nie. Gott weiß, warum. Vielleicht ist sie die Schwester, die mir fehlt. Die Mutter, die fortging. Und irgendwie ist Mandy über die Jahre mein einziger Freund geblieben, obwohl sie ein Mädchen ist. In einer ihrer raren E-Mails, die ich in Shanghai las, erwähnte sie beiläufig, dass sie immer noch auf Meth sei und ihre Tochter sehr vermisse. Aber irgendwie müsse es ja weitergehen. Mandy geht es beschissener als mir, doch das ist kein Trost für mich.

Ich gehe zwei Stockwerke hinauf, vorbei an halbverrosteten Fahrrädern, die im Erdgeschoss herumstehen, und stolpere fast über einen abgewrackten Kinderwagen. Im ersten Stock verfange ich mich kurz in einer riesigen vertrockneten Palme, dann stehe ich endlich vor Mandys Wohnung. An der Tür hängt ein Poster von Pittiplatsch und Schnatterinchen, und während ich noch darüber nachdenke, ob das Poster schon vor meiner Abreise dort hing, drücke ich auf den Klingelknopf. Gedämpft höre ich eine klagende Big-Ben-Melodie. Seltsamerweise halte ich den Atem an. Dann erkenne ich das Geräusch vom Öffnen einer Tür und schlurfenden Schritten auf dem Flur. Das Schloss knackt, die Wohnungstür schwingt auf und vor mir steht Mandy. Sie trägt ein verwaschenes rotes T-Shirt, durch dessen Stoff sich ihre kleinen Brüste abzeichnen. Zwischen ihren Lippen steckt eine glimmende Zigarette. Sie sieht verbrauchter aus, als ich sie in Erinnerung habe. Ihre Wangen sind eingefallen, die schulterlangen schwarzen Haare hängen fettig ins Gesicht. Ich nehme an, ihr geht es nicht besonders gut. Einiges hat sich sicherlich verändert, wohl nicht zum Guten, möchte ich meinen. „Hi Mandy. Wie geht's dir?“, kommt es mir über die Lippen und ich trete unsicher einen Schritt auf sie zu.

Mandy blickt mich verwundert an, so als müsse sie einordnen, wer da vor ihr steht, doch dann begrüßt sie mich mit einem schlappen „Hey Liam“ und sagt weiter, träge: „Schön, dich wiederzusehen. Komm rein.“

Als ich in ihrem Flur stehe und sie die Tür hinter mir geschlossen hat, umarmt sie mich und sagt mir, dass sie mich vermisst habe. Ein Mix aus dem Geruch dreckiger Klamotten, Schweiß, Kiff und Kippen steigt mir in die Nase. Mandy riecht nach sozialer Verwahrlosung und völliger Selbstaufgabe. Nichtsdestotrotz gehen wir in ihr Wohnzimmer. Ich lasse meinen Blick durch den Raum schweifen und sehe den Ofen, in dem ein kleines Feuer brennt, Holz und Briketts liegen in einem Wäschekorb gestapelt daneben. Dem gegenüber das Sofa mit einem Berg ineinander verschlungener Decken, der Fernseher und das Computertischchen, auf dem eine schwarze Fliese liegt und darauf zwei gleich lange Lines. Ich nehme an, es ist C.

Mandy meint: „Ich mache uns erst einmal einen Ingwertee“, und verschwindet in der Küche.

Ich verfrachte einen Berg Klamotten vom Sessel hinunter auf den Boden und setze mich auf das versiffte Polster. Die Wände des Zimmers sind mit Postern diverser Bands dekoriert und mit einem übergroßen Trapez aus roten Gummibändern, das mit Vogelfedern geschmückt ist, dazu die Motorhaube eines Trabants. Ich blicke auf den Boden. Ein Haufen Werkzeug, Kupferteile, Draht, abgesägte Heizungsrohre, alte Zeitungen, Socken, leere Kaffeebecher und vieles mehr liegen dort herum. Mandy war früher mal Stagehand, sie arbeitete beim Bühnenbau. Ich meine, als sie noch fit war und bevor sie Mutter wurde. Auch heute wirkt sie noch sehr maskulin, obwohl das C sie ausgezehrt hat. Deshalb wollte ich sie auch nie flachlegen und das war wohl gut so.

Mandy kommt grinsend aus der Küche zurück, sieht, dass ich auf den Boden starre, zuckt mit den Schultern und reicht mir den Tee.

„Vielen Dank“, sage ich leise.

Sie scheint sich wirklich über meinen Besuch zu freuen.

Jetzt deutet sie auf die Unordnung am Boden und erklärt: „Ich mache mittlerweile viel mit Buntmetall. Aus den alten Häusern und Fabriken kann man noch eine Menge herausholen. Der Schrotthändler nimmt es gern. Vor allem Kupfer. Du kannst dir nicht vorstellen, wie viele Dachrinnen an den Villen in Plagwitz aus Kupfer sind. Das gibt richtig gutes Geld.“

„Nicht, dass sie dich da mal erwischen“, sage ich, nippe an dem Tee, bemerke, wie belanglos das klingt.

„Du, mir ist das relativ egal. Mein neuer Freund begleitet mich doch und passt auch gut auf mich auf. Ach ja, der studiert ja auch an deiner Hochschule. Sicherlich seid ihr euch schon einmal über den Weg gelaufen.“

„An meiner Hochschule?“

Ich bin ehrlich gesagt etwas verblüfft.

„Ja, kannst du dir wohl nicht vorstellen, dass auch in akademischen Breitengraden gestofft wird?

„Doch. Eigentlich schon“, gebe ich resigniert zu.

Unfassbar, dass wir uns bereits in den ersten Sätzen dieses Gesprächs wieder nur über Meth unterhalten. Ich meine, wir haben uns über ein Jahr nicht gesehen und es gäbe doch so viel zu erzählen und zu fragen. Mandy, wie geht es deiner Tochter? Willst du nicht endlich mit dem C aufhören? Liam, wie war es in China? Wohnst du jetzt wieder zu Hause? Was macht Zoe? Mir fällt auf Anhieb so vieles ein, was es wert wäre, auszutauschen. Doch auch ich sitze einfach nur hier und starre in die Teetasse. Vielleicht haben wir beide die Hoffnung verloren. Jeder für sich, jeder mit seinen eigenen Themen. Vielleicht macht uns das einfach so sprachlos, so oberflächlich und kalt.

Ziemlich bitter, das alles. Mandy geht auf den Computertisch zu und ich weiß sofort, was nun angesagt ist. Und irgendwie habe ich jetzt überhaupt keinen Bock darauf, dass sie sich vor mir ihr Zeug reinballert. Meth ist zu einer echten Plage geworden.

Als Mandy schwanger war, hat sie Gott sei Dank mit dem C Schluss gemacht, dafür langte sie nach der Geburt ihrer Tochter wieder umso stärker zu. Vor Shanghai habe ich sie oft bekniet, mit diesem Dreck aufzuhören, obwohl ich selber noch drauf war. Was gibt es Größeres im Leben, als Mutter zu werden? Ich meine, wenn man da nicht die Kurve bekommt, ich weiß nicht. Der Stoff hat Mandy besetzt, das nehme ich jetzt immer mehr wahr, auch dass ich keinerlei Einfluss auf ihr Konsumverhalten habe. Aber trotzdem versuche ich, Mandy von ihrem Vorhaben abzubringen und frage: „Wie geht es eigentlich deiner kleinen Tochter?"

Es soll interessiert und etwas lapidar klingen, aber nachdem ich es ausgesprochen habe, wird mir die Tragweite dieser Frage bewusst. Mandy steht vor dem Schreibtisch und blickt mich jetzt richtig hasserfüllt an.

„Die Kleine ist bei ihrem Scheißvater. Wieso fragst du eigentlich nach ihr? Du weißt doch genau, dass ich sie nur jedes zweites Wochenende sehen darf."

Ich hätte mir das Ganze echt sparen sollen, denke ich bei mir, und sage pflichtbewusst: „Sorry."

Mandy setzt sich an das Computertischchen und knallt sich hintereinander die zwei Lines rein, und es ist echt viel, was sie da wegzieht. In mir macht sich eine große Leere breit. Nun springt Mandy auf, schreit laut und schlägt sich mit der Hand gegen die Stirn – so heftig, dass ein roter Abdruck dort zurückbleibt. Ich nehme mir vor, bald eine Tüte zu bauen, damit ich das hier irgendwie ertragen kann. Hoffentlich hat Mandy etwas Gras am Start. Sie scheint sich etwas beruhigt zu haben, denn sie nimmt wieder Platz.

„Sorry, tut mir leid", sagt sie und streicht sich die Haare aus dem Gesicht. „Das Zeug ist gut und da raste ich einfach immer ein bisschen aus."

Und richtig interessiert und voll anwesend fragt sie mich dann: „Sag mal, wie war es eigentlich bei den Schlitzaugen da drüben?"

Sie schnieft noch einmal tief ein und lässt sich zurück in den Bürosessel sinken.

„Ach, ganz okay", erwidere ich, „nichts Besonderes."

Mandy stöhnt, reibt sich mit den Händen die Oberschenkel und nach einer minutenlangen Pause, in der sie mit ihren Fingern spielt, frage ich: „Hey, hast du etwas Gras am Start? Ich würde gern ein bisschen was mitnehmen."

Mandy übergeht meine Frage und ihre Stimme klingt wieder aggressiv, als sie über den Vater ihrer Tochter herzieht.

„Seit fast einem Monat habe ich meine Kleine nicht gesehen. Dieser Penner erzählt bestimmt nur Horrorgeschichten über mich. Das Amt hat mir ja auch nicht geglaubt. Ich meine, dass ich alles schaffen und eben nur clean werden kann, wenn ich weiß, dass mein Kind bei mir ist."

Mandy ist vor zwei Jahren Mutter geworden. Sie hat mit so einem Hippie auf einer Goa-Party ein Kind gezeugt, natürlich war sie drauf. Jetzt hat sie den Salat. Das Jugendamt entzog ihr noch vor meinem Abflug das Sorgerecht. Wegen der ganzen Drogen und des Vorwurfs der Verwahrlosung und so.

„Aber ich bin doch so gerne Mutter“, schiebt sie noch hinzu. „Ich komme einfach nur mit dem ganzen Stress nicht klar. Ganz schön beschissen ist das alles.“

Ja, irgendwas hat Mandy über all die Jahre immer mehr kaputt gemacht, denke ich bei mir, und es kann nicht nur das Meth gewesen sein. Das glaube ich einfach nicht.

„Es tut mir leid“, sage ich leise. „Ich hoffe, es wird alles gut.“

Alles wird gut. Das ist leicht daher gesagt, denn wenn ich hier in diesem dreckigen Sessel sitze und Mandy dabei zusehe, wie sie wieder C auf die Fliese schüttet, um sich noch eine Line reinzuknallen, dann wieder aufspringt, schreiend und mit rollenden Augen im Zimmer auf- und abläuft, den Vater ihres Kindes als Wichser, Schwanzlutscher und alten Hurensohn beschimpft, dann kann ich mir ehrlich gesagt nichts Gutes vorstellen. Mir wird bewusst, dass ich diesem Spektakel nicht mehr allzu lange beiwohnen kann.

Mandy sitzt wieder in ihrem Sessel und schwitzt wie ein Schwein.

Sie sagt erschöpft: „Liam, wenn ich jemals einen Herzinfarkt bekomme, dann habe ich dich auserwählt, im Krankenhaus den Stecker zu ziehen.“ Sie fällt förmlich in sich zusammen und seufzt. „Eigentlich geht es mir gar nicht gut“, flüstert sie. „Nicht nur dass ich meine Tochter so vermisse. Ich habe mir auch einen ziemlich schlimmen Hautausschlag eingefangen.“

Und um ihren Worte Nachdruck zu verleihen, steht sie jetzt auf und zieht ihre Jeans vor meinen Augen herunter, wie in Zeitlupe passiert das alles. Mein Blick fällt auf Mandys Schoß und ihre Oberschenkeln. Dort ist die gesamte Haut mit dunkelroten, nässenden Flecken übersät, die an den Rändern fransig auslaufen. Mandy blickt an sich hinab, am linken Knie habe es sie besonders schlimm erwischt. Dieses ist auf nahezu das Dreifache angeschwollen und in der Mitte dieser Schwellung befindet sich ein tiefes Loch.

„Dort tut es besonders weh."

Mandy beugt sich vornüber und betastet vorsichtig mit ihren Fingern die Ränder der monströsen Schwellung.

„Sag mal, willst du damit nicht zum Arzt gehen?", frage ich stotternd, zutiefst schockiert. Aber Mandy zieht ihre Hose wieder nach oben.

„Ach, es ist eigentlich gar nicht so schlimm", meint sie. „Kiffen zum Beispiel ist viel schlimmer für die Haut." Was für eine krude These. „Ich creme mir die Beine zweimal am Tag mit Nivea ein. Das sollte reichen. Es ist ja auch schon besser geworden."

Das Gefühl in mir, dass sich nichts verändert hat und dass alles nur schlimmer geworden ist, verstärkt sich immer mehr. Gewiss werde ich nur noch ein paar Wochen in der Lage sein, all dies objektiv und wie durch ein Brennglas beobachten zu können. So lange, bis es mich wieder hineinzieht und ich mit all dem verschmelze. Mit Mandys Welt, meinem Vater und Heuschrecke. Der nicht enden wollenden Geschichte mit Zoe, der Wut und dem Stillstand.

Ich spüre hier bei Mandy, dass Shanghai irgendwann nur noch eine blasse Erinnerung sein wird. So, als wäre ich nie dort gewesen, und nichts, was ich erlebt habe, was mich vielleicht ein wenig größer gemacht hat, wird bestehen bleiben. Mandy sitzt seit einer Weile regungslos im Sessel und starrt mit leerem Blick an die gegenüberliegende Wand.

Irgendwann flüstert sie: „Ich will weg."

Ihr Körper zittert leicht, dann schlägt sie die Hände vor das Gesicht und beginnt, schluchzend zu weinen.

Als sie sich wieder etwas beruhigt hat, frage ich, wohin sie denn möchte, und sie erwidert so leise, so, dass ich es fast nicht hören kann: „Ich weiß nicht. Einfach nur weg."

Desperation #5

„Der höchste Mensch gebraucht sein Herz wie einen Spiegel.“
(Zhuangzi)

Zurück bei meinem Vater muss ich mir im Garten erst mal eine fette Tüte reinziehen. Das Gras habe ich dann doch noch von Mandy bekommen. Ich habe ihr zwanzig Euro dafür gegeben, mehr konnte ich nicht für sie tun. Oben im Wohnzimmer kann ich durch die Fenster das weißblau zuckende Licht des Fernsehers sehen. Sicherlich ist mein Vater wieder zurück und zieht sich mit Heuschrecke das Abendprogramm auf den Privaten rein. Jetzt sehe ich, wie er von der Couch aufsteht und seine Silhouette durch den Raum wandert. Heuschrecke wird wie versteinert vor der Mattscheibe sitzen, dumpf vor sich hinstarren und an ihrem Glas Cointreau nippen. Das sind echte Lebenskarrieren.

Als ich völlig high in mein Zimmer komme, sehe ich, dass mein Vater mir ein paar Sandwiches auf meinen Schreibtisch gestellt hat. An denen knabbere ich dann herum, setze mich auf mein Bett und höre mit Kopfhörern Musik über das Internet. Irgend so ein amerikanischer Jazzsender läuft da und ich beginne, während ein Saxophon durch das Web klagt, über Mandy, ihr Kind und Gott und die Welt nachzudenken. Auf einmal verstummt die Musik. Das iPhone vibriert und als ich es in die Hand nehme und auf das Display schaue, steht dort eine Nachricht von einer unbekannten Nummer. Noch ungeöffnet kann ich bereits die erste Zeile lesen:

Treffen wir uns morgen Abend im Schlosscafé?

Als ich mit dem Daumen auf das leuchtende Feld tippe und den gesamten Text vor mir sehe, ist dort nur noch ein Wort zu lesen.

Zoe.

Es vergeht ein Augenblick, bis ich begreife, was dort steht. Einen Moment kann ich es wirklich nicht fassen. Zoe hat sich gemeldet und möchte sich mit mir treffen. Morgen. Im Schlosscafé. Dass sie diesen Ort vorschlägt, berührt mich. Nur einmal waren wir dort. Unglaublich, dass sie sich daran erinnern kann, und es ist für mich völlig unerwartet, dass sie deshalb von Leipzig hierher ins Kaff kommt. Ich erinnere mich auf einmal an die schönen und innigen Momente, die wir hatten, die spärlich waren, aber die es gab. An die Momente, die mich noch immer an sie denken lassen.

Nach ein paar Minuten schreibe ich ihr zurück, frage, ob es morgen gegen zehn für sie okay sei, und füge hinzu, dass ich mich freue, sie wiederzusehen. Doch diese Antwort enthielt wohl zu viel Offenheit, zu viel Ehrlichkeit, denn in der nächsten halben Stunde passiert nichts. Ich starre auf das erloschene Display meines Handys, bekomme keine Antwort zurück. Ich habe den Verdacht, dass das ein Spiel ist. Eine Eigenart, die ich auch von anderen Frauen kenne. Die Gabe, Männer zur Weißglut zu treiben. Zoe ist darin ebenfalls sehr begabt, *gifted*, würde man im

Englischen dazu sagen. Jetzt fühle ich mich schon wieder schlecht. So abgestellt. Warum muss ich auch immer den ersten Schritt machen? Zeit für eine Dosis Lebensekel. Ich muss jetzt einfach ein wenig abschalten und da auf *Evic Media* nichts Neues läuft, schaue ich mir via *YouTube* neue verstörende Videoclips an. Das erste spielt im Kongo und zeigt, wie mit brutalsten Mitteln Kindersoldaten rekrutiert werden, ein anderes zeigt in Ghana als Hexen denunzierte Frauen, die von einem johlenden Mob lebendig verbrannt werden. Es dauert ziemlich lange, bis man dabei den Löffel abgibt. Bestimmt zwanzig Minuten schaue ich zu, wie an den armen Schweinen herumgekokelt wird, bis sie so fertig sind, dass sie nicht mal mehr schreien oder zucken, sondern sich scheinbar wehrlos ihrem Schicksal ergeben. Gelegentlich versucht noch ein brennender Körper, aus dem laienhaft aufgestapelten Scheiterhaufen zurück auf den staubigen Boden Afrikas zu kriechen, nur um von besoffenen, dunklen Wüstenjungen wieder in die züngelnden Flammen hineingetreten zu werden.

Als die schwarzen Hexen und Zauberer verkohlt sind, ziehe ich mir Foltervideos aus einem Militärgefängnis in der Nähe von Bagdad rein. Die Aufnahmen sind gewiss mehr als zwanzig Jahre alt, doch sie haben nichts von ihrer Grausamkeit eingebüßt. Unter Saddam im Irak in den 80ern muss es ziemlich abgegangen sein. Meine Fresse, da werden jetzt um die zehn junge Männer immer und immer wieder von einem knapp 15 Meter hohen Dach eines Gefängnisses gestoßen, so lange bis alle ihre Knochen gebrochen, sie aber noch am Leben sind – die meisten jedoch nur als ein blutiger Klumpen Brei. Später werden den Männern mit Ziegelsteinen Arme und Beine gebrochen und am Ende ungefähr fünf Rekruten einer Armee immer wieder mit dicken Elektrokabeln harte Schläge versetzt, von einem fetten Offizier, auf die nackten Fußsohlen. Dabei werden sie von zwei identisch aussehenden Helfershelfern mit mächtigen Schnurrbärten fixiert. So können sie sich nicht wehren, geschweige denn wegrennen. Vor Angst und Schmerzen winden sie sich in ihren Qualen und quieken wie Schweine, die gerade abgestochen werden.

Nachdem ich geschockt genug vom Wahnsinn dieser Welt bin, hat sich die Ungeduld auf Zoes Antwort etwas abgeschwächt. Zum weiteren Zeitvertreib versuche ich, über *Google* Earth das Haus in Shanghai zu finden, in dem ich gewohnt habe. In der French Concession, hinter der Residenz von Song Qingling. Eine Weile rutsche ich mit dem Finger auf dem Bildschirm hin und her, vergrößere hier und da ein Quadrat, doch ich finde das Viertel einfach nicht. Auch die Adresseingabe hilft mir nicht weiter. Diese Stadt ist einfach zu groß oder ich bin völlig dicht. Song Qingling. Man muss mit diesem Namen nicht unbedingt etwas anfangen können, doch die Geschichte um diese Frau ist recht unterhaltsam. Das Haus, in dem ich die kleine Wohnung nach dem Intermezzo mit Kathy und Maria bezog, lag direkt hinter der Residenz von eben dieser Song Qingling, Ecke HuihaiLu, WanpingLu. Natürlich ist diese Dame schon tot, eine historische Figur sozusagen, doch ihre Residenz ist der Öffentlichkeit zugänglich. Eine Villa im kolonialen Stil, umrahmt von einem überaus gepflegten Garten. Eine echte Oase inmitten des brachialen Sounds der Stadt. Abgeschirmt, ein guter Ort, um zum Runterfahren.

Song Qingling war die jüngste der drei reichen und

schönen Song-Schwestern, von denen man sagte – so stand es jedenfalls auf einer der englischsprachigen Tafeln –: Die eine liebte das Geld, die andere die Macht und die dritte ihr Land. Ehrlich gesagt hatte ich von den Song-Schwestern vorher noch nie etwas gehört. Jedenfalls war Qingling die Letztgenannte. Sie heiratete 1915 heimlich einen dreißig Jahre älteren Revolutionär und wurde als engagierte Menschenrechtlerin von den Kommunisten hoch verehrt. Das ist heute kaum noch vorstellbar, denn die Villa im mondänen Stil und der Luxusoldtimer vor dem Eingang sprechen eine eigene Sprache, aber egal. Song Qingling war von 1959 bis 1975 stellvertretende Staatspräsidentin. Chiang Kai-shek, Führer der Kuomintang, der eine ihrer Schwestern heiratete und aus China floh, schenkte ihr diese schmucke, von einem deutschen Schiffseigner erbaute Villa. So viel zu den Idealen des Kommunismus. Ich wohnte dort in der Nähe bis zum Ende meines Aufenthalts in Shanghai gemeinsam mit friedlichen, alteingesessenen Chinesen. Rentner, die früher mit Sicherheit als Rotgardisten ihre eigenen Eltern denunziert, Tempel zerschlagen und Kirchen im ganzen Land angesteckt hatten. Es war recht beschaulich, wenn ich das so sagen darf. Wäre da nicht mein Nachbar gewesen.

Mein Nachbar hatte eine ordentliche Wampe und lief fast nur mit einem labberigen Unterhemd und zerfetzten Bermudas herum. Er war um einiges jünger als die übrigen Hausbewohner, die sich bereits im Rentenalter befanden, und arbeitete als Taxifahrer. Eine Angewohnheit von ihm war, seine Frau und seine Tochter jedes Wochenende zur gleichen Zeit zu vermöbeln. Warum, kann ich mir bis heute nicht erklären, aber man konnte die Uhr danach stellen. Wenn ich den beiden kleinen und schüchternen

Frauen auf der Treppe begegnete, wirkten sie durchaus sympathisch und liebenswert. Später hörte ich ihre Körper gegen die dünne Trockenwand fliegen und beide vor Angst und Schmerzen schreien. Ich fühlte mich dann hilflos, denn sicherlich wäre ich der Nächste gewesen, wenn ich an die Tür geklopft hätte. Im schlimmsten Fall hätte ich ein Messer zwischen den Rippen gehabt.

Wenn ich an meinen Nachbarn und sein labberiges Unterhemd denke, erinnere ich mich auch an die Hitze dieser Stadt. Nichts ist so erdrückend wie die Monate Juli und August in Shanghai. Am besten verlässt man so selten wie möglich die Wohnung und lässt stattdessen die Klimaanlage auf Hochtouren laufen, schaut DVDs, die man in den späten Abendstunden, wenn sich die Stadt etwas abgekühlt hat, auf seinen Spaziergängen durch die French Concession hier und dort in tausenden kleinen Lädchen erwerben kann. Jetzt muss ich auch wieder an Abdul denken, den Boss der Kebab-Stände, die fest in uigurischer Hand sind, und an sein erstklassiges Haschisch aus Kasachstan. Für 200 Renminbi bekam man eine handtellergroße Scheibe fest gepressten, dunkelbraunen Shits. Unter uns gesagt: das potenteste Dope, das ich jemals rauchen durfte. Ich denke an die Dimensionen der Stadt, an die weiten, langen Straßen in der Nacht, die sich wie illuminierte Schlangen durch die Hochhäuser wanden. An die vielen Bordelle in den Straßen und deren junge Huren, die mir zuzwinkerten, wenn ich von der Arbeit nach Hause ging. Das Spucken der Taxifahrer, die endlosen Metrofahrten und die verkrüppelten bettelnden Kinder in den dunklen Gassen. Stunden des Zufriedenseins und innere Ruhe.

Doch allmählich beginnen die Bilder, zu verblassen,

und meine Erinnerungen an dieses Leben scheinen die eines anderen Menschen zu sein. Sie fliehen zurück zu den endlosen Weiten Chinas und am Ende bleibt nur eine verschwommene Ahnung. Wie ein Gemälde, wenn man es aus der Ferne betrachtet. Es lebt nicht, es ist nur trockene Farbe auf einer Leinwand. Eingepfercht in einen Rahmen, den irgendjemand irgendwo an irgendeine Wand gehängt hat.

Davu Love

„Mach End', o Herr, mach Ende. An aller unsrer Not."
(Paul Gerhardt)

Ich liege in der Badewanne und schaue aus dem Fenster. Heute ist Dienstag, der 24. Dezember. Heiligabend. Zoe hat sich seit meiner Antwort nicht mehr gemeldet. Nichtsdestotrotz habe ich vergangene Nacht zum ersten Mal relativ gut geschlafen. Der Jetlag scheint peu à peu zu verschwinden und Zoe ist etwas in den Hintergrund gerückt. Eben habe ich sogar mit meinem Vater zusammen in der Küche gefrühstückt. Nicht im Wohnzimmer, denn dort saß Heuschrecke, um sich überraschenderweise heute auf Eurosport Poolbillard anzuglotzen. Das Programm habe ich durch den offenen Türspalt auf der Mattscheibe sehen können. Sie hat sich bis jetzt nicht zu dem Tassenvorfall geäußert. Gesehen habe ich sie auch nicht, und das ist gut so. Mit meinem Vater verlief alles ganz normal. Soll heißen, wir sprachen kaum miteinander. Er erzählte kurz, dass Torben heute Abend mit seiner Familie vorbeikommen würde. Dann fragte er mich nach dem Verlauf meines Studiums und ob ich mich langsam wieder in Deutschland akklimatisiert hätte. Ich zuckte daraufhin nur mit den Schultern, grummelte etwas in mich hinein, war angespannt und horchte mit einem Ohr ständig auf die Geräusche, die aus dem Wohnzimmer drangen. Torben also. Soso.

Mein Vater war mal ein hübscher, wenn auch immer schon kleiner Mann gewesen. Auf den Jugendfotos, die ich von ihm kenne, hat er ein sanftes, weich gezeichnetes Gesicht. Doch mit den Jahren wurde aus diesem Gesicht eine immer traurigere Maske. Manchmal kann ich ihm für kurze Zeit meiner Mutter zuliebe vergeben, doch dann schwebt wieder ihre Seele über mir. Das Überbleibsel des Menschen, der mir genommen wurde. Es erinnert mich dann an all das, was passiert ist, daran, dass alles irreversibel ist und ich mir dieses Leben weiß Gott nicht ausgesucht habe. Zu allem Überfluss kommt also heute Abend Heuschreckes Sohn Torben mit seiner Familie vorbei. Sie werden glücklicherweise in einem Hotel übernachten. Unser Haus ist zu klein, um alle aufnehmen zu können.

Es gibt so viele Menschen, die meinen, der Mittelpunkt der Welt zu sein, um dann völlig durchzudrehen, wenn sie bemerken, dass kein Hahn nach ihnen kräht – Torben ist einer davon. Torbens Familie geht es nicht gut. Der Grund für diese Schieflage ist wohl, dass er als Leiharbeiter in einer Großbäckerei im Schichtdienst am Fließband steht, oft Brandblasen an den Händen hat und viel Hefeweizen trinkt. Vielleicht ist es aber auch die versemmelte Selbständigkeit von Sylvie, seiner farblosen Frau, die vor ein paar Jahren als Fußpflegerin ihr Glück versuchte. Zwei Kinder haben sie auch noch und zusätzlich ziemlich hohe Schulden. Eigentlich kotzen sie nur ab. Ich empfinde sogar Mitleid gegenüber Torben. Jedenfalls ging es mir noch vor Shanghai so.

Die meisten Menschen machen sowieso ein absolutes Gewese um Kinder. Für mich ist das nicht zu verstehen. Ist doch das Normalste der Welt! Schwangere Frauen, die mit arrogantem Stolz ihren Bauch die Straßen entlangtragen, lösen in mir ein komisches Gefühl aus. Fast alle jungen Mütter sind auf ihre Weise ein bisschen wahnsinnig. Wie eine Guerilla-Einheit schießen sie mit ihren Kinderwagen durch die Stadt, ohne Rücksicht auf Verluste. Oft treffen mich dann ihre Blicke, die mir sagen sollen, was für ein schwaches, bemitleidenswertes Wesen ich bin. Ein Wesen, das niemals erfahren wird, was wirkliche Liebe bedeutet. Frauen spielen den Trumpf ihrer Fruchtbarkeit gnadenlos aus. Sylvie ist auch so eine unsympathische Mutter. Ich habe sie noch nie lachen sehen. Und obwohl ihre Jungs angeblich beide Wunschkinder sind, erwartet sie von ihrer Umwelt, die beiden als Last anzusehen. *Sie.* Eine Einzelkämpferin gegen den Rest der Welt. Als ob irgendetwas daran besonders wäre.

Am Abend sitzen wir dann tatsächlich alle gemeinsam an der Weihnachtstafel im Wohnzimmer. Sylvie, Torben und Heuschrecke sitzen mir gegenüber und es ist absolut surreal. Es ist ja das erste Mal, dass ich sie, nach über einem Jahr, wiedersehe. Heuschreckes Gesicht ist vom Alkohol aufgedunsen und tiefe, dunkelblaue Augenringe sind ihr ins Gesicht geschnitten. Sie weicht meinen Blicken aus und ich habe nichts dagegen. Neben ihr sitzt Sylvie. Sie wirkt unsicher auf mich, fast ängstlich. Ihre Kinder freuten sich, mich zu sehen, obwohl sie mich gleich fragten, ob ich ihnen Geschenke mitgebracht hätte. Für meinen Geschmack war das etwas zu viel, Kinder sollten sich nicht so falsch verhalten. Die beiden Jungs sind dicker geworden und Torben raucht wieder. Das war das Erste, das er mir berichtete, als wir uns im Flur begrüßten.

Die Bescherung ist schon seit einer Weile vorüber und alle versuchen, sich krampfhaft noch ein wenig zu unterhalten. Die Kids prügeln sich mit den leeren Kartons der Geschenke im Wohnzimmer. Ich habe keine Ahnung, wie alt die beiden eigentlich sind. Auf jeden Fall gehen sie gehen schon zur Schule und haben dort etwas für mich gebastelt, so eine Art Wandzeitung. Darauf haben sie ihre Tagesabläufe gestaltet und Münzen und selbstgebastelte Papiertierchen aufgeklebt. Ich werde ihre Ausarbeitungen neben das Poster von Malcolm X hängen. Sie haben sich ja wirklich große Mühe gegeben. Meinem Vater habe ich letzten Freitag auf dem Weg zum Bahnhof noch den *Literarischen Katzenkalender* bei *Hugendubel* am Markt besorgt. Den hatte er sich aber schon im Internet bestellt und drückte ihn mir ohne Worte wieder in die Hand. Warum mein Vater Katzen so mag, habe ich nie verstanden. Noch nie hatten wir eines dieser Tiere bei uns zu Hause. Den beiden Jungs von Torben habe ich jeweils ein Spiel für ihre PSP aus China mitgebracht. Diese gingen jedoch ziemlich unter, weil sie mehrere Riesenkartons voller *Lego*-Ninjago-Gedöns bekommen hatten, was in ihrer Altersklasse gerade voll in ist. PSP scheint out zu sein. Sylvie macht jetzt den Abwasch und Torben ist hinunter in den Hof gegangen, um eine zu rauchen. Ich wollte ihn nicht begleiten. Gott sei Dank haben wir uns gegenseitig nichts geschenkt. Darüber bin ich zugegebenermaßen erleichtert. Das ist mir wirklich lieber so. Es wäre sonst alles noch verlogener.

Um mich ein wenig zu entspannen, schaue ich mir gelangweilt und ohne Ton auf meinem iPhone Analfisting-

Videos an. Die Videos laufen flüssig, sogar in HD. Aus dem Wohnzimmer dudelt eine wirklich schöne Version von *Befiehl du deine Wege* und mir wird auf einmal richtig warm ums Herz. Ach, ich liebe Paul Gerhardts Musik. Seine Choräle sind mir eine echte Offenbarung. Wer bei dieser Musik nicht Demut und starke Sehnsucht nach den Tiefen des Daseins erfährt, dem ist nicht zu helfen. Diese Musik ist wahre Liebe und vollendete Schönheit. Man merkt den Chorälen Gerhardts die Verzweiflung und das Grauen des Dreißigjährigen Krieges an, aber auch innigste Gottessehnsucht und die Hoffnung auf etwas Größeres. Auf etwas Überirdisches, was uns alle von unserem Schmerz und den weltlichen Qualen erlöst. Eine in Töne gefasste Ikone.

Manchmal sitze ich einfach nur da, die Kopfhörer aufgesetzt, und ziehe mir ein bisschen Weed rein, während ich Paul Gerhardt auf meinem iPhone höre. Eine Aufnahme aus den 60er Jahren. Ein gutes Sänger-Ensemble. Zwei Männer, zwei Frauen. Der absolute Wahnsinn. Wenn man auf die Weise hört, wie ich es dann tue, also wenn man völlig in sich gekehrt dasitzt und sich *Lobet den Herren* oder *Befiehl du deine Wege* reinbügelt, dann gibt es nichts Höheres auf diesem Planeten. Meine Liebe für Choräle von Paul Gerhardt begann schon ziemlich früh. Man findet bei ihm eine Kongenialität von Musik und Text. Es werden die schönsten Melodien des evangelischen Gesangbuches mit Texten kombiniert, die von einer schier unverwüstlichen Glaubensgewissheit zeugen und ihresgleichen suchen. Ich kann mich erinnern, dass ich als Kind auch das Weihnachtsoratorium von Bach sehr mochte.

Zurück zum Display. Deutlich interessanter, als einer Frau dabei zuzusehen, wie sie sich beide Hände in den

Hintern schiebt, ist der Artikel auf Wikipedia über analen Faustverkehr. Dort heißt es im Original, dass diese Spielart grundsätzlich unabhängig von Alter und Beckenbau praktiziert werden kann und dass das Backfett *Crisco* einen gewissen Kultstatus in der Szene erlangt hat. Das liege daran, dass *Crisco* in den Staaten sogar in Eimerportionen erhältlich ist, die sehr beliebt bei den Praktizierenden sei. Man könne seinen gesamten Unterarm in das darin befindliche Fett eintauchen und somit schnell und vollständig für das Kommende vorbereiten. Es fehlten jedoch, laut der Autoren, eigenständige Untersuchungen zu den Spätfolgen des Analfistings im fortgeschrittenen Alter. Auch solle man bei der Durchführung des Ganzen behutsam vorgehen, denn mit einem Rektumprolaps sei nicht zu spaßen. Ich muss zugeben, ich bin auf eine sonderbare Weise berührt von dieser Sachlichkeit. Die Nüchternheit des Artikels ist eine klare Leistung.

Auf *Evic Media* diskutiert die Gemeinschaft heute aufgeregt über ein Video, in dem mehrere Babys zu Tode gefoltert werden. Das Ganze soll auf den Philippinen produziert worden sein. Zwei Männer, nach Angaben der Gemeinschaft Australier, setzen unter anderem Hammer und Meißel ein, um einem Säugling den Schädel zu spalten. Auch schlagen sie wie bei einer Kissenschlacht zwei Babys gegeneinander, bis diese schließlich tot sind, und weiden sie danach aus. Die Screenshots reichen mir völlig. Ich muss das Video nicht sehen, auch wenn es verlinkt ist. Als ich nach einer Weile von meinem iPhone aufblicke, bemerke ich, dass mein Vater den Tisch abwischt. Sylvie, Torben, Heuschrecke und die Kinder sind verschwunden. Es muss wohl einige Zeit verstrichen sein.

Kontakt

„Wir suchen überall das Unbedingte, und finden immer nur Dinge.“
(Novalis)

Wenige Minuten später mache ich mich auf den Weg zum Schlosscafé auf dem Berg unseres Kaffs. Früher war ich oft dort, doch während des Studiums nur einmal mit Zoe. Und wenn ich jetzt früher sage, dann meine ich die Zeit vor ungefähr fünf Jahren, nach dem Abitur, dem Zivildienst, vor dem Tod meiner Mutter. In diesen Tagen machte man sich etwas vor, man war berauscht von den Säften der Jugend, wie man so schön sagt. Doch im Grunde war ich nur ein ganz normaler Junge in einer ostdeutschen Provinzstadt. Nicht aus Los Angeles oder New York, selbst das Flair oder der Lifestyle von Städten wie London oder Berlin waren nicht im Ansatz hier zu finden.

Mit dem Gedanken an Zoe gehe ich durch die Straßen, bin aufgeregt, aber auch ziemlich betrunken. Zum Abendessen habe ich nahezu eine ganze Flasche Wein allein hinuntergekippt und jetzt schleppe ich mich die steile Gasse zum Schloss hinauf und verweile einige Zeit später auf dessen Terrasse. Von hier aus habe ich einen vollkommenen Blick über unsere kleine Stadt. Ich versuche,

Atem zu schöpfen, und schaue hinunter auf die Dächer der Häuser, auf den Markt und den Springbrunnen, der einsam und ohne Wasser dort steht. Ich sehe den Turm der Kirche, der weiter links in die Höhe ragt und auf dessen Spitze ein großer Vogel sitzt, schaue auf den dunklen Fluss, die sich wie ein schwarzes Band zwischen den Häusern hindurchschlängelt. Dahinter der Bahnhof, wo ein Zug gerade in die Nacht aufbricht. Lichtpunkte der Straßenlaternen, die wie Perlen aufgereiht stehen und in der Ferne immer kleiner werden, nur um irgendwann am Horizont in der Dunkelheit zu verschwinden.

Nachdem ich wieder zu Atem gekommen bin, gehe ich schräg über die Terrasse auf das große Tor zu, das mich auf den Hof des Schlosses und somit in Richtung Café führt. Als ich den Raum betrete, ist dieser zum Bersten gefüllt. Ich finde unerwartet noch einen Platz an der Theke und bestelle mir einen Wodka Energy. Ich kenne den Typen hinter dem Tresen. Er trägt Glatze, hat einen Ziegenbart und wird wohl Mitte vierzig sein. Irgendwie ist er schon immer hier gewesen, Teil des Inventars. Ich weiß noch, dass er mir früher manchmal einen ausgegeben hat, natürlich nur, wenn er zu späterer Stunde selbst besoffen war. Alle Tische sind belegt und die Leute stehen in Grüppchen im Raum herum. Biker in ihren abgerockten Lederkutten, Teenager mit Kapuzenpullovern angesagter Skate- und Surflabels, knackige Abiturientinnen, die garantiert älter aussehen, als sie sind, daneben ihre hängengebliebenen Eltern, die der eigenen Jugend hinterhertrauern. Alles in allem ein banales Konglomerat dieses Landstrichs. Nichts Besonderes. Ich kenne hier niemanden mehr. Und während ich überlege, ob Zoe mich einfach nur hinters Licht geführt hat, drückt mir jemand von hinten einen Kuss auf die Wange.

Die Sekunden dehnen sich und endlos wird der Moment, als mir das Parfum in die Nase steigt, der Duft, den ich seit über einem Jahr nicht mehr gerochen habe. Meine Sinne realisieren viel eher als mein Geist, wer da hinter mir steht, und ich drehe mich wie in Zeitlupe um. Es ist Zoe. So lange haben wir uns nicht gesehen. Schlagartig bin ich wieder nüchtern. Die Angespanntheit und Emotionen, die durch meinen Körper fliegen, halten mich bolzengerade. Zoe umarmt mich. Ich bin völlig gelähmt. Als sie mich wieder freigibt und wir uns eine gefühlte Ewigkeit gegenüberstehen, fällt mir auf, dass Zoe sich verändert hat – oder mir ist vorher nicht bewusst gewesen, wie schön sie eigentlich ist. Ich brauche einige Sekunden, um wieder klarzukommen.

Dann räuspere ich mich und sage: „Hey." Mehr bekomme ich nicht über die Lippen.

„Hallo Liam."

Zoe nippt an ihrem Longdrink, zündet sich eine Zigarette an und erst jetzt fällt mir auf, dass hier fast jeder raucht, und darum stecke ich mir auch eine an. Zoe ist ganz unbefangen, sie übernimmt die Führung.

„Es ist schön, dich zu sehen. Du siehst gut aus."

„Danke, du aber auch", stottere ich. „Sorry, ich bin irgendwie gerade ziemlich aufgeregt."

„Musst du nicht sein."

Zoe ergreift meine Hand, lässt sie aber sofort wieder los.

„Du, es tut mir leid, dass ich zum Schluss nicht mehr geschrieben habe", fährt sie fort. „Ich weiß, eigentlich gibt es keine Entschuldigung dafür, aber ich hatte immensen Stress mit meiner Masterarbeit. Aber jetzt bin ich ja fertig mit dem Studium."

Sie lächelt und ich glaube, ich muss jetzt irgendetwas sagen.

Stockend bemerke ich: „Du bist zu beneiden", obwohl ich das gar nicht empfinde, aber denke, dies könnte eine angemessene Antwort auf ihr Statement sein.

Man drückt ja mit dieser Neidbekundung Anerkennung für die Leistung eines anderen Menschen aus.

„Ich muss auch so schnell wie möglich mein Studium beenden", fahre ich fort. „Und mir einen Job suchen, damit ich endlich bei meinem Vater raus kann."

Zoes Gesicht gleicht dem eines Models in einer *Cosmopolitan* aus den 90er Jahren. Sie sieht einfach verdammt gut aus und das in Shanghai erfolgreich weggeschobene Verlangen nach einer Frau baut sich bei diesem knisternden Zusammensein Schritt für Schritt wieder auf. Nach einigen freundlichen Floskeln erzähle ich ein wenig von Shanghai. Das Gespräch ist flüssig und unverfälscht. Immer mehr gleiten wir wieder aufeinander zu. Ich finde in ihr eine Heimat und bin richtig euphorisch.

„Ich schreibe jetzt."

Zoe fällt eine Haarsträhne ins Gesicht und sie streicht sie mit einer katzenartigen Bewegung wieder hinter eines ihrer bezaubernden Ohren.

„Ich habe einige meiner Texte einem Agenten gezeigt, also einem Literaturagenten. Cooler Typ. Er meint, ich hätte Talent."

Ich glaube, ich bin ein wenig eifersüchtig, und deshalb traue ich mich auch nicht nachzufragen, will die Details gar nicht wissen. Zoe steht jetzt ganz nah vor mir, legt ihre Hand auf meinen Unterarm, schweres Parfum ummantelt mich. Je betrunkener ich werde – ich habe mir in der Zwischenzeit noch zwei Wodka hinter die Binde gekippt –, desto stärker fühle ich mich zu ihr hingezogen, desto leichter komme ich durcheinander. Ich verspüre nicht das Bedürfnis, mit Zoe zu schlafen. Die anrüchige Nuance von vorhin ist verflogen. Ich möchte sie einfach nur gern in den Arm nehmen und mein Gesicht an ihren Hals legen.

Die Musik wummert um uns herum durch das Café und Zoe tritt nun so nah an mich heran, dass ihr flacher Bauch und ihre Brüste meinen Körper berühren. Alle hier im Café sind besoffen und hinüber. Jeder der Kerle um uns herum starrt Zoe auf den Hintern und deren Verlangen erzeugt ein Prickeln auf meiner Haut.

Ich möchte nicht allzu betrunken klingen und versuche deshalb, meiner Stimme einen festen Klang zu geben, als ich sage: „Du hast dich kaum verändert."

Es vergehen ein paar Sekunden, bis Zoe enttäuscht von mir zurücktritt und verärgert flüstert: „Du hast mich doch nie gekannt."

Ich drücke die Zigarette im Aschenbecher auf dem Tresen aus, bestelle mir noch einen Wodka, der auch sofort kommt. Zoe blickt mich an. Dann dreht sie sich um und schiebt sich zwischen den Leuten hindurch auf die Tür zu, die vom Café auf den Hof hinaus führt. Als sie fast dort angelangt ist, ziehe ich mir schnell den Wodka rein und folge ihr. Auf dem Hof des Schlosses hole ich sie wieder ein. Ich fasse sie am Ellenbogen und sie lässt sich von mir mitziehen, hin zum Torbogen, in dem kein Licht scheint. Allein stehen wir uns dann in der Dunkelheit gegenüber.

„Es tut mir leid", flüstere ich und biete ihr unbeholfen eine Zigarette an, doch sie lehnt ab.

Dann versuche ich tatsächlich, sie zu küssen. Ich halte sie ganz fest an mich gepresst und drücke meine Lippen auf ihren Mund, und ich weiß, dass es falsch ist, was ich da mache, aber sie erwidert mit ihrer Zunge meinen Kuss und das Verlangen nach ihr steigt. Wir lösen uns voneinander und Zoe hält mein Gesicht in den Händen, küsst meine Stirn. Ich kann mit geschlossenen Augen spüren, dass sie mich in der Dunkelheit anschaut.

Jetzt umarmt sie mich und flüstert: „Bis bald."

Sie läuft hinaus aus dem Torbogen, weg von mir, zurück ins Licht. Dabei bewegt sie sich schwebend über den weiten Innenhof des Schlosses. Ich bin wie erstarrt. Seit über einem Jahr war ich Niemand derart nah und lange habe ich mich auch nicht so ausgeliefert gefühlt. Mein Handy vibriert in der Hosentasche. Abwesend hole ich es mit klammen Händen heraus. Langsam senke ich meinen Kopf, blicke auf das erleuchtete Display. Eine SMS von meinem Vater.

Wo steckst du?

Back

„Alleinsein kann es erst geben, wenn die Einsamkeit aufgehört hat."
(Jiddi Krishnamurti)

Ich fahre mit meinem alten Fahrrad zu Mandy. Es ist Mitternacht und die Straßen sind mit einer dünnen Schicht Eis überzogen. Langsam und vorsichtig radle ich die Straßen entlang, was mir schwerfällt, da ich total aufgewühlt bin und Tränen mir die Sicht rauben. Vorhin, nachdem ich vom Schloss zurückgekehrt bin, gab es eine Aussprache. Heuschrecke hatte sich während meiner Abwesenheit massiv bei meinem Vater über die Kaffeetassen-Aktion echauffiert. Eben folgte dann die Konfrontation in der Küche. Nur zwischen meinem Vater und mir, Heuschrecke war nicht anwesend. Die Wohnzimmertür stand offen, doch niemand saß vor dem Fernseher. Sicherlich war sie mit ihrem behämmerten Sohn unterwegs. Geradezu energisch legte mein Vater die Fakten des aktuellen Konflikts auf den Tisch. Heuschrecke, Kaffeetasse, ob ich völlig durchgedreht sei, wann ich endlich mein Studium beenden und ausziehen würde, so gehe es nicht weiter, so habe er sich das alles nicht vorgestellt. Dabei fixierte er mich mit seinen wässrigen Augen, meinte, Heuschrecke und er hätten eine andere Vorstellung von unserem Zusammenleben gehabt. Heuschrecke habe sich immer Mühe gegeben und ich sei der derjenige, der ständig grundlos Stimmung gegen sie mache. Warum ich nicht endlich die alten Sachen sein lassen könne? Er habe auch ein Leben.

„Ich halte das alles nicht mehr aus" waren die letzten Worte seiner Tirade und vor Wut und Einsamkeit formte sich ein Kloß in meiner Kehle. Tränen schossen mir in die Augen, doch ich blieb stumm, ballte meine Hände zu Fäusten. Und jetzt bin ich auf dem Weg zu Mandy. Wohin soll ich sonst in diesem gottverdammten Kaff? Wer bleibt mir jetzt? Was bleibt übrig von dem, was ich aus der Ferne mitbrachte? Zoe möchte ich da nicht mit hineinziehen. Möchte das zarte Geflecht unserer abendlichen Begegnung nicht belasten. Zoe und ich müssen frei sein. Jetzt geht es vorbei an dem alten verlassenen Kino. *Gloria* steht in großen Lettern auf der erloschenen Lichtreklame dieses kantigen Gebäudes und ich kann mich noch genau daran erinnern, dass ich als Kind mit meiner Mutter dort *Krull* und *Kampf der Titanen* gesehen habe. Erbaut wurde das Kino 1928, doch seit Ende der 90er steht es leer und verfällt.

Dabei zählt das *Gloria* zu einem fast verlorenen Bautyp. Es ist ein wertvolles Zeugnis der Klassischen Moderne. Die Loge im Saal und der Rang boten damals gepolsterte rote Plüschsessel, während eine geschmackvolle Beleuchtung und edle Hölzer das fast mondäne Ambiente ummantelten. Wandkacheln und Spiegel stimmten die Besucher auf den bevorstehenden Kunstgenuss ein. Architektonisch und konstruktiv war das *Gloria* für diese Stadt etwas Besonderes. Der flachgedeckte Putzbau in sparsamer Fachwerk-Eisenkonstruktion zitierte das neue Bauen, ganz im Sinne der Bauhaus-Schöpfer Walter Gropius und Ludwig Mies van der Rohe. Auf dem schiefwinkligen Grundstück bilden noch heute ineinander verschobene Quader die zwei Hauptfassaden. Blickfang ist der Eckabschnitt, der die Gegensätze von niedrig und hoch, Portikus und turmähnlichem Zwischenbau bestimmt. Aber dieses zeitlose Lichtspielhaus war eine Nummer zu groß für diese Stadt. Zu opulent fürs Proletariat, dessen Akteure heute arbeitslos sind und fast täglich Bier trinkend vor der dreckigen Fassade des Kinos herumstehen. Momentan hängt niemand davor ab. Vielleicht ist es aber einfach auch zu spät und zu kalt.

Den brutalen Aufstieg zu Mandys Siedlung gemeistert, rolle ich dann mit dem Bike vor dem *Sing Sing* vor. Ich schließe das Fahrrad an der Straßenlaterne an, laufe zur Tür, trete ein und gehe im Dunkeln die Treppen nach oben. Als ich vor Mandys Wohnungstür stehe und Licht durch den unteren Türspalt auf meine Schuhe fällt, habe ich etwas Angst, doch dann drücke ich den Klingelknopf und die Melodie des Big Ben aus London spult sich klagend herunter, so als gäbe die Batterie der Klingel allmählich den Geist auf. Der letzte Ton verstreicht und nahezu zeitgleich öffnet sich die Tür. Eine Wand aus gelbem Licht kippt auf mich zu, blendet mich so sehr, dass ich meinen Unterarm vor die Augen halten muss und überhaupt nichts sehen kann. Meine Augen gewöhnen sich jedoch schnell an das Licht, sodass ich den Arm wieder herunternehmen kann. Mandy steht im Türrahmen. Sie ist mit einer grauen Unterhose und einem grasgrünen T-Shirt, auf dem in pinker Schrift *Aloha!* steht, bekleidet.

Nach einer gefühlten Ewigkeit begrüßt sie mich lapidar, so gar nicht, wie ich es erwartet habe. Mandy ist genervt. Darum frage ich sie fast schon devot, ob ich reinkommen könne, und sie nickt. Sagt aber noch, dass ihre Kleine da ist, dass sie schläft, und ich versichere ihr, nicht lange zu stören, dann trete ich über die Türschwelle. Was will ich hier eigentlich? Ich streife meine Schuhe von den Füßen. Mandy lotst mich direkt in ihr Wohnzimmer. Das Licht dort ist gedimmt und im Hintergrund tönen Drum'n'Bass-Beats aus den Boxen des Computers, auf dessen Bildschirm der Aurora-Schoner von Windows flimmert. Mandy schließt hinter mir die Tür. Es macht keinen Sinn, ihr von meinen Sorgen zu erzählen. So viel ist mir bereits jetzt klar. Also, warum bin ich hier? Ist es nur die Ablenkung? Das Gefühl, nach unten treten zu können? Sie bemerkt anscheinend, dass ich irgendwie verheult aussehe.

„Was ist passiert? Alles okay bei dir?"

Ich winke ab und frage nur: „Wie war dein Heiligabend?"

Mandy setzt sich vor den Rechner, holt die schwarze Fliese aus einer der Schreibtischschubladen.

„Ich war mit der Kleinen hier. Nach der Bescherung habe ich uns Pizza bestellt. Sie hat nicht viel davon gegessen."

„Essen Zweijährige überhaupt Pizza?", frage ich ehrlich verwundert, doch sie geht gar nicht darauf ein.

„Es war schön", fügt sie einfach traurig hinzu und starrt auf das glänzende Schwarz der Fliese. Ihre Tochter meldet sich jetzt mit leichtem Quengeln aus dem Nebenzimmer und es ist das erste Mal, dass ich sie höre. Mandy gibt mir zu verstehen, dass sie kurz zu ihr rüber muss, aber vorher macht sie sich noch eine kleine Line zurecht.

Ein Jahr China. Es war eine schöne, es war eine klare Zeit und jetzt ist sie vorbei. Alles fühlt sich schuldig an und mir fällt es immer schwerer, zu glauben, dass ich zwölf Monate lang nicht hier war. Zwar wusste ich vor meiner Abreise nach China, dass die Rückkehr nach Deutschland schwierig werden würde, da man alles Erlebte schnell vergisst. Doch dass es so schnell passiert, habe ich nicht erwartet. Mandy knallt sich jetzt das Meth voll rein und geht dann aus dem Zimmer. Ich sitze allein auf der Couch und starre in meine eigene Dunkelheit. Willkommen zurück. Willkommen zu Hause. Ich bin wieder da.

Born to run

„Der Mensch bekommt vom Leben immer weniger, als er verlangt.“
(Jack London)

Es ist dunkel. Ich liege in meinem Bett und kann nicht schlafen. Es ist vier Uhr und ich starre in die Dunkelheit, die sich wie ein Sarg um mich gelegt hat. Ich habe die Jalousie nach unten gezogen, sodass kein Licht von der Straße ins Zimmer fällt und deshalb auch Malcolm nicht beschienen wird. Alles ist schwarz. Doch es scheint, als atmeten die Wände, angespannt höre ich auf jedes Geräusch im Haus. Irgendwo knackt es manchmal. Alles ist nun von mir abgefallen, nichts aus Shanghai besetzt mich mehr. Ich bin wieder der Junge, der ich vor meiner Abreise war. Die Ohnmacht, in der ich mich jetzt befinde, die Hilflosigkeit, von meinem Vater und Heuschrecke abhängig zu sein, kanalisiert sich in einem immer stärker werdenden Verlangen nach Zoe, nach ihrem Körper. Genauso, wie es früher war. Genauso, wie ich es nicht mehr haben wollte. Die Persönlichkeit und die Emotionen, die ich die paar Tage hier in Deutschland noch bewahren konnte, sind wie weggeblasen. Eine SMS poppt auf meinem Handy auf und der illuminierende Schein des Displays steht neben mir, wie eine Säule im Dunkel. Ich drehe mich zu ihm und nehme das Handy in die Hand. Zoe schreibt.

Magst du heute bei mir vorbeikommen? Ich wohne jetzt in der Könneritzstraße 65.

Und wie in einem Traum schreibe ich ihr sofort zurück.

Ja, ich will dich sehen. 18:00 Uhr?

Meine Finger huschen über das Display, automatisiert, so als wäre es nicht ich, der ihr diese Worte schreibt. Eine schmerzhafte Erektion pocht in meiner Unterhose und ich lege das Handy zur Seite und ziehe hastig meine Shorts herunter. Schnell und mechanisch beginne ich, zu onanieren. Spiegelbilder von Zoe auf meinen leeren Augen, verfinsterte weite Nacht. Als ich nach circa einer Minute komme, keuchend, betrübt und unbefriedigt, lasse ich alles aufs Laken spritzen. Liege dann daneben, neben meinem glitschigen Fleck. Wieder angekommen im kalten Nebel meines Jetzt. Ein unappetitlicher Vorbote auf das Kommende.

Ich nehme den ersten Zug nach Leipzig. Es ist noch dunkel. Ich treffe mich mit Zoe erst am Abend, doch ich musste raus aus dem Haus meines Vaters, weg von der kleinen Stadt. Ich werde die Zeit schon rumbekommen. Nach der Zugfahrt trinke ich als erstes einen Kaffee bei *McDonald's* im Leipziger Bahnhof. Dabei höre ich die Greatest Hits von Diana Ross und den Supremes und wische mich auf dem iPhone durchs Internet. Aber all die Horrornachrichten im Netz bewirken nichts mehr. Die wiederholte Eskalation im Umfeld meines Vaters hat von dem Jahr Shanghai nichts zurückgelassen. Es braucht nur ein paar Tage, um eine Welt zu zerschlagen. Das habe ich alles schon einmal erlebt und ich slide durch die Musikalben auf meinem iPhone. Warum nicht Bruce Springsteen?

Ich gehe aus dem Bahnhof, bleibe vor der Ampel stehen, warte auf grün. Rechts neben mir steht eine Gruppe Flüchtlinge, Nordafrikaner werden es wohl sein. Laut hören sie über ihr Handy arabischen Hip Hop und werfen mir böse Blicke zu. Links von mir, um einen Bahnhofsaschenbecher gedrängt, stehen die üblichen Verdächtigen. Punks, früh um acht, rattenstraff, dazu ein paar Obdachlose. Einer von ihnen hat eine Mundharmonika und spielt darauf, und er kann das richtig gut. Völlig im Kontrast zu der Erscheinung, die er und seine Mitstreiter abliefern. Grün - ich gehe über die Straße.

Eigentlich weiß ich gar nicht, wohin ich möchte, und deshalb laufe ich die Nikolaistraße hoch, über den Markt und stehe dann vor der Thomaskirche. Gegenüber befinden sich das Apothekenmuseum und das *Bachstübl*, die Kuchen sollen dort sehr lecker sein. Die Geschichte der Thomaskirche geht auf das 12. Jahrhundert zurück. Unter anderem wurde hier 1409 die Universität Leipzig gegründet, und erst Ende des 15. Jahrhunderts erhielt sie ihre heutige Gestalt in Form einer spätgotischen Hallenkirche. Seit fast einem Jahrtausend singt hier der weltberühmte Thomanerchor, selbst der alte Luther predigte hier. Im Altarraum entdeckte man bei archäologischen Ausgrabungen die Grundmauern einer Kirche aus der Zeit um 1160. Jener Zeit also, zu der einem Burgvorort namens Libzi das Stadtrecht verliehen wurde. Ich entschließe mich, hineinzugehen, da mir auffällt, dass ich noch nie das Grab von Johann Sebastian Bach im *Real Life* gesehen habe, nur auf Fotos im Internet. Es ist mittlerweile halb neun und die Pforte müsste geöffnet sein. Als ich vor der meterhohen, mit Eisen beschlagenen Holztür stehe, lege ich meine Hand auf die schwere Klinke, die in Kopfhöhe angebracht ist. Mit ihrem Gewicht in der Hand muss ich mich etwas nach hinten lehnen und selbst mit der anderen Hand nachfassen, um die Tür aufzuziehen.

Ich trete ein. Es ist totenstill und überraschenderweise angenehm warm hier drinnen, das habe ich nicht erwartet. Meine Augen gewöhnen sich schnell an den Lichtwechsel. Das ferne Blau eines anbrechenden Wintermorgens fällt durch die Bleiglasfenster und lässt den vor mir liegenden Raum erscheinen, als läge er unter einem Schleier. Langsam gehe ich auf das Kirchenschiff zu und blicke darin stehend nach rechts auf den in einiger Entfernung fußenden Altar. Dort brennen Kerzen und ich gehe einige Schritte in seine Richtung, klettere über ein Seil, was wohl als Absperrung dienen soll, und blicke nun direkt auf die vor mir in den Boden eingelassene Grabplatte von Johann Sebastian Bach. Um seinen Namen nicht auf dem Kopf stehend zu lesen, muss ich um die bronzefarbene Platte herumgehen. Auf Bachs Grab liegen frische Blumen. Es ist eine schlichte Ruhestätte. Die drei Namen des Schöpfers bis heute unerreichter musischer Sphären sind in schlichten Kapitallettern untereinander angeordnet. Keine Lebensdaten sind auf dem Grab zu finden. Und wenn ich jetzt den Blick hebe, so kann ich von dort aus, wo ich stehe, die ganze Länge der Kirche erfassen. Das gesamte Schiff, hoch oben die Orgel.

Dinge, die mir dabei durch den Kopf gehen: Paul Gerhardts völlig unterschätzte lyrische Einflüsse auf die Choräle von Bach und die Kulturfäulnis unserer Zeit. Videos von abgeschnittenen Köpfen im Wüstensand. Zooms auf Blutlachen, vermummte Mörder zeigen mit Messern in die Kamera. Boote, die auf Meeren versinken. Menschen treiben wie schwarzes Holz in den Wellen. Lebensgroße Hummelfiguren, die mich verfolgen. Was ist der Unterschied zwischen einer Fliese und einer Kachel? Gibt es wirklich Snuff-Filme, in denen Babys gegessen werden? Knallbunte Singvögel in Südamerika. Sind wir alle verloren? War meine Mutter nur mit mir schwanger? Auf *Evic Media* ging es heute Morgen um einen Vater, der seine Tochter in die Waschmaschine gesteckt hat, Schleudergang. Auf die Frage nach dem Warum entgegnete er, sie sei vom Teufel besessen.

Hotaru no Haka

„Das muss der berühmte schwarze Regen sein.“
(Setsuko zu Seita)

Ich sitze wieder bei *McDonald's*, diesmal in der Peterstraße. Ich schlürfe einen Latte Macchiato mit Karamellgeschmack und starre aus dem Fenster. Ein leichter Schnee setzt ein. Wie Puderzucker fallen die Kristalle vom Himmel und bedecken den Gehsteig vor mir. Irgendwie pocht in mir der Vorsatz, heute nicht mit Zoe zu schlafen. Vor allem um nicht wieder alles zurückzuspulen zu der Szene, in der wir vor einem Jahr auseinandergegangen sind. Es wird Zeit, den restlichen Tag zu planen. Ich muss auf andere Gedanken kommen. Ich ziehe das iPhone aus der Innentasche meines olivgrünen Parkas und checke das Kinoprogramm. Nicht dass ich mich jetzt darüber wundere oder denke, dies wäre eine Art von Fügung oder Schicksal, aber in den Passage-Kinos, nicht weit von hier, läuft um elf einer meiner absoluten Lieblingsfilme, *Hotaru no Haka*, und das in der Kindervorstellung. Hier hat wohl der Programmleiter absolut keine Ahnung gehabt.

Die letzten Glühwürmchen, so heißt der deutsche Titel dieses 1988 erschienenen Animes des japanischen Studios

Ghibli, hat vor einigen Jahren meinen Blick auf das Kino, ganz speziell auf das Genre Zeichentrick, fundamental verändert. Die Geschichte ist schnell erzählt: Kurz vor der Kapitulation der kaiserlichen Armee im zweiten Weltkrieg ziehen sich zwei Waisenkinder – die Eltern sind im Krieg umgekommen – in eine Höhle an der japanischen Küste zurück. Während Seita, der ältere Bruder, auf Streifzügen durch das zerstörte Land Essen zu organisieren versucht, ringt seine kleine Schwester Setsuko mit dem Hungertod. Die aufopfernde Hingabe des großen Bruders und Scharen von Glühwürmchen in den einsamen Nächten sind der einziger Trost der Schwester, bis das Ende gnadenlos alles zerreißt. Die Liebe der zwei Geschwister in der größten Not, die Hoffnung, das Klammern an das Leben schaffen es nicht, sie beide hinauszuführen aus der Angst und dem Tod. *Hotaru no Haka* ist ein herzzerreißendes Meisterwerk, und wenn ich jetzt herzzerreißend sage, dann meine ich nicht die abgelatschte Mainstreamversion des Wortes. Ich meine es so, wie es sich anfühlt, wenn das Herz zerrissen wird. In jedem halbwegs empathischen Menschen muss dieser Film Spuren hinterlassen haben.

Hotaru no Haka sticht nicht nur aus den Werken des legendären Studios Ghibli immens hervor, dieser Ausnahmefilm war für das gesamte Anime-Genre wegweisend. Der kleine, meist leise und dabei so harte Zeichentrickfilm transportiert wie kein anderes Werk des Genres ein Gefühl von Hilflosigkeit, ohnmächtiger Wut und Trauer. Schonungslos wird der Horror des Krieges thematisiert, doch nicht in Form von Action und Gefechten. Es sind die leisen, verzweifelten Töne, die einen mitnehmen. *Die letzten Glühwürmchen* ist ein Werk von enormer Ernsthaftigkeit, das alles Kindliche des Genres zerschlagen hinter sich lässt. Die dramatische Geschichte der Kinder entfaltet eine so emotionale Kraft, dass man als Zuschauer völlig erschüttert zurückbleibt.

Es ist viertel vor elf und ich gehe die Peterstraße entlang, wieder über den Markt bis hin zur Hainstraße, wo sich die Passage Kinos befinden. Dort angekommen kaufe ich in der völlig leeren Lobby eine Karte von einem traurig aussehenden Studentenjobber. Ich nehme mir noch ein kleine Tüte Popcorn mit, gehe dann die Treppen hinunter zu dem Saal, in dem *Hotaru no Haka* gezeigt wird. Ich habe auf dem Weg hierher noch einen kleinen Sticky geraucht und bin entsprechend dicht.

Der Saal ist leer und ich setze mich mittig in die letzte Reihe. Das Licht um mich herum ist stark heruntergedimmt. Der samtene Vorhang vor der Leinwand wird von unten mit ähnlich diffusen Spots angestrahlt. Leise läuft eine Elektroversion von Whitney Houstons *Didn't We Almost Have It All*. Die Vorstellung beginnt und natürlich läuft erst einmal zwanzig Minuten Werbung. Es gibt keine Trailer-Vorschau und bis *Hotaru no Haka* startet, habe ich das Popcorn aufgegessen. Ich bereue, keine große Tüte gekauft zu haben. Nun, über den Film habe ich bereits einiges erzählt und ihn jetzt nochmal allein in einem Kino zu sehen, so kurz vor dem Treffen mit Zoe, hat etwas Sedierendes. Einfach keine Gedanken mehr machen, sich auf den Film konzentrieren. Eine Weile gelingt mir das auch ganz gut.

Nach zwei Stunden verlasse ich das Kino, ich habe wieder geweint. Ein unfassbarer Film. Wieso wird solch ein Kulturgut nicht zum Pflichtprogramm für jeden Idioten auf dieser Welt? Ich verstehe es nicht. Noch so eine Geschichte, die völlig abgefuckt ist. Betrübt drücke ich mich im Zeitgenössischen Forum herum, streife später durch die verschiedenen Abteilungen von Karstadt und Breuninger. Natürlich interessiert mich dort nichts, aber es ist warm und lenkt mich ab. In einer Stunde werde ich mich durch den Clara Park auf den Weg zu Zoes Wohnung machen. Was wird passieren? Allmählich bin ich richtig aufgeregt, fast euphorisch. Ein Wechselbad der Gefühle, wie man so schön sagt. Mit Public Enemy auf den Ohren geht es dann auch schon los. Es wird bereits dunkel. Die Wege im Park werden von orangenem Licht beschienen. Krähen schreien.

Black Hills

„Das Volk der Weißen gleicht einem Fluss, der im Frühjahr über die Ufer tritt und alles mit sich reißt."
(Sitting Bull)

Ich stehe vor dem Haus, in dem Zoe wohnt. Es ist halb sechs, doch ich kann nicht mehr warten. Eine Stunde bin ich durch den Park gestreift und die Kälte ist bis in die letzte Falte meiner Klamotten gedrungen. Mit klammen Fingern nestele ich das Telefon aus meiner Hosentasche, klingele Zoe kurz an, lege wieder auf. Ich warte drei bis vier Minuten, in denen nichts passiert. Dann höre ich den Summer der Haustür, öffne sie und trete in das Treppenhaus. Ich drücke auf den Lichtschalter, der neben den Briefkästen hängt, und gehe langsam die Stufen hinauf. Ich fühle mich gut. Ich möchte mit Zoe schlafen und alle Zweifel sind wie fortgewischt. Ich agiere in einem alt bekannten Modus und als ich im ersten Stock ankomme, ist die Tür zu einer der beiden nebeneinanderliegenden Wohnungen einen Spaltbreit geöffnet.

Leise dringt Musik aus der Wohnung und trete ein. Auf einer Kommode unter einem Spiegel, brennen Teelichter, die wie ein Herz angeordnet sind. Ihr Licht fällt als zuckende Fraktale goldgelb auf die weißen Wände und scheint sie so zu marmorieren. Lautlos schließe ich die Tür und stehe still auf dem Flur, streife meine Schuhe von den Füßen. Und obwohl ich hier noch nie gewesen bin, ist mir alles völlig vertraut. Der Geruch dieser Nag Champa Räucherstäbchen steigt mir in die Nase und dann tritt Zoe aus dem hinteren Zimmer auf den Flur. Sie hat ihr Haar nicht zusammengebunden und deshalb fällt es seidig auf ihre Schultern. Ich bekomme kein Wort über die Lippen, doch sie lächelt und kommt auf mich zu. Mit jedem Schritt, den sie sich mir nähert, erhöht sich mein Pulsschlag, und das Kribbeln in meinem Bauch verstärkt sich. Jetzt steht sie vor mir und ich sehe, dass sie leicht geschminkt ist.

„Hallo", flüstert sie schüchtern und schlingt ihre Arme um meinen Hals. Ich lege meine Hände auf ihr Becken, ziehe sie ganz nah an mich heran.

Unsere Wangen berühren sich. Zoes Haut ist glatt und angenehm kühl. Ich inhaliere den Geruch ihres Körpers. Ein Geruch, der so weiblich, rein und absolut bezaubernd ist. Wie konnte ich das alles nur vergessen? Unsere Umarmung scheint ewig zu dauern, doch dann lösen wir uns voneinander. Zoe schaut mir in die Augen, dreht sich um und ich folge ihr.

Das Wohnzimmer ist ebenfalls von Kerzen erleuchtet. Dezent klingen Chillout Beats aus den Boxen. Auf dem Tisch in der Mitte des Raumes stehen zwei Gläser, gefüllt mit Rotwein. Zoe küsst mich und ich erwidere gierig die Fragen ihrer Lippen auf meinem Mund, versinke in ihnen und tausende Déjà-vus durchfluten meinen Geist, elektrisieren meinen Körper. Wo soll das alles hinführen? Ganz kurz bäumen sich die Zweifel und die Angst noch einmal auf. Doch sie haben keine Chance. Alles wird überlagert von Zoe und mir. Was kann daran falsch sein? Ich habe noch nicht einmal meine Jacke und meine Mütze abgelegen können, als sie sich nun vor mich kniet und beginnt, meine Hose zu öffnen. Jetzt ist wirklich alles wie früher, so wie vor einem Jahr. Blitzartig wechseln sich nun die Bilder in meinem Kopf ab. Die Gefühle in mir. Ja, noch kannst du gehen. Noch kannst du alles stoppen. Nein, genieße es! Es ist das Normalste der Welt. Oder ist das bereits das Ende? Gebannt blicke ich auf Zoes Kopf, ihre Haare, den Mund, berühre ihre Stirn mit meinen Fingern. In Zeitlupe ziehe ich mich aus und steige etwas unbeholfen aus der Jeans.

Während Zoe ihn mir bläst, fahre ich mit meinen Fingern durch ihre Haare und schließe die Augen. Alles ist so eingespielt. Einige Minuten später setze ich mich nackt auf den Stuhl, der neben dem Tisch steht, und sie rutscht zwischen meine Beine. Ich nehme einen üppigen Schluck Wein aus einem der Gläser und sie leckt meinen Schaft, küsst meine Hoden, nimmt meinen Penis in ganzer Länge auf. Ich spüre, wie er von ihrem Mund umschlossen wird, bis sie ihn wieder freigibt und mich anlächelt. Dann beuge ich mich zu ihr hinunter und wir küssen uns tief und fordernd. Ich kann meinen Geschmack auf Zoes Lippen spüren und ziehe sie Momente später an ihren Händen nach oben, sodass sie vor mir steht und ich auf ihren Bauchnabel blicken kann. Sie streift, einem Windhauch gleich, das nachtblaue Kleid von ihrem Körper und ich sehe auf ihre vollen Brüste, die vor mir in einem schwarzen Spitzen-BH ruhen. Sie bewegt ihren Körper zum Rhythmus der Musik und entledigt sich dabei langsam ihrer Wäsche. Jetzt kniet sie sich wieder zwischen meine

Beine, nimmt ihre Brüste in beide Hände und lässt sie um meinen Penis spielen. Sie positioniert sich dabei aufrecht, sodass ich ihren Busen und die steifen Nippel gut sehen kann und meinen Schwanz, der zwischen ihren Brüsten eingebettet ist. Während Zoe mit beiden Händen ihren Busen zusammendrückt und sich langsam dabei auf und ab bewegt, schaut sie mir tief in die Augen. Ich streiche eine Haarsträhne aus ihrem Gesicht, lasse sie an meinen Fingern saugen.

Wir legen uns auf den Teppich. Zoe setzt sich auf mich, reitet mich, während ich wahlweise ihren Hintern und ihre Brüste knete. Manchmal küssen wir uns lange. Das geht ungefähr zwanzig Minuten so, danach ziehen wir um auf das Sofa. Dort nehme ich sie von hinten, umfasse ihre Taille, bestimme den Rhythmus unserer körperlichen Verschmelzung. Später ficke ich sie von vorn. Ihre schlanken und straffen Beine liegen auf meinen Schultern, sodass wir uns in die Augen schauen können. Nachdem ich einige Male versucht habe, zu kommen, gelingt es mir schlussendlich und ich ziehe mich erschöpft aus ihr heraus. Dann liegt sie vor mir, den nackten Oberkörper auf einer der samtenen Sofalehnen ruhend, so verletzlich. Mein Herz hämmert in der Brust, auch komme ich mit dem Atmen nicht mehr so richtig hinterher. Zoe schaut mich jetzt an und streichelt dabei ihre Innenschenkel, jetzt richtet sie sich auf und küsst mich, doch ich fühle mich elendig. Die meisten Kerzen sind verloschen und es ist ganz still im Raum.

Der Trieb ist verschwunden und mein Geist glasklar. Ich fühle mich leer, schuldig und eine gesamte zurückgelassene Welt überflutet mich. Ein Leben, das ich vor einem Jahr verließ und in das ich nun wieder zurückgekehrt bin. Zoe steht auf und geht aus dem Zimmer, doch ich schaue ihr nicht nach, sondern starre an die Decke und dann auf meine Hände, die lediglich vom Kerzenschein erleuchtet werden, betrachte deren Flächen und die Linien, die darin eingraviert sind. Ich bin gefangen in mir selbst, mein Gesicht aus Stein. So wie die Gesichter im Fels des Mount Rushmore. Gemeißelt in den Fels der Black Hills in South Dakota, einem uralten Heiligtum der Lakota-Indianer.

Ich ziehe meine Unterhose und mein T-Shirt an und Zoe kommt zurück ins Zimmer. Sie hat sich ebenfalls ein T-Shirt übergestreift und geht langsam zum Tisch, nimmt einen Schluck Wein aus dem unberührten Glas. Sie kommt zu mir herüber und setzt sich neben mich. Ich bemerke, dass sie mich anschaut, und nun berührt sie mit ihrer Hand meine Wange, ich zucke reflexartig vor ihr zurück. Wir sind ohne Entwicklung, ohne einen Wandel. Innerhalb weniger Momente habe ich unser geplantes Comeback eingerissen und wir sind uns wieder als die Menschen begegnet, die wir zurückgelassen glaubten. Wir legen uns in ihr Bett und ich schließe die Augen, in der Hoffnung, dass sie davon ausgeht, ich würde bald einschlafen. Doch ich bin hellwach und mir geht es immer schlechter. Innerlich habe ich mich nach einer Ablehnung von Zoe gesehnt. Es war wieder alles nur körperlich. Sicher auch bei ihr. Doch was ist dieses *Wir*? Wo befinden wir uns? Warum sind Erinnerungen stets so positiv gefärbt?

Ich beginne, tränenlos zu weinen, so enttäuscht bin ich von mir und alledem, und dabei frage ich mich, warum es immer so schwer sein muss. Warum kann ich nicht der losgelöste Junge aus Shanghai sein? Im Grunde sehne ich mich tief in meinem Inneren nach Harmonie und Vertrauen. Nach vollendeten Bildern und Romantik. Doch die Chance auf einen Neuanfang ist vertan und das Gefühl, das mich jetzt einholt, ist tief und verstörend. Es ist die Gewissheit, dass Zoe und ich uns heute anders begegnen würden, wenn unsere beiden Leben nur ein wenig kongruenter verlaufen wären. Wir könnten uns an andere Dinge erinnern, daran denken, dass wir einander einmal geliebt und eine gemeinsame Geschichte haben. Uns würde bewusst werden, dass diese Geschichte ein Stück unserer beiden Leben ist und niemand uns diese Erinnerung jemals nehmen kann. Ja, an all das könnten wir uns erinnern. Aber wir haben diese gemeinsame Vergangenheit nicht. Auch haben wir uns nie geliebt. Es gibt nichts, was uns jemals verbunden hat. Ich öffne meine Augen, wende mich ihr zu, doch Zoe ist eingeschlafen. Ihr Kopf lehnt an meiner Schulter, die letzte Kerze verlischt, dann ist es völlig dunkel im Zimmer. Ich höre auf ihren Atem, der immer ruhiger und gleichmäßiger wird, und spüre, wie etwas in mir zerbricht.

Altjahrsabend

„Ich bin … Ich war.“
(Gigolo Joe)

Silvester. Ich bin krank, total erkältet. Seit dem Treffen mit Zoe hat es mich erwischt. Nachdem ich aus ihrer Wohnung gegangen bin, muss ich mir in den frühen Morgenstunden auf dem Weg zum Bahnhof etwas eingefangen haben. Die vergangenen beiden Tage habe ich nur im Bett herumgelegen. Ich habe viel Perry Como gehört und mich mit Selbsthassattacken und Zweifeln über mein Dasein herumgeschlagen. Gegessen habe ich nichts, ein wenig getrunken habe ich aus dem Wasserhahn in meinem Bad.

In den letzten achtundvierzig Stunden hat sich durch die Reue, mit Zoe geschlafen zu haben, eine Erkenntnis geformt, die mich dazu treibt, mein Versagen, meinen Rückfall als eine letzte fragile Chance zu sehen. Sicher, ich bin clean und C ist kein Thema mehr für mich. Doch ist für mich die Chance auf einen aufrichtigen Neustart vertan. Möglicherweise mag es für Außenstehende schwer verständlich sein, dass mir so viel an dieser von mir erwünschten, jedoch nicht eingehaltenen Reinheit liegt. Ich meine den Vorsatz, nicht gleich mit Zoe ins Bett zu steigen. Aber durch unsere körperliche Begegnung ist das Magische verschwunden. Das Knistern, das ich noch spürte, als wir uns gestern Abend im Wohnungsflur gegenüber standen – weg. Wenn ich etwas Positives aus meinem Scheitern ziehen möchte, wenn ich das letzte Stück Verantwortung in mir bewahren will, muss es eine Trennung geben. Sonst war alles umsonst. Mein Jahr in Shanghai wäre lediglich eine verstörende Ouvertüre eines nimmer endenden Albtraums. Abstand von Zoe. Nur das kann der Weg sein. Der Weg zu mir. Ich habe es einfach nicht im Griff. Bin nicht in der Lage, die Dinge gesund zu behandeln.

Als ich gegen neun endlich aufstehe und meine Tür einen Spaltbreit öffne, liegt dort ein Zettel auf dem hellbraunen Laminat des Flurs und ich hebe ihn auf. Es ist die Schrift meines Vaters. Er informiert mich darüber, dass Heuschrecke und er über Silvester zu Freunden fahren würden. *Gott sei Dank!* Der Kühlschrank sei gut gefüllt und ich solle mir heute Abend eine schöne Zeit machen. Sie kämen am zweiten Januar gegen Mittag wieder zurück. Ich bin dennoch etwas verwirrt. Freunde? Was denn für Freunde? Entweder ist das wieder einmal ein übler Scherz oder die beiden haben irgendetwas ganz Schlimmes vor. Auf jeden Fall kann ich mich nicht daran erinnern, dass wir jemals irgendwo zu Besuch gewesen wären.

Ich beginne den Tag damit, meine Zähne zu putzen und mir, ohne gefrühstückt zu haben, eine fette Tüte zu bauen. Die rauche ich, verschnupft und zitternd vor Kälte, im Bademantel im Garten meines Vaters, um dann ziemlich stoned wieder zurück ins Haus zu gehen. In meinem Zimmer ziehe ich mir ein Paar Socken über, da es doch ziemlich kalt ist, lasse das Rollo, das ich nach dem Aufstehen nach oben gezogen habe, wieder herunter, mache es mir im Bett gemütlich und surfe etwas auf dem iPhone herum. Auf *Evic Media* geht es heute um Schwule, die gerne mit Frauen schlafen, und ein Massaker in Syrien. Kinder sollen gekreuzigt worden sein. Fotos untermauern die Anklage.

Es reicht mir schon wieder und deshalb lege das Handy zur Seite und nehme meinen alten *Dell*-Laptop aus dem Koffer, schalte ihn zum ersten Mal seit Shanghai wieder an. Kurze Zeit später ziehe ich mir per Livestream sämtliche Steven-Spielberg-Filme rein, die im Netz zu finden sind. Weinen muss ich bei *E. T. – Der Außerirdische*, *Schindlers Liste* und *A. I. – Künstliche Intelligenz*. Nach jedem Film drehe ich mir noch einen Joint und gehe wieder nach unten in den Garten. Nachdem ich ihn zu Ende geraucht habe, gehe ich schnell wieder ins Haus, da es immer frostiger und ungemütlicher wird.

Gegen sechs Uhr abends stehe ich nochmal auf, gehe zur Toilette und surfe danach etwas im Internet. E-Mails schreibt mir auch niemand mehr. Natürlich wusste ich, dass mich in Shanghai niemand vermissen würde. Das liegt nicht an meiner Person, sondern an den Umständen in dieser schnelllebigen Stadt, in der sich innerhalb von Tagen komplette Wohnviertel verändern, abgerissen werden oder neu auferstehen. Gegen zehn Uhr klingele ich Mandy an. Einfach so.

Nach drei Rufzeichen hebt sie ab und flüstert: „Hey. Du, ich kann jetzt gerade nicht quatschen und auch momentan hier aus dem Objekt nicht raus.“

Dann legt sie auf. Ich denke, sie beschafft gerade mal wieder Buntmetall, und möchte sie dabei wirklich nicht stören. Ein bisschen traurig bin ich trotzdem.

Mittlerweile ist es kurz vor halb elf und ich baue mir meine vermutlich achte Tüte dieses Tages. Dieses Mal rauche ich sie jedoch bei mir im Zimmer am offenen Fenster, da ich mich im Dunklen nicht mehr in den Garten traue. Ich denke an Shanghai und das chinesische Neujahrsfest, das ich noch dieses Jahr im Februar miterlebt habe. Ich saß allein in der *Cloud 9 Sky Bar* des Jin Mao Towers im 87. Stock und ließ mich gepflegt zulaufen, denn so teuer sind die Cocktails dort nicht. Gegen Mitternacht stellte ich mich an eines der meterhohen Fenster aus Panzerglas und schaute hinunter in die Tiefe, in die urbanen Schluchten und auf die Gipfel der Hochhäuser. Vierhundert Meter unter mir schossen die Raketen des Feuerwerks wie kleine glimmende Punkte in die Höhe. Und von dort aus, wo ich stand, konnte ich den Lichtteppich der gesamten Stadt überblicken, der sich an den dunklen Horizont drängte. Ungefähr zehn Meter von mir entfernt spielte ein chinesischer Pianist *Happy Birthday* auf einem Steinway-Flügel, und von einem ebenfalls nicht weit entfernten Tisch, der voll mit Chinesen besetzt war, drang lautes Ganbei, Ganbei-Geschrei zu mir herüber. Jemand der neuen Oberschicht feierte wohl seinen Geburtstag. Als ich dort an diesem Fenster stand, hoch über dem pulsierenden Gewirbel, und an Deutschland dachte, fühlte ich mich tatsächlich besser als jetzt, auch wenn ich dort vollkommen allein war. Ich glaube, je einsamer ich bin, desto besser geht es mir. Desto heimischer und geborgener geht es in mir zu. Alles erscheint mir dann wie eine dunkle Sicherheit.

Als ich jetzt auf den Digitalwecker auf meinem Schreibtisch schaue, ist es mittlerweile halb zwölf. Draußen knallte es bereits mehrere Male, doch noch in großen Abständen. Ich fahre mir mit beiden Händen durch die Haare und lege dann mein Gesicht in meine Handflächen und atme den Geruch meiner Haut, meines Körpers ein. Umschirmt von der kleinen Dunkelheit vor meinen Augen beginne ich erst im Bauch, bald auch im Kopf und dann wahrlich akustisch in meinen Ohren ein tiefes Summen zu vernehmen. Und dieses Summen nimmt irgendwann nicht mehr zu, sondern bleibt konstant, fast beruhigend. Doch ist es für mich unmöglich, dessen Quelle zu lokalisieren. Ich nehme meine Hände von den Augen, gehe zum Lichtschalter und schalte das Licht in meinem Zimmer aus. Dann entkleide ich mich langsam im Dunkeln und lege mich nackt in mein Bett. Ich habe das Rollo absichtlich wieder hochgezogen, weil ich noch den Schein des Feuerwerks in meinem Zimmer sehen möchte.

Die letzten Tage dieses Jahres, die ersten wieder zurück in Deutschland. Diese Momente kommen mir vor wie eine Ewigkeit. Wie ein komplett anderes Leben. Wo werden mein Vater und Heuschrecke wohl sein? Und was macht wohl Zoe? Eigentlich wäre es schön gewesen, heute mit jemandem zusammen zu sein. Obwohl ich wenig auf Silvester gebe, habe ich das Gefühl, irgendetwas Großes zu verpassen. Die Glocken der umliegenden Kirchen schlagen Mitternacht und draußen beginnt das Neujahrsfeuerwerk mit einer mächtigen Intensität. Grüne, rote und blaue Lichter erhellen die Wände meines Zimmers, doch ich schaue nicht aus dem Fenster, sondern blicke nur auf den Schein der Farben. Eine Träne rinnt mir die Wange herunter. So muss sterben sein.

Scripted Reality

„The greatest thing you'll ever learn / is just to love and be loved in return."
(Nat King Cole)

Der Januar ist an mir vorbeigestrichen wie eine verirrte Böe über dem Meer. Die vergangenen vier Wochen, in denen ich mich zusammengerissen und zur Abwechslung tatsächlich einmal etwas getan habe, sind im Eiltempo verflogen. Nach meinem Down in der Silvesternacht und der Geschichte mit Zoe habe ich mich aufgerappelt und meine Abschlussarbeit geschrieben. Täglich bin ich früh am Morgen in den Zug gestiegen und habe den Weg in die Bibliothek nach Leipzig auf mich genommen. Selbst am Abend habe ich zu Hause gelesen und am Laptop geschrieben, ohne extrem viel zu kiffen. Die letzten vier SKT-Sitzungen habe ich auch absolviert. Stets fungierte ich nur als Beobachter, nie als Moderator, was mir ganz recht war. Der traurige Junge mit den gestürzten Kreuzen und Pentagrammen war nicht mehr anwesend. Möglicherweise hat er sich während der Weihnachtsfeiertage vor einen Zug geworfen. Die drei Weiber aus dem Muldentalkreis konnte ich am Ende überhaupt gar nicht mehr unterscheiden. Sie wechselten sich mit ihren schrillen Haarfarben ab, sodass ich spätestens nach der ersten Sitzung im neuen Jahr komplett den Überblick verlieren musste. Ebenso hat der Professor seit unserer ersten Begegnung kein Wort mehr mit mir gewechselt. In der vergangenen Woche habe ich meine finale Anwesenheitsbestätigung erhalten und somit mein reguläres Studium offiziell beendet. Die Zugfahrten nach Leipzig habe ich ohne Jammern überstanden. Ich las viel Fachliteratur, aber auch den Erzählband *Geh nicht zu Fuß durch stille Straßen* von Ray Bradbury. Man kann eine wissenschaftliche Arbeit in vier Wochen heruntertippen. Das ist überhaupt kein Problem. Sicherlich werde ich mein Studium nicht mit *summa cum laude* abschließen – obwohl, diesen Titel gibt es ja sowieso nur für Doktorarbeiten. Ich denke, es ist klar, was ich damit meine: 160 Seiten plus Literaturverzeichnis sollten genügen, um das Studium abzuschließen.

Auf jeden Fall freut sich mein Vater über mein Engagement. Das merke ich, wenn wir uns kurz begegnen. Zu Hause, wenn ich von der Hochschule komme. Er fragt mich dann ganz vorsichtig, wie es läuft, und ich berichte ihm kurz und knapp von meinen wissenschaftlichen Errungenschaften. Ach, mein Vater. Wenn er so vor mir steht, die Hände vor dem Körper gefaltet und den Blick zu Boden gerichtet, dann würde ich ihn gern umarmen und das festhalten, was uns als Erinnerung geblieben ist. Doch mit jedem Jahr, das verstreicht, spüre ich, dass wir uns mehr und mehr entfernen, obwohl wir uns beide im Grunde nur nach der Nähe des anderen sehnen.

Morgen ist nun meine Verteidigung. Knapp vier Jahre akademischer Ausbildung liegen dann hinter mir. Eigentlich ist das ein Witz, denn viel habe ich nicht gemacht. Man kann sagen, es ist mir zugefallen, obwohl ich die meiste Zeit ziemlich verstrahlt war. Egal. Jedenfalls habe ich ein latent schlechtes Gewissen, dass ich mich einen Abend vorher nicht auf meine morgige Verteidigung vorbereite. Ich fühle mich aber total platt und bin nahezu gelähmt. Deshalb sitze ich auch nur auf meinem Bett herum und starre in den Raum vor mir. Es klopft an der Tür, und ohne dass ich etwas erwidere, öffnet sie sich und das Gesicht meines Vaters schiebt sich in mein Zimmer. Einen Moment guckt er einfach so zu mir, hat dabei einen starren, fast maskenartigen Ausdruck im Gesicht, doch dann öffnet sich sein Mund und sein Blick senkt sich: „Ich wünsche dir viel Glück für morgen. Wir drücken dir beide die Daumen."

Ich blicke ihn an, dann drehe ich mein Gesicht von ihm weg und schaue auf den Fußboden.

„Vielen Dank."

Als ich ihm wieder in die Augen blicke, kann ich nur noch daran denken, von hier fortzugehen.

„Ich werde mich jetzt hinlegen."

„Mach das, Liam. Versuch, etwas zu schlafen." Mein Vater sieht auf seine Hausschuhe, verharrt ziemlich lange in seiner Position. „Bitte entschuldige, ich wollte dich nicht stören. Du bist sicherlich ziemlich aufgeregt."

Ich versuche, ihn anzulächeln, und es funktioniert mehr oder weniger. Dann sage ich „Danke" und „Gute Nacht" und mein Vater zieht vorsichtig, ohne ein Geräusch zu machen, die Tür zu.

Ich lege mich auch wirklich bald ins Bett und starre noch eine Weile in die Dunkelheit, höre auf meinen Herzschlag. Wie fremd ich mich hier fühle. Fremd mit alldem, was mich umgibt. Mit allem, was mich umschlingt. Doch wenn man sich fremd fühlt, dann ist das immerhin noch eine Regung, ein Gefühl. Und auch wenn es wehtut, spüre ich, dass es sich doch genau darum im Leben dreht: *Spüren*. Darauf warten, dass der Schmerz verlischt. Manche Menschen fühlen gar nichts mehr. Nicht einmal Hass oder Schmerz. In ihnen herrschen Leere und Gleichgültigkeit. Da ist mir der Schmerz lieber. Wenn ich leide, bin ich. Leiden ist ehrlich, denn ich leide ganz allein. Dazu brauche ich niemanden. Es ist das Intimste, was ich kenne. In einem Video auf *Evic Media* ging es heute um Nationalismus und den Glauben an Gott. In einem anderen wurde ein kleiner weißer Hund von irgendwelchen Kids mit Benzin übergossen und angezündet.

Ich stehe früh auf – es ist vier Uhr – und versuche, meine Abschlussarbeit noch einmal zu lesen, aber es gelingt mir nicht. Ich bin unruhig, nicht aufgeregt, aber auf irgendeine Weise bewegt. Gegen sechs Uhr verlasse ich die Wohnung und fahre mit dem Zug nach Leipzig. Dort setze ich mich im Morgengrauen in die Filiale von *Subway*, die nicht weit von der Hochschule entfernt ist. Sogar den Hauptbau kann ich von hier aus sehen. Und während ich meine Arbeit auf den Oberschenkeln liegen habe und einen Latte Macchiato schlürfe, ist das Wetter draußen grau und schmutzig. Schneeflocken trudeln lustlos zur Erde und aus den Boxen klingt ein Lied von Nat King Cole. Diese Szene ist richtig gut, fast perfekt, und irgendwie auch ziemlich suizidal. Aber alles ist mir lieber als irgendeine dieser verstörenden Morgenshows lokaler Radiosender. Die Pseudomoderatoren dieser Anstalten bemühen sich ja geradezu darum, nicht hochdeutsch zu reden. Lokalpatriotismus aus der untersten Schublade. Intelligenz ist heute eben nicht mehr sexy. Völlig bescheuert und kulturell total hinüber zu sein, ist heute Trend, ist einfach absolut hip.

Nach einer Weile habe ich den Latte Macchiato ausgetrunken und mich wieder etwas beruhigt. Ich stehe auf, ziehe mir die Jacke über, verstaue die Arbeit im Rucksack und verlasse die Filiale. Ich laufe die Straße entlang zur Hochschule, um dann noch einige Minuten davor herumzustehen. Ich werfe einen Blick nach oben, versuche, die Fenster zu zählen. Doch irgendwann gebe ich dieses Vorhaben auf, gehe hinein und die Treppen hinauf zu meinem Fachbereich. Auf dem Flur des ersten Stocks steht wieder der Typ mit den Narben. Es macht tatsächlich den Anschein, als warte er auf mich. Wir werden zwangsläufig miteinander reden müssen, denn ich komme ihm mit jeder Stufe näher. Als ich nur noch ungefähr fünf Meter von ihm entfernt bin, beginnt er wieder, so schief zu lächeln, blickt mir geradewegs in die Augen. Das macht mich richtig fertig.

Ich fasse mir ein Herz und nehme die letzten Stufen mit kräftigen Schritten, und als ich fast gegen ihn pralle, tritt er ein Stück zur Seite. Beinahe sieht es so aus, als wollte er sich verbeugen. Lächelnd öffnet er seinen Mund, raunt mir ein leises „Viel Glück“ zu, und als er tatsächlich noch versucht, mir erneut seine vermaledeite Hand auf die Schulter zu legen, drehe ich mich weg und beschleunige abermals meine Schritte. Der Typ ist einfach zum Fürchten. Schweißnass gelange ich zu meinem Fachbereich und dem Termin meiner Verteidigung. Meine Knie zittern, als ich vor der Tür des Prüfungszimmers stehe. Ich ziehe ein Stofftaschentuch aus meiner Hosentasche und tupfe mir die Schweißperlen von der Stirn, atme tief durch, sammele mich.

Es ist kurz vor halb neun, als ich an die Tür klopfe und in den Prüfungsraum trete. Beide Professoren begrüßen mich recht freundlich. Ich kenne sie, habe sie aber lange nicht gesehen. Dann nehme ich Platz. Ich beginne mit meiner Verteidigung. Ungefähr eine halbe Stunde erzähle ihnen dies und das über meine Arbeit, das Übliche eben, und nachdem ich fertig mit meinem Vortrag bin, stellt einer der beiden noch weitere vertiefende Fragen, die ich erstaunlicherweise sehr locker beantworten kann. Jeweils ein Handschlag und Glückwünsche zur Note, dann werde ich vor die Tür gesetzt. *Es ist vorbei.* Völlig unspektakulär. Ein Lebensabschnitt in ein paar Sätzen zusammengefasst. Orientierungslos stehe ich auf dem Flur mit dem hellgrauen Linoleum herum, versuche, zu realisieren, dass mein Studium nun wirklich und endgültig beendet ist. Ich habe erreicht, was ich wollte. Der Weg in die Unabhängigkeit liegt nun vor mir und ist zum Greifen nah. Jetzt ist es für mich kaum noch vorstellbar, in Shanghai gewesen zu sein, und fast glaube ich, dass diese Episode meines Lebens nie stattgefunden hat. Die beiden vergangenen Monate in Deutschland kommen mir vor wie ein ganzes Leben.

Ich fahre mit der Straßenbahn in die Stadt und suche eine Kneipe, die schon geöffnet hat, um mit mir meinen Abschluss zu feiern. Ich finde aber keine und betrete somit einen der abertausend Dönerläden in der Südvorstadt. Aus dem Kühlschrank nehme ich zwei Flaschen Bier, nicke dem Türken hinter der Theke zu, bestelle einen Döner, dann setze ich mich an den Tisch am Fenster. Ich öffne die erste Flasche mit dem Feuerzeug und ziehe mir das Bier auf ex rein, sodass ich danach furchtbar laut rülpsen muss. Als ich die Flasche wieder vor mir auf den Tisch stelle, wirft mir der Türke einen bösen Blick zu, sagt aber nichts. Kurze Zeit später bringt er den Döner an meinen Tisch, würdigt mich jedoch keines Blickes, sondern verschwindet schnell wieder hinter der Theke und schaut konzentriert zum Fernseher hinauf, der links über dem Dönerspieß hängt und auf dem ein Fußballspiel übertragen wird. Nachdem ich aufgegessen und auch das zweite Bier in einem Zug hinuntergekippt habe, stehe ich auf, lege zehn Euro auf die Glasplatte über der Salattheke, sage: „Stimmt so", und nehme mir noch eine Flasche für den Weg.

Draußen auf der Straße ist es eiskalt. Und obwohl es erst gegen Mittag ist, hängen schwarze, dicke Wolken über den Dächern. Es beginnt, heftig zu schneien und ich blicke wie durch einen Nebelschleier, so dicht fallen die Flocken. Da ich nicht weiß, was ich noch machen soll, aber auch nicht nach Hause oder zu Zoe möchte, beziehungsweise kann, beginne ich, die Karl-Liebknecht-Straße hinunterzulaufen. Die Kapuze meiner Jacke über den Kopf gezogen, einen Fuß vor den anderen setzend, wird es immer kälter um mich herum und Bilder fluten durch meinen Kopf.

Vielleicht wird jetzt alles gut, denke ich bei mir. Vielleicht schafft es Zoe, ohne mich glücklich zu werden. Vielleicht gelingt mir jetzt endlich der Schritt hinein in ein ganz normales Leben.

All dieses Nachsinnen führt mich nach einer Weile quer durch die Stadt bis hin zum Bahnhof. Und als ob es so sein sollte, als ob alles für mich wie in einem immerwährenden Déjà-vu arrangiert worden wäre, steht dort bereits die Bahn nach Hause auf den Gleisen. Mein Vater wird sich freuen. C'est la vie.

Zweiter Teil

Signale

„Dreams are my reality.“
(Richard Sanderson)

März. Wie ein zusammengeschossener Haufen sitzen wir hier in der Bowlingbahn. Wir, das sind meine neuen Kollegen und ich. Herr Lohse, Anke, Bertram, Frau Scholler und unser Schulleiter Herr Kersten. Die zwei anderen Referendare der Schule haben es geschafft, sich dem Ganzen zu entziehen. Man bekommt sie sowieso ganz selten zu Gesicht. Es ist Freitagabend und genau einen Monat her, dass ich begann, als eine Art pädagogischer Mitarbeiter in einer Förderschule für verhaltensauffällige Kinder in Leipzig zu arbeiten. Mein erster richtiger Job. Eigentlich bin ich für diese Arbeit überqualifiziert, doch war es die erste Zusage auf eine meiner Bewerbungen kurz nach der Verteidigung und ich war nicht wählerisch.

Seit einigen Wochen wohne ich nun schon in Leipzig, habe das Kaff und meine kranke Familie hinter mir gelassen. Stehe am Anfang eines neuen, geordneten Lebens. Verdiene das erste Mal ganz gut Geld, fühle mich aufgeräumt und bin richtig stolz auf mein Durchhaltevermögen, obwohl mein neuer Job mir schon einiges abverlangt. Nie habe ich mir vorstellen können, dass sich so viel Krasses hinter den Kulissen unserer Gesellschaft abspielen kann. Nie habe ich in Erwägung gezogen, dass es so viele verlorene Kinder gibt, die völlig neben der Spur stehen. Ich muss sagen, dass sich meine Einstellung zu gewissen Themen in den letzten Wochen fundamental geändert hat. Unter anderem betrifft das die Bewertung der Todesstrafe und die fehlende Strafmündigkeit von Minderjährigen. Dahingehend sollte dringend etwas passieren, sonst fliegt uns der gesamte Laden bald um die Ohren.

Die Förderschule liegt in einem der Randbezirke Leipzigs und hat ihren Schwerpunkt auf der emotionalen und sozialen Entwicklung der Schüler, soll heißen, bei uns gibt es nur Gestörte. Über die Hälfte der Schüler, es müssen so um die fünfzig sein, sind Heimbewohner und werden jeden Morgen aus dem gesamten Einzugsgebiet im Taxi zu uns gekarrt. Viele von ihnen haben bereits etliche Schulen durchlaufen und werden nun als letzte Chance zu uns gebracht. Man könnte auch sagen, sie werden abgeschoben, gettoisiert. Wenn unsere pädagogischen Kriseninterventionen jedoch ins Leere laufen, dann kommen einige der Kids auch schon mal für ein paar Tage ins Parkkrankenhaus oder in die Kinder- und Jugendpsychiatrie. Es ist wie auf einem Karussell, das sich unaufhörlich dreht. Irgendwann stehen sie dann wieder bei uns vor der Tür, mit von den Medikamenten aufgedunsenen Gesichtern und ganz tranig im Kopf. Dann beginnt der Reigen des Wahnsinns aufs Neue. Nein, langweilig ist mein Arbeitsalltag beileibe nicht.

Herr Kersten, der Schulleiter, hatte die Idee zu diesem netten Bowlingabend. Warum, weiß ich nicht. Soll wohl zur Teambildung beitragen oder so. Heute Nachmittag haben wir noch die Schüler erfolgreich zurück in die Obhut ihrer Heime gegeben. Einige wenige wurden von ihren verkorksten Eltern abgeholt, um das Wochenende zu Hause zu verbringen, was wohl in so manchem Fall sicherlich keine Kaffeefahrt werden wird. Ich lenke meine Aufmerksamkeit auf Frau Scholler. Sie hat es zwar geschafft, sich in den letzten Minuten als halbwegs normal darzustellen, doch nun legt sie bereits zum dritten Mal ihre Hand mit den dunkelrot lackierten Fingernägeln auf Herrn Kerstens Oberschenkel. Bei den beiden zurückliegenden Avancen schaffte er es noch, verschämt lächelnd zu agieren, wobei er sanft ihren Unterarm ergriff, um ihn von sich wegzuschieben. Jetzt aber wird ihm die alkoholgeschwängerte Anmache sichtlich peinlich. Das sehe ich daran, dass er immer unsicherer lächelt und sich in unserer Runde hilfesuchend umblickt. In der Hoffnung, jemand würde ihm zur Seite stehen. Doch nichts wird geschehen.

Wir alle versuchen, diese Szenerie zu ignorieren, indem wir auf den Tisch starren und uns an die Gläser klammern. Frau Scholler hieß vor ihrer Hochzeit noch Kulibaba. So viel weiß ich bereits. Sie besitzt alles, was es braucht, um eine Frau attraktiv erscheinen zu lassen. Es gibt allerdings Situationen, in denen ihr auch das schönste Kleid nicht mehr helfen kann. Sie ist zum Beispiel nicht in der Lage, einigermaßen ansehnlich zu essen, Spaghetti mit Tomatensoße und andere bunte Gerichte werden ihr regelmäßig zum größten Feind. Jeder kann das sehen. Nur traut sich niemand, sie darauf hinzuweisen. Das ist so unsexy.

Doch jetzt, wo sie sich ziemlich vollaufen lassen hat und ihr Mund nicht mit Tomatensoße, sondern mit einem zum Nagellack passenden Lippenstift verziert ist, ertappe ich mich dabei, zu denken, dass Frau Scholler eigentlich gar nicht so schlecht aussieht. Ich kann sie mir gut nackt auf dem Tisch tanzend vorstellen. Ich glaube, ihre großen Brüste sind der ausschlaggebende Punkt dafür. Laut Herrn Lohse rumort es in Frau Schollers Ehe gerade ganz gewaltig. Und wenn sie ein wenig Wein getrunken hat, brechen bei ihr eben alle Dämme. Frau Scholler hat sich massiv auf Herrn Kersten eingeschossen, da er den Fehler gemacht hatte, sich am Schuljahresanfang besonders um sie zu kümmern. Denn sie war ja neu, keine Deutsche, gespielt unsicher und mit den Waffen einer Frau ausgestattet. Seitdem wird er sie nicht mehr los.

Herr Kerstens Absicht, einer neuen ausländischen Kollegin den Start in den schwierigen Schulalltag zu erleichtern, wurde von ihr als ein willkommenes unmoralisches Angebot interpretiert. Wenn sich Herr Kersten und Frau Scholler zufälligerweise auf dem Flur der Schule begegnen, dann zwinkert Frau Scholler ihm meist lächelnd zu und läuft, ihre Hüfte zu einem nicht hörbaren Sambarhythmus schwingend, leichtfüßig über das dreckige Linoleum. Herr Kersten bleibt dann hilflos zurück. Er ist verheiratet und hat drei Kinder, geht gerne wandern und hat ein Kind aus Afrika adoptiert. Herr Kersten ist auch schon ein wenig älter, ausgebrannt und meiner Meinung nach an dieser Schule am völlig falschen Platz. Eine Art Strafversetzung oder Sanktion muss ihn zu uns gebracht haben. Aus freien Stücken würden nur die Hoffnungslosen und Verzweifelten bei uns arbeiten. Keine Idealisten.

Ich wage nun einen Blick zu Bertram, unserem neuen Kollegen, der Frau Scholler seit zwei Wochen beim Unterricht in der fünften Klasse unterstützt. Seine Augen können sich nicht von ihr und Herrn Kestner lösen. Ich vermute, er ist eifersüchtig. Bertram kommt aus Berlin. Seine dortige Karriere endete, nachdem ihn eine Gang arabischer Halbstarker auf dem Schulhof zusammengeschlagen hat. Seitdem ist er traumatisiert. Er wählt jetzt rechts und isst keinen Döner mehr. Das alles hat er mir letzte Woche anvertraut, flüsternd, auf dem Schulflur. So als wäre es ein Geständnis. Bertram ist ein einsamer Kämpfer. Gegen sich, sein Aussehen, seinen Misserfolg bei den Frauen und gegen die dunkle Zukunft, die unabänderbar vor ihm steht. Er schwitzt sehr stark und ist noch Jungfrau. Aber so spielt das Leben. Dem schon Vergebenen und Abweisenden rennen die Weiber die Bude ein. Der Suchende und Verzweifelte wird ignoriert und mit für ihn unerreichbaren Reizen abgespeist. Pech gehabt.

Neben mir sitzt Herr Lohse, ein abgestellter Berufsschullehrer, der gerne Nickis aus Polyester trägt. Durch den Stoff seiner meist dunkelblauen Shirts kann man die Umrisse seine Männerbrüste erkennen. Heute ist es genauso. Herr Lohse unterrichtet Sport, Mathematik und auch Ethik. Doch das kommt alles auf dasselbe hinaus, da die Schüler sowieso nicht zuhören und auch nichts kapieren. Herr Lohse kennt auch viele Witze. Die erzählt er mir immer in der Pause auf dem Flur. Seine Witze handeln von Juden und *Asylanten*. Ich weiß überhaupt nicht, ob Herr Lohse verheiratet ist. Aber solche Typen sind meistens verheiratet. Das ist ja das Schlimme. Sie sind so normal, die Schreibtischtäter.

Entweder bilde ich mir das jetzt nur ein oder ich habe Frau Scholler wirklich unterschätzt. Sie startet einen neuen Versuch, Herrn Kersten abermals näherzukommen. Diesmal ist sie flinker als bei den vorangegangenen Aktionen. Schnell schießt ihre Hand hervor und legt sich auf

Herrn Kerstens Bein, wo sie dann verbleibt. Als ich meinem Chef ins Gesicht blicke, um zu sehen, wie er auf diesen Übergriff reagiert, schaut er teilnahmslos über mich hinweg auf irgendein Plakat, das hinter mir an der Wand hängt. Er tut gerade so, als würde nichts von alledem passieren. Vielleicht habe ich wirklich schon zu viel getrunken, doch dann ändert sich die Szenerie. Herr Kersten zuckt plötzlich zusammen und sein Gesicht verfärbt sich grau wie Stein. Ein beeindruckender Anblick. Fest ergreift er jetzt das Handgelenk von Frau Scholler und zieht es mit einem Ruck ganz nah an sein Gesicht heran. Ihre großen Brüste lehnen nun mit ihrer ganzen Masse an seinem Körper. Ich befürchte, dass Herr Kersten gleich zu schreien beginnt oder Frau Scholler wild ohrfeigt. Es scheint, als wollte er ihr Gesicht verschlingen, aber dann redet er nur auf sie ein. Unverständliche Wortfetzen dringen in mein Ohr. Und als er endlich von ihr ablässt und sein Gesicht in den Handflächen vergräbt, rutscht Frau Scholler fast unter den Tisch, bekommt kurz einen hysterischen Lachanfall, um danach mit derselben Intensität in Tränen auszubrechen.

Allmählich ist es mir egal, ob das, was ich sehe, real ist oder nicht. Jeder von uns hier ist völlig hinüber und irgendwie schweißt das ja auch zusammen. Aber Herr Kersten ist ehrlich engagiert. Versucht er doch stets, alles richtig zu machen. Für die Schule, für die Kinder und die Lehrer, die Angestellten und Eltern. Der Dancefloor-Song, der aus den Boxen über uns dröhnt, ist plötzlich zu Ende und Herr Kersten nutzt diese Gelegenheit, um sich zu sammeln und sich erstaunlich behände zu erheben. Mit herausgepressten Worten versucht er, sich für den Vorfall von eben zu entschuldigen. Frau Scholler neben ihm schluchzt jetzt leise und Mascara läuft ihr in verästelten Rinnsalen die Wangen hinab. Ich bin schon etwas verwundert darüber, dass Herr Kersten sich jetzt für die Aktion der heulenden Russin rechtfertigt. Schließlich war sie es doch, die nicht von ihm ablassen wollte. Aber gut, es gibt die verrücktesten Sachen und ich bin ja auch noch ganz neu in diesem Laden.

Die vorgetragene Entschuldigung diente jedoch nur als Einstieg in eine Klärung, die jetzt folgt, mit der Herr Kersten noch einen draufsetzt.

„Ich habe Familie und ich liebe meine Frau. Nur damit das hier allen klar ist."

Uns allen ist das sichtlich furchtbar peinlich, bis auf Frau Scholler, die sich die Klamotten zurechtzupft, dann in einen kleinen Taschenspiegel blickt, um sich auch die Augen wieder herzurichten.

„Hoffentlich ist das jetzt ein für alle Mal geklärt", fügt Herr Kersten zum Abschluss seufzend hinzu.

Er blickt dabei hinunter auf Frau Scholler, die sichtlich unbeeindruckt in ihrer Handtasche kramt, als würde sie das alles überhaupt nichts angehen. Herr Kersten setzt sich wieder und im selben Moment startet ein neuer Beat aus den Boxen über unserer geselligen Runde.

Neuerungen

„Menschen sind Säugetiere. Jeder saugt den anderen aus."
(Gerhard Uhlenbruck)

Eine halbe Stunde und einige Drinks später hat sich Frau Scholler wieder gefangen und stiert in ihr halbvolles Weinglas, das vor ihr auf dem Tisch steht. Bertram sitzt mir immer noch schräg gegenüber und starrt ungehemmt auf Frau Schollers Brüste. Er ist schon ziemlich betrunken und schafft es nicht mehr, seine verzweifelte Geilheit zu kaschieren. In seinem Mundwinkel sammelt sich sogar etwas Speichel. Ich trinke noch einen großen Schluck Gin Tonic, dabei halte ich Ausschau nach der Bedienung, um mir einen neuen Drink zu bestellen, denn nur besoffen kann man diese Show hier noch ertragen.

Neben Bertram sitzt Anke. Anke ist eine der drei Referendarinnen an unserer Schule. Sie wirkt auf mich nach den paar Tagen, die sie erst bei uns ist, völlig abgehalftert. Für ihr Alter – sie wird so um die zwanzig sein – ist sie bereits völlig aus der Form gegangen. Anke sieht aus wie ein Topf Hefeteig. Das mag ausgesprochen gemein klingen, aber ich kann mir nicht helfen, sie sieht so aus. Wie können sich Menschen nur so gehenlassen? Meist trägt Anke giftgrüne oder knallorange Jeans und einen weinroten Eastpack-Rucksack mit weißem Magnolienmuster auf dem Rücken. Auf ihrer Nase sitzt eine randlose Brille. Das Gestell ziemlich schmal und schlicht gehalten. Man könnte auch *billig* dazu sagen. Gewiss ist auch sie schon verheiratet, zumindest trägt sie einen Ring an der rechten Hand. Außerdem merkt man ihr die Frustration über ihr durchgeplantes und unaufgeregtes Dasein an. Doch daran wird sie nicht zerbrechen. Im Kopf mittelmäßig aufgestellt und sich früh bei irgendjemandem eingerichtet, lebt es sich sicherlich überschaubar.

Herr Kersten versucht jetzt, mit Anke ein Gespräch zu beginnen, da er von Frau Schollers Anwesenheit sichtlich die Schnauze voll hat. Doch Anke blickt nur starr geradeaus. Manchmal nickt sie kaum merklich mit dem Kopf. Ansonsten zeigt sie keinerlei Regung. Herr Lohse blickt seit geraumer Zeit nur noch auf seine Hände und murmelt etwas Unverständliches, immer dasselbe und immer im selben Rhythmus, so wie ein buddhistisches Mantra. Ankes Augen sind glasig und meine Augen schweifen wieder zu Bertram hinüber. Der glotzt noch immer auf Frau Schollers Busen, die eingenickt oder ohnmächtig geworden ist: Ihr Kopf mit den feuerroten Haaren ruht an Herrn Kerstens Schulter, der kurze Rock ist nach oben gerutscht, sodass man die Spitzenränder ihrer halterlosen Strümpfe sehen kann.

Mein Handy vibriert in der Hosentasche. Ich ziehe es unter dem Tisch hervor und werfe einen Blick auf das Display. Vor mir leuchtet eine SMS von Zoe auf und ich bekomme sofort ein ungutes Gefühl. Ich bin auf der Stelle wieder nüchtern, lese nun wie erfroren ihre Worte und es ist, als würde vor mir ein großer, schwerer Vorhang fallen. Die SMS ist übersichtlich. Zoe schreibt: *Wir müssen reden. Wann hast du endlich Zeit für mich?*

Zehn Minuten später verlasse ich unsere schräge Runde. Ich stehe auf dem Parkplatz vor dem Bowlingcenter und der Asphalt scheint zu leben. Ich habe Mühe, aufrechtzustehen. Mir ist schlecht, fast speiübel. Schlagartig ist Zoe wieder in mein Leben getreten, und es ist, als stünde ich nach einigen Wochen relativ normaler Momente wieder vor dem Scherbenhaufen, den ich hinterlassen habe. Lange hat es ja nicht gedauert. Schleppend setze ich mich in Bewegung und überlege, ob ich zu meiner Wohnung laufen oder mir ein Taxi rufen soll. Entscheide mich schließlich, den Weg weiter per pedes zurückzulegen. Zeit, Gedanken hinterherzuhängen.

Die Luft ist kalt und von einem Nieselregen durchsetzt. Nasse Fäden, die sich verflochten als ein großer wallender Schleier über die Straße legen und sich dabei unter dem Licht der Laternen auf- und abbewegen. Die SMS von Zoe lässt mich nicht los. Irgendetwas Schlimmes muss passiert sein. Neben diesem verlorenen Kampf gegen die alten Strömungen ist es wohl so, dass jemandem wie mir nur einmal im Leben Glück wiederfährt. Für mich ist Glück nicht Zoe und die Zeit, die wir miteinander verbracht haben. Glück ist dieses eine Jahr in Shanghai für mich. Ich weiß nun, wie die Welt da draußen schmeckt. Auf einem Meer, vorne am Bug eines großen Schiffes, bläst sie den Moder aus den Haaren und entfesselt, schenkt ein fulminantes Upgrade. Die Welt da draußen erscheint einem Traum entsprungen, und Gedanken daran, was jetzt zu tun ist, begleiten mich auf meinem Weg durch die Stadt.

Irgendwann sehe ich Zoes Gesicht im Dunkeln vor mir. Es weint und ist fast durchsichtig. In mir zieht sich etwas zusammen. Ein neuer Knoten. Unbekannt, stark und spürbar dumpf pochend.

Leipzig

„Trenne deine Zunge nicht von deinem Herzen, dann wird alles, was du tust, gelingen.“
(Amenemope)

Es gab eine Zeit in Shanghai, das muss so in der Halbzeit meines Aufenthalts gewesen sein, da kam es mir so vor, als würde ich dort schon immer leben. Ich begann, mich heimisch zu fühlen, und die verrückten Chinesen kamen mir relativ normal vor. Ich hatte Kathy und Maria verlassen und war in die kleine Wohnung in der French Concession gezogen. Ordnete meinen Alltag neu und stellte mich den Herausforderungen, die mir in der Kommunikation und den Eigenarten mit den Landsleuten widerfuhr. Kurz gesagt erschien es mir, als ob es immer schon so gewesen wäre.

Wenn ich dann am Wochenende nach dem Aufstehen etwas kasachischen Shit geraucht hatte, schlenderte ich unter dem Dach der ausladenden Platanen die Alleen und Straßen der French Concession entlang. Ich hatte Musik auf den Ohren, hörte Django Reinhardt, die Beastie Boys und manchmal auch die brandenburgischen Konzerte vom alten Johann. Ich schaute in die zahlreichen kleinen Läden, kaufte hier und da etwas Plunder, aß ein Eis bei Häagen-Dazs oder kaufte mir einen an der Straße gebackenen Pfannkuchen. Ich beobachtete das Treiben der einfachen Leute, die wie eine unterirdische Armee die Fassaden und Wände der Wolkenkratzer dieser Stadt auf ihren Schultern zu tragen schienen, die unermüdlich arbeiteten und dafür in den letzten Löchern hausten. Deutschland war weit entfernt. Nicht nur geographisch, auch in der Erinnerung. Ich fühlte mich nicht mehr als ein Teil davon und konnte mir kaum mehr vorstellen, dort gelebt zu haben, geschweige denn irgendwann einmal dorthin zurückzukehren. Und wenn ich mich jetzt an diese Zeit erinnere, dann ist es, als hätte ich etwas verloren. Etwas, das ich nie besaß. Als wäre mir etwas genommen worden, das sich nicht benennen lässt. Eine Illusion, die man immer wieder durchspielt. Eine Utopie, die gepflegt und doch unerreichbar geworden ist.

Meine Zweizimmerwohnung in Leipzig liegt im ersten Stock einer dieser Häuser, die nach dem Zweiten Weltkrieg für Angehörige der sogenannten technischen Intelligenz gebaut worden. Die Häuser aus dieser Zeit sind schlicht in ihrer Architektur und nicht übermäßig verziert. Die Außenwände sind dünn und typisch für solche Bauten sind die hart gebrannten Klinker an den Fassaden und der Einsatz von Beton. Dies durfte ich nach einem viertägigen Bohrmarathon zur Anbringung zweier Rollos in meinem Wohnzimmer entnervt feststellen. Die Zimmer meiner Wohnung habe ich relativ übersichtlich eingerichtet, nichts Überflüssiges befindet sich darin. Es beruhigt mich, wenn ich von der Schule nach Hause komme und mich diese zuverlässige Aufgeräumtheit empfängt.

Mein Lieblingsplatz ist in der Küche. Dort steht neben dem Herd und vor dem Fenster ein kleiner Holztisch mit passendem Hocker. Gerne setze ich mich nach der Arbeit an diesen Platz, um grünen Tee zu trinken. Das habe ich mir in China angewöhnt. Den Tee halte in einer grau melierten Thermoskanne warm. Morgens brühe ich ihn auf, und wenn ich später wieder nach Hause komme, trinke ich ihn aus einer meiner wenigen Tassen, während ich aus dem Fenster schaue und über die flachen Dächer des Viertels blicke, die sich in Richtung Stadtzentrum absenken.

Meinem Nachbarn bin ich noch nicht über den Weg gelaufen, obwohl ich ihm im Rahmen meines Einzugs ein Päckchen Kekse vor seine Tür gelegt hatte. Man könnte glauben, die Wohnung wäre leer, doch es brennt immer Licht im Flur. Manchmal, wenn es schon ziemlich spät ist, dringen gedämpfte Klopfgeräusche aus der Wohnung neben mir. So als würde jemand mit der Faust gegen die Wand schlagen. Langsam, aber kräftig. Das macht mir irgendwie Angst.

Überraschenderweise habe ich diese Bude vor einem Monat ziemlich schnell bekommen. Es war die erste, die ich im Internet gefunden hatte und die meinem Budget entsprach. Seltsam, manche Menschen verbringen Monate damit, eine passende Wohnung zu suchen. Manche verzweifeln oder zerbrechen daran sogar. Ich denke, je mehr man sucht, desto unerreichbarer wird die Auffindung dessen, was man so sehnlich vermisst. Dieses Sich-Hineinwerfen kann nur destruktiv sein. Meine Wohnung ist das beste Beispiel dafür. Ich habe sie nicht gesucht, sie hat mich gefunden.

Es muss noch ganz früh sein. Draußen ist es dunkel und in meinem Zimmer ziemlich kalt. Als ich mich vorhin ins Bett legte, habe ich die Heizung nicht aufgedreht. Zwei, drei Stunden werde ich wohl geschlafen haben. Mein Bett habe ich aus dem Haus meines Vaters mitgenommen. Es hat den Geruch von dort noch nicht ganz verloren. Ich liege noch eine Weile im Dunkeln und mache mir so meine Gedanken, auf Zoes SMS habe ich aus Angst noch nicht geantwortet. Ich schließe die Augen und dann sehe ich wieder nur Probleme vor mir. Wie Abziehbilder, die mir jemand von innen gegen die Stirn geklebt hat, und deren Umrisse sehen aus wie diese Schattenpuppen aus Java. Probleme für mich sind nicht die Rechnungen in meinem neuen Briefkasten oder der Zustand meiner Kollegen auf Arbeit. Nicht die Verwahrlosung unserer Schüler, auch nicht die krude Feier am gestrigen Abend oder die Auswüchse des Raubtierkapitalismus. Vielmehr ist problematisch, dass ich, trotz meiner neuen Wohnung und des Umzugs nach Leipzig, mich über die SMS von Zoe nicht freuen kann. Dass die Tage immer wieder auf dieselbe Art von neuem beginnen und ich einfach nicht lieben kann. Dass ich Angst davor habe, Zoe zu begegnen und Heuschrecke meinen Vater immer mehr zerstört. Er sich nicht dagegen wehren kann und wir alle sowieso verloren sind.

Warum hatte ich auch nie eine Schwester? Man sagt ja, geteiltes Leid sei halbes Leid. Dann ist man wenigstens nicht einsam. Wegen der Einsamkeit bringen sich die meisten Menschen um. Auch in Mandy kann ich niemanden sehen, der mich unterstützt und begleitet. Jetzt gerade wünsche ich mir sogar, ich hätte sie nie kennengelernt. Sie stößt mich ab. Danach denke ich an Mandys kleine Tochter und daran, was das arme Mädchen einmal für ein verkorkstes Leben haben wird. Es gibt Kinder, die werden einfach in der Scheiße geboren. Das sehe ich in der Schule, das sehe ich bei Mandy. Habe ich schon erwähnt, dass diese Welt völlig abgefuckt ist?

Gegen fünf dusche ich mich ausgiebig, ziemlich heiß. Und während die Wassertropfen auf meinen Kopf prasseln, fahre ich mir mit den Fingern immer wieder durch die Haare, um sie nach hinten zu streichen. Ich halte mein Gesicht in den Strahl aus heißem Wasser und die Leere lässt für einen Moment nach. Kurz ist die Sache mit Zoe vergessen, die sich jedoch weiter wie ein bedrohlicher Sturm über mir zusammenzieht. Auch verblasst, für einen kurzen Moment, die Empfindungen, dass ich meinen Vater vermisse, er mir leidtut und ich nicht weiß, ob wir uns jemals wieder annähern werden. Und während ich weiter mein Gesicht in den Strahl aus heißem Wasser halte und versuche, zu entspannen, vergesse ich auch meine Traurigkeit und den Umstand, dass ich mich ständig fragen muss, warum alles so ist, wie es ist, und ich die Gründe dafür nicht kenne.

Mein Badezimmer besitzt kein Fenster, lediglich einen Ventilator an der Decke, und als ich aus der Duschkabine steige, bin ich umgeben von Nebel. Die Wände und der Spiegel sind mit dicken Tropfen benetzt, die unregelmäßig auf den Boden und in Richtung des Waschbeckens hinunterlaufen. Ich öffne die Tür zum Schlafzimmer, damit der Dampf entweichen kann, dann trockne ich mich langsam mit einem großen karamellfarbenen Badehandtuch ab, das ich gestern auf dem kleinen Hocker bereitgelegt habe. Immer noch nackt gehe ich zurück ins Schlafzimmer und lege mir aus dem Kleiderschrank meinem

Bett gegenüber die Sachen für den Tag heraus. Eine verwaschene Jeans, die ich schon seit ein paar Jahren besitze, ein weißes T-Shirt mit dem Porträt eines Indianerhäuptlings, das ich mir gleich überstreife. Schwarze Socken, grau karierte Boxershorts, zum Schluss einen marineblauen Kapuzenpulli, der mir etwas zu groß ist. Aber das ist mir egal.

Langsam ziehe ich mich an, dann gehe ich ins Wohnzimmer. Dort setze ich mich mit trockengerubbelten Haaren auf meine neue Couch von Ikea, die hat mir mein Vater noch zum Auszug spendiert. Ich schalte den Fernseher an und ziehe mir das Frühstücksprogramm rein. In einer Doku geht es um Skarabäen. Unter anderem wird darüber berichtet, dass der Skarabäus das erste bekannte Tier ist, das sich an unserer Galaxie orientiert. Das auf die Erde fallende Sternenlicht hilft den Insekten, ihre Dungkugeln schnurgerade von einem Misthaufen in ihre Höhle zu rollen. Die Skarabäen führen deshalb Drehtänze um ihre Kugel auf, da sie sich auf diese Weise besser am Stand der Sonne orientieren können. Versuche belegen, dass sich die Käfer in mondlosen Nächten nicht an einzelnen Leitsternen orientieren, sondern an der Milchstraße, die zum Beispiel im trockenen Südafrika deutlicher zu sehen ist als in Mitteleuropa. Die Tiere sind damit die ersten bekannten Insekten, die Sterne zur Navigation nutzen. Dass eine Galaxie zur Orientierung genutzt wird, ist im Tierreich bisher überhaupt noch nicht beobachtet worden.

Der Bericht ist irgendwann zu Ende und ich rauche eine Zigarette. Dann stehe ich auf und schaue aus dem Fenster. Ich blicke in den allmählich erwachenden Himmel. Alle erdenklichen Blautöne hängen wie zerrissene Fragmente vor mir. Der Himmel sieht schön aus, denke ich, klar und unerreichbar rein. Ich setze mich wieder aufs Sofa und rauche noch eine Zigarette, drücke sie dann, wie all die anderen, im Aschenbecher vor mir auf dem Tisch aus. Nehme das iPhone in die Hand, checke *Evic Media*. Dort geht es heute um einen Treck von zwei Million Afghanen auf ihrem Weg nach Europa. Kameradrohnen lieferten spektakuläre Luftaufnahmen dieses unendlichen menschlichen Bandes. Zuerst sterben die Alten, Frauen und Kinder. Die Toten bleiben zurück, verfaulen. Niemand kümmert sich darum. Erschöpft lehne ich mich zurück und schlafe nochmal auf dem Sofa ein.

Am Grab

„Der Abend des Lebens bringt seine Lampe mit.“
(Joseph Joubert)

Am späten Nachmittag wache ich abrupt und schweißgebadet auf. Ich habe von meiner Mutter geträumt und fast ist es so, als spürte ich sie hier bei mir, hier in meinem Zimmer. Doch in dem goldgelben Licht, das den Raum um mich erfüllt, ist niemand. Ich bin allein.

Szenen meines Traums: Ich stehe auf der Brüstung einer Brücke, fest entschlossen, in den vor mir liegenden Abgrund zu springen. Hinter mir liegt in einiger Entfernung eine Neubausiedlung, an deren Blocks die erleuchteten Fenster wie die Kästchen eines Setzkastens unregelmäßig angeordnet sind. Ich weiß, dass ich von dort komme, dass ich an diesem Ort mein bisheriges Leben verbracht habe, aber auch, dass ich niemals dahin zurückkehren will. Ein eisiger Wind schlägt mir ins Gesicht, treibt mir Tränen in die Augen, und als ich an mir hinabblicke, bemerke ich, dass ich wieder ein Kind bin. Ich weiß, dass mich Schreckliches hier hingebracht hat. Auf einmal steht meine Mutter stumm neben mir. Ich bin ein Kind, das sich erinnert, immer und immer wieder. Erinnert an die Dinge, die ich nicht mehr auslöschen kann, die mich zu dem gemacht haben, der ich bin. Ob ich springe, weiß ich nicht, vielleicht ist es auch egal. Dieses Stehen auf der Brüstung symbolisiert die rote Linie. Pendelnd zwischen Leben und Erlösung.

Und obwohl ich weiß, dass ich allein bin, spüre ich meine Mutter bei mir. So stark wie lange nicht mehr. Über ein Jahr bin ich nicht an ihrem Grab gewesen. Seitdem ich wieder hier bin, habe ich den Besuch vor mir hergeschoben. Ich stehe auf, schlage mir im Bad noch etwas kaltes Wasser ins Gesicht, und fahre dann wirklich mit der Straßenbahn zum Südfriedhof.

Das Grab meiner Mutter liegt in einem abgelegenen Winkel der Ruhestätte hinter dem Völkerschlachtdenkmal. Ich betrete den Friedhof durch den Haupteingang und gehe entlang der oberen Arkaden auf das Krematorium zu, das von zwei kleinen Kapellen und einer großen Haupthalle umschlossen wird. Dieses neoromanische Gebäudeensemble thront jetzt vor mir wie ein Mahnmal an den Tod und auf dessen Vorplatz empfängt mich der anbrechende Abend mit seinem vertraut gedimmten Licht. Während Sonnenstrahlen die aufgesetzte metallene Kuppel des hinter dem Krematorium liegenden Kolumbariums kitzeln, blicke ich in den Himmel. Dort schießt ein Schwarm Vögel aus den Wipfeln der laublosen Linden hinauf und entschwindet mit einem feinen Surren gen Horizont. Ich steige die Treppen hinab und schlage die linke Abzweigung ein. Es ist kühl und riecht nach Moos und Erde. Nach zehn Minuten erreiche ich den Abschnitt, in dem meine Mutter begraben liegt.

Mit jedem Schritt auf dem knirschenden Kies zerfallen Dinge in mir. Jetzt kann ich ihn schon sehen, den kleinen schwarzen Grabstein, und dann stehe ich vor ihr, vor meiner Mutter, vor dem, was von ihr geblieben ist. Es ist wie ein Rausch. Kein positiver Flash, sondern ein Malstrom der Gefühle. Dazu spielt sich eine Rückblende meines bisherigen Lebens vor mir ab. So viele eingebrannte Erlebnisse. Unauslöschlich, unumkehrbar. Im Sandkasten, mit dem Gesicht im Dreck. Allein in der Ecke eines Kindergartens, vor Scham in mich versunken. Auf dem Schulhof. Gedemütigt und geschlagen. Umringt von Hass und Sadismus. Zu Hause. Klein und weinend. Hoffnungslos wütend. Aber ich jammere wieder. Meine Mutter hat damit nichts zu tun. Sie kann ja nichts dafür. Und vielleicht liegt meine beschissene Einstellung zum Leben auch einfach nur an mir und meine innere Leere begründet sich darin, dass ich mich nicht einfügen kann, da mir die Kompetenzen dafür fehlen. Möglicherweise bin ich ein dekadenter Narr, der betroffen auf das Leid der Welt reagiert, dabei jedoch völlig inkonsequent in seinen Handlungen bleibt, da er sich nicht für die eigene Tristesse und Weltschmerz schämt. Aber vermutlich liegt es letzten Endes wirklich daran, dass ich keine Mutter mehr habe. Die prägenden Dinge im Leben sind oft auf furchtbare Weise völlig banal.

Plötzlich kommt mir die Situation hier am Friedhof so surreal vor, dass ich mich fühle, als würde ich träumen. Ich träume nur, dass ich verbissen vor dem Grab meiner Mutter stehe, die Hände in den Hosentaschen zu Fäusten geballt. Ich träume nur, dass ich Angst vor einer Begegnung mit Zoe habe und dass ich das Dasein der Kinder an meiner Schule niemals ändern werde. Ich träume, dass ich als Kind oft versucht habe, ein Buch zu lesen, doch immer wieder von den Seiten aufblickte, um mir die Tränen aus dem Gesicht zu wischen. Ich träume nur, dass mich mein Vater nie geliebt hat und dass nach diesem Leben nichts zurückbleibt. Nichts außer den Erinnerungen an eine zerschlagene Kindheit und einer bedeutungslosen Jugend. Knallbunte, völlig überflüssige Bilder.

Mein Handy vibriert und reißt mich aus den düsteren Gedanken. Jetzt erst spüre ich, dass ich schweißgebadet bin. Ich schaue auf den Grabstein meiner Mutter, als meine Hand mechanisch das Handy aus der Hosentasche zieht. Ich senke den Blick, eine SMS von Zoe.

Ich bin schwanger von dir, du Arschloch.

Minus

„Die Hölle wäre nicht vollständig, wenn ihr die Phrasen des Idealismus fehlten.“
(Max Brod)

Ich sitze im Wohnzimmer auf dem Sofa und starre auf den schwarzen Bildschirm des Fernsehers. Ich bin völlig fertig. Den Weg vom Friedhof habe ich in Trance zurückgelegt und wie eine Welle überflutet mich die Botschaft von Zoes SMS, schlägt über mir zusammen, wieder und wieder. Hätte ich eine Mutter, dann würde ich sie jetzt anrufen. Es wäre gewiss ein beruhigendes, ein stützendes Telefonat. Für die meisten Menschen, die sich in meiner jetzigen Situation wiederfinden, ist dies ja ein freudiges Ereignis. Ein Kind. Das Größte im Leben sozusagen. Doch ich habe keine Mutter, die meine Zweifel zerstreuen könnte, und das Gefühl, immer intensiver zu spüren, wie heilsam ihre Existenz für mich wäre, ist eine bittere Tragödie. Bedauerlich ist, dass mir zum Reden jetzt nur noch Mandy einfällt. Mandy, die Einzige, die mir einen Rat geben könnte. Mandy, die Mutter, die vielleicht weiß, was jetzt zu tun ist. Wohin soll das alles nur führen?

Es bringt nichts. Ich muss mit jemandem reden und deshalb rufe ich, nachdem ich mich etwas zusammengerafft habe, wirklich Mandy an. Nach dem zweiten Läuten hebt sie ab. Ihre Stimme klingt freudig, frisch und glücklich, als sie mich begrüßt, sie ist gewiss voll drauf. Ich frage sie, ob ich mal rumkommen könne, einfach so, und sie erwidert, dass das doch kein Problem sei. Ich teile ihr noch mit, dass ich ja jetzt in Leipzig wohne und mit dem nächsten Zug ins Kaff kommen muss, überlege dabei, ob ich ihr das nicht schon erzählt habe. Ich meine das mit dem Umzug, aber egal. Wir verabschieden uns. Ich nehme mein Portemonnaie vom Wohnzimmertisch. Schaue nach, wie viel Geld ich noch habe. Vielleicht nehme ich bei Mandy gleich noch ein wenig Weed mit. Ich werde es brauchen.

Die Zugfahrt einigermaßen überstanden bin ich jetzt auf dem Weg durch die kleine Stadt zu Mandy und kann irgendwie keinen klaren Gedanken fassen. Ich komme an der *Müller*-Filiale auf der Promenade vorbei und dort drücken sich zwei Kinder herum. Eine etwa sechsjähriger Junge und ein gleichaltriges Mädchen, ärmlich angezogen. Ohne erfindlichen Grund bleibe ich hinter ihnen stehen und belausche ihr Gespräch. Sie reden von Gott und von Sünden und schauen dabei in das große Schaufenster, das hell erleuchtet ist und allerlei Spielzeug anpreist. Das Mädchen hält nur das Belügen der Eltern für eine echte Sünde. Aber kindlich verbissen fragt der Junge, was denn dann das Belügen der anderen Menschen oder das Stehlen sei.

„Auch eine sehr große Sünde", sagt jetzt das Mädchen. „Aber Sünden gegenüber den Eltern sind die größten. Wenn ich immer ehrlich zu ihnen bin, steht ein Engel hinter mir. Doch wenn ich sie belüge, eine Sünde begehe, dann kommt der Teufel hinter mich. Nur sieht man ihn nicht.“ Und des Gespräches müde dreht sie sich jetzt um und sagt: „Schau, niemand ist hinter mir.“

Ebenso dreht sich der Junge um, sieht dort mich.

„Siehst du“, sagt er, ohne Rücksicht darauf, dass ich es hören kann, „aber hinter mir steht der Teufel.“

„Ja, den sehe ich auch“, meint jetzt das Mädchen. „Aber den meine ich nicht.“

Verstört trete ich einige Schritte von den Kindern zurück. Sie haben mir Angst eingejagt. Eine weitere Zutat für meinen Panikcocktail, den ich mir seit einigen Stunden reinziehe. Ich drehe mich um und entferne mich vorsichtig, merke jedoch noch eine quälend lange Weile den Blick der nun stummen Kinder in meinem Rücken. Brennend. Zügig setze ich meinen Weg fort, die Gasse hoch, am Schloss vorbei. Ich setze nun alles auf Mandy. Ein nicht allzu vielversprechender Deal, das ist mir bewusst. Aber ich habe keinen Trumpf mehr in der Tasche und das ist mein Problem.

Vor dem *Sing Sing* ist alles ruhig. Es ist bitterkalt und ich stoße die Haustür auf. Ich gehe im Dunkeln hoch bis zu Mandys Etage. Leise ist Musik aus ihrer Wohnung zu hören, doch sie reagiert nicht auf mein Klingeln, deshalb rufe ich sie an. Sie nimmt nicht ab, dafür öffnet sich nach einer Weile die Tür des Wohnzimmers. Das weiß ich, da die Musik auf einmal lauter zu hören ist und ich dann das Geräusch des Schlüssels vernehmen kann, der von innen im Schloss gedreht wird. Die Wohnungstür öffnet sich und Mandys Silhouette steht vor mir. Ich kann ihr Gesicht nicht sehen, da es hier im Treppenhaus dunkel ist und sie nur vom Licht beschienen wird, das aus dem

Wohnzimmer auf ihren Rücken fällt und damit ihren Körper umrahmt.

„Hallo", sagt sie und tritt einen Schritt zurück. „Gut siehst du aus."

Das kann ich gar nicht nachvollziehen, doch bevor ich etwas sagen kann, meint Mandy noch: „Mein neuer Freund ist da. Also, nicht erschrecken."

Na toll, denke ich mir, auf so etwas habe ich ja null Bock, aber gut, packen wir es an. Deshalb sage ich: „Kein Problem. Ich hoffe nur, ich störe nicht", als ich über die Türschwelle trete.

Noch ein wenig perplex streife ich mir im Flur die Schuhe von den Füßen und kann jetzt unter dem dreckigen Licht der Glühbirne die nässenden dunkelroten Flecken sehen, die ihr Gesicht bedecken. Es sind dieselben Flecken, die beim letzten Mal auch ihre Beine verziert haben. Als sie merkt, dass ich sie anstarre, blickt sie beschämt zu Boden. Mir wird schlagartig wieder bewusst, dass es wohl keine gute Idee war, hierherzukommen. Auch wenn mir sonst keine anderen Optionen geblieben sind, kann es jetzt nur noch schlimmer werden. Und als ob meine Gedanken die nahe Zukunft um mich formen würden, tönt es auf einmal aus dem Wohnzimmer über die Musik hinweg: „Los, Leute, kommt endlich rein!"

Ein Schwall aus Angst platscht auf meinen Körper und hält mich mal wieder bolzengerade. Diese Stimme kenne ich. Sie gehört dem Typen aus der Hochschule, dem mit den vielen Narben im Gesicht. Mandy scheint sich in der Zwischenzeit wieder gefangen zu haben und meine Scheu zu bemerken. Sie fasst mich an meiner linken Schulter und zieht mich in das Zimmer hinein – und ich lasse es mit mir geschehen.

Im Zimmer angekommen zeigt sie mit ihrer rechten Hand auf das Sofa und stellt mir Marco vor, der im Schneidersitz dort platziert ist. Es ist wirklich der Typ aus der Hochschule, seinen Namen kenne ich nun. Ich verspüre den starken Drang, mich so schnell wie möglich wieder von hier zu verpissen. Die Vorstellung, die Hoffnung, Mandy könnte mir in meiner Verzweiflung weiterhelfen, zerspringt. Und allein der Gedanke, dass ich ihre Existenz als real und lohnenswert eingestuft habe, zeigt, wie fertig ich bin und wie weit es mit mir gekommen ist. Mandy und Marco, beide im Doppelpack, das ist eine knallharte Mischung.

Eigentlich kenne ich Marco ja gar nicht, doch bei ihm bekomme ich das Gefühl, als blickte er direkt in meine Seele. Was er vorhat, ist gewiss nichts Gutes. Jetzt lächelt er mich wieder an, so wie er es immer tut. Und ohne weiter auf ihn einzugehen, wende ich mich Mandy zu.

„Du, vielleicht passt es jetzt doch nicht so richtig.“

Ich trete einige Schritte zurück.

„Ach, hör doch auf. Was erzählst du da? Marco ist ein cooler Typ. Du kennst ihn doch gar nicht.“

Sie blickt in seine Richtung und er wendet dabei seinen Blick keinen Millimeter von mir. Ich muss hier unbedingt weg, sonst breche ich in Tränen aus oder bekomme wirklich eine Panikattacke. Ohne meine Zeit weiter zu verschwenden, ohne ein Wort über die Lippen zu bringen, drehe ich mich um und laufe auf den Flur zu. Sie murmelt irgendetwas hinter mir her, doch das kümmert mich nicht mehr. Im Dunkeln versuche ich, meine Schuhe zu finden, die ich, als ich sie ertastet habe, umständlich über die Füße streife. Ohne eine Verabschiedung reiße ich die Wohnungstür auf und stürze das finstere Treppenhaus hinunter. Einige Male stolpere ich über meine eigenen Füße, bis ich atemlos in das abendliche Licht der Straße trete.

Im Zug zurück nach Leipzig hänge ich wie ein Stück Elend auf dem Sitz und starre aus dem Fenster in das vorbeifliegende Schwarz. Ich muss wieder an die SMS von Zoe denken. An die Buchstaben, die vor meinen Augen hin- und hertanzen.

Ich bin schwanger von dir, du Arschloch.

Wie eine Überschrift, wie den Beginn eines neuen Kapitels fühle ich diese Aussage und tief darin verborgen ruht die Erkenntnis, dass jetzt alles anders werden könnte. Dass dieses Kind eine Chance ist. Aber auch, dass dieses Kind für immer mit Zoe verbunden sein wird und sie für immer mit mir.

Ich bin schwanger von dir, du Arschloch.

Dieser Satz, so scheint es, beschreibt mein ganzes Leben.

Wie automatisiert lege ich in Leipzig durch einen schleierhaften Regen den Weg zu meiner Wohnung zurück. Dann stehe ich vor meinem Wohnhaus und blicke auf die Fenster der einzelnen Appartements, von denen einige erleuchtet sind. Völlig durcheinander von den Ereignissen der letzten Stunden, der SMS von Zoe, den Bildern von Shanghai und dem Besuch auf dem Friedhof, flüstere ich plötzlich: „Mutti, ich vermisse dich so."

Und erschrocken über mich und meine Stimme und die Worte, die sie spricht, stecke ich mit zitternden Fingern den Schlüssel in die Haustür und trete in das dunkle Treppenhaus. In meiner Erinnerung wird meine Mutter lebendig bleiben. So wie ich sie geliebt habe. So wie ich sie verloren habe. Niemand kann sie mir ersetzen.

Kids

„Jesus Christ, what happened?"
(Casper)

Mein Arbeitstag beginnt früh um sieben. Dann stehe ich auf dem Schulhof und warte auf die Taxen, die unsere gestörten Kinder zur Schule bringen. Zu uns kommen all die Kranken aus dem Kreisgebiet. Kinder, die wegen ihrer Gewaltexzesse keine reguläre Schule mehr besuchen dürfen und deshalb nun das Vergnügen haben, an unserem Unterricht teilzunehmen. Das Schulgebäude, in dem ich arbeite, ist ein roter Backsteinbau, der früher einmal eine Schlachterei oder Schuhfabrik gewesen sein muss.

Nachdem ich die Taxen und die Kinder abgefertigt und in ihre Klassen delegiert habe, laufe ich die Treppen hinauf zu meinem Büro, sperre die Tür auf und setze mich an meinen Schreibtisch. Ich lehne mich zurück, blicke an die Decke und denke an die letzte Nacht. Nach meinem Besuch bei Mandy bin ich sofort ins Bett gefallen und kurz in einen komatösen Schlaf versunken. Erschöpft und abgeschlagen bin ich einige Stunden später wieder aufgestanden. Den Kopf voll Zoe, die Seele dunkel gefärbt von den letzten Ereignissen. Ich habe Tee getrunken und aus dem Fenster auf die erwachende Stadt geschaut. Gegen halb sieben habe ich mich in die Straßenbahn gesetzt und bin zur Schule gefahren. Jetzt bin ich froh über all die Ablenkung, obgleich es nur die emotionalen Eruptionen vernachlässigter Kids sind, die mich auf Trab halten. Aber sie überdecken meine momentanen Sorgen, auch wenn ich weiß, dass es kein Ausweichen mehr geben wird. Auf *Evic Media* geht es heute um zwei Crystal-Kinder aus Gera. Ein Junge und ein Mädchen. Er ist seit seinem zehnten Lebensjahr auf Meth und sie hat bereits zwei Abtreibungen hinter sich. Das andere Thema, was die Gemeinschaft umtreibt, sind die zunehmenden Zusammenstöße zwischen Salafisten und militanten rechtsextremen Gruppen auf den Straßen. Schöne neue Welt!

Ich höre schwere Schritte im Treppenhaus. Das kann nur Bertram sein. Es klopft an meiner Tür und ich sage genervt: „Herein."

Das Gesicht von Bertram erscheint im Türspalt und mir fällt wieder auf, dass er aussieht wie eine Kröte. Sein Krötengesicht ist fettig und zerfurcht von Akne-Narben. Sein Körper ist nicht wirklich klein, aber auf irgendeine Weise verwachsen. Bertram schaut mich unsicher an. Ich winke ihn herein und er fällt schweißdurchnässt auf den Stuhl vor mir. Er legt seine Hand auf die glänzende Stirn, lässt den Kopf nach hinten in den Nacken fallen, atmet tief ein, dann lange aus. Er sagt nichts, sondern starrt mit glasigen Augen an die Decke, so als wäre ich gar nicht im Raum. Ich glaube, Bertram hat neben seiner absoluten Einsamkeit auch eine schwerwiegende Erkrankung. Nun blickt er mich tranig an.

„Du, kann ich dich mal was fragen?"

Ich nicke mit dem Kopf und zucke mit den Schultern, gespannt, was jetzt wohl kommen wird. Bertram blickt zu Boden.

„Mit wie vielen Frauen hast du eigentlich geschlafen?"

Etwas überrascht von seiner direkten Frage muss ich selbst erst einmal in mich gehen, bevor ich ihm antworte, dass es wohl so um die dreißig gewesen sein müssen – natürlich ist das völlig übertrieben. Abgedämpft schiebe ich selbst noch die Frage nach, warum ihn das so interessiere. Doch meine Aussage muss ziemlich einschlagen haben, denn Bertram sagt kein Wort mehr. Er starrt mich nur an. Wir sitzen uns gegenüber und schweigen. Darum blicke ich jetzt auch wieder auf den Bildschirm meines Bürorechners, sonst werde ich endgültig verrückt. Dort fahren neonfarbene Spiralen ineinander, einer der Standard-Bildschirmschoner von Windows, irgendwie ist das beruhigend.

An meinem ersten Tag, daran kann ich mich noch genau erinnern, wurde ich Zeuge einer der in der Lehrerschaft legendären Angriffe auf Bertram. Auf Anraten des Direktors ging ich in die fünfte Klasse und bereits auf dem Flur drang ein Gemisch aus lautem Geschrei und dumpfem Poltern in meine Ohren. Als ich die Tür öffnete, stand Frau Scholler mit verschlossenen Augen da und presste ihren zitternde Körper in die Ecke neben der Tafel. Bertram rutschte zusammengekrümmt an der hinteren Wand des Klassenzimmers hin und her und versuchte erfolglos, den Wurfgeschossen auszuweichen, die ihm von einer Horde kreischender Schüler entgegengeschleudert wurden. Stühle, Papierkörbe, ja, ganze Tische flogen durch den Raum. Auch Pausenbrote und ein großer Tafelzirkel, der kurz neben Bertram in die Wand einschlug und dort steckenblieb. Die Angriffe waren heftig. Bertram schnappte sich sogar eine der umherliegenden Kuscheldecken, um sich zu schützen.

Doch immer, wenn einer der schweren Stühle seinen Körper traf, schrie er vor Schmerzen auf. Ich klärte die Situation, indem ich Frau Scholler aus dem Zimmer beförderte und erst einmal einen ordentlichen Brüller losließ, um mir Gehör zu verschaffen. Menschen wie Bertram können ja nicht brüllen, das ist eines ihrer Probleme. Auf jeden Fall lässt Bertram, seitdem ich ihm in dieser Situation geholfen habe, nicht mehr locker. Ich befürchte sogar, er denkt, ich sei sein Freund. Warum er dachte, hier in dieser Schule sei es erholsamer als in Berlin, kann ich nicht nachvollziehen. Es wird wohl irgendwann ein schlimmes Ende mit ihm nehmen.

Bertram macht sich jetzt wieder bemerkbar. Er rutscht etwas auf dem Stuhl hin und her. Ich wende mich zu ihm und er fragt mich umständlich: „Würdest du mich zu der Hochzeit eines Bekannten begleiten? In vier Wochen wäre das. Er heiratet eine Irin. Allein traue ich mich einfach nicht hin."

Verwundert darüber, dass Bertram überhaupt einen Bekannten hat – ich meine, dass er wirklich noch zu anderen Menschen Kontakt pflegt – sage ich zu, obwohl ich mir einen gemeinsamen privaten Abend mit ihm partout nicht vorstellen kann. Bertram hingegen freut sich richtig. Sein Gesicht hellt sich augenblicklich auf, er tupft sich mit einem Stofftaschentuch den Schweiß von der Stirn. Wenn ich ihm jetzt in die Augen blicke, dann kann ich mir vorstellen, wie er als Kind aussah, noch nicht so fertig, noch nicht so zerfurcht. Sein Leben hatte von Beginn an tiefe Risse. Er ist wahrhaftig ein schwieriger Fall.

Frau Streng, ebenfalls eine der dubiosen Lehrkräfte, kommt in mein Büro und verkündet, es gebe mal wieder Probleme mit Jeremy. Nein, denke ich bei mir, bitte nicht schon wieder. Doch dann springe ich auf, denn im Grunde bin ich dankbar für diese Abwechslung. Ohne ein Wort an Bertram zu richten, gehe ich aus dem Zimmer und folge Frau Streng. Ich bin ja eine Art pädagogischer Mitarbeiter. Ein Typ, der versucht, das Schlimmste zu verhindern. Eine Fachkraft, die blutdurstige Schüler von zitternden Lehrerkörpern zerrt und unterbindet, dass einem Mitschüler auf dem Pausenhof mit einem Ziegelstein der Schädel eingeschlagen wird. Wir wollen ja nicht, dass jemand wirklich einmal vom Dach springt oder ein Zweitklässler mit einem Messer im Bauch auf dem Schulhof liegenbleibt. Das gilt es zu verhindern und darum eile ich jetzt mit Frau Streng das Treppenhaus hinunter.

Gut, *eilen* ist vielleicht etwas zu viel gesagt. Frau Streng bemüht sich, mein Tempo zu halten, so wie es ihre Möglichkeiten eben zulassen. Sie ist Minijobberin und wurde uns durch die Arbeitsagentur vermittelt. Früher in der DDR war sie Kassiererin im Konsum, und wenn man Frau Streng das erste Mal begegnet, dann weiß man, dass diese Frau kein einfaches Leben gehabt haben kann. Und das nicht nur in der Schulzeit, nein, jeden Tag, jede Minute, mit jedem Blick auf der Straße, bei jedem Tuscheln und jeder laut ausgesprochenen Beleidigung. Ich kann mir gut vorstellen, wie wildfremde Menschen ihr „Du fette Sau!" hinterherrufen. Nun, unter uns, Frau Streng ist wirklich die fetteste Frau, die ich in meinem ganzen Leben gesehen habe. Ich sage jetzt absichtlich nicht dick, sondern *fett*. Alles andere wäre eine hemmungslose Untertreibung. Frau Streng hat dazu noch einen Damenbart, nicht über der Lippe, sondern direkt am Kinn. Das muss man sich mal vorstellen. Allerdings haben die Kinder Respekt vor ihr. Ich glaube, die scheißen sich in die Hosen, wenn sich

Frau Streng die Treppen hochwalzt. Und das, obwohl die Kids unserer Schule ziemlich hart im Nehmen sind und schon so einiges in ihrem verkorksten Leben einstecken mussten.

Sendero Luminoso

„Das Leben ist ein Sturm aus Scheiße und die Kunst ist der einzige Regenschirm dagegen.“ (Mario Vargas Llosa)

Ich wusste es. Jeremy hat sich wieder eingeschissen. Das muss ich leider feststellen, nachdem ich mit Frau Streng in den Klassenraum der dritten Klasse eingetreten bin und es extrem nach Scheiße stinkt. Obwohl ich verstehen kann, dass man als Neunjähriger nach jahrelangem sexuellem Missbrauch durch den Stiefvater nicht mehr ganz rund läuft, finde ich es nicht passend, dass Jeremy seinen vollgekoteten Schlüpfer in der Schublade des Lehrertisches versteckt. Er sitzt, als sei nichts gewesen, grinsend auf seinem Platz und beobachtet interessiert unsere Handlungen. Ich versuche, nicht darauf zu achten, tue so, als ob ich das alles völlig normal finden würde. Ich schicke Frau Streng auf die Suche nach unserer Putzfrau, damit diese das Malheur an den Wänden und im Lehrertisch beseitigt.

Ohne Jeremy eines Blickes zu würdigen – bei ihm kann man eh nichts mehr machen –, gehe ich wieder zurück in mein Büro. Bertram ist verschwunden und das ist völlig okay für mich, deshalb surfe ich ein wenig auf *Facebook* herum. Lange kann ich jedoch nicht relaxen, denn ich werde von Herrn Kersten telefonisch in die fünfte Klasse gebeten. Ich ahne Schlimmes, denn die fünfte Klasse ist der *Worst Case* unserer Schule. Dort kann alles passieren. Aber irgendwie hören sie auf mich. Sicherlich, weil ich nicht so ein Irrer wie meine Kollegen bin.

Als ich mich dem Klassenzimmer nähere, vernehme ich ein wiederholtes dumpfes Krachen, danach hysterisches Geschrei. Als ich schließlich das Zimmer betrete, erwische ich die Schüler dabei, wie sie mit der Holzstatue unseres heiligen Christophorus eine Art Zwergenweitwurf veranstalten. Der heilige Christophorus ist das Maskottchen unserer Schule. Kein Lehrer ist in Sicht, typisch. Herr Kersten hat auch das Weite gesucht. Somit wundert es mich nicht, dass die Kids, mit ihrem Wahnsinn allein gelassen, völlig durchdrehen.

Karlchen, das Opfer der Klasse, sitzt zitternd in einer Ecke und stößt regelmäßig einen gequälten Schrei aus. Also brülle ich erst einmal eine Weile herum, rege mich richtig auf, wundere mich selber, wie sehr ich mich da reinsteigern kann – dann ist Ruhe. Danach wird aufgeräumt, die Kids fegen und wischen das Klassenzimmer, da es dort aussieht, als hätte sich jemand in die Luft gesprengt. Karlchen weigert sich auch nach mehrmaliger Aufforderung, mitzuhelfen. Er schreit seit einer geraumen Weile wie am Spieß nach seiner Oma. Nachdem ich versucht habe, ihn aus der Ecke in die Mitte des Raumes zu ziehen, krallt er sich in meine Beine und versucht, mir in die Waden zu beißen. Er wälzt sich wie ein Irrer auf dem Boden herum, schnappt wie ein wildes Tier nach mir. Ich bitte seine Mitschüler, erst einmal um ihn herumzuwischen. Zum Schluss ordne ich noch fünfzig Liegestützen an und bin ziemlich überrascht, dass jeder, außer Karlchen natürlich, wie auf Kommando zu Boden geht, um dann still und konzentriert die Push-ups durchzuziehen. Richtig in Fahrt drohe ich derweil noch, sämtliche Zigaretten einzuziehen, wenn das hier nicht bald laufe, und dann umgibt mich wirklich Stille, die nur von dem Keuchen der Jungs und dem Wimmern Karlchens unterbrochen wird, der sich in einer Ecke des Klassenzimmers zusammengerollt hat.

In der Frühstückspause muss ich Karlchen aus der Mülltonne am Rande des Schulhofes zerren. Bertram ist mit einer Gruppe Erstklässlern beschäftigt. Einige von ihnen versuchen, Bertram immer wieder eine Handvoll Kies ins Gesicht zu werfen. Leider kann ich ihm nicht zu Hilfe eilen, denn Karlchen fordert meine gesamte Aufmerksamkeit. Er hat sich aus Angst vor seinen Mitschülern in einer der Mülltonnen versteckt – verständlich, denn ein Großteil der Fünften besteht aus echten Sadisten. Brutale Typen, die in den Pausen in einer versteckten Ecke des Schulhofs wahllos andere Mitschüler malträtieren und erniedrigen. Verprügelt zu werden ist ein großes Glück. Eine Mischung aus Speichel, Urin und Dreck trinken zu müssen oder sich mit Rasierklingen die Handrücken aufschneiden zu lassen ist schon eine andere Liga. Meiner Meinung nach ist Karlchen aber auch irgendwie Müll-affin. Er sucht oft Zuflucht in der Tonne. Karlchen mag alles Schmutzige, hat immer die Taschen voller Krempel: Kaputte Feuerzeuge, Kronkorken, diverse Arten benutzter Papiertücher und nasses Laub sind nur eine kleine Auswahl seiner mobilen Asservatenkammer.

Nachdem ich es geschafft habe, Karlchen aus der Tonne zu ziehen, liegt er jetzt vor mir im Dreck und wischt sich mit seinen schmutzigen Händen den Rotz von der Nase. Eigentlich ist er ja ganz niedlich, doch wenn man weiß, was ihm in seinen jungen Jahren bereits alles widerfahren ist, wird einem ganz komisch im Bauch. Bevor Karlchen ins Heim kam, zwang ihn seine Mutter, dem Schäferhund der Familie einen runterzuholen, wenn dieser rollig war. Anderenfalls bekam Karlchen eine aufs Maul. Seine Mutter versuchte auch mal, sich vor ihm die Pulsadern aufzuschneiden und ihm die Schuld für ihren inszenierten Suizid zu geben. Das muss erst im letzten Jahr gewesen sein, vor der Inobhutnahme durch das Jugendamt. Karlchen hat sich aus Panik und Angst um seine Mutter an ihre Hände geklammert und mit aller Kraft an ihnen gezogen, damit sie nicht weiter ihren Körper verletzen. An diesem Abend verpasste sein Vater ihm noch eine Tracht Prügel, die sich gewaschen hatte, sodass Karlchens rechter Arm am Ende ganz unnatürlich vom Körper abstand. So kam Karlchen dann ins Krankenhaus und später zu uns. Und damit er jetzt endlich aufsteht, verspreche ich ihm, dass wir nach der Schule in die Zoohandlung um die Ecke gehen, damit er sich dort einen Angelhaken kaufen kann. Glücklich und zufrieden rappelt sich Karlchen daraufhin auf, klopft sich den Staub von der Hose und schlendert stolz dem Schuleingang entgegen. Er erinnert mich vom Typ her an den Jungen aus *Moritz aus der Litfaßsäule*. Ein Buch, das ich als Kind sehr mochte. Natürlich werden wir diesen Zooladen nie besuchen.

Nach der Mittagspause nehme ich mir Colin vor. Er randaliert gerade wieder einmal im Schulhaus und ist drauf und dran, das Treppengeländer abzutreten. Colin gehört in die erste Klasse und ist selbst nach der Wertskala dieser Schule bereits völlig hinüber. Er furzt und spuckt fortwährend herum und bewirft jeden, der in seine Nähe kommt, mit Trinkflaschen und Papierscheren. Er ist wieder einmal voll in seinem Element und als ich auf ihn zukomme, fängt er an, mir ins Gesicht zu spucken, doch ich kann seinem schleimigen Geschoss ausweichen und schließe meine Hand fest um seinen dünnen Oberarm, drücke kräftig zu,fege ihm die Beine weg und fixiere ihn dann mit dem Knie. Colin schreit daraufhin wie am Spieß, doch nach einer Weile beruhigt er sich ein wenig und wir gehen in mein Büro. Dort sehe ich, dass er eingenässt hat. Das macht er öfter. Ob das Protest, Angst oder einfach der Fakt ist, dass ihm in seinem kurzen Leben bisher niemand beigebracht hat, seine Blase zu kontrollieren, kann ich nicht mit Bestimmtheit sagen.

Während ich mich einigem Papierkram zuwende, schaut Colin sich fahrig in meinem Büro um. Nach ein paar Minuten springt er plötzlich auf und schnappt sich ein grünes Springseil, das aus einem Korb auf den Boden heraushängt. Erst lässt er es nur fasziniert durch seine Hände gleiten, dann aber legt er es um seinen Hals und probiert, sich mit dem Seil zu strangulieren. Es scheint ihm Spaß zu machen, was er da tut. Eine Schlinge bereits um seinen dünnen Hals gelegt, verknotet er das andere Seilende an der Türklinke. Sicherlich hat er nur Langerweile, da es in meinem Büro nichts zu tun gibt. Ich überwache das Ganze, damit letzten Endes nichts Schlimmeres passiert.

Später setzt Colin sich auf das Fensterbrett und schaut auf die Straße hinunter. Sein Hals ist ganz rot und hier und da etwas aufgeschürft. Er blickt durch das Glas und sein Blick verliert sich in der Leere da draußen. Dann beginnt er, still zu weinen, und ich gebe Colin einen Keks aus meiner kleinen Hüfttasche, die ich in der Schule immer umgeschnallt habe. An dem Keks knabbernd erzählt er mir leise, dass er im Heim jede Nacht denselben Traum hat. Colin ist überzeugt, dass auf dem Dachboden des Hauses ein riesiges Krokodil wohnt, das in der Nacht die Treppen herunter zu ihm ins Zimmer kriecht, um ihm seine Beine abzufressen. Und immer wenn das Krokodil kurz davor ist, ihm in die nackten Füße zu beißen, wacht er auf und hat sich eingepinkelt und hört starr vor Angst auf seinen unruhigen Atem. Colin sitzt jetzt zusammengefallen auf der Fensterbank und blickt in seine Handflächen. So als würde er in ihnen lesen, so als würde dort irgendetwas geschrieben stehen. Als wäre darin die Lösung all seiner Probleme verborgen. Doch schon heute Nachmittag kehrt er zurück in die Obhut des Heims. Und da ich kein Therapeut bin und nicht weiß, was das mit dem Krokodil zu bedeuten hat, schicke ich Colin zurück in seine Klasse. Er ist ein kaputtgespieltes Kind. Sein Vater hat ein Tattoo-Studio, irgendwo im Leipziger Land. Seine Mutter vögelt sich durch die Nachbarschaft. Auch habe ich Colin noch nie lachen sehen. Manchmal denke ich wirklich, wir befinden uns alle auf direktem Weg in die Hölle.

Gegen Nachmittag, kurz vor Schulende, sitze ich allein in der Kantine an einem der langen grauen Tische und trinke noch einen Kamillentee. Ich habe die letzten Stunden an meinem Schreibtisch gesessen, mich etwas beruhigt und versucht, die Aufstellung meines neuen Lebens zu durchdringen. Ich habe versucht, das Schöne darin zu entdecken, die Liebe, die es dafür braucht. Durch den Kontrast mit der Schule erwacht in mir eine tiefe Verbundenheit zu diesem heranreifenden Leben. Ja, alles nochmal auf null stellen dürfen. Ein Neustart. Jetzt muss ich an Jaroslav und seine Kinder denken. An diesen aufrechten Mann, der um so vieles weiter ist als ich. Wenn es irgendjemand schafft, mir diesen letzten Impuls zu geben, den es braucht, um auf den vor mir leuchtenden Pfad zu stolpern, dann kann es nur Jaroslav sein. Ich brauche Klarheit. Das unvergiftete Leben.

Als ich mit der Tram nach Hause fahre, um auf meinem Weg dahin noch bei Jaroslav vorbeizuschauen, sitzt Bertram einige Plätze vor mir und starrt aus dem Fenster. Ich habe ihn seit heute Morgen nicht mehr gesehen. Regentropfen zerplatzen auf der Fensterscheibe neben mir, Häuserfassaden ziehen vorbei. Das Wetter ist spürbar wärmer geworden, der Winter auf dem Rückzug. Bertram wird niemals eine Frau kennenlernen. Das weiß ich. Irgendwie umgibt ihn so eine traumatisierende Faszination. Dinge, die Bertram sicher völlig fremd sind: Dieses Gefühl von Haut an Haut. Ein lumpiges Date haben oder nach einem One-Night-Stand angeekelt zu erwachen. Im Mund einer bis dato nur Bekannten zu kommen. Die Angst, eine Frau geschwängert, oder sich etwas eingefangen zu haben. All diese Dinge, die Welt der körperlichen Nähe und Sexualität, ist Bertram verschlossen. Er hat nicht ansatzweise so etwas erlebt, kann auf nichts davon zurückgreifen.

Und mit jedem Tag, der in dieser universalen Ablehnung vergeht, wird es nur noch schlimmer für ihn. Bertram hat mal gesagt, dass ihm alles im Leben verwehrt wurde und vieles besser gelaufen wäre, wenn er nicht so einen teuflischen Vater gehabt hätte. Es scheint, als gäbe es aus manchen Situationen keine Befreiung. Alles wird mehr und mehr von Traurigkeit besetzt. Irgendwann beginnt der Zeitpunkt, an dem alles Kommende nur noch eine kalte Hülle berührt. Der Körper steht da als Gefängnis für eine vertrocknete Seele. Es gibt nichts mehr zu erwarten und alles wird wie ein ewiges Fallen sein. Keine Verantwortungen und keine Sünden mehr. Im Tod liegt die Erlösung für jene, die immer suchten, doch niemals fanden. Ja, in solchen philosophischen Gärten kann ich mich verlieren, wenn ich mich mit Bertram auseinandersetze. Das Gefühl, begehrt zu werden, selbst in der banalsten Körperlichkeit, das kennt Bertram einfach nicht.

Reload

„Die Schaltflächen auf dem Bildschirm sehen so gut aus, dass Sie daran lecken wollen.“ (Steve Jobs)

Am Johannisplatz angekommen, steige ich unbemerkt hinter Bertram aus, der aber die entgegengesetzte Richtung einschlägt. Ich laufe durch den Regen die Straße des 18. Oktober hinauf zum *Rewe*-Markt. Die Straße glänzt wie schwarzer Speck und es stört mich nicht, dass ich ohne Regenschirm laufe und meine Haare mir nass ins Gesicht fallen. Bald sehe ich den Hähnchenwagen vor mir: Jaroslav fertigt gerade einen alten Herrn ab, der sich dann langsam vom Wagen wegbewegt.

Schließlich stehe ich vor Jaroslav, er erblickt mich, kommt hinter dem Tresen hervor und schließt mich in die Arme. Irgendwie wirkt das alles voll *staged* und passiert ohne einen Laut, als führe irgendjemand für die Szenen Regie. Um dem Regen zu entgehen, stellen wir uns unter das schmale Vordach des Broilerwagens.

„Und“, fragt Jaroslav, „was gibt es Neues? Das Mädchen, nach dem du mich neulich gefragt hast, habe ich hier nicht gesehen.“

Er reicht obligatorisch den Beutel *Schwarzer Krauser* rüber und dann stehen wir eine Weile schweigend zusammen, drehen uns eine Kippe, rauchen.

„Ich weiß jetzt, wo dieses Mädchen wohnt. Sie heißt Zoe. Du brauchst also nicht weiter nach ihr Ausschau halten."

Er nickt und zieht an seiner Zigarette.

„Ach übrigens, ich habe mein Studium abgeschlossen und wohne jetzt in Leipzig. Habe sogar schon einen Job."

Davon ist er richtig beeindruckt.

„Herzlichen Glückwunsch, mein Freund", sagt er so, als hätte ich im Lotto gewonnen.

Aber Recht hat er. Das Kaff und den Wahnsinn habe ich hinter mir gelassen. Ich sollte daran arbeiten, das weiterhin hoch zu schätzen.

Jaroslav wirft seine Kippe in einen Busch und geht hinter den Tresen zum Grill, schaut eine Weile prüfend auf die Spieße, bevor er mir von links oben ein besonderes großes, braungebranntes Hähnchen abschneidet. Er packt es in eine dieser Thermotüten und drückt mir diese lächelnd in die Hand.

„Ich hoffe, du bist nicht enttäuscht. Das hier ist für deinen Abschluss. Mehr habe ich leider nicht."

Ich bin richtig geflasht darüber, denn dieser Moment, diese Szene, ist das Ehrlichste, was ich seit langem erlebt habe.

„Danke, Jaroslav. Das bedeutet mir sehr viel."

Langsam beginne ich, das Script zu mögen, den Verlauf der Story. Der Regisseur versteht sein Handwerk und ich lasse mich immer mehr auf ihn ein.

Jaroslav blickt in den Himmel und die Bilder, die jetzt folgen, fühlen sich auch wieder verdammt arrangiert an. Szene für Szene.

Stockend und mit belegter Stimme sage ich zu ihm: „Zoe ist schwanger von mir."

Ich schaue zu Boden, dann bricht es aus mir heraus. Ich erzähle ihm alles. Von meiner zerbrochenen Enthaltsamkeit gegenüber Zoe, die meine ganze Beziehung zu ihr beschreibt. Und ja, vielleicht habe ich mir etwas vorgemacht. Das Jahr in Shanghai hat mich verändert. Nicht umsonst stehe ich jetzt bei ihm, vor seinem Hähnchenwagen. Resigniert füge ich hinzu, dass alles so verfahren ist und ich mich deswegen hasse, dass ich nicht mehr weiter weiß, und dann weine ich einfach. Alles ist auf einmal so auf den Punkt gebracht, so entpackt. Ich versuche, Jaroslav zu erklären, dass ich das Kind lieben könnte, aber ich mir das mit Zoe einfach nicht vorstellen kann. Aber auch dass etwas in mir sagt, dass ich wieder hinausfinden könnte aus dem Labyrinth festgehakter Vergangenheiten. Neu anfangen. Ein Licht in diese Welt setzen. Ein Kind großziehen. Etwas, das mich wieder fühlen lässt. Jemand, den ich lieben darf.

Jaroslav hört die gesamte Zeit aufmerksam zu. Irgendwann nickt er sogar verständnisvoll zu meinen Worten. Ja, dieser Mann weiß Bescheid. Das spüre ich sofort. Als ich nur noch zitternd vor ihm stehe und es nichts mehr zu sagen gibt, legt er mir seine schwere Hand auf die Schulter und blickt mir in die Augen.

„Mein Freund", sagt er jetzt, fast klingt es wie ein Gebet, „manchmal fügt sich im Leben alles zusammen."

Ich krame in meiner Hosentasche nach einem Taschentuch und er nimmt die Hand von meiner Schulter.

„Du bist ein guter Mensch und nun auch bald Vater. Das ist das Leben! Kinder sind das Glück in dieser Welt."

Er geht zum Wagen und öffnet die Fahrertür, greift hinter den Sitz, kommt mit einer Flasche Becherovka und zwei Plastikbechern zurück. Großzügig schenkt er die Becher ein. Wir stoßen an.

„Salut!"

„Salut, Jaroslav!"

Ich trinke gierig mit einem Zug alles aus, eine ziemliche Menge Becherovka fließt meine Kehle hinab in den Magen und lässt sich als wohlig warme Pfütze nieder.

Die Worte von Jaroslav, seine ehrliche Freude gepaart mit diesem banalen Trinkritual, schließen etwas in mir auf: Ein unbekannter Schub Vertrauen in die Vorgänge dieser Welt lässt mich eine Chance und Befriedung sehen. Mein Rückfall bei Zoe hat etwas Sakrales. Ich erkenne die Bedeutung dessen, das Zeichen – das Kind. Als Konsequenz müssen wir mit dem Sex abschließen. Um unser selbst willen. Ich muss Zoe sehen und mit ihr reden. Ich werde versuchen, ihr das hier zu erklären, das, was ich bei Jaroslav fühle. Ein neuer Beginn. Zwischen ihr und mir. Als Freunde, als Eltern.

Ich umarme die wuchtigen Schultern von Jaroslav und er sagt, dass jetzt alles gut wird. Ich drücke die warme Hähnchentüte an mich und blicke mich um. Unbemerkt hat sich in der Zwischenzeit eine kleine Gruppe Rentner vor dem Wagen zusammengefunden. Alle starren uns an. Jaroslav versteckt schnell den Becherovka hinter seinem Rücken und lacht mir nochmal zu, seine Augen blitzen dabei.

Renaissance

„Das Echteste an jedem Menschen sind seine Fehler."
(Michelangelo)

Das Gespräch mit Jaroslav hat mich aus meiner störrischen Trance geweckt und mir eine Tür aufgetan. Das Gefühl einer großen Schuld hat sich in der letzten Nacht über mich gelegt, ein Zustand tiefer Scham. Doch noch nie habe ich Schuld als so befreiend empfunden. Seit heute Morgen durchmischt sich diese Stimmung mit ehrlichen, in mir stattfindenden Reflexionen. Dieser Zustand hat etwas Euphorisches.

Ich befinde mich in der Schule, sitze in meinem Büro und erblühe innerlich. Die erste Stunde hat gerade begonnen. Am Schreibtisch lasse ich mir die letzten Monate durch den Kopf gehen und lausche über Kopfhörer einer wunderschönen Version von *The wind beneath my wings* von Perry Como. Und während Perry von Liebe und Anbetung singt, gestehe ich mir endlich ein, dass Zoe Recht hatte. „Did you ever know that you are my hero?" fragt Mr. Como jetzt. Aber ich war ein Arschloch, flüstere ich ihm stumm zu. Ich habe nichts aus Shanghai gerettet, bin einfach wieder in die altbekannten Muster gesackt. Aber jetzt, Perry, jetzt kannst du zusehen, wie ich mich ändere, wie ich ein besserer Mensch werde. Ich darf mich nicht von meiner Scheu vor Menschen bestimmen lassen. Ich muss mich befreien! Muss mich öffnen. Und auf einmal vermisse ich Zoe. Das erste Mal überhaupt in meinem Leben. Es ist ein Vermissen so wie früher. Wie vor vielen Jahren, vielleicht als Kind. Vor der Zeit mit Zoe, den ganzen Narben und tiefen Rissen, die sie hinterlassen hat. Tief, anziehend und vertraut.

Die Anspannung der letzten Monate löst sich ein wenig und das befreite Gefühl von Shanghai stellt sich wieder ein. Relaxt wippe ich auf meinem Bürostuhl hin und her und überlege mir: aus der Einsamkeit herauskommen, mir vielleicht die Haare wieder länger wachsen lassen. Mit dem Rauchen aufhören, grüne Smoothies trinken, mit meinem Vater und Zoe gemeinsam essen gehen. Eine Familie gründen. Banal und einfach glücklich sein. Endlich keinen Sex mehr haben! Entsagen, sich befreien. Zusammen in eine kleine Wohnung ziehen. Am Abend gemeinsam vor dem Fernseher sitzen und über das kleine Wunder im Nebenzimmer wachen. Nochmal ganz von vorne anfangen. Es ist noch nicht vorbei.

Befriedigt setze ich die Kopfhörer ab, stehe auf und mache zwanzig Liegestütze. Dann nehme ich mein iPhone vom Schreibtisch und tippe auf *Nachrichten*. Ich erstelle ein neues Textfeld und wähle für das Adressfeld Zoes Nummer aus. Kurz zögere ich. Dann schreibe ich: *Du hast mit allem Recht. Können wir uns sehen?*

Ich lege das Handy wieder auf die Schreibtischplatte. Mache noch einmal zwanzig Liegestütze.

Das Bürotelefon klingelt. Ich nehme ab, bin etwas außer Atem. Herr Kersten ist am Apparat.

„Hallo. Heute gegen zehn stößt eine neue Referendarin zu uns."

Er macht eine kurze Pause und ich frage verunsichert: „Okay?"

„Es wäre gut, wenn Sie sie in Empfang nehmen könnten. Ich muss mit meiner Tochter zum Arzt. Sie hat seit einigen Wochen so eine Art Superangina. Der Name der Referendarin ist Frau Rosenhaus."

Ich sage motiviert zu, denn ich warte auf eine Antwort von Zoe und kann diese Schwebe gut mit etwas Aktivität ausfüllen.

„Sie können sich auf mich verlassen, Herr Kersten", verspreche ihm noch.

Er ist erleichtert, auf jeden Fall hört es sich so an, als er sich verabschiedet und dann auflegt. Ich wundere mich ein wenig, dass Herr Kersten heute nicht wiederkommt. Solange kann das beim Arzt ja auch nicht dauern, aber gut, das soll mir heute egal sein.

Ich fühle mich - und das meine ich jetzt ganz ehrlich - wie neugeboren. Was die Zusammenfügung der richtigen Ereignisse so alles bewirken kann? Unglaublich. Mein Crash und die Wiederauferstehung. Na ja, jetzt warten wir lieber erst einmal ab, wie die Sache mit Zoe läuft. Ich hoffe, sie will das Kind behalten. Was ist, wenn sie es bereits abgetrieben hat?

Punkt zehn Uhr klopft es an meine Bürotür. Ich öffne und vor mir steht eine ziemlich attraktive junge Frau. Vermutlich die Referendarin. Sie kommt einen Schritt auf mich zu und reicht mir die Hand.

„Hallo. Ich bin Sandra Rosenhaus."

Ein schöner Name, denke ich.

„Hallo. Ich bin Liam Einberg. Schön, dass Sie hier sind."

Ihre Hände sind warm und zart, ihre Fingernägel blutrot lackiert.

„Haben Sie gut hergefunden?"

„Ja, kein Problem. Ich bin aber zuerst in das Sekretariat gegangen. Dort hat man mich an Sie verwiesen."

Ich bin ein wenig stolz. Sandra lacht verlegen, weil die Situation schon etwas komisch ist, und ich biete ihr ein Glas Wasser an, das sie dankend annimmt. Wir reden kurz über die Bildungsschwerpunkte ihres Studiums, dann nehme ich sie auf eine kleine Führung mit.

Im Schulhaus ist kein Mucks zu hören. Vorführeffekt. Das Gebäude wirkt wie ausgestorben. Auf Höhe der Kantine mache ich Sandra die fünfte Klasse schmackhaft. Die sei gewissermaßen unsere Hauptherausforderung, erkläre ich ihr. Wenn sich Sandra der Realität stellen will, dann ist sie bei diesen Sadisten genau richtig. Sowieso wirkt sie auf mich etwas überstudiert, beladen mit einigen stark idealisierten Illusionen. Zeit für einen gepfefferten Wake-up-Call.

Als wir auf dem Weg zur fünften Klasse über den Flur mit der hellorange gestrichenen Raufasertapete gehen, fragt mich Sandra über die Beschaffenheit des Klassenverbunds aus und wer der Klassensprecher sei. Ich muss lachen, richtig ungezwungen. Ein Klassensprecher, herrlich.

„Nein, ein Klassensprecher wurde noch nicht gewählt. Hier und da gibt es aber ziemlich Herausforderungen. Aber Sie wissen ja, Frau Rosenhaus, es gibt keine Probleme, nur Lösungen."

Ich fasse sie am Ellenbogen, bringe uns beide vor der Tür des Klassenzimmers zum Stehen, blicke ihr in die Augen. „Bleiben Sie einfach authentisch. Okay?"

In der Mittagspause treffe ich Sandra wieder. Fast hätte ich sie nicht wiedererkannt. Sie wirkt um Jahre gealtert. Verlassen kauert sie auf der Bank am Hoftor. Ich gehe auf sie zu und setze mich neben sie. Ungerührt starrt sie auf den Kies am Boden. Die Haare stehen zerzaust von ihrem Kopf ab, gleichen einem surrealistischen Vogelnest.

„Es ist ...", flüstert sie, nein, eher krächzt sie es, „es ist der Horror. Die Hölle auf Erden."

Ihre Mascara ist verschmiert, die Lippen zittern, genau wie ihre Hände. Sie blickt mich verzweifelt an und fragt mich jetzt, fast flehend, warum Kinder in diesem Alter schon so gestört seien. Leider kann ich ihr das auch nicht erklären, eher mache ich mir Sorgen, dass der Sprung ins kalte Wasser dann doch ein wenig zu heavy war.

Schreie ertönen aus einer der hinteren Ecken des Schulhofs. Panisch, voller Angst. Es wird wohl die fünfte Klasse sein, die Karlchen malträtiert. Doch ich habe jetzt keine Zeit. Ich versuche, Sandra zu ermutigen, indem ich ihr sage, dass es nach einigen Wochen besser laufen wird. Man stumpft ja ab, kann das alles besser ertragen. Das braucht sie, wenn sie hier nicht vor die Hunde gehen will. Aber Sandras Weltbild liegt zerschlagen am Boden. So jedenfalls wirkt es auf mich. Etwas hat sie tief verstört. Sie ist sich bewusst, dass Kinder gemein sein können und dass es wenig Liebe unter den Menschen gibt. Doch die wenigen Stunden in der Fünften haben sie gebrochen.

Die Schreie von vorhin steigern sich allmählich zu einem Kreischen. Todesangst schwingt nun mit. Es wird Zeit, dort hinten einmal nach dem Rechten zu sehen. Alles hat seine Grenzen. Ich klopfe Sandra noch einmal freundschaftlich auf die Schulter, dann gehe ich über den

Schulhof in die Richtung, aus der jetzt erstickte Schreie zu mir dringen.

Als ich um den großen Kastanienbaum biege, sehe ich Karlchen zuckend mit weißem Schaum vor dem Mund auf dem Boden liegen. Einige Fünftklässler stehen im Halbkreis um dieses Häufchen Elend herum und filmen das Szenario mit ihren Handys. Jetzt spuckt einer von ihnen Karlchen in sein schmerzverzerrtes Gesicht. Ich brülle „Hey!“, gehe auf Karlchen zu und beuge mich zu ihm hinab.

„Was habt ihr mit ihm gemacht?“

Basti, einer der Rädelsführer, lacht und meint, dass es doch egal und „das Opfer da unten“ sowieso schwul sei. Ich sehe, dass neben Bastis Füßen eine Flasche Abflussreiniger liegt.

Er bemerkt meinen Blick, scheint kurz ertappt, aber dann sagt er rotzig: „Da hat die Schwuchtel allein getrunken. Wir haben nur zugesehen.“

„Ich glaub dir kein Wort, du Wichser“, zische ich und stehe auf, doch Basti und die anderen entfernen sich feixend. Karlchen wimmert auf dem Boden und erbricht eine hellgrüne, bröcklige Flüssigkeit. Ich sollte den Notarzt rufen.

Overthrow

„Wir warten auf einen neuen Himmel und eine neue Erde nach seiner Verheißung, in denen Gerechtigkeit wohnt."
(1. Petrus 3,13)

Das Schlimmste, was ich jemals gesehen habe, ist nicht die Geschichte mit Karlchen, sind auch nicht die Foltervideos im Netz. Das Schlimmste, was ich jemals gesehen habe, ist erlebt und hat sich in Shanghai zugetragen, das habe ich noch gar nicht erzählt. Irgendwann – es muss so um den chinesischen Nationalfeiertag herum gewesen sein – habe ich das Science and Technology Museum in Pudong besucht. Am frühen Abend, auf dem Rückweg zur Metrostation, nach einem Tag wirklich interessanter Eindrücke, wurde ich Zeuge einer wahren Untat. Eine Gruppe aufgebrachter, schreiender Chinesen umringte vor der Station ein uigurisches Kind, das wimmernd auf dem Boden kauerte, panisch, mit schmerzverzerrtem Gesicht. Es wurde anscheinend des Diebstahls bezichtigt. Einige junge Männer traten dem etwa achtjährigen Jungen immer wieder ins Gesicht. Sie traten so hart zu, dass der Kopf des Kindes hin- und herflog und sich seine Stimme vor Angst und Schmerzen überschlug und immer wieder wegbrach, wenn ein erneuter Tritt seinen Kopf traf. Chinesen aller Altersklassen gafften und ergötzten sich an diesem Schauspiel. Eine alte Frau hatte besonders viel Spaß. Sie lachte übers ganze Gesicht und deutete mit ihrem Zeigefinger auf den sich vor mir abspielenden Horror, kommentierte ihn lautstark, klatschte vor Begeisterung in die Hände. Ja, ihr ging es richtig gut dabei, sie wirkte auf mich gelassen und befreit.

Einer der Männer, er trug eine grüne Trainingsjacke, das weiß ich noch so, als wäre es gerade eben passiert, bückte sich schließlich und packte den linken Arm des Kindes. Zog ihn mit aller Kraft an sich, um schließlich mit voller Wucht auf die kleine Hand zu stampfen und dem Jungen die Finger zu brechen. Ich muss sagen, die Schreie, die dieses Kind dann von sich gab, habe ich bis heute nicht verwunden. Noch nie habe ich jemanden in meinem Leben so schreien gehört. Ich habe auch nicht die Bilder verarbeitet, in denen der Körper dieses kleinen Geschöpfs vor schmerzlicher Überwältigung bebt und die zermalmte Hand wie im Krampf schüttelt, so als könnte es die zertreten Knochen wieder richten, so als würde das alles gar nicht passieren. Nein, diese Bilder und Schreie aus China habe ich nicht vergessen. Man kann sagen, dieses Erlebnis hat mich verändert, hat etwas in mir zerschlagen. Oft muss ich noch an dieses Kind denken – so wie jetzt –, höre die grausamen Schreie in mir und komme nicht so richtig damit klar.

An all das denke ich zurück, während ich am Abend in der Straßenbahn sitze und spüre, dass diese Erinnerungen sich tief in mein Hirn eingegraben haben und sich richtig manifestiert anfühlen. Zoe hat nach meiner SMS sofort geantwortet. Wir haben uns für halb neun bei ihr verabredet und ich spüre keinerlei Unsicherheit mehr auf dem Weg zu ihr. Der Gedanke, dass in ihrem Bauch ein Leben heranreift, hat alles verändert und gibt mir Kraft und Klarheit. Wir werden uns weiterentwickeln und das alles überstehen.

Schließlich erreiche ich die Haltestelle in der Könneritzstraße und steige aus. Die letzten Meter laufe ich langsam, fast behutsam, und dann stehe ich auch schon vor dem Hauseingang. Ich hebe in Zeitlupe meine Hand und drücke auf die Klingel, doch im selben Moment merke ich, dass die Tür nur angelehnt ist und deshalb trete ich in das Treppenhaus. Wie in einem Traum steige ich die Stufen nach oben. Das geschieht absolut lautlos, obwohl ich nicht darauf bedacht bin, kein Geräusch zu erzeugen. Die Tür von Zoes Wohnung ist verschlossen und somit stehe ich eine Weile ratlos vor ihr herum, bis ich den Mut fasse, vorsichtig zu klopfen, klingeln möchte ich nicht nochmal. Sekunden vergehen. Sekunden, die sich dehnen wie Jahre, doch dann öffnet sich die Tür und Zoe steht vor mir. Zoe, die ich seit einem viertel Jahr nicht gesehen habe. Zoe, die Frau, die ein Kind von mir erwartet.

Ich bin extrem aufgeregt und versuche, zu lächeln, möchte, dass es mir gelingt. Dann stehe ich auf der Türschwelle, sehe in ihr Gesicht.

„Hey", sage ich, doch Zoe steht unbeweglich vor mir, wie zu einer Salzsäule erstarrt.

Ich fange mich und trete endgültig ein, schließe die Tür hinter mir, und dann stehen Zoe und ich uns im Dunkeln des Flurs gegenüber. Ich kann ihren Atem auf meinem Gesicht spüren, umarme sie jetzt, presse sie an mich. Zoe lässt es geschehen. Ich muss mich zusammenreißen, ich darf mich nicht gehen lassen. Ich nehme Zoe bei der Hand und ziehe sie mit mir ins Wohnzimmer, dort löst sie sich von mir, setzt sich wieder auf den Stuhl am Tisch, dahin, wo sie auch schon beim letzten Mal saß. Ich möchte ihr nicht zu nahe treten, muss jetzt ganz behutsam sein und setze mich in einiger Entfernung auf die Couch. Heute läuft keine Musik. Es ist völlig ruhig. Draußen rauscht gedämpft eine Tram auf der Straße vorbei, verliert sich, verstummt.

Zoe hebt den Kopf, blickt mich an und räuspert sich.

„Bist du dir eigentlich bewusst, dass ich das ganze Jahr auf dich gewartet habe?“ Sie blickt mir in die Augen. „Es verging kein Tag, an dem ich nicht an dich gedacht habe.“

Mir hat es nun buchstäblich die Sprache verschlagen. Ich bin völlig perplex. Das habe ich nicht erwartet.

„Warum hast du nie kapiert, dass ich mich um dich sorge? Warum hast du nie bemerkt, dass ich dich liebe ...?“

Ein Schluchzen unterbricht ihre Worte und Tränen fließen ihre Wangen hinab. Ich bin überwältigt von ihren Worten, ja, fast schockiert, versuche, mich zu ordnen, und überlege, was ich sagen könnte. *Zoe liebt mich? Sie hat jeden Tag an mich gedacht?* Ihre Offenbarung verunsichert mich. Ich habe Mühe, ihrem Geständnis Glauben zu schenken.

Zoe meint jetzt – und es klingt bitter, wie sie das sagt –: „Meine schlimmsten Befürchtungen sind eigentlich wahrgeworden. Du bist der geblieben bin, der du immer warst. Und jetzt bin ich auch noch schwanger von dir.“

Sie hat das Kind behalten, schießt es mir in den Kopf, und nun laufen mir die Tränen die Wangen hinunter, wie so oft in den letzten Tagen. Wo bin ich in den letzten Jahren nur hineingeschlittert? Ich stehe auf, nur um dann mit gesenktem Kopf wieder vor Zoe in die Knie zu gehen. Ich versuche, ihre Hände zu greifen, doch sie dreht sich von mir weg, sodass ich unsicher meine Hand auf ihren Oberschenkel lege, dann rede ich leise und mit belegter Stimme auf sie ein.

„Ich werde jetzt für dich da sein. Es wird alles anders werden. Das verspreche ich dir. Mir ist so vieles klar geworden und ich werde für das Kind, unser Kind, die Verantwortung übernehmen."

Es ist das Ehrlichste, was ich in meinem gesamten Leben gesagt habe. Noch nie habe ich etwas mit solchem Nachdruck ausgesprochen. Ich weiß, jetzt geht es um alles. Zoe sitzt bewegungslos auf dem Stuhl und meine Hand ruht noch immer auf ihr.

Als ich fertig bin, keine Worte mehr habe, wendet sie ihren Kopf zu mir, blickt mich an und ihr Gesicht ist aufgelöst und traurig. Doch dann passiert etwas. Etwas baut sich zwischen uns auf, skizziert sich und wirkt unendlich wahrhaftig. Zoe scheint wie gelähmt, völlig hypnotisiert von meinen Aussagen, und ich bleibe auf den Knien und umfasse jetzt endlich auch ihre Hände. Wir begegnen einander. Das erste Mal, seitdem wir uns kennen. Es ist ein Gefühl, als hätten wir beide ein gesamtes Leben durchschritten. In mir pulsiert etwas, verdichtet sich. Ein Gefühl, das ich vor langer Zeit verloren habe. Ein Gefühl, das mit meiner Mutter von mir verschwand.

Ich lege meine Hände auf Zoes Bauch und es ist ganz still um uns herum. Strahlen der Straßenbeleuchtung fallen durch das Fenster und hängen wir bronzene Balken im Zimmer. Zoe streichelt mir jetzt über die Wange, beugt sich vor und wir küssen uns vorsichtig auf den Mund, dann fallen wir uns in die Arme und sinken zu Boden.

Umschlungen kauern wir auf dem Teppich ihres Wohnzimmers. Alles ist echt, positiv und absolut rein. Ich habe mich noch nie so lebendig, aufgefangen und gebraucht gefühlt. Ich flüstere noch einmal in Zoes Ohr, dass jetzt alles gut werden wird, und ihr warmer Körper ist an meinen gepresst, und es ist erfüllend, dabei völlig asexuell, viel mehr als das. Aus dem Nichts schießen plötzlich mein Vater und Heuschrecke in meine Gedanken, aber anders als sonst, spüre ich keine Wut oder Verzweiflung, sondern eine angenehme Ruhe. So, als hätten meine Worte nicht nur Zoe besänftigt, sondern auch mich selbst. Alles wird gut, mit Zoe, unserem Kind, meinem Vater und Heuschrecke. Der Neuanfang wird allem gelten, was mir seit Jahren im Kopf herumspukt. Ich verkrieche mich immer mehr in Zoe, atme den Geruch ihrer Haut und bilde mir ein, die kleinen Bewegungen des neuen Lebens in ihrem Bauch zu spüren. Ich verliere mich in den Minuten, die uns endgültig vereinen. Ein Wandel auf allen Ebenen hat begonnen.

Als wir uns später gemeinsam ins Bett legen und Zoe eingeschlafen ist, falte ich meine Hände und bete, das erste Mal in meinem Leben. Mein Gebet ist voller Dankbarkeit und Ehrfurcht. Mit Bildern von Zoe und prunkvollen Sonnenaufgängen im Kopf schlafe ich schließlich ein. Durchquere traumlos die Stunden der Nacht, voller Frieden und Glückseligkeit.

Tweaker Nation

„Gatorade me, bitch!"
(Jesse)

Nach der Aussprache mit Zoe sitze ich am nächsten Morgen wieder in meinem Büro und treibe mich mit meinem Handy im Internet herum. Auf *Evic Media* wurde gestern ein Video gepostet, in dem ein IS-Gefangener in einem orangefarbenen Jumpsuit von einem Panzer bei lebendigem Leib überrollt und zerquetscht wurde. Diese Mörderbande gab dem armen Schwein noch Anweisungen, gefälligst direkt vor die Kette zu hüpfen, und er tat es. Harter Tobak. Sie schreiben, er sei erst neunzehn gewesen. Kann man Leute nicht einfach erschießen? Ich meine, was soll denn das? Gott sei Dank gibt es heute nur relativ harmlose News und Videos. Ein Video über eine kambodschanische Organisation, die pädophile Sextouristen aufspürt. Eine Bildreihe, die einen Teenager begleitet, der sich fünf Jahre nur von Glassplittern ernährt hat. Jetzt surfe ich etwas auf *Tumblr* herum, filtere nach bestimmten Suchbegriffen. Irgendwann ist es *Tweaker Nation*, was ich eingebe, ich hatte im Netz irgendwo gelesen, dass dies das Label der sich ungehemmt ausbreitenden Meth-Kultur in den Staaten ist. Die Suchergebnisse sind zahlreich und ich bin beeindruckt von den vielen Clips und Bildern auf *Tumblr*, in denen zu sehen ist, wie eine Menge Kids sich das Zeug reinballern. Alles wirkt völlig normal, auch sehen die meisten noch ziemlich frisch aus. Jetzt gebe ich *Tweaker Nation* auf youporn.com ein, nur um zu prüfen, ob es eine Steigerung der Inhalte auf *Tumblr* geben kann. *Treffer!* Dutzende Videos werden gelistet, eine Menge von Meth-Orgien und Gangbangs, auch einige Schwulenpornos sind darunter. Ich scrolle weiter nach unten und plötzlich sitze ich versteinert vor dem Monitor.

Ich starre auf den Hintergrund des Standbildes eines der neusten Videos mit dem Titel *Slutty Amateur Tweaker Girl* und sehe dort die Motorhaube eines Trabants umrahmt von einigen Traumfängern hängen. Mein Gott, schießt es mir augenblicklich in den Kopf, das ist Mandys Wohnung. Wie in Trance drücke ich mit dem Daumen auf den Playbutton, das Video beginnt, mein Herz droht zu zerspringen. Ich habe furchtbare Angst davor, was jetzt passieren wird, doch ich kann meinen Blick nicht vom Display abwenden. Jetzt tritt tatsächlich Mandy ins Bild. Es ist nicht zu fassen. Sie hat über ihre Beine, die immer noch von diesen roten, nassen Pusteln gezeichnet sind, weiße Nylons gezogen und es sieht überhaupt nicht sexy aus. Es ist furchtbar abstoßend und völlig daneben. Das Video hat ein Rating von desaströsen 12 Prozent.

Nein, ich möchte nicht detailliert beschreiben, was sich dann knapp zwanzig Minuten vor mir im Internet abspielt. Nur so viel: Nachdem Mandy sich mit gespreizten Beinen vor die Kamera gesetzt hat, fummelt sie zehn Minuten an sich herum, nichts Spektakuläres, doch die Sicht auf dieses verstörende Video verändert sich schlagartig, wenn man die Akteure persönlich kennt. Und als hätte ich es geahnt, tritt Marko ins Bild – nackt, die schwarze Fliese in der Hand. Er trägt einen riesigen erigierten Penis vor sich her und beugt sich zu Mandy hinunter. Sie zieht sich eine Line rein, dann nimmt sie Marko die Fliese ab und er knallt sich auch was rein. Das ist alles ziemlich unfassbar, muss ich sagen. Marko hat jetzt auch solche Flecken am Körper, zwischen seinen Beinen ist es am schlimmsten. Ich meine, ich sehe es ja. Mandy wird ihn wohl angesteckt haben, denke ich und muss mich fast übergeben. Kurz darauf treiben sie es miteinander, und während ich auf diese unfassbare Szenerie starre und immer traumatisierter werde aufgrund der sich vor mir bewegenden Bilder, überhöre ich auch die anschwellende Geräuschkulisse auf den Fluren der Schule.

Die Tür meines Büros fliegt krachend auf und ich zucke wie vom Donner gerührt zusammen. Gott sei Dank habe ich den Ton stumm gestellt, sodass niemand die Geräusche des Videos hören kann. Bertram steht in der Tür, blaurot im Gesicht. Irgendwie schaffe ich es noch, das Handy schnell auszuschalten, während ich aufstehe.

„Was ... was ist los?", stammele ich.

Bertram atmet schwer, er bekommt kaum Luft, und stößt schließlich hervor, dass ich unbedingt mitkommen müsse. Die Kacke sei ziemlich am Dampfen. In Bertrams Ton schwingt etwas ganz Ungutes mit. Adrenalin flutet durch meinen Körper. Ohne eine Reaktion von mir abzuwarten, dreht Bertram sich um und - das ist völlig untypisch für ihn – eilt voran. Als ich ihm folge, geht es die Stufen hinunter und ich bemerke erst jetzt auf dem Weg die Schreie, welche sich das Treppenhaus hinaufschrauben, schrill und zerrissen. Wir gehen zur Mädchentoilette. Oh Gott, wir gehen wirklich zur Mädchentoilette. Als wir im Erdgeschoss ankommen, sind die Schreie verstummt. Bertram steuert wankend auf die Toilette zu, öffnet die Tür. Wir hören ein Wimmern aus einer der letzten Kabinen. Jetzt beginnt der Showdown, denke ich bei mir. Jetzt ist es passiert.

Die Toilette sieht aus wie nach einem Terroranschlag. Der Inhalt mehrerer Müllkübel ist verstreut worden, Bahnen aus Klopapier hängen wie hässliche Girlanden überall herum. Bertram bleibt hinter mir stehen, als ich mir einen Weg durch dieses Chaos bahne und vor der Tür stehenbleibe, aus der das Wimmern ertönt. Sie ist nicht abgeschlossen, nur angelehnt, und ich drücke sie auf, und was ich dann sehe, übertrifft alles, selbst die Geschichte des uigurischen Jungen, selbst das Video von Mandy und Marko. Es ist die Realität. Kein Filmchen im Internet.

Charleen, das einzige Mädchen der Schule – sie geht in die zweite Klasse –, liegt halb um die Kloschüssel gewickelt auf dem Boden. Ihren Kopf kann ich von hier aus nicht sehen. Die Jeans und der Slip sind hinuntergezogen. Sie blutet zwischen den Beinen, liegt in ihrem eigenen Urin. Daneben liegt eine Klobürste, deren Stiel blutig verschmiert ist. Ich brauche nicht lange, um zu begreifen, was hier passiert ist. *Ground Zero.* Ich muss sofort an Basti und die fünfte Klasse denken. Diese Schweine. Jetzt haben sie es übertrieben. So etwas kann man einfach nicht wieder gutmachen. Ein dumpfer Schrei bricht aus mir heraus. Er klingt verzweifelt und hoffnungslos. Ich bin völlig überfordert mit dieser Situation, kann mich nicht einmal zu Charleen hinunterbeugen, ich weiß überhaupt nicht, was zu tun ist. Ich stehe unter Schock. Erleichtert bemerke ich Frau Streng, die sich an Bertram vorbeidrückt, der mit aufgerissen Augen im Türrahmen steht und bloß immer wieder „Was ist da? Mein Gott, was ist da?" stottert.

Frau Streng ist nun neben mir, blickt in die Kabine, stößt ebenfalls einen entsetzten Laut aus, doch dann schiebt sie sich mit all ihrer Masse an mir vorbei. Die Welt zerfließt vor meinen Augen, mir ist auf einmal total schwindlig. Als ich mit dem Kopf auf die Fliesen des Bodens knalle, merke ich schon nichts mehr. Dieses Ereignis hat mich endgültig ausgeknockt.

Zero

„Mein Ziel ist einfach. Es ist ein vollständiges Verständnis des Universums.“
(Stephen Hawking)

Ich erwache mit mörderischen Kopfschmerzen. Vor mir sehe ich verschwommene Umrisse. Ich scheine mich im Krankenzimmer der Schule auf einer Liege zu befinden. Vorsichtig drehe ich den Kopf zur Seite. Jemand sitzt neben mir, legt mir jetzt die Hand auf die Stirn. Es ist Frau Rosenhaus.

„Ruhen Sie sich aus”, sagt sie leise zu mir. „Es ist alles in Ordnung.”

Und obwohl ich ziemlich benommen bin und mein Kopf zu zerspringen droht, weiß ich, dass überhaupt nichts in Ordnung ist. Stück für Stück fügen sich die einzelnen Fragmente des heute Erlebten wieder zusammen. Das Büro, der Porno, Bertram, die Mädchentoilette, Charleen, das Blut, die verschmierte Klobürste.

„Wie ... wie geht es Charleen?”, flüstere ich angestrengt, setze mich gerädert auf, schaue Frau Rosenhaus an, mein Blick wird klarer.

„Der Krankenwagen hat Charleen mitgenommen. Die Polizei spricht gerade mit Herrn Kersten. Die zwei Beamten würden auch nachher gern noch mit Ihnen reden.“

Zoe und unser gemeinsames Kind sind plötzlich weit weg. Vergessen die Harmonie und das Glück. Vergessen mein neuer Drive. Alles wird überdeckt von dem heutigen Horror. Manchmal kommt es wirklich knüppeldick.

„Ich muss jetzt zurück in die fünfte Klasse", sagt Frau Rosenhaus. „Kommen Sie zurecht?"

„Ja, kein Problem. Vielen Dank, dass Sie bei mir geblieben sind. Das ist mir eigentlich ziemlich peinlich."

„Das muss Ihnen nicht peinlich sein. Ich habe gehört, was passiert ist. Ruhen Sie sich einfach weiter aus."

Ich nicke mit dem Kopf und lege mich wieder hin. Nachdem die Referendarin das Zimmer verlassen hat, versuche ich, zu fassen, was sich in den letzten Stunden abgespielt hat. Irgendwie traue ich mich gar nicht, aufzustehen, zu krass ist das alles. Ich muss unbedingt eine Kopfschmerztablette nehmen, sonst zerspringt mir der Schädel. In meinem Rucksack bewahre ich immer ein paar Ibuprofen auf, doch der ist im Büro.

Langsam drücke ich meinen Körper vom Bett ab, dann sitze ich unsicher einige Minuten auf der Bettkante und starre auf die weiße Wand vor mir. Der Schmerz hämmert mir im Pulsschlag durch den Körper, irgendwie schaffe ich es trotzdem, mich zu erheben, die Tür zu öffnen und vorsichtig auf den Flur hinauszublicken. Im Haus ist es totenstill. Ich schleiche den Weg in mein Büro, blicke bei jeder Ecke, die ich passiere, erst vorsichtig hinter ihr hervor. Als ich endlich in meinem Büro ankomme, habe ich das Gefühl, als zersägte mir jemand von innen die Stirn. Mir ist vor Schmerz speiübel und ich nestle mit zitternden Fingern an dem Reißverschluss des Rucksacks herum.

Endlich bekomme ich ihn auf und nehme den bereits angebrochenen Streifen Ibus heraus. Hastig werfe ich mir eine Tablette ein, dann greife ich zu der Flasche Wasser auf meinem Schreibtisch, nehme einen großen Schluck und stelle sie wieder auf die Tischplatte. Das Licht, welches von draußen in mein Büro fällt, fühlt sich an wie Feuer. Ich wanke mit zusammengekniffenen Augen an das Fenster, lasse die Jalousie nach unten, drehe die Lamellen so, dass bald eine angenehme Dunkelheit den Raum erfüllt. Schweißnass rutsche ich in meinem Bürosessel zusammen, schließe die Augen, dämmere nochmal eine Weile weg.

Es klopft an die Tür und ich schrecke zusammen, erwache wie aus einer Trance. Die Kopfschmerzen haben sich Gott sei Dank etwas gelegt. Reflexartig rufe ich mit belegter Stimme „Herein", gleichzeitig stehe ich auf. Während ich auf die Tür zugehe, öffnet sich diese und Herr Kersten und die zwei Polizisten stehen davor. Herr Kerstens Gesicht ist aschfahl. Leise sagt er, dass die zwei Beamten jetzt mit mir sprechen wollen. Er tritt in das Zimmer und ich blicke die zwei jungen Männer an. Im Grunde habe ich ja nichts zu verbergen. Genau genommen bin ich auch ein Opfer dieses scheußlichen Vorfalls. Irgendwie gibt mir dieser Gedanke eine gewisse Selbstsicherheit.

Die nächsten zwanzig Minuten sind unspektakulär. Herr Kersten geht zurück in sein Büro, und während ich die Jalousie wieder nach oben ziehe und wegen des einfallenden Lichts die Augen zusammenkneife, nehmen die zwei Beamten auf den Stühlen vor meinem Schreibtisch Platz. Dann sitzen wir uns gegenüber und ich muss den Ablauf des Geschehens detailliert wiedergeben. Es fällt mir etwas schwer, da ich noch immer ein wenig benommen bin, doch das Ibuprofen hilft. Ich trinke etwas Wasser, biete den beiden auch etwas an, was sie jedoch dankend ablehnen. Als ich die Szene auf der Toilette beschreibe, komme ich ins Stocken. Ich sehe wieder Charleen vor mir, wie sie dort verkrümmt um die Toilettenschüssel liegt. Die Klobürste, das Blut, der heruntergezogene Slip. Die beiden Polizisten scheinen meine Schilderungen auch ein wenig mitzunehmen. Sie lauschen konzentriert meinen Worten, der eine von ihnen schreibt in unregelmäßigen Abständen etwas in seinen Notizblock. Ich vergesse auch nicht, ihnen zu sagen, dass ich glaube, der oder die Täter seien in der fünften Klasse zu finden. Auf die Frage, warum ich gerade dort die Verdächtigen sehe, erzähle ich von dem Vorfall auf dem Schulhof mit Karlchen und benenne auch Basti als einen der Rädelsführer. Beide schauen sich daraufhin an.

Als ich meine Ausführungen beendet habe, frage ich: „Und, was meinen Sie? Wird es Konsequenzen geben? Ich meine, wird die Schule geschlossen oder so?“

Der Polizist mit dem Notizbuch zuckt mit den Schultern, blickt seinen Kollegen an, dieser sagt aber nichts. Daraufhin klappt er das Notizbuch zu.

„Wissen Sie, Herr Einberg, eigentlich ist es vergebens. Natürlich nehmen wir die Ermittlungen auf, auch werden wir Ihren Hinweisen nachgehen. Doch sollten die Verursacher dieser Schandtat wirklich in der besagten fünften Klasse zu finden sein, wäre das ziemlich unbefriedigend. Es sind Minderjährige. Nicht strafmündig.“

So habe ich es noch gar nicht betrachtet, denke ich, und Wut über diese Ungerechtigkeit steigt in mir hoch.

„Aber das ist doch furchtbar”, murmele ich irgendwie verzweifelt und beide Polizisten nicken zustimmend.

Der andere Beamte sagt, dass ich mit meiner Aussage Recht habe und dass man sich fast wünschen könnte, dass ein Erwachsener dieses Mädchen so zugerichtet hat.

„Ja", sage ich eigentlich nur zu mir. „Ja, so kann man es auch sehen."

Wir stehen dann alle auf und der Notizblockpolizist überreicht mir noch seine Visitenkarte. Ich bedanke mich und schüttele den beiden zum Abschied die Hand. Als die Tür ins Schloss gefallen ist, stehe ich vor dem Fenster und blicke hinaus. Die Kopfschmerzen sind verschwunden.

Bérénice

„Gesichter, ob schön oder hässlich, sind zu nichts nutze.“
(Réjean Ducharme)

Seitdem ich weiß, dass Zoe von mir schwanger ist, fallen mir ganz andere Bilder auf. Szenen des Alltags, die mir früher verborgen blieben. Mir wird bewusst, wie viele Kinder es eigentlich um mich herum gibt, auch ganz kleine, mit jungen Müttern unterwegs. Als verstörend empfinde ich den Anblick behinderter Kinder. Sie machen mir Angst. So wie das Mädchen mit den feuerroten Haaren, welches jetzt am Hauptbahnhof an der Fußgängerampel neben mir im Rollstuhl sitzt. Mit ihrer Mutter dahinter, die die Griffe des Gefährts umklammert. Ihr Blick geht starr und leer geradeaus, fixiert das Licht auf der anderen Straßenseite, wartet desillusioniert auf Grün. Und das Mädchen reißt die Arme nach oben, streckt sie in die Luft und ihre Hände recken sich zitternd in den Himmel. Die verkrümmten Finger formen gegen das Licht die Silhouette eines toten knochigen Baumes. Es ist das Bild eines verschütteten Daseins. Eine stumme, verzweifelte Anklage dieses Geschöpfs gegen die unerbittlichen Launen der Natur.

Jetzt stößt das Mädchen eine Art Gurgeln aus und beginnt, richtig in ihrem Rollstuhl herumzuzappeln. Es wird wohl ein Anfall sein oder so. Gott, wer bin ich, sich darüber zu erheben? Die Mutter versucht nun vergeblich, die Arme ihrer Tochter nach unten zu drücken, doch sie reißt sie immer wieder spastisch nach oben, um dann mit aller Wucht auf ihre Oberschenkel zu schlagen. Um die zwanzig Personen wohnen diesem Schauspiel bei und alle glotzen die beiden an, genau wie ich. Die Ampel denkt gar nicht daran, auf Grün zu schalten. Sie lässt die beiden schmoren, Mutter und Kind, und wir alle schauen zu. Das muss wohl das Erniedrigendste sein. Dieses Gaffen der anderen.

Was ist, wenn meine Spermien total im Eimer sind? Einfach nicht mehr gesund? So allmählich merke ich, was da auf mich zukommt. Was mir noch bevorsteht, ehe das überhaupt mit dem Vatersein losgehen kann. Und all das passiert auf dem Weg zur Frauenärztin nahe dem Augustusplatz. Ich habe mich nach den gestrigen Ereignissen für den Rest der Woche von meinem neuen libanesischen Hausarzt krankschreiben lassen. Ich muss mich jetzt um meine Familie kümmern, kann diese kranke Scheiße in der Schule einfach nicht mehr ab. Die Adresse der Frauenärztin, ihr Name ist Kehrel-Buch, hat Zoe mir vorhin noch geschrieben. Endlich schaltet die Ampel auf Grün und ich lasse das Mädchen mit ihrer Mutter zurück. Ich drehe mich aber noch einmal um, als ich die Straße überquert habe. Sie beide stehen noch immer dort. Grotesk ineinander verhakt.

Die Praxis liegt in einem der neuen Glashochhäuser, direkt neben *Starbucks*. Mit dem Fahrstuhl muss ich drei

Etagen nach oben fahren, bevor ich die Ebene erreiche, auf der Zoe und ich uns treffen wollen. Als ich aus dem Fahrstuhl trete, ist von ihr nichts zu sehen. Etwa fünf Meter entfernt befindet sich eine große Tür aus Milchglas, welche in grauen Lettern die Namen drei verschiedener Fachärzte für Gynäkologie ankündigt. Dahinter zeichnen sich als Silhouette die typischen Umrisse eines Anmeldungstresens ab. In der Annahme, dass Zoe im Wartezimmer sitzt, gehe ich auf die Tür zu und öffne sie. Vor mir breitet sich das Panorama einer modernen, ja, fast klinischen Praxis aus. Hinter der Anmeldung sitzt eine junge Angestellte in einem weißen Poloshirt – es ist ziemlich warm hier drinnen –, die schwarzen Haare zu einem strengen Pferdeschwanz gebunden. Sie sieht recht passabel aus. Ihr Blick konzentriert sich auf den Monitor vor ihr, und somit nutze ich die Zeit, um mich umzusehen. Links von mir führt ein Gang an der Garderobe vorbei, sicherlich zu einem der Ärztezimmer. In einer Ecke steht auf einem Tisch so ein kleiner japanischer Springbrunnen und plätschert leise vor sich hin. Die Praxisschwester gibt mir mit einem kurzen Nicken zu verstehen, dass sie mich bemerkt hat, um dann wieder auf den Bildschirm zu schauen.

Ich verspüre ein leichtes Brennen auf meiner rechten Schulter, so als würde ich beobachtet, und reflexartig drehe ich mich um. Schräg hinter mir liegt das Wartezimmer, und obwohl es voll besetzt ist, dringt kein Laut von dort heraus. Meine Augen tasten in Sekundenbruchteilen die einzelnen Gesichter ab, bis sie haften bleiben, denn auf einem der Stühle sitzt Zoe und sieht mich an. Sie lächelt und eine tiefe Vertrautheit stellt sich in mir ein. Ich hebe die Hand, grüße sie, laufe, nein, schwebe auf sie zu.

Im Wartezimmer angekommen, nehme ich die anderen Leute um uns herum nicht wahr. Ich setze mich auf den leeren, wie für mich arrangierten Stuhl und ergreife Zoes Hände. Wir sitzen jetzt zueinandergeneigt, flüstern uns schüchtern „Hallo“ zu, dann senken wir unsere Blicke. Das Setting, in dem wir uns befinden, verändert sich. Wir sitzen als werdende Eltern im Wartezimmer einer Frauenärztin, sind eine Einheit geworden. Alles Alte ist von uns abgefallen.

Zoe wird aufgerufen und wie automatisch springe ich auf. Das ist ein gutes Zeichen. Wir gehen an der Anmeldung vorbei, den Flur entlang, biegen rechts herum und setzen uns auf die Stühle, die vor einem der Behandlungszimmer stehen. Zoe muss schon einmal hier gewesen sein, denke ich bei mir. Logisch, sie ist ja auch im vierten Monat schwanger, hallt es in meinem Kopf zurück.

Die Tür uns schräg gegenüber öffnet sich. Eine junge Frau bittet uns herein. Es ist nicht die Ärztin, wie ich kurz annehme, und deshalb unterdrücke ich den Reflex, ihr die Hand zu geben. Hinter einem gläsernen Schreibtisch sitzt eine ansehnliche Frau mittleren Alters, so um die vierzig wird sie wohl sein - Frau Kehrel-Buch. Wir begrüßen uns, sie blickt mir kurz in die Augen, dann nehmen wir Platz. Zoe und Frau Kehrel-Buch unterhalten sich eine Weile wie zwei alte Freundinnen, dann fällt die Aufmerksamkeit auf mich. Ich versuche, einigermaßen souverän meine Rolle in diesem Konstrukt zu performen, denn es ist ja schon etwas sonderbar, dass ich erst jetzt hier auftauche. Ich kann das verstehen. Aber alles läuft ziemlich locker ab. Beide scheinen sichtlich erleichtert. Jetzt hat alles seine Ordnung.

Der Ultraschall steht an. Kurz zögere ich, mit in das andere Zimmer zu gehen, doch Zoe gibt mir zu verstehen, dass ich mitkommen soll. Ein völlig neues Gefühl. Der Raum, in dem sich das Ultraschallgerät befindet, ist angenehm gedimmt. Ein schwerer Vorhang vor dem Fenster schirmt uns vom Tageslicht ab. Nur eine kleine Lampe brennt neben dem Monitor, in dem grauschwarze Pixel ineinanderstolpern. Zoe legt sich auf die daneben stehende Liege und zieht schüchtern ihre Hose etwas nach unten.

Nachdem Frau Kehrel-Buch Zoes Bauch mit einer Art Gelee eingeschmiert hat, bewegt sie langsam den Ultraschallkopf auf der Haut hin und her. Drei Augenpaare starren nun gebannt auf den Bildschirm des Geräts, dort zeichnen sich die Umrisse eines kleinen Wesens ab. Ein Embryo, genauso, wie man es immer im Fernsehen sieht. Noch nie habe ich so viele Gefühlssteigerungen in solch kurzer Zeit erlebt. Man kann sagen, ich erlebe gerade vieles zum ersten Mal. Diese Wucht der Fundamentalitäten. Schwangerschaft, Vater, Kind. Das ist schon ordentlich und tut mir immens gut. Ich werde neu gebootet und bin fast schon besoffen von dieser ganzen positiven Energie.

Frau Kehrel-Buch dreht sich zu mir um, auch Zoe sieht mich jetzt an, fragt, ob ich alles gut erkennen könne.

Und ich flüstere fasziniert: „Ja, ja“, während meine Augen über jedes kleine Detail auf dem Bildschirm gleiten.

Jetzt fährt Frau Kehrel-Buch mit dem Cursor auf einen kleinen pulsierenden Fleck, sagt mir, dies sei das Herz unseres Kindes, und Zoe und ich blicken uns in die Augen, lächeln uns an. Zwischen uns ist alles geklärt. So, als sei es nie anders gewesen.

„Wollen Sie wissen, was es wird?“, fragt uns die Ärztin jetzt und automatisch stimmen wir beide gemeinsam nickend zu. „So wie ich es jetzt von hier beurteilen kann, wird es wohl ein Mädchen.“

Ein Mädchen. Wunderschön! Ich bin sprachlos und den Tränen nah. Es ist eine neue Dimension. Eine wahre Umwälzung. Alles fließt zusammen und ist in Ordnung und ist schuldlos. Plötzlich sehe ich vieles aus einer komplett anderen Perspektive. Neue Fragen setzen sich zusammen. Kennt mein Vater dieses Gefühl? Kennt er dieses Gefühl der Zweisamkeit? Mich als Ultraschallbild? Wie hat sich meine Mutter mit mir gefühlt? So in ihr, so ganz nah? Ich weiß, dass ich keine Antworten bekommen werde. Diese Option wurde mir genommen. Doch die Auseinandersetzung, das Begehen dieser mir bis vor kurzem noch unbekannten Ebenen, lässt mich wachsen. Es bringt dieses Gefühl aus Shanghai zurück. Das Gefühl, die Kontrolle zu behalten. Selbst steuern zu können und Herr meiner Sinne zu sein. Doch noch immer habe ich die Angst, etwas falsch zu machen. Aber das wird sich legen. Da bin ich mir ganz sicher.

Mit einem guten Gefühl verlassen Zoe und ich eine halbe Stunde später das Gebäude und gehen noch einen Kaffee trinken. Genau genommen trinkt Zoe einen Rooibos-Tee und ich einen Cappuccino, den ich mir mit braunem Zucker zuschütte. Wir sitzen zusammen und reden über den Besuch bei Frau Kehrel-Buch. Ich muss Zoe sagen, dass ich mich ihr ganz nah fühle und dieser Besuch vieles in mir bewegt hat.

„Du, ich bin völlig geflasht“, gestehe ich ihr. „Ein Mädchen. Das ist einfach wunderbar.“

„Ja, aber irgendwie habe ich es schon gefühlt. Ich meine, dass es ein Mädchen wird.“

Zoe nippt an ihrem Tee.

„Was müssen wir als Nächstes organisieren? Kann ich irgendetwas tun?“

Ich bin richtig heiß auf dieses Vater-Ding.

„Ich würde mich freuen, wenn du nächste Woche mit zur Feindiagnostik kommen würdest. Da wird die Nackenfalte der Kleinen gemessen. Um zu schauen, ob alles okay ist. Ich meine, man macht das hauptsächlich, um Erbkrankheiten auszuschließen oder zu erkennen."

„Auf jeden Fall komme ich mit."

Ich spüre eine große Verantwortung in mir.

Kurz darauf fällt das Thema auf unsere Familien. Sie müssen ja irgendwie über die neuen Gegebenheiten informiert werden. Wir einigen uns auf einen gemeinsamen Besuch bei beiden Parteien, und ich kann mir das sogar mit meinem Vater und Heuschrecke vorstellen. Mit Zoes Eltern habe ich eh kein Problem. Ich kenne sie nicht.

„Wie wollen wir unserer Tochter eigentlich nennen? Ich meine, hast du schon eine Idee?", frage ich Zoe, doch im Grunde ist es mir völlig egal, solange es nicht Cheyenne, Schapelle oder Brunhild ist.

„Ich habe letztes Jahr einen tollen Roman gelesen. *L'avalée des avalés*, ein Wahnsinnsbuch, frankokanadisch. Erst vor ein paar Jahren ist die deutsche Übersetzung erschienen. Es geht um ein Mädchen, das sich gegen die Erwachsenenwelt auflehnt."

„Sorry, kenne ich leider nicht. Kannst du es mir mal zum Lesen geben?"

„Sehr gern. Ich habe dieses Buch regelrecht verschlungen." Es entsteht eine kurze Pause und dann sagt Zoe: „*Bérénice*. So würde ich gern unsere Tochter nennen – Bérénice."

Mir fällt da gleich die Geschichte von Edgar Allan Poe ein, aber Zoe meint ja einen anderen Text.

„Ich mag den Namen sehr“, sage ich leise und kurz verspüre ich den Drang, sie zu küssen, lege ihn dann aber doch beiseite.

Ich bringe Zoe noch nach Hause. In der Straßenbahn reden wir nicht viel. Aber das ist kein Problem. Jeder von uns ist in sich versunken. Jeder von uns orakelt über die Zukunft. Wir haben nichts zu verlieren und dann doch wiederum alles. An der Haustür von Zoe verbschieden wir uns, drücken einander lange, ich gehe nicht mit hoch. Wieder in der Straßenbahn höre ich Tracy Chapman und schaue aus dem Fenster.

Wieder ein Traum

„Wir streben mehr danach, Schmerz zu vermeiden, als Freude zu gewinnen.“ (Siegmund Freud)

Zu Hause angekommen, gehe ich duschen. Ich bin ziemlich durchgefroren und unter dem heißen Wasser muss ich wieder an die Ereignisse in der Schule denken. Wenngleich mich dort vieles abstößt, die Kollegen, die von Kindern begangenen Taten, spüre ich eine Verantwortung in mir. Und obwohl ich krankgeschrieben bin und die paar Tage bis nächste Woche echt brauche, um mich neu aufzustellen, kann ich mir nicht vorstellen, dort aufzuhören. Ich muss unbedingt wissen, wie es um Charleen bestellt ist, auch kommen mir Colin und sein Krokodil wieder in den Sinn.
Das Wasser fließt dampfend meinen Körper hinab und dann sind auf einmal Zoe und die Zweifel in meinem Kopf. Irgendwie fühlt es sich zu perfekt an und noch immer ist da der Schmerz in mir. Noch immer das Gefühl eines leeren Platzes. Nie wieder besetzbar! Außerdem un-

terschätze ich die Dynamik zwischen Zoe und mir nicht. Wir sollten nicht zu euphorisch sein, sondern die Sache behutsam angehen. Wir beide müssen eine Ebene finden, auf der es läuft. Für Bérénice, für uns. Wie auch immer diese aussehen mag. Meine zölibatären Tendenzen verblassen. Was nicht bedeutet, dass die Zielrichtung verstellt ist. Sie sind eine Nuance, eine Komponente, die vielleicht irgendwann ausgedient hat. Jetzt einfach in Etappen denken. Nicht durchdrehen. Weg von diesem Über-Ich. Hin zu Vernunft und Klarheit.

Vor einer Woche habe ich mir bei Amazon einen Heizlüfter gekauft. Ich mag diese Dinger. Irgendwie sind sie ziemlich praktisch, wenn man es einfach mal kurz warm haben möchte. Der hier ähnelt der japanische Comicfigur Totoro, also nur von den Umrissen her. Durch diesen Totoro-Lüfter ist es also angenehm warm in meinem Bad, als ich bereits abgetrocknet aus der Duschkabine steige.

Bérénice. Ich versuche, mit diesem Namen umzugehen. Versuche, die Stimmungen und die Geschichten darin wahrzunehmen. Während dieser Gedanken streife ich mir neue Shorts über, ziehe dicke Socken und ein T-Shirt an. Dann hülle mich in den weißen Bademantel, den ich schon ein paar Jahre besitze, aber erst bei meinem Vater wiedergefunden habe.

Ich trete aus dem Badezimmer, mache mir einen Tee und stehe dann sinnierend am Fenster, blicke hinaus. Auf *Evic Media* ging es heute um Jugendliche, die daran zerbrechen, dass niemand ihre Chipssucht ernst nimmt, und viele in der virtuellen Gemeinschaft outen sich mit demselben Problem. Und es gibt einen neuen Trend: Auffällig viele Frauen kacken seit kurzem öffentlich in Supermärkte. Es gibt viele Videos als Beleg. Die Gemeinschaft streitet sich darüber, ob dies ein Symbol der Rache oder ein politisches Statement sei. Die Verschmutzung des kapitalistischen Supermarktes mit den eigenen Fäkalien als moderner Sturm auf die Bastille? Viele verdächtigen ja auch die *Femen*. Die Entrümpelung des braunen Salons als feministische Tat? Ist der Supermarkt ein Symbol des tyrannischen Patriarchats? Fragen über Fragen.

Gegen Mitternacht gehe ich ins Bett und träume. Von einem Meer und von Sand, auf dem ich stehe, barfuß, auf den Horizont blickend. Ich lausche dem Sound der Wellen, die seit Jahrtausenden ihren zeitlosen Rhythmus gegen das Land schlagen. Das Wasser ist schwarzgrün, befleckt von Flechten in der kochenden Gischt. Zwei Sonnen scheinen auf mich hinab. Das Licht ist neblig und grau und in mir brodelt Terror. Vor mir gestalten sich Bilder. Sie bewegen sich, wirken lebendig, spielen grauenvolle Szene ab. Folter, Missbrauch, sterbende Kinder. Alles ist dabei. Ganz schnell sind die Schnitte zwischen den Szenen und ich kann die Augen nicht schließen. Alles strömt in mich hinein. Ich beginne, zu schweben, hebe vom Boden ab und treibe langsam immer höher. Meine Perspektive ändert sich. Jetzt sehe ich weit entfernt auf dem Meer große Schiffe, so weit weg wie in einer anderen Welt. Das Wasser wirkt von hier aus nur noch bedrohlich. Doch ich werde von einer der Sonnen angezogen, ihr helles und warmes Licht gibt mir Sicherheit und ich ergebe mich ihr. Bald ist die Erde nicht mehr zu erkennen und ich befinde mich in einem Stadium der Verwandlung. Hin zu einem Medium. Bald bin ich völlig körperlos und nur eine Ahnung von mir schwebt durch den Raum. Hoch zu den Sternen ins Überirdische. Ich verbreite mich in der kalten Unendlichkeit. Meine Reise wird für immer dauern.

In Shanghai habe ich nur wenig geträumt. Das Haschisch war zu gut. Früh ging es mit dem Taxi zur Arbeit. Knapp zwei Stunden Fahrtweg. Oft wussten die Fahrer überhaupt nicht, wo ich hinwollte. Eine Fahrt in einem chinesischen Taxi ist immer ein Erlebnis. Ich bin mit so vielen Taxifahrern unterwegs gewesen, doch ich kann mich an keins der Gesichter erinnern. Dazu kommt noch, dass der Fahrersitz immer von einer Art durchsichtiger Plastikschale umschirmt ist. Man schafft es nicht, dem Fahrer die Kehle durchzuschneiden. Das wird wohl auch der Grund für diesen Schutz sein. Manchmal habe ich mir sogar nach der Schule auf dem Rücksitz bei geöffnetem Fenster einen Sticky reingezogen und Musik gehört. Portishead, Morissey oder die Fun Lovin Criminals. Den Fahrern war es egal. In der Nacht hatten diese Fahrten wirklich etwas für sich. Benebelt durch die Lichtschlangen von Shanghai zu treiben, Ewigkeiten in einer Stadt, die nie zu enden scheint. Oft fuhr ich in eine der unzähligen Karaoke-Bars und sang dort mit betrunkenen Chinesen stundenlang Popsongs aus den 80ern, trank einige Bier und kam zu später Stunde ins Grübeln. Dann saß ich in einer Ecke, dachte an Deutschland und daran, dass es unmöglich ist, das Gefühl eines Abschnittes unseres Daseins weiterzugeben. Das, was die Wahrheit ausmacht. Den Sinn, das zarteste, innerste Wesen. Es ist unmöglich, denn wir leben, wie wir träumen – allein.

Noche Triste

„Wir kommen in Frieden.“
(Hernán Cortés)

Wochenende. Samstag, der 2. April. Ich muss meinen Vater anrufen. Ich möchte ihm von Zoe und Bérénice erzählen. Das wird ein gewaltiger Schritt. Seit meinem Umzug nach Leipzig haben wir nicht telefoniert. Besucht hat er mich auch nicht. Ein paar SMS hat er geschrieben. Lapidare Sätze: *Wie geht es dir? Heute war die Arbeit stressig.* Ich glaube, er weiß gar nicht, wo ich wohne. Er kommt einfach aus dem Kaff nicht heraus. Den gesamten Vormittag drücke ich mich jedoch um den Anruf, schaue stattdessen auf Phönix eine Doku über die Azteken, danach surfe ich im Internet.

Auf *Evic Media* geht es heute unter anderem um die Machenschaften der Kartelle in Mexico, die jetzt groß ins nordamerikanische Meth-Geschäft einsteigen. Es gibt viele Fotos von verstümmelten Menschen, sogar zwei gehäutete Köpfe sind zu sehen. Das Kartell der Caballeros Templarios, namentlich angelehnt an den Templerorden des europäischen Mittelalters, sollen wohl die brutalsten unter ihnen sein. Ihren Opfern sieht man den Spaß an, den diese sadistischen Schweine hatten, als sie ihre Gefangenen zu Tode quälten. Nichtsdestotrotz steht noch immer der Anruf bei meinem Vater an. Aber erst einmal rolle ich mir eine Tüte. Ich zünde sie an und inhaliere tief einige Züge, dann lege ich sie qualmend in den Aschenbecher auf dem Tisch. Der Fernseher flimmert noch immer, jetzt lautlos. Das Gras flutet an und ich will dieses Hoch ausnutzen, fasse all meinen Mut zusammen und tippe auf dem Display des iPhones, das ich in der Hand halte, auf die Telefonnummer meines Vaters. Wie eine einsame Botschaft schickt sich das Rufen durch die Leitung hinaus in die schwarze Unendlichkeit. Wenn ich an den Raum denke, der zwischen uns allen liegt, in den Abständen, dann sehe ich oft nur Dunkelheit. Beim Telefonieren, Lachen oder Weinen. Im Suchen, dem hingeben, was viele Liebe nennen. Mein Vater nimmt ab. Er sagt immer „Ja, bitte?", wenn er ein Gespräch am Telefon beginnt, und eigentlich mag ich das. Es ist so schön neutral.

„Hallo, Vati", beginne ich und mir fällt auf, dass ich ihn lange nicht so genannt habe. Jahre wird es wohl her sein.

„Hallo. Schön, dass du dich mal meldest."

Wir gehen die Standardsätze durch. Kurz, eingespielt, und dann kommt die Pause, wo es nichts mehr zu sagen gibt, außer man fragt sich etwas, macht ein Statement oder legt auf. Meine heutige Aufgabe ist wohl die Form des Statements. Und auch wenn es mir nicht leicht fällt, sage ich nochmal, eher als Frage formuliert: „Vati?"

„Ja, Liam. Ist noch was?", antwortet er und ich bin völlig geplättet, wie vertraut er mich beim Namen nennt.

„Du, ich muss dir was sagen. Ich ... ich werde Vater. Zoe ist schwanger von mir."

Durch die darauffolgende Stille im Telefonhörer baut sich für mich eine tiefe Verbindung zu meinem Vater auf.

Etwas wächst wieder zusammen. Noch nie habe ich ihm etwas derart Intimes anvertraut oder so offen über etwas geredet, auch wenn es nur die Übermittlung einer Nachricht ist. Aber es kommt eben immer auf den Inhalt an. Die Überbringung der Todesnachricht eines geliebten Menschen kann ebenso eine Stille erzeugen, die undefinierbar ist. In der Luft hängende Momente. Sekunden, die sich wie Welten anfühlen. Aber all das erledigt sich sofort wieder, bricht in sich zusammen, als mein Vater mich fragt: „Was meinst du damit? Und wer ist Zoe?"

Na, das kann ja heiter werden, denke ich. Mir fehlen buchstäblich die Worte. Mir wird klar, dass ich mich nie mit meinem Vater über Zoe unterhalten habe. Wie auch? Alles kommt wieder zurück. In schwarzen Wellen. Heuschrecke und ihre Hummelfiguren. *McDonald's*, der Fluss, der Bahnhof, das Kaff. Mandy, die Flecken, Pornos, abgeschnittene Köpfe vom IS. Bach und Gerhardt. *Erscheine mir zum Schilde, zum Trost in meinem Tod!* Meine Mutter, der Friedhof, ihr Grab. Große hässliche Vögel im Geäst kahler Bäume. Shanghai, Shanghai! Zoe, dahinter Bérénice. Ja, ich bin richtig bestürzt über die Gewissheit in mir, meinem Vater von Zoe erzählt zu haben. Aber die Wahrheit ist: Wir haben uns nie über Zoe unterhalten. Wir wissen so wenig übereinander. Wieder diese Abstände, diese Räume.

Nachdem ich mich wieder einigermaßen gefangen habe, erläutere ich meinem Vater mechanisch die Umstände. Mit jedem Wort, das ich sage, stirbt mehr von dem Feuer in mir. Das Gespräch ist zu einer Farce geworden. Ein verlorenes Spiel. Irgendwie schaffe ich es noch, zu sagen: „Zoe und ich möchten euch beide treffen. Sie möchte euch gern persönlich kennenlernen."

Doch ich blicke bereits erstarrt in den Horror, den ich mir selbst zusammenbraue. Ich kann nichts dagegen unternehmen. Mein Vater meint wieder einmal gar nichts zu dem Thema. Er sagt etwas, doch meint er nichts.

„Sehr gern. Ich freue mich. Wir freuen uns."

Gott, wie ich dieses Freuen hasse. Ich, du, er, sie, es freut sich. Ein leeres Wort. Noch nicht einmal eine Lüge. Völlig blass und leergesaugt. Ja, er sagt, er freue sich. Doch das nehme ich ihm nicht ab. Ich sehne mich nach Zoe und das gibt mir in dem Moment wieder Halt und Kraft. Sie ist mir ein Rettungsanker in einer aufgeschäumten See von Vergangenheiten geworden. Es hilft mir jetzt, die Dinge neutraler zu sehen, wertfreier. Ich muss diese Flut negativer Vibrationen abschütteln. Man darf nicht immer alles so persönlich nehmen. Das ist einfach nicht gut fürs Gemüt. Ich verabschiede mich Sekunden später von meinem Vater und schreibe Zoe gleich eine lange Nachricht. Kotze mich richtig aus, vertraue ihr. Und es tut gut, sich fallen lassen zu können, etwas deponieren zu dürfen.

Kurz bevor ich ins Bett gehe, ruft mein Vater noch einmal an. Er entschuldigt sich, sagt, dass ihm seine Reaktion leidtue, aber er meint es nicht so, das weiß ich. Ich stehe in der Mitte meines Wohnzimmers, schaue aus dem Fenster und es ist stockdunkel um mich herum. Und ich beruhige ihn, spule Worthülsen ab. Ich möchte nur, dass das Gespräch vorbeigeht. Wir verabreden uns für Dienstag bei ihnen im Kaff. Mit Bérénice wird alles anders werden. Das weiß ich. Eine der wenigen Chancen, es endlich besser zu machen.

Ana

„Die Welt ist ein Kadaver, und die, die sie suchen, sind Hunde.“
(Mohammed)

Montag. Zurück in der Schule und sofort läuft mir Bertram über den Weg. Als wir die Treppen hochgehen, erinnert er mich schnaufend an die irische Hochzeit. Ich versuche, ihn abzuwimmeln, doch er stampft mir bis ins Büro hinterher. Stimmt, da war ja noch was, denke ich.

„Die Hochzeit ist nächstes Wochenende. Bitte komm doch mit, oder hast du das schon wieder vergessen?“

„Nein, vergessen habe ich es wirklich nicht”, antworte ich ihm und füge hinzu: „Klar, warum nicht. Ich komme mit.”

Irgendwie habe ich richtig Lust, mal auszugehen. So etwas habe ich wirklich seit Ewigkeiten nicht mehr gemacht. Kurz gehe ich im Kopf die Termine für die Woche durch. Morgen der Besuch bei meinem Vater, am Mittwoch der Geburtsvorbereitungskurs, Donnerstag etwas chillen. Am Freitag besuchen wir Zoes Eltern. Nächstes Wochenende die Hochzeit.

„Wann ist die Hochzeit eigentlich?“

„Nächsten Samstag“, meint Bertram.

Das ist okay für mich. Bis jetzt haben wir beide vermieden, über den Schrecken der letzten Woche zu reden, doch als wir in meinem Büro stehen und ich meinen Rucksack auf den Stuhl vor dem Schreibtisch stelle, teilt Bertram mir unsicher mit, dass wir gleich zu einer Sitzung müssen.

„Ich habe probiert, dich anzurufen, doch irgendwie stimmt deine Nummer nicht."

Dazu muss ich sagen, dass ich Bertram noch nie meine Nummer gegeben habe, aber egal.

„Auf jeden Fall haben die Kollegen und Herr Kersten auf deine Rückkehr gewartet, um die Ereignisse von letzter Woche zu besprechen."

Verdammt, das habe ich zu vermeiden versucht. Ich frage Bertram nach Charleen, doch er zuckt nur mit den Schultern. Okay, dann ist es jetzt eben so. Schnell hänge ich noch meine Jacke an den Haken hinter der Tür und dann gehen wir schon zum Lehrerzimmer. Es ist wie der Gang nach Canossa. Ich fühle mich etwas wie Heinrich der Vierte, der vor nunmehr anderthalbtausend Jahren ziemlich Federn gelassen hat. Aufgrund verschiedenste Krisen seiner Macht in den deutschen Gefilden des Mittelalters zog der damals 26-Jährige nach Italien, um vom Papst seine entrissene Handlungsfähigkeit wiederzuerlangen. Ihm nicht wohlgesonnene Herzöge versperrten ihm jedoch den Weg nach Süden, sodass Heinrich nicht die einfachen Alpenrouten überqueren konnte. Dadurch wurde er gezwungen, den weiten und gefährlichen Umweg über Burgund und Mont Cenis zu nehmen. Diese Tortur wurde von dem Geschichtsschreiber Lampert von Hersfeld damals in eindrucksvollen Worten beschrieben:

„Sie krochen bald auf Händen und Füßen vorwärts, bald stützten sie sich auf die Schultern ihrer Führer; manchmal auch, wenn ihr Fuß auf dem glatten Boden ausglitt, fielen sie hin und rutschten ein ganzes Stück hinunter; schließlich gelangten sie doch unter großer Lebensgefahr in der Ebene an. Die Königin und die anderen Frauen ihres Gefolges setzten sie auf Rinderhäute und zogen sie darauf hinab."

Aber vor dieser Gottesfurcht habe ich echten Respekt. Sie scheint Unmenschliches zu ermöglichen. Als gläubiger Mensch lebt es sich leichter, gewiss. Das ist fast schon beneidenswert. Fanatikern und Ideologen geht es ja ähnlich. Aber das nur am Rande.

„Die Schüler haben heute frei", sagt Bertram und holt mich zurück in die Realität.

Die Ereignisse der vergangenen Tage müssen immense Wellen geschlagen haben, grübele ich. Ich bin gespannt, was da auf mich zurollt. Als wir vor dem Lehrerzimmer stehen, drückt sich Bertram irgendwie davor, die Tür zu öffnen, bis ich genervt mit den Augen rolle und die Sache selbst in die Hand nehme.

Ich klopfe obligatorisch an die Tür und öffne sie sofort danach, um schwungvoll in den Raum zu treten. An einer langen Tafel aus Tischen sitzt das gesamte Kollegium der Schule. Sogar die Putzfrau ist da. Irgendwie bin ich noch nie hier gewesen, aber dann sage ich: „Hallo", und einige der Gesichter nicken stumm. In Sekundenbruchteilen überfliege ich die Runde, wandere mit dem Blick über die Gesichter. Bertram tritt hinter mir ein und schließt die Tür. Herr Kersten sieht wirklich mitgenommen aus. Er ist in den paar Tagen um Jahre gealtert. Er begrüßt mich vor versammelter Mannschaft. Ganz vorn sind noch zwei Plätze frei. Ich fühle mich unwohl, weiß gar nicht, was ich sagen soll, doch Frau Streng ergreift das Wort und setzt anscheinend die Diskussion fort, die vor unserem Eintreten bereits im Gange war. Frau Streng meint, dass das alles hier nicht so weitergehen kann. Solle es noch Tote geben? Aber ihr feuriger Appell verhallt in der Resignation der übrigen Teilnehmer, unter anderem auch in mir. Ändern wird sich hier nichts. Außer man macht den Laden dicht, was sicherlich das Klügste wäre.

Es wird weiter viel geredet, aber ich höre nicht wirklich zu, bekomme nur Fetzen mit. Ab morgen gibt es Security im Haus. Also eine Unterstützung für mich. Herr Lohse fragt sogar in die Runde, ob *ich* nicht den Vorfall mit Charleen hätte verhindern können. Keiner antwortet ihm, ich auch nicht. Charleen wird nicht wiederkommen. Seit dem Übergriff hat sie nicht mehr gesprochen. Keiner weiß, wo ihre Mutter ist. Das Jugendamt ist dran. Prüft § 42 SGB VII, Inobhutnahme von Kindern und Jugendlichen. Basti und seine Clique streiten alles ab, werden aber durch die Schulleitung einen offiziellen Tadel bekommen. Bestrafung sieht für diese durchgeknallten Wänste anders aus, denke ich kurz bei mir. Morgen wird der reguläre Schulbetrieb wieder starten. Regulär, wie das klingt. Ein großer Witz ist das alles.

Ich höre der weiteren Diskussion nicht zu, denn es geht mir heute nicht besonders gut. Ich stecke in einer kleinen Krise sozusagen. Wieder mal. Gestern Abend habe ich mir zum Einschlafen einen Porno im Netz angesehen. Seit langem wieder das erste Mal. Ich habe auch onaniert, das erste Mal seit Wochen. Es war ein übles Filmchen, was ich mir da reinzog. Ein alter schwarzer Sack zerstörte mit seinem Riesenschwanz ein total junges Mädel. Zerstört, das muss man wirklich so sagen. Ihr wurde ins Gesicht schlagen, der Hals zugedrückt, bis das geschminkte Gesicht puterrot war. Sie wurde mit gespreizten Beinen, die Knie hinter den Ohren, irgendwo festzurrt. Dabei natürlich immer gefickt mit dem Riesenschwanz, zum Schluss den halben Fuß von dem Typen im Maul, der schließlich auf ihrem Gesicht abspritzte. Jeder, der wie ich viel herumsurft, kennt den Scheiß.

Wir leben in einer kranken Zeit. Wir befriedigen uns an der Unterdrückung und Perversität, der Elimination der Frau. Wenn ich Vater von diesem jungen Ding wäre, ich würde mir eine Knarre holen und dem Typen seine Scheißfresse wegblasen. In ein paar Tagen schaue ich mir den Streifen gewiss wieder an. Ich habe ja sogar das Video zu den Favoriten meines Browsers hinzugefügt. Aber gut. Im Ernst jetzt. Lasst uns aufhören, diese kranke Scheiße zu konsumieren. Das macht einen nur traurig, depressiv. Neben den immer brutaler werdenden Pornos gibt es ja noch die vielen anderen Themen. Dinge, an die ich mich erinnere, wenn ich hier so rumsitze: Enthauptungsvideos, Verkehrsunfälle, Kinderarmut, Armut sowieso. Hunger, Kinderprostituierte in Bangladesch. Zwei Mädchen weinen, werden von durchgeschwitzten Arbeitern gefickt. Die Jüngere ist neun, vermisst ihre Mutter, sagen sie. Sie, die *Madams*. Zuhälterinnen im Slum. Bomben, Giftgas. Zerrissene Kinder, dampfende Fleischberge auf gefliesten Böden der Krankenhäuser. Einige in Windeln, das Mädchen ohne Kopf hat ein azurblaues Kleid an.

Auf *Evic Media* ging es um ein neues Phänomen auf *Instagram*. Dort hypen geschädigte Jugendliche ihre psychischen Krankheiten. Meist sind es junge Mädchen, die mit Hashtags wie Ana, Mia oder Sue ihre Fotos taggen. Anorexie, Bulimie und Suizid. Was soll man sagen? Eine neue Popkultur entsteht. Teenies lichten sich beim Arme aufschneiden und ihren Knochenschauen ab, legen sanfte Hipsterfilter drüber, posten ihr Werk, sind irgendwie stolz darauf. Die Krankheit zum Fundament eines sinnlosen Seins. Ein Fundament, das sinkt. Hinunter in einen tiefen schwarzen Boden. Es verschlingt die Kinder. Es sind die Dynamiken der ersten Welt, der Preis, den wir zahlen. All diese kaputten Kinder. Manche fressen sich tot, andere hungern sich zu Grunde. Bis auch der letzte Strich verblasst ist, die letzte Silhouette. Der störende Schatten, das Deplatzierte in der Welt. Andere vergiften sich mit Kohlenanzünder im Wald oder springen irgendwo runter. Viele richten sich heute auch mit Meth zu Grunde. Komisch, dass das bis jetzt noch kein Thema in der Schule war.

Herr Baydoun

„Alle großen Leidenschaften entstehen in der Einsamkeit.“
(Jean-Jacque Rousseau)

Am nächsten Morgen gehe ich vor der Schule noch zu meinem Hausarzt. Ich brauche ein paar Schlaftabletten, die Ereignisse der letzten Tage haben mich nicht wirklich zur Ruhe kommen lassen. Mein Hausarzt, Herr Baydoun, kommt aus dem Libanon und hat seine Kindheit in Beirut verbracht, lebt aber schon Jahrzehnte in Deutschland. Ich mag die Besuche bei ihm. Gerade in der heutigen Zeit entwickeln sich mit einem gläubigen Moslem interessante Gespräche. Herr Baydoun ist Schiit, das habe ich bei meinem ersten Besuch vor ein paar Wochen schon erfahren. Er ist Schiit und somit nach westlichen Standards gemäßigter als die Sunniten, die ebenfalls neben maronitischen Christen, Drusen und einigen wenigen Juden im Libanon wohnen. Herr Baydoun kann die Sunniten nicht leiden, das gibt er ganz offen zu. Letzten Endes fußt deren Ideologie auf der des Islamischen Staates, der Sunna, so hat es mir Herr Baydoun erklärt. Beim Begriff Sunna handelt es sich um ein altarabisches Wort, das bereits in vorislamischer Zeit existierte. Es beschreibt die Tradition des

Propheten des Islam, also die Mohammeds, und ist somit in sich stark beschnitten und knallharten Reglements unterworfen. Wenn Herr Baydoun über den IS redet, dann bezeichnet er diesen als Mörderbande, als Da'esh. Dieses Wort beschreibt den Terror besser als Islamischer Staat, so Herr Baydoun. Das Wort Da'esh stammt von dem Akronym *Al-daula al-Islamijafi-l-Iraqwa-l-Scham* ab. Dies wird meist abwertend verwendet und bedeutet „Zwietracht säen" oder „zertreten". Der IS selbst möchte so nicht genannt werden und darum ich finde es gut, dass Herr Baydoun es tut. Auch ich habe mir schon angewöhnt, diese Faschisten beim Namen zu nennen. Da'esh.

Das Wartezimmer ist gefüllt mit Migranten, aber auch einige Deutsche sind darunter, meist ältere Frauen, Rentner nehme ich an. Die beiden Praxisschwestern sind zu jedem nett, der neu an die Anmeldung herantritt, eine von ihnen trägt einen türkisfarbenen Hijab und ist noch ziemlich jung. Ganz im Gegensatz zur propagierten Funktion dieser Kopfbedeckung empfinde ich dieses Accessoires des Morgenlandes als geheimnisvoll, anziehend, und ja, irgendwie auch als ziemlich sexy. Augen und Lippen einer Frau fallen viel mehr ins Gewicht, rücken mehr in den Fokus, die meisten Araberinnen haben tolle Augen. Aber ich bin sehr zurückhaltend in der Interaktion mit diesen Damen, man hört ja viel in der heutigen Zeit. Ich möchte einfach nicht irgendwann die Verantwortung dafür übernehmen müssen, sie vom eigenen Bruder erstochen an der nächsten Bushaltestelle zu finden. Egal. Jetzt werde ich sogar von der Hijab-Lady aufgerufen und stehe auf. Sie weist mir mit einer eleganten Geste lächelnd den Weg zu dem mir schon bekannten Wartezimmer. Dieses freundliche Zeichen hat etwas sehr

Stilvolles und ich könnte es mir so bei einer Deutschen gar nicht vorstellen.

Herr Baydoun ist heute sehr mitteilungsbedürftig, er freut sich richtig, mich zu sehen. Er gibt mir sofort das Rezept, hat mir etwas Mirtazapin verschrieben. Ein Antidepressivum, das ich früher schon sehr gut vertragen habe. Nach dem üblichen Smalltalk und dem Analysieren der momentanen Weltlage – Flüchtlinge, Da'esh, Russland und noch einigen anderen Scharmützeln – lehnt Herr Baydoun sich in seinem kastanienfarbenen, lederbeschlagenen Sessel zurück, blickt aus dem Fenster auf die blattlosen Pappeln.

„Ich möchte Ihnen eine Geschichte erzählen", beginnt er auf einmal. „Sie sind interessiert, das gefällt mir. Auch ich habe viele Fragen. Zweifle oft."

Er nimmt blind die Tasse Tee vom Schreibtisch, die immer dort steht, nippt an ihr, stellt sie genauso wieder zurück. Dann beginnt Herr Baydoun leise, zu erzählen. Die Hände vor der Brust gefaltet, einige Finger berühren sein Kinn.

„Ich möchte Ihnen ein Gleichnis aus dem Hinduismus erzählen. Richtig, nicht aus dem Islam, obwohl es dort auch umwerfende Katzengeschichten gibt. Aber diese aus dem Hinduismus gibt mir Antwort auf viele Fragen, die sich mir im Umgang mit meinem Glauben stellen. Ein Yogi hielt mit seinen Jüngern täglich eine Abendmeditation", eröffnet Herr Baydoun das Gleichnis und fährt dann konzentriert fort: „Als eines Tages die Hauskatze während dieser Zeit in den Meditationsraum lief und störte, ordnete er an, sie solle während dieser Zeit draußen festgebunden werden, was von den Jüngern hörig umgesetzt wurde. So konnte man von nun an wieder ungestört meditieren. Die Zeit verging. Der Yogi starb und bekam einen Nachfolger. Dieser hielt sich natürlich streng an die Tradition, dass während der Abendmeditation draußen eine Katze angebunden sein müsse. Als schließlich auch irgendwann die Katze starb, wurde sofort eine neue angeschafft, um sie während der Abendmeditation anbinden zu können. Nach Generationen kam jedoch die Abendmeditation selbst völlig aus der Mode, andere Sachen waren wichtiger geworden. Niemand interessierte sich mehr dafür. Bis auf eines. Mit allergrößter Treue und Pflichtbewusstsein wurde der Ritus des Katzenanbindens beibehalten. Es wurde der Alltag zur Tradition. Latent ideologisch aufgeladen. Nicht mehr sichtbar, aber doch verhaftet."

Herr Baydoun verstummt und scheint über etwas nachzudenken, doch dann dreht er sich mit dem Sessel zu mir und schaut mich erwartungsvoll an. Ich nicke beeindruckt. Diese Katzengeschichte hat mir wirklich gefallen.

„Das ist ein sehr schönes Gleichnis", gebe ich zu. „Für mich stellt die angebundene Katze den Glauben dar. Über sie wird verfügt, jedoch ist sie Kern von allem. Das Problem sind die Gläubigen. Epochen kommen, Epochen gehen. Aber die angebundene Katze wird immer da sein. Wir binden sie an, fesseln unseren Glauben. In unsicheren Gefilden, draußen vor der Tür."

Herr Baydoun sinniert förmlich über meine Ausschweifungen, doch dann müssen wir Schluss machen, denn sein syrischer AiPler blickt zu uns hinein und erinnert Herrn Baydoun fast unterwürfig an das gut gefüllte Wartezimmer. Somit erheben und verabschieden wir uns. Herr Baydoun gibt mir heute sogar die Hand und das ehrt mich sehr.

Ich gehe hinaus aus der Praxis. Auf der Straße ist es kalt und feucht. Richtig ungemütlich, ein grauer Wolkenteppich verhängt den Himmel. Ich laufe zur Straßenbahnhaltestelle, und als ich schließlich in der Tram auf dem Weg zur Schule sitze, drehen sich meine Gedanken um meinen Vater. Da morgen der Besuch bei ihm ansteht, läuft er mir öfter durchs geistige Bild und mir fällt auf, dass ich eigentlich immer nur mit ihm klarkommen wollte. Auch nach der Geschichte mit meiner Mutter und seiner Entscheidung für Heuschrecke. Meine teils abschätzige Art, ihn zu beschreiben, ist im Grunde nur eine Decke, die einen tief in mir liegenden Wunsch verhüllt. Den Wunsch, anerkannt zu werden, egal was ich tue. Oft habe ich mich als die Summe seiner Fehler gefühlt. Manchmal sah er mich auch so an, gepaart mit seiner typischen Hilflosigkeit. Diesem ganz spezifischen Gestus. Heuschrecke lacht über mich. Auch wenn ich weiß, dass sie das nicht glücklich macht. All das Negative, was sie in mir sieht, befriedigt sie nicht. Sie ist unersättlich und ich bin eine Bedrohung für sie. Das wird auch immer so bleiben, egal, wie das mit Zoe und Bérénice laufen wird. Da gibt es einfach kein Zurückweichen.

Ich spiele mit dem iPhone herum. *Facebook*, *Twitter*, die *FAZ*, *Spiegel Online*, dann *Evic Media*. Dort geht es, wie auch bei den Leitmedien, um die Flüchtlingskrise. Nur dass bei *Evic Media* in großen Schreibmaschinenlettern „INTEGRATION JETZT!“ steht und die Zerrbilder einer deutschen Bestandsaufnahme poppiger in Szene gesetzt werden. Ende der Zwanziger eines neuen Jahrhunderts. Brennende Heime, Menschen wohnen dort. Massenproteste in vielen deutschen Städten, neue rechte Bewegungen sind nicht mehr wegzudenken. Es gibt keine

Brücken. Nur Verhärtungen, Ideologien und Religion. Papierne Konstrukte, vieles reißt sehr schnell. Videos. Die Identitäre Bewegung, Flashmobs, Bengalis, die Besetzung der Grünen Zentrale in Berlin. Arabische Jugendliche fackeln in Brüssel Weihnachtsbäume ab, stoßen Autos die Treppen von Metrostationen hinab.

„Allahu akbar", schreien sie.

Andere Parolen, dieselbe Ursache. Wutbürger, Salafisten, dumpfer Nazisound, ein Sommermärchen. Viele Bahnhöfe, schlechte Träume, gelähmtes Erwachen.

Wohin steuert Europa? Eine Frage, die ich im Netz immer öfter lese, und obwohl ich mich für Politik ja überhaupt nicht interessiere, habe ich schon eine gewisse Grundidee des Ganzen. *Survival of the fittest.* Ich denke, das wird es sein. Aktion und Reaktion, ganz klassisch. Mir ist die gesellschaftliche Stellung dieser Theorie, dieses Weltbildes auch völlig egal. Das alles interessiert mich einfach nicht. Ich denke, im Leben gibt es wenige Steuermöglichkeiten. Alles wird sich fügen. So oder so. Und auch wenn Europa ein Kalifat werden sollte, dann wird sich dieser Planet weiterdrehen. Wenn dann alles nach ein paar Jahrhunderten wieder flöten gegangen ist, also alles wieder einmal völlig egal geworden ist, dann wird etwas Neues entstehen, ohne mich, ohne uns, auch wenn es die Wiederauferstehung der Dinosaurier ist.

Homerun

„Mailand oder Madrid – Hauptsache, Italien!“
(Andreas Möller)

Gott sei Dank hat Zoe ihren Renault, sodass uns wenigstens die elende Zugfahrt erspart bleibt. Sie hat mich von der Schule abgeholt und nun befinden wir uns auf dem Weg ins Kaff und es herrscht eine bedrückte Stimmung im Auto. Das liegt aber nicht daran, dass Zoe und ich uns gestritten haben oder so. Es liegt an der Tatsache, dass wir jetzt wirklich ins Kaff zu meinem Vater und Heuschrecke fahren. Bedrückend trifft es aber auch nicht wirklich, denn dazu bin ich viel zu aufgeregt. Nicht freudig, eher in einer Art Prüfungsangst gefangen. Zoe hat ihr Telefon via Bluetooth mit dem Radio verbunden und wir hören Nick Caves *No More Shall We Part*. Ein durchaus passender Sound für unseren Weg. Aber ich darf mich jetzt nicht allzu sehr hängen lassen. Das bin ich Zoe schuldig und insgeheim hoffe ich auch irgendwie auf eine Besserung. Eine Besserung zwischen meinem Vater und mir, und ja, auch mit Heuschrecke. Zoe blickt jetzt zu mir rüber und sagt: „Das wird schon!“, lächelt mich dabei an und das gibt mir etwas Mut.

Das Album von Nick Cave zieht mich aber doch ganz schön runter.

„Kannst du bitte etwas anderes anmachen?", frage ich.

„Was möchtest du denn hören? Worauf hast du Lust?"

„Egal. Hauptsache nicht solche suizidalen Töne."

Zoe lacht. Während sie fährt, blickt sie dann immer wieder kurz auf das Display ihres Handys, wischt darauf herum, um es schließlich wieder auf die Mittelkonsole zu legen. Jetzt hören wir eine Scheibe von Johnny Cashs *American Recordings*, sein Cover von Depeche Modes *Personal Jesus*, eine durchaus gelungene Interpretation des Songs. Viele meinen, diese sei um Längen besser als das Original, aber das sehe ich nicht so. Gut, es sind jetzt auch keine Lavendelfelder in Südfrankreich, die da durch die Lautsprecher tönen, aber es ist ganz okay und darum sage ich auch nichts.

Heute Morgen ging es bei *Evic Media* wieder einmal um die aktuelle Situation. Eine erneute Auffälligkeit in Deutschland sind vermehrt sexuelle Übergriffe auf Frauen im Tahrir-Platz-Style. Also ein Mob von Männern umringt eine Frau und befingert sie. Dies soll auf öffentlichen Plätzen, im Schwimmbad oder in der Bahn passieren. Natürlich kocht das Netz. Es schäumt. Es geht richtig rund. Abgehalfterte Konservative werden zu glühenden Verfechtern der Frauenrechte, stramme Rechte fordern Lynchjustiz ein. Die Mitte verliert sich, wird niedergetrampelt, bricht weg. Feministische Aktivistinnen propagieren, dass der *weiße heterosexuelle* Mann noch viel schlimmer sei. Jeder Typ ein potentieller Gewaltverbrecher. Ideologien prallen aufeinander. Es geht nicht mehr um das Ereignis. User schießen sich auf Feindbilder ein. Denunziationen auf *Facebook*. Alle gegen alle. Nazis, Gutmenschen,

Pack und Kuscheltiere. Ein Sommermärchen, stürmischer Herbst. Brennende Heime, Wutbürger und Bahnhofsklatscher. Betroffene Muslimverbände, IS-Rückkehrer, Phalanx Europa. Die Sachlichkeit verstummt. Jeder verhärtet. Ich ertrage einiges, hab sicherlich auch schon eine Menge im Netz gesehen, aber wozu dieses Zerfleischen? Ich weiß nicht, wo das alles hinführen soll. Die Gräben werden tiefer. In Afghanistan haben sie einer Frau die Nase abgeschnitten. Genug davon. Es reicht.

Gestern in der Schule war ich in der fünften Klasse. Basti war nicht da, Gott sei Dank, so konnte ich mit den anderen Knalltüten allein reden. Irgendwie muss man doch das Ganze pädagogisch aufarbeiten. Es gab die Vergewaltigung einer Minderjährigen auf der Toilette unserer Förderschule! Doch es wird schwierig, wenn die Täter aus er eigenen Schule zu stammen scheinen. Für diese Szenarien gibt es anscheinend keine Konzepte. Zwanzig Minuten habe ich versucht, in den Kids etwas loszustoßen. Sie gefragt, wie sie das alles bewerten. Ob es ihnen leidtue, was mit Charleen passiert ist. Wie konnte ich so idealistisch sein? Natürlich keine Schuld, keine Reue. Feixen und Charleen mit schmutzigen Witzen über die Geschichte noch weiter demütigen, das war alles, was geschah. Gut, ich denke auch, dass ich bald eine Entscheidung treffen muss. Entweder schlucke ich professionell alles runter und scheiße auf die Kids und die kranke Welt oder ich lasse weiter alles an mich herankommen, habe Hoffnungen und Erwartungen, lasse mich fertig machen. Was soll ich tun?

Heute habe ich auch mit Bertram in der dritten Klasse abgehangen. Man muss sagen, dass sich trotz meines Gemeckers über die Fünfte die Lage dort einigermaßen beruhigt hat. Der Vorfall mit Charleen hallt etwas nach. Die Kids sitzen am Tisch und beschäftigen sich ruhig. Soll heißen, sie starren auf ihre Smartphones. Chatten, posten, teilen. Nur bei offensichtlich geschauten Pornos schreite ich ein. Ich meine, das muss ja nicht sein. Immerhin sind die Kids erst neun.

Natürlich hat mir Bertram wieder in den Ohren gelegen wegen der Hochzeit, seiner allgemein deprimierten Gemütslage und lauter solcher Sachen. Immerhin spricht er es jetzt offen aus, scheint sein Schicksal akzeptiert zu haben. Doch muss er immer mit mir darüber reden? Na, vielleicht ist es ja eine Art Prüfung. Eine Wiedergutmachung für all meine Sünden, derer ich schuldig bin. Vielleicht bekomme ich das Glück mit Zoe und Bérénice, dieses neue Leben, nicht einfach so geschenkt. Der Gang zu meinem Vater spricht eine eindeutige Sprache. Doch ich bin nicht mehr allein. Zoe und Bérénice sind an meiner Seite.

Wir fahren von der Autobahn ab und rollen den Berg hinunter ins Kaff. Zoe ist jetzt auch ziemlich nervös, das spüre ich. Ich muss ihr gleich sagen, wo sie langfahren soll, und deshalb dirigiere ich sie nun mit leise gesprochenen Anweisungen durch die schmal geschnittenen Straßen meiner Heimatstadt. Etwa fünfzig Meter vom Haus meines Vaters entfernt finden wir eine Parklücke. Wir steigen aus, fassen uns an den Händen und laufen gemeinsam diese letzte Strecke. Es tut gut, so vereint zu sein, es gibt mir Sicherheit. Seit meinem Umzug nach Leipzig war ich nicht mehr hier. Jetzt treten wir auch schon durch die Einfahrt auf den kleinen Hof und laufen auf die Eingangstür zu. Alles ist wieder wie in einem Film. Eine Durchmischung elementarster Gefühle, meine Knie zittern. Noch nie habe ich meinem Vater eine meiner Freundinnen vorgestellt. Ich begreife, wie schräg das ist, mit Mitte Zwanzig diese Situation das erste Mal zu erleben. Es ist ein Elend, dass meiner Mutter dies für immer verwehrt bleiben wird. Auf den letzten Meter öffnet sich die Tür und mein Vater und Heuschrecke stehen vor uns. Reflexartig bleibe ich stehen, doch ein völlig neues Bild offenbart sich mir. Beide lächeln, strahlen uns richtig an.

Heuschrecke tritt auf uns zu, reicht Zoe die Hand und sagt: „Hallo, ich bin Anette. Schön, dass ihr es geschafft habt."

Tiefes Misstrauen stellt sich in mir ein. So habe ich sie noch nie erlebt. Ein anderer Mensch steht vor mir. Das kann nicht sein. Bilder rasen in Sekundenbruchteilen durch meinen Kopf. Erinnerungen an meine Begegnungen mit Heuschrecke. Immer kalt, immer vergiftet. Doch Zoe fängt heute alles auf. Ihre Energie ist Ausgleich zu diesen Altlasten.

Mein Vater versucht sein Möglichstes. Fast schüchtern steht er etwas abseits und beobachtet die Szene, sodass ich auf ihn zugehen und ihm die Hand reichen muss. Er schüttelt sie und wir sagen kurz „Hallo". Zoe schlägt sich richtig gut. In ihrer charmanten Art führt sie bereits einen Smalltalk mit Heuschrecke und ich streife meine Schuhe von den Füßen und hänge meine Jacke an die Garderobe. Es geht die Stufen hoch und durch die Küche ins Wohnzimmer. Wir befinden uns in einer verdichteten Atmosphäre, und obwohl Zoe und Heuschrecke noch immer plaudern, ist die Anspannung von uns allen wie ein Fels, auf dem wir stehen. Mein Vater zeigt im Wohnzimmer auf den gedeckten Tisch. Er bittet uns, Platz zu nehmen. Bemüht sich, eloquent zu wirken. Vier Kaffeegedecke, Goldrand. Das beste Geschirr von Heuschrecke. Kuchengabeln und Servietten. Kerzen brennen. Eine andere Welt. Was ist hier los?

Es beginnt harmlos. Mein Vater und Zoe sind nun ins Gespräch gekommen. Heuschrecke und ich sitzen uns gegenüber, aber schauen uns nicht an, spüren die gegenseitige Ablehnung. Ich starre auf die unzähligen Hummelfiguren, die hinter ihr in einem riesigen Schaukasten aufgereiht sind. Später fragt mich Zoe etwas, doch ich habe nicht zugehört, sondern mich mit meinem Stück Kuchen auf dem Teller beschäftigt. Darum blicke ich auf, schaue sie an, sage: „Bitte was? Ich war abgelenkt. Kannst du die Frage wiederholen?“

„Stimmt es, dass wir uns jetzt seit fast über zwei Jahren kennen?“

Ich nicke, blicke meinen Vater an, da er wohl Ursprung dieses Interesses ist. Es ist eine völlig neue Situation für mich und darum antworte ich irgendwie mechanisch.

„Ja, zwei Jahre sind es sicherlich. So ganz genau weiß ich es auch nicht.“

Das Gefühl, eingeladen zu sein, willkommen zu sein, ist für mich zutiefst befremdlich. Doch irgendwie habe ich keine andere Möglichkeit, als mitzuspielen. Zu glauben, dass dieses Willkommen echt ist, dass es ernst gemeint ist. Ist es wirklich so, dass sich durch ein Kind alles ändert? Dass die Leute mich mit anderen Augen betrachten? Heuschrecke scheint wie ausgewechselt, zeigt Seiten von sich, die mir völlig neu sind. Ja, ich muss mich fallen lassen, muss mich einlassen. Es gibt keine Zwischentöne mehr. Und darum lasse ich mich auch treiben. Mit jeder Minute, die verstreicht, werde ich sicherer, behalte

Oberwasser. In der nächsten Stunde reden wir über das Baby, über Bérénice, und ich erzähle meinem Vater und Heuschrecke sogar von meinem Job und dem Vorfall mit Charleen. Beide hören gespannt zu, Mitgefühl strömt mir entgegnen. Mein Vater berührt meine Schulter.

Heuschrecke sagt: „Das ist ja furchtbar. Und, willst du dir einen neuen Job suchen?"

Ihre Worte sind seit meiner Rückkehr die erste direkte Ansprache an mich. Ich bin überfordert und darum murmele ich: „Ich bin auf der Suche. Vielleicht werde ich auch in der Schule bleibe, bis ich etwas anderes gefunden habe. Ich meine, wir brauchen ja das Geld."

Scheinbar befriedigt von meiner Antwort verschwindet Heuschreckes Interesse auch bald wieder. Sie deckt mit Zoe den Tisch ab, dann gehen sie in die Küche und lernen sich weiter kennen. Ich sitze mit meinem Vater jetzt allein am Tisch. Eine völlig vergessene Situation.

„Und, wie läuft es sonst in Leipzig?", fragt er nun, wartet aber keine Antwort ab, sondern fügt hinzu, „Ich freue mich sehr, Liam. Zoe ist ein tolles Mädchen. Da hast du richtig Glück."

Sein Worte klingen fast verbittert, als er das sagt, doch dann fügt er richtig sinnlich hinzu: „Ich werde Opa. Wahnsinn. Und, unter uns gesagt", mein Vater blickt zur Küche und senkt seine Stimme. „Die Kinder von Torben sind ja gar nicht meine richtigen Enkel."

Ich bin verblüfft, dass er diesen Unterschied macht. Dass er ihn wahrnimmt, wertschätzt und benennt.

Bevor Zoe und ich wieder zurück nach Leipzig fahren, gehe ich nochmal in mein Zimmer, nur um es dann für immer zu verlassen. Die letzte Hürde ist genommen. Auf jeden Fall fühle ich mich so. Stehend an einem Ende und davor ein Anfang. Alles ist abgeschlossen, ein sicheres Gefühl. Draußen vor dem Fenster legt sich der Abend auf die Straßen und ich knipse das Licht aus, stehe im Dunklen in meinem Zimmer, höre auf meinen Atem. Ich schaue auf das Poster von Malcolm X und darauf steht noch immer in dieser Schreibmaschinenschrift *By Any Means Necessary*. Malcolms Augen blicken aus dem Fenster hinaus. Und obwohl es jetzt dunkel in meinem Zimmer ist, kann ich wieder sein schwarzes Gesicht sehen, das von dem gelben Licht beschienen wird, das die Straßenlaterne draußen vor dem Fenster in mein Zimmer wirft. Und ich versuche, das Trügerische dieses Bildes nicht wahrzunehmen, sondern drehe mich um, öffne die Tür und trete in den erleuchteten Flur.

Zehn Minuten später stehen wir alle draußen vor der Haustür. Mein Vater umarmt mich fest zum Abschied und ich gebe Heuschrecke die Hand. Wir schauen uns in die Augen, nicken beide stumm, so als würden wir eine Art Frieden schließen. Auf der Rückfahrt hören wir in Zoes Auto keine Musik. Lichter fliegen vorbei, es nieselt. Scheibenwischer, die vor mir auf- und abgehen. Auf der A38 fahren wir nach Leipzig hinein und ich frage Zoe, ob ich heute bei ihr schlafen soll, und sie blickt mich im Dunkeln an und meint nur leise: „Absolut."

Später liegen wir in Zoes Wohnung nebeneinander in ihrem Bett. Haben beide Shirts, Unterwäsche und Socken an, durchdenken diesen Tag, jeder für sich. Irgendwann rutsche ich langsam an Zoe heran, schlüpfe unter ihre Decke und lege meinen Arm um ihren Körper, der sich augenblicklich an den meinen schmiegt. Ich versuche, nicht ihr Becken zu berühren, sondern sie nur zu halten, so wie ein Bruder es tut. Später küsse ich sie ganz vorsichtig auf die Wange und vergrabe sacht mein Gesicht in ihren Haaren. Gemeinsam schlafen wir ein.

Alltage

„Fast jeder kommt als Genie auf die Welt und wird als Idiot begraben.“
(Charles Bukowski)

Gedanken an Shanghai habe ich immer seltener. Das fällt mir auf, als sich die Tram durch die Stadt schiebt. Es ist Montagmorgen, 7:45 Uhr und ich bin etwas in Eile. Um acht Uhr beginnt der Unterricht und heute soll ich noch einmal in die fünfte Klasse. Herr Kersten scheint nicht sonderlich zufrieden mit meinen Interventionsbemühungen. Egal. Nach der Schule werde ich mich mit Zoe bei Frau Kehrel-Buch treffen, denn dort wird auch der Geburtsvorbereitungskurs stattfinden, das hat sie mir am Wochenende noch erzählt.

Unsere gemeinsamen Nächte sind befriedet. Alles Sexuelle zwischen uns ist verschwunden. Wir denken nur noch an das Baby, und das ist absolut okay und gut so. Selbst meine Erinnerungen an die Zeit in Shanghai fühlen sich an, wie ein lang zurückliegender Lebensabschnitt. Doch auch wenn das Gefühl ganz weit weg und nur noch eine Ahnung ist, sind die Bilder der Erinnerungen präsent und ein Teil von mir. Ich erinnere mich noch einmal an die kleine Wohnung in der French Concession, die alten Chinesen, meinen brutalen Nachbarn, sehe die blau geschlagenen Gesichter dessen Frau und Tochter vor mir. Ich erinnere mich wieder an die Platanen und Kebab-Stände, die Skyscraper und Bettler auf den Straßen. Die Karaoke-Bars, das diesige Licht über der Stadt. Maria und Kathy, endlose Taxifahrten. Tausend Begegnungen. Die Obstfrau vor dem Hotel, die erste Unterkunft. Metrowürmer durchfräsen den Boden, alles erzittert. Wiederholt fällt mir auf, wie wenig ich an meine Kollegen denke. Sie sind völlig verblasst, waren es schon immer. Sie alle waren einfach nicht der Rede wert.

Als ich an der Haltestelle aussteige, um das letzte Stück zur Schule zu laufen, steht dort auf einmal Karlchen, mit hängendem Kopf, die Hände in den Taschen. Er scheint mich nicht zu bemerken. Darum gehe ich auf ihn zu, zupfe ihn an seiner Jacke, sage vorsichtig: „Hey, Karlchen. Alles okay bei dir?"

Karlchen hebt langsam den Kopf und ich kann sehen, dass er total verheult ist. Er schluchzt, blickt mich mit Tränen in den Augen an und ich kann diese unendliche Leere in ihm sehen. In diesem Jungen, in dieser Hoffnungslosigkeit.

„Warum tun sie das?", fragt er mich jetzt mit zitternder Stimme. „Warum tun sie mir das an?"

Er sieht mich an, als müsste ich eine Antwort auf seine Frage haben, als ob ich wissen würde, was ihn in dieses Leben geworfen hat. Doch völlig betroffen von seinen Worten, ratlos, weiß ich gar nicht, was ich sagen soll. Etwas ändert sich in mir. Karlchens Erscheinung ist wie ein Schmerz für mich. Wie etwas, das die Brust zusammendrückt und das Herz schwer macht.

„Wen meinst du?", frage ich nun doch.

Mit ihm tieftraurig und vereint.

„Die Leute. Ich meine die Leute." Karlchen läuft etwas Rotz aus der Nase, ein Weinkrampf schüttelt ihn. „Warum tun sie das?"

Und dann erzählt er mir leise von seiner Angst. Von den Dingen, die passieren, von der Ablehnung und der Gewalt. Zu Hause, in der Schule, auf den Straßen, überall. Wir stehen an der Bushaltestelle und es ist auf einmal egal, wie spät es ist. Momente wie dieser sind zeitlos und finden auf einer anderen Ebene statt. Ich höre Karlchen zu und werde Zeuge.

„Meine Mutter ist meine Schwester", erzählt er und ich brauche etwas länger, um das zu verstehen. Und seine Schwester, sagt Karlchen, habe ihm betrunken mal gesagt, dass Opa eigentlich sein Papa sei. So richtig wisse er bis heute nichts damit anzufangen. Aber es habe sich von Anfang an falsch angefühlt, völlig komisch. Er habe immer nur die Bäume geliebt. Sie hätten ihm nie was getan. Seine Mutter hasse ihn. Das gebe sie ihm jeden Tag zu verstehen – durch Erniedrigungen und Tadel für alles, was er tue, und das sei nicht viel.

„Im Gegensatz zur Schule sitze ich daheim immer nur still in meinem Zimmer und schaue die Wand an. Ich bin gern allein, ich mag Bäume, aber nur zweimal habe ich bis jetzt in einem Wald gestanden. Das macht mich auch traurig."

Karlchen verstummt, er weint jetzt nicht mehr. Sein Blick geht starr geradeaus ins Leere. Sein Gesicht sieht hart und grau aus. Dieser Junge vor mir hat nichts mehr mit Karlchen aus der Mülltonne gemein. Innerhalb weniger Tage ist er zu einem verbitterten Mann geworden, gefangen im Körper eines kleinen Jungen, der keine Zeit hatte, zu reifen. Dem nichts genommen wurde, da er nie etwas besaß. Der sich nicht wehren konnte und das bis heute nicht kann.

Ich berühre Karlchen an seiner Schulter, um ihn aus dieser Leblosigkeit zu reißen, und sage: „Los Karlchen. Lass uns zur Schule gehen."

Was anderes fällt mir nicht ein. Was anderes habe ich ihm nicht anzubieten.

Und so laufen wir schweigend nebeneinander her. Langsam, sprachlos. Ich bringe Karlchen zu seinem Klassenzimmer, doch hinter der Tür ist der Teufel los. Nein, das schaffe ich heute nicht. Ich schaffe es heute nicht, Karlchen dieser wahnsinnigen Meute zu überlassen. Darum nehme ich ihn mit in mein Büro und lasse ihn auf dem Rechner einen Online-Ego-Shooter zocken. Ich setze mich in einigem Abstand daneben, surfe obligatorisch die News ab, lande bei *Evic Media*. Dort sind einige Videoclips zu sehen. Drohnenaufnahmen von der völligen Verwüstung Homs in Syrien zum Beispiel. Die Bilder erinnern mich an Dresden 1945. Kein Wunder, dass dort kein Mensch mehr leben will. Irgendwie bricht mal wieder die halbe Erde auseinander und zwangsläufig führt dies in mir zu dem Klischeebild von einer ganz und gar kaputten Welt. Weiter unten auf der Seite gibt es noch Clips im Nachtlichtmodus. Zwei Flüchtlinge werden von einem Grenzzaun geschossen. Das Ganze soll an der türkisch-syrischen Grenze aufgenommen worden sein. Seitdem die EU beschlossen hat, eine ziemlich hohe Summe zu transferieren, werden dort die Außengrenzen mit harter Linie geschützt. Soll heißen, es gibt keine Kompromisse mehr. Ein fragwürdiger Deal. Auf jeden Fall sehen es einige der Gemeinschaft so. Natürlich gibt es auch vehemente Gegenstimmen. Dann noch die üblichen Tagesmeldungen: In Cottbus hat ein Vater seine drei Kinder aus dem Fenster geschmissen. Und nach dem ersten Bier sollte man nie pinkeln gehen.

Es klingelt zur Hofpause. Zwei Stunden sind schnell vorbei und ich sage zu Karlchen, dass wir beide jetzt mal runter auf den Hof gehen sollten. Er murrt zwar etwas herum, kommt aber dann doch gefügig mit. Im Treppenhaus begegnen wir Frau Scholler. Sie hat ein knallrotes, samtenes Kleid an und trägt schwarze Stilettos an den Füßen. Als sie uns sieht, bleibt sie auf den Stufen stehen und entfaltet sich regelrecht. Karlchen wirkt richtig beschämt durch ihre Erscheinung und auch ich muss diesen Auftritt erst einmal verarbeiten. Dann schwebt sie an uns vorbei die Treppe hinunter, grüßt uns noch mit einem geflöteten „Hallo" und verschwindet in Richtung Lehrerzimmer. Ich gehe mit Karlchen auf den Pausenhof, dort sind mittlerweile all die anderen Kids der Schule versammelt. Sie stehen in ihren altbekannten Grüppchen herum, glotzen auf die Displays ihrer Smartphones oder auf den Boden. Herr Lohse steht an die Hauswand gelehnt und beobachtet das Ganze. Ich sage Karlchen, er solle spielen gehen, und lasse ihn stehen, gehe auf Herrn Lohse zu, um ihn zu begrüßen. So ganz weiß ich auch nicht, warum.

„Na, hallo. Wie geht's?"

Richtig standardmäßig kommen mir die Worte über die Lippen, doch Herrn Lohse freut es, so muss er nicht umschalten, kann bleiben, wie er ist, und völlig routiniert zurückgeben: „Das mit Charleen hängt mir etwas in den Knochen. Sie wissen schon. Das wird einiges verändern."

Ich bejahe seine Aussage und dann stehen wir stumm nebeneinander und schauen eine Weile auf den grauen Kiesbettboden.

„Ich werde jetzt mal hinten um die Ecke schauen", murmele ich schließlich. „Muss mal nachsehen, was die fünfte Klasse so treibt."

„Alles klar. Das ist eine gute Idee. Wir sehen uns nachher noch?"

„Ja, vielleicht", gebe ich zurück.

Ich weiß gar nicht so richtig, was ich sagen soll. Eigentlich habe ich keine Lust, Herrn Lohse heute nochmal zu sehen. Ich nicke und hebe die Hand als eine Art Zeichen der Zustimmung, dann eise ich mich von ihm los. Doch die hintere Ecke ist leer und mir fällt auf, dass ich die Fünfte auf dem Hof noch gar nicht gesehen habe. Merkwürdig, denke ich. Karlchen sehe ich auch nicht mehr. Nach der Pause schaue ich in den Klassenraum - leer. Ich gehe zu Herrn Kerstens Büro, niemand da. Okay, traurig bin ich jetzt nicht darüber, dass mir die Irren für heute erspart bleiben, doch etwas verwundert es mich schon.

Grübelnd gehe ich wieder in mein Büro zurück. Dort angekommen, surfe ich eine Weile auf *Facebook* herum, chatte Zoe an, freue mich, dass wir uns nachher sehen. So vergeht die Zeit. In der Mittagspause gehe ich in unsere kleine abgefuckte Kantine und erspähe Bertram. Warum nicht? Ich setze mich, nachdem ich mir einen Joghurt und eine Banane geholt habe, an seinen Tisch, an dem er natürlich alleine sitzt. Ich frage ihn, ob er wisse, wo die Fünfte steckt, doch er schüttelt nur seinen Kopf, scheint mit anderen Gedanken unterwegs zu sein. In den darauf folgenden Minuten löffele ich still meinen Joghurt. Irgendetwas muss ich jetzt aber sagen, und als ich mit dem

Joghurt fertig bin, strenge ich mich richtig an, setze meine beste Miene auf, klatsche in die Hände und sage: „Hey. Was ist nun mit der Hochzeit am Wochenende?"

Ich hoffe, dass das Bertram irgendwie aufheitert, und es scheint zu funktionieren, denn Bertrams Gesichtszüge entspannen sich, er schaut mich an, erfüllt von Dankbarkeit, dass ich ihn danach frage. Na bitte, die gute Tat des Tages ist vollbracht.

„Ja, geht alles klar. Ich freue mich sehr auf Samstag."

„Jo, geht mir genauso", sage ich locker. Ich will etwas Vibe in die Situation bringen. „Lass uns gemeinsam Spaß haben!", rutscht mir noch über die Lippen und ich bin ein wenig irritiert über meine neue soziale Ader.

Ich connecte mich mit Bertram. Proaktiv. Eine völlig neue Erfahrung.

Erst nach der Interaktion fällt mir auf, wie fremd mir noch ist, was ich da tue. Automatisch, aus einer mir unbekannten Empathie heraus. Nachdem ich mich von Bertram verabschiedet habe – „Vielleicht sieht man sich nachher noch in der Tram?" –, gehe ich mit meiner Banane zurück ins Büro. Ach, mir ist es ganz recht, dass heute nichts los ist. Ich überlege sogar, mich früher zu verdünnisieren, um vielleicht noch ein wenig durch die Stadt zu schlendern, bevor ich Zoe dann beim Geburtsvorbereitungskurs treffe. Und genau so werde ich es tun. Wenig später packe ich meine Sachen zusammen und verschwinde in der fünften Stunde aus der Schule. Hoffentlich unbemerkt.

Bilder

„Vergiss nicht, dass es besser ist, Opfer zu sein als Henker.“
(Anton Pawlowitsch Tschechow)

Es wird Frühling. Er liegt in der Luft und ich muss mich an das Lied erinnern, welches mir meine Mutter, als ich noch ein Kind war, oft vorgesungen hat. *Komm, lieber Mai, und mache die Bäume wieder grün, …* In diesem Lied steckt so viel Traurigkeit. Eine Hommage an die Sehnsucht eines Menschen. Der Sehnsucht nach dem Frühling. An einem Lebensabend oder im Ringen mit einem bitteren jungen Tod. Ich habe erst sehr viel später gelesen, dass diese Melodie von Mozart geschrieben wurde. Das Motiv der Melodie entlehnte Mozart dem Thema des Schlusssatzes seines Klavierkonzerts Nr. 27 in B-Dur. Die Komposition ist in volksliedhafter Schlichtheit gehalten, die Singstimme bewegt sich vorwiegend in Dreiklangsbrechungen. Reizvoll ist hierbei insbesondere der Umgang mit den abwechselnd weiblichen und männlichen Endungen der dreihebigen Jamben der Textvorlage. Das Lied steht original in F-Dur und zählt zu den wohl bekanntesten Frühlingsliedern der Deutschen.

Die Tram kommt und ich steige ein, fahre bis zum Hauptbahnhof, wo ich mich dann Richtung Nikolaistraße durch eine Gruppe Araber kämpfe. Sie unterhalten sich ohrenbetäubend und glotzen einer jungen Frau mit Kinderwagen hinterher. Ich muss an Herrn Baydoun und sein Katzengleichnis denken. Solche Männergruppen machen mir schon Angst und das liegt nicht daran, dass es jetzt Araber sind. Es könnten auch Polen, Franzosen oder Deutsche sein, die einen am Bahnhof totschlagen oder ins Koma treten. Wenn man Vater wird, bekommt man irgendwie richtig Angst vor solchen Ereignissen. Na ja. Etwas Ablenkung wird mir guttun. Vielleicht könnte ich mir ein paar neue Sneakers kaufen. Bis zum Frauenarzttermin sind es immerhin noch zwei Stunden.

Und deshalb gehe ich in einen der fancy Läden am Brühl, schlendere von Regal zu Regal, entscheide mich nach mehrfachem Anprobieren einiger Modelle – ich brauche keine Hilfe der Einzelhandelskauffrau – für ein Paar *Adidas* XZ750 in der Farbkombination Core Black, Solar Red und Collegiate/Purple. Diese ziehe ich auch sofort an, meine alten *Vans* packe ich in eine Plastiktüte, die ich noch im Laden bekomme. Die *Vans* schenke ich einige Minuten später einem Penner, der weiter oben kurz vor dem Markt vor einem Bäcker auf einem großen Pappstück sitzt. Vor sich ein Schild, auf dem in schwarzen krakligen Lettern „Hinfort mit dir!“ steht.

Er sagt: „Danke. Gott sei mit dir!“, ohne Akzent, und ich erwidere: „Kein Ding, Mann.“

Er ist Deutscher und hat einen kleinen Hund bei sich, den ich erst jetzt sehe, als er sein schmutzig weißes Köpfchen aus der halb geöffneten Jacke des Penners steckt und dessen Hand leckt. Der streichelt vorsichtig mit steifen, dreckigen Fingern den kleinen Kopf des Hündchens, dann gehe ich weiter.

Ich setze mich mit meinen schönen neuen Sneakers in ein kleines Café im Barfußgässchen. Unter einen dieser Heizpilze, die, obwohl es heute bereits ziemlich warm ist, immer noch angeschaltet sind. Bei einer hübsch anzusehenden Bedienung, etwas klein, schwarze Haare, super Arsch, bestelle ich ein Kännchen Kaffee. Ich bin verwundert über meine aufflammenden sexualisierten Impulse, weiß aber nicht, ob ich mir jetzt darüber Sorgen machen soll oder nicht. Ich rauche zwei Zigaretten, mache nichts, außer Kaffee zu trinken und die Leute zu beobachten, die an mir vorbeigehen. Noch eine knappe Stunde bis zum Geburtsvorbereitungskurs.

Über *WhatsApp* habe ich mit Zoe noch kurz geschrieben. Wir werden uns unten vor dem Eingang treffen, um dann gemeinsam mit dem Fahrstuhl nach oben in die Praxis von Frau Kehrel-Buch zu fahren. Ich laufe am Zeitgenössischen Forum vorbei, weiche einigen Passanten aus, die mit gesenkten Häuptern auf ihre Smartphone blicken und roboterartig durch die Stadt steuern. Laufe weiter Richtung Augustplatz, bis Zoe und mich nur noch wenige Meter trennen. Ich habe sie bereits seit einigen Sekunden im Blick. Sie steht mir abgewandt und scheint das graue Taubenpärchen zu beobachten, das einige Meter entfernt imaginäre Krumen vom Beton pickt. Jetzt stehe ich genau hinter ihr, fasse sie an die Schulter, sage leise: „Hey, nicht erschrecken."

Zoe dreht sich überrascht zu mir und ich lächle sie an. Wir umarmen uns. Sie duftet nach dem Parfum von *Cacharel*, das in dem grünen Flacon, Eden heißt es, glaube ich.

„Wollen wir hochgehen?“, frage ich Zoe.

„Na klar. Das wird heute bestimmt spannend.“

Sie hakt sich bei mir ein und wir laufen die paar Meter bis zum Eingang, dann in den Fahrstuhl und wenige Momente später stehe ich wieder vor der Milchglasscheibe der Praxis.

Ohne Umschweife treten wir ein. Es ist relativ ruhig heute, es ist noch nicht einmal eine Schwester an der Rezeption zu sehen. Wir hängen unsere Jacken an die Garderobe und dann folge ich Zoe wieder in den Gang, wo auch das Zimmer mit dem Ultraschallgerät steht. Doch heute geht es weiter geradeaus, an einer Stuhlreihe vorbei und an einigen Postern, die Babys und glückliche Frauen zeigen. Dann stehen wir vor der letzten Tür. Zoe klopft routiniert an und wir treten ein. Vor uns eröffnet sich ein weiter Raum, große Fenster lassen Licht hineinfallen. Am Boden sitzen bereits vier junge Frauen jeglicher Couleur auf rosa und grasgrünen Yogamatten. Auch ein Mann ist dabei, er begleitet wohl wie ich seine Partnerin. Rechts von uns, ebenfalls auf einer Yogamatte, grasgrün, im Schneidersitz, eine etwas ältere, aber immer noch ziemlich attraktive Frau, das muss die Hebamme sein.

„Ach, hallo. Kommen Sie rein“, begrüßt sie uns und weist auf noch zwei leere Yogamatten genau in der Mitte zwischen all den Leuten.

Ich werde auf keinen Fall die rosafarbene Matte nehmen. Zoe reicht Frau Kirchner die Hand, die sich zuvor noch bei mir vorgestellt hat. Alles ziemlich freundlich, denke ich und bin gespannt, was noch so kommt. Wir ziehen die Schuhe aus und setzen uns auf die uns zugewiesenen Matten, der Schneidersitz scheint mir auch die bequemste Position zu sein. Zoe winkelt ihre Beine seitlich an und legt die Hände auf ihre Oberschenkel, blickt ganz gespannt in die Richtung von Frau Kirchner. Neben mir sitzt eine ziemliche Standard-Tussi mit einem Tattoo auf dem Unterarm, daneben ein Ökoverschnitt, dazu gehört auch der Mann. Neben Zoe eine ansehnliche Schwarzhaarige und dann noch eine Frau, die irgendwie unglücklich aussieht. Na, mir soll es egal sein.

In der folgenden Stunde habe ich nicht viel zu tun. Ich höre zu und beobachte konzentriert die Übungen, die den Körper auf die Geburt vorbereiten sollen. Natürlich kommen anschließend die typischen Fragen, auch von Zoe. Wie das so sei, die Geburt. Ob es wirklich so wehtue. Und natürlich kommen die üblichen Antworten von Frau Kirchner und auch der Ökomutti, die sich ständig einmischt, scheinbar alles besser weiß und ein unnatürliches Mitteilungsbedürfnis hat. Der arme Mann. Aber gut, ich sollte mich bremsen bezüglich meiner Ressentiments. Auf jeden Fall, so beide, sei es unmöglich, den Schmerz zu beschreiben, und außerdem sei es bei jeder Frau sowieso anders, aber weh tue es auf jeden Fall.

„Man wird zerrissen", gibt jetzt Miss Hippie zum Besten und das beruhigt uns alle ungemein.

Innerlich muss ich sogar mit dem Kopf schütteln. Gott sei Dank übernimmt Frau Kirchner wieder das Ruder. Natürlich gibt es dann auch die obligatorischen Atemübungen. Alle hecheln wie Hunde, außer mir, der andere Typ macht aber mit, und ich frage mich, ob ich gerade einen Fehler damit mache, eben nicht mitzuhecheln, da mir das schon ein bisschen peinlich ist. Aber dann schaue ich Zoe an und sie blickt hechelnd zurück, gibt mir mit einem Augenzwinkern zu verstehen, dass es okay ist. Auf jeden Fall deute ich es so und darum schaue ich auf das Grasgrün vor meinem Schoß, warte, bis alle fertig sind. Weiter geht es mit einigen Entspannungstechniken und auch ich schließe die Augen, lausche der Stimme Frau Kirchners und versuche, mich fallenzulassen oder so etwas in der Art. Später lernen wir noch, wie man seine Beckenbodenmuskulatur trainiert. Ein kompliziertes Geflecht aus vielen Muskeln und Bindegewebe, die den Mastdarm und After, die Scheide und die Harnröhre umfließen. Der Höhepunkt besteht darin, dass Frau Kirchner uns bittet, geistig mit unseren Schamlippen einen Kirschkern vom Boden aufzuheben.

Kurzweilig zieht so die Zeit vorbei, sodass wir auch bald am Ende angelangt sind. Ich für meinen Teil empfand den Besuch als lohnenswert und interessant. Ich denke, Zoe sieht das genauso, was sie mir auch ein, zwei Minuten später auf dem Flur bestätigt. Wir fahren mit dem Fahrstuhl nach unten, umarmen uns, schauen uns lange an und sagen: „Das wird schon!"

Und wir blicken dem Gegenüber in die Augen, um Vertrauen und Sicherheit in ihnen zu finden. Wir müssen uns Halt geben, wir spüren das mit jedem neu erlebten Moment und es ist schön so. Wir gehen zur Haltestelle auf dem Augustusplatz, denn Zoe ist heute auch per Tram unterwegs. Ich warte mit ihr auf die 7, die sie zum Bahnhof bringt, von wo aus sie mit der 1 weiter zur Könneritzstraße fahren muss. Als die Bahn kommt, drücken wir uns noch einmal, erinnern uns gegenseitig an das Treffen mit ihren Eltern am Freitag, dann steigt sie ein. Ich winke Zoe zu, als sie dann in der Tram stehend an mir vorbeifährt.

Einige Minuten warte ich auf meine Bahn und dann geht es auch schon nach Hause. Es ist gegen Fünf und es ist noch immer hell und die Sonne scheint.

„Komm lieber Mai und mache …“, sage ich zu mir, die Melodie in den Ohren. Zwanzig Minuten später komme ich zu Hause an. Morgen wieder Schule, am Freitag Zoes Eltern. Dann der Samstag mit Bertram auf der irischen Hochzeit. Ich ziehe mir auf dem Sofa etwas Weed rein, das entspannt mich, schaue mir total dicht stundenlang Zweite-Weltkriegs-Dokus auf *ZDFinfo* an. Gegen elf gehe ich ins Bett.

Um vier Uhr nachts wache ich wieder auf. Ich kann einfach nicht weiterschlafen. Ich atme ganz schwer, bin schweißgebadet und habe auf einmal richtig Angst. Seitdem das mit Charleen passiert ist, bin ich irgendwie angeknackst, werde manchmal richtig panisch und so. Dann denke ich, dass der Kontrast mit Zoe und Bérénice es ist nicht besser macht. Manchmal, so wie jetzt, verwirrt es mich nur. Und darum versuche ich, mich abzulenken, und switche das Handy, das neben meinem Kopfkissen liegt, an. Ich muss die Augen zusammenkneifen, als das Display schlagartig leuchtet, und darum verringere ich die Helligkeit auf das Minimum, dann geht es schon besser. Nach den üblichen Routinen – *Facebook*, *Instagram*, *Twitter*, die führenden Tagesmedien, *Spiegel Online*, FAZ, NZZ und Al Jazeera – lande ich wieder einmal bei *Evic Media*. Es ist noch sehr früh, aber die News des Tages sind schon online. Klar, Flüchtlinge sind das Topthema. Hochideologische Erörterung über die Neoliberale und die steigende Politisierung des Ehrenamtes. Neben dem Schwerpunkt der brennenden arabischen Welt geht es auch um Vorkommnisse in der Ukraine. Ein Video, das von prorussischen Rebellen im Netzwerk *VKSocial* gepostet wurde, hat die meisten Klicks und ich schaue es mir natürlich an.

Schauplatz dieses Zwischenspiels ist die Stadt Communar im Süden der Ukraine. Harter Tobak, wieder einmal. Der achtminütige Clip ist verstörend. Roh und brutal. Er zeigt einen Mann mit freiem Oberkörper, der mit rotem, breitem Klebeband an den Holzpfahl eines Hauses getapet ist. Ein zitterndes Bündel Mensch. Ein Unbekannter filmt die Szenen, in denen ein maskierter Hüne in Tarnkleidung den Gefesselten mit einem dicken Elektrokabel auspeitscht. Er prügelt den Mann halbtot. Dieser schreit wie ein Tier, völlig unnormal, so richtig hoch und schrill, Todesangst in den Augen. Sein Rücken - eine einzige Wunde. Dunkelviolett. An manchen Stellen platzt die Haut auf, Blut rinnt hinab. Der Kabelmann ist Olkhon aus Novosibirsk. So sagt es auf jeden Fall die Gemeinschaft, da sind sich fast alle einig.

Olkhon sagt durch seine Sturmhaube in die Kamera: „Kommt nur her, ihr Drogendealer und Junkies. Wir haben unsere eigene Art, wie wir mit euch umgehen."

Der Filmende lacht heiser, während der geschundene und sich windende Körper des angeblichen Drogendealers dort an dem Holzpfeiler hängt. Er hat sich eingeschissen, wimmert, schreit heiser nach seiner Mutter und dann wieder so schrill und entmenschlicht, als Olkhon beginnt, seinen Rücken weiter zu bearbeiteten. Violett wird schwarz. Es ist unglaublich, wie lange ein Mensch leben kann. Erschreckend, wie lange man jemanden zu Tode foltern kann. Die Gemeinschaft glaubt, dass der Mann gestorben ist. Also nach drei Tagen oder so, eigentlich ist es den meisten auch egal.

Unter dem Video stehen Links zu anderen Themen: Eine neuentdeckte Alge kann Krebs besiegen. Schminktipps von *YouTube*rinnen. Eine Katze studiert in Yale, die

Besitzer sind überglücklich. Streetfights - zwei Methheads schlagen sich die Schädel ein. Es droht ein neuer Kalter Krieg. Lady Di lebt! Man hat sie auf den Bahamas gesehen. Besitzt Edward Snowden Dokumente aus dem Buckingham Palace? Und so weiter und so fort und da sind immer mehr Links, und jeder Klick, jede noch so kleine Berührung auf dem Glas des Smartphones zieht einen mehr in diese digitale Unendlichkeit. Ja, ich habe mich abgelenkt. Die Angst von vorhin ist verschwunden. Was macht eigentlich Nelson Mandela heute?

Heimat, deine Sterne

„Erst das Lazarett zeigt, was Krieg ist.“
(Erich Maria Remarque)

Durch die kurze Nacht und bedingt durch das verstörende Video aus der Ukraine, sitze ich ziemlich erschlagen in der Tram auf dem Weg zu Schule. Ehrlich gesagt habe ich heute überhaupt keinen Bock. Ich habe Kopfschmerzen und mir ist ein wenig schlecht. Flau im Magen, könnte man sagen.

Mein Handy vibriert und ich ziehe es aus der Jackentasche. Eine Nachricht von Mandy.

Wann kommst du mal wieder vorbei? Wie geht's dir so? Lach-Smiley.

Ich muss sofort an den Methporno von Marko und ihr denken und mir wird jetzt wirklich richtig schlecht. Trotzdem antworte ich ihr.

Alles okay bei mir. Es hat sich einiges verändert. Erzähle ich dir bald.

Ob Mandy weiß, dass ich Vater werde? Nein, gesagt oder geschrieben habe ich es ihr nicht. Nun, vielleicht sollte ich am Sonntag mal kurz zu ihr ins Kaff fahren. Für Mandy würde ich sogar die vermaledeite Zugfahrt auf mich nehmen, denn ich mache mir Sorgen um sie. Jetzt, wo es bei mir einigermaßen läuft, von der Schule mal abgesehen, ändert sich mein Blickwinkel. Denn obwohl Mandy auch ein Kind hat, fehlt ihr alles. Ich meine das Banale. Das, was jeder Mensch braucht. Zuwendung, ein sicherer Hafen. Letzten Endes ist das alles, worum es geht.

Ich weiß, dass Mandy kämpft. Ich weiß, dass sie ein guter Mensch ist. Dass sie sich bemüht. Sie wollte nie ihrer Mutter auf der Tasche liegen, hat das strikt abgelehnt. Der aktive Verzicht auf die mütterliche Unterstützung ist für Mandy der einzige Weg, ihr zu beweisen, dass sie sich losgelöst hat. Dass sie es geschafft hat, ihren Weg allein zu gehen. Ich glaube nicht, dass Mandys Mutter vom Methproblem ihrer Tochter weiß. Aber anscheinend kümmert sie sich um ihre Enkelin. Ich kann mich einfach nicht daran erinnern, wie Mandys Tochter heißt. Auch ein Punkt, der mir jetzt unangenehm ist. Ich spüre eine diffuse Verantwortung in mir. Die Verantwortung, Mandys Untergang aufzuhalten. Das bin ich wenigstens ihrer Tochter schuldig. Ich weiß, das klingt paradox. Aber hat nicht jedes Kind ein Recht auf Glück? Auf minimale Fürsorge und Wärme.

Egal, ich schreibe Mandy zurück, dass ich gern am Sonntag bei ihr vorbeikommen könne, entscheide mich auch, ihr von Bérénice zu berichten, und tippe somit ankündigend in das Textfeld, dass ich ihr etwas Wichtiges zu erzählen habe. Sie schickt prompt denselben Lach-Smiley zurück und ich weiß, dass ich alles richtig gemacht habe. Es ist wichtig, am Sonntag ins Kaff zu fahren. Vielleicht schaue ich sogar bei meinem Vater vorbei.

Heute steht Karlchen nicht an der Haltestelle und ich bekomme schon wieder dieses ungute Gefühl. Seit der gestrigen Hofpause habe ich ihn nicht wiedergesehen.

„Bitte, bitte, lass nicht wieder etwas Furchtbares passiert sein", flüstere ich mir selbst zu.

Ich merke auf einmal, wie angekratzt ich bin, fast den Tränen nah. Ich switche immer schneller zwischen diesen zwei Welten hin und her: Bérénice, Zoe, die Wärme, die uns umgibt. Dann all diese Gewalt und Sinnlosigkeit. Das Bild von Charleen auf der Toilette, zusammengekrümmt in einem Gemisch aus Blut und Urin. Nein, noch etwas Krasses darf nicht passieren, sonst bin ich endgültig raus. Weg von dieser Schule. Dann muss ich mich arbeitslos melden. Niemandem ist dieser Job auf Dauer zuzumuten. Außer man möchte sich eine Gruppe Psychopathen heranzüchten. Ohne mich! Ich habe etwas anderes vor. Das genaue Gegenteil.

Mich selbst mit diesen Parolen aufbauend, um wenigstens etwas Motivation an den Tag zu legen, laufe ich auf die Schule zu. Aus einiger Entfernung kann ich bereits Frau Scholler vor dem Eingang sehen. Sie steht dort einfach so herum, ihre schwarze Ledertasche merkwürdig an den Körper gepresst. Als ich näherkomme, sehe ich, dass sie wie gebannt auf einige der Fenster im ersten Stockwerk starrt. Ich sage höflich: „Guten Morgen", bleibe kurz stehen, um Frau Scholler die Möglichkeit zu geben, mich ebenfalls zu begrüßen, doch nichts passiert.

Mit glasigen Augen blickt sie über mich hinweg. Gut, ich weiß jetzt auch nicht, was ich machen soll, und deshalb zucke ich mit den Schultern und gehe die wenigen Schritte zur Eingangstür, ziehe diese auf und betrete das

Schulhaus. Die Geräuschkulisse ändert sich. Heute ist es schon merklich lauter. Normalität scheint eingekehrt zu sein. Schreie und Gepolter aus allen Klassenzimmern. Gott, wie ich es hasse. Es gibt einfach keine Erfolge zu verzeichnen. Zügig gehe ich die Stufen hinauf, hoffe, dass mich niemand sieht. Flüchte in mein Büro, hänge die Jacke auf, lasse mich auf den Stuhl fallen und fahre den Rechner hoch.

Just in dem Moment klopft es an die Tür. Verdammt. Ich sage: „Herein."

Es ist Herr Kersten. Ich stehe auf und gehe um meinen Schreibtisch herum auf ihn zu. Wir beide sagen währenddessen „Hallo", dann geben wir uns die Hand. Herr Kersten sieht mitgenommen aus. Nun, da geht es ihm wie mir. Faire Bedingungen.

„Haben Sie eine Ahnung, was Frau Scholler dort unten vor dem Eingang macht?", eröffnet er das Gespräch.

„Keine Ahnung", erwidere ich. „Ich weiß es wirklich nicht."

„Merkwürdig."

Herr Kersten denkt eine Weile nach, schwenkt dann aber um zu Karlchen.

„Wissen Sie, wo Karlchen ist? Gestern Nachmittag hat er in den letzten beiden Stunden gefehlt. Auch heute ist er nicht zum Unterricht erschienen."

„Ich habe ihn heute noch nicht gesehen. Er stand auch nicht an der Bushaltestelle. Ich glaube übrigens, dass er das nächste Opfer der fünften Klasse wird."

„Das müssen wir unbedingt beobachten", meint Herr Kersten leise. „Charleen wird nicht wiederkommen."

Herr Kersten blickt mich jetzt direkt an und in seinen Augen lese ich einen tiefen Schmerz, fast wie eine Schuld.

„Sie ist in einer anderen Schule der Stadt untergekommen. Auch hat die Polizei die Ermittlungen eingestellt, da die potenziellen Täter minderjährig sind.“

Ich atme tief ein, kann meine Enttäuschung kaum verbergen, dabei hatte der Polizist im Gespräch zu mir dasselbe gesagt. Den Tätern wird nichts passieren.

„Es wird von der Seite des Jugendamts geprüft, ob Basti und seine Kumpanen dort mal vorstellig werden sollen.“

„Das kann ich nur begrüßen“, pflichte ich ihm bei, obwohl ich weiß, dass das nichts verändern wird.

Zum Schluss verkündet Herr Kersten noch die Planung eines Anti-Gewalttrainings in der Schule und ich kann wieder nur pseudozustimmend nicken. Das Training ist ein hilfloser Versuch. Mir tun die Typen jetzt schon leid.

„Gut, dann starten wir mal in den Tag. Vielleicht schauen Sie auch mal in der Dritten vorbei. Colin faselt irgendetwas von einem Krokodil. Vielleicht können Sie sich mal darum kümmern.“

„Alles klar, mache ich", sage ich pflichtbewusst. „Ich muss nur kurz noch meine Mails checken."

Herr Kersten nickt und zieht dann die Tür zu und ich setze mich wieder an den Schreibtisch. Natürlich habe ich keine dienstlichen Mails bekommen, wozu auch. Einige Minuten später marschiere ich zur dritten Klasse und schaue auf dem Weg dahin im Treppenhaus durch das Fenster auf die Straße. Frau Scholler steht immer noch vor dem Eingang des Schulgebäudes. Es hat begonnen, leicht zu regnen. Autos fahren unaufgeregt auf der Straße an ihr vorbei.

Gründonnerstag

„Es ist vollbracht!“
(Jesus Christus)

Heute werde ich mit den Kids über Religion reden. Zu Ostern ist das ja ganz passend, außerdem werden sie unter dem Dach eines evangelischen Trägers beschult. Ich erwarte jetzt nicht, dass sie mir alle drei abrahamitischen Religionen vorbeten können, wobei das jetzt auch nicht die Hürde wäre. Ich werde ihnen auch nichts über den Ursprung des Wahabismus erzählen und darüber, inwiefern die muslimische Welt bis heute davon beeinflusst ist. Auch nichts über den islamischen Kernkonflikt, die Entzweiung von Sunniten und Schiiten oder ähnliche Themen. Dieses Wochenende feiern wir ein christliches Fest, das bedeutendste überhaupt. Ich bin zwar weiß Gott kein gläubiger Mensch, aber ich finde Jesus ganz okay. Ich meine, mit ihm kann ich mich identifizieren. Vor dem Klassenzimmer ist es ruhig und ich öffne die Tür, sehe, dass alle Kids versammelt an einem Tisch auf ein Smartphone starren. Als sie mich bemerken, schrecken sie auf, ein völlig untypisches Verhalten. Das Smartphone verschwindet in einer ihrer Taschen. Irgendwie finde ich das Verhalten der Schüler merkwürdig und deshalb frage ich

Samir, ein Migrantenkind, das mit seinen sechs Brüdern auf Luftmatratzen zu Hause schläft, was es denn so Spannendes zu sehen gegeben habe.

Samir meinte: „Ach, nur so ein Filmchen. Sie wissen ja. Das Übliche eben.”

Jeder Schüler sitzt jetzt auf seinem Platz und alle schauen mich gespannt an. Das erste Mal, dass ich das in der Schule erlebe. Verwundert schaue ich in die Klasse, richtig positiv überrascht, *geflasht*. Was ist hier los? Irgendwie muss ich aber einen Anfang für mein heutiges Thema finden und deshalb starte ich eine kleine Ansprache, nutze den Moment der Konzentration.

„Ich bin der Meinung, dass wir alle den Vorfall mit Charleen überwinden müssen. Darum möchte ich heute von Jesus erzählen. Einfach nur um dem Schrecken, den wir alle erlebt haben und der uns geprägt hat, etwas entgegensetzen zu können."

Gespannte Stille in der Klasse, niemand sagt einen Ton und darum beginne ich, ihnen die halbe Ostergeschichte – die ja relativ brutal ist – bis zur Kreuzigung zu erzählen, denn dort ist das Menschsein für mich beendet. Danach gibt es nichts mehr, glaube ich zumindest. Das sage ich auch den Kids.

„Umso wichtiger ist es für uns, ins Diesseits zu blicken, denn Jesus verkörperte die wahre Liebe."

Ich fühle mich wie ein Verkündiger und um das Ganze abzuschließen, sage ich erhaben: „Jesus von Nazareth wird zurückkehren, um euch alle zu erlösen!"

Ich blicke in ahnungslose Gesichter. Es scheint, als hätte niemand ein Wort von dem, was ich erzählt habe, begriffen. Irgendwie fällt mir Colin gar nicht auf, doch als ich ihn kurz darauf direkt vor mir in der ersten Reihe entdecke, wirkt er nachdenklich und blickt auf seinen Tisch.

Die Stunde ist schnell vorbei. Nach einigen lapidaren Fragen habe ich noch etwas zur Bedeutung der Reformation in Deutschland zum Besten gegeben. Ob etwas hängengeblieben ist, kann ich nicht beurteilen. Und da ich trotzdem noch dem Auftrag von Herrn Kersten nachkommen möchte, bitte ich Colin kurz vor die Tür.

Erstaunt blickt er mich an und ich sage: „Es ist nicht Schlimmes."

Das beruhigt ihn ein wenig und er erhebt sich. Wir gehen aus dem Raum. Die übrigen Schüler haben sich nach dem Pausenklingeln sofort wieder ihren Smartphones gewidmet. Aber das ist mir lieber, als wenn sie sich mit Stühlen bewerfen oder aufeinander losgehen. Als Colin und ich vor der Tür stehen, spreche ich ihn auf das Krokodil an.

„Und Colin, träumst du immer noch von dem Krokodil?"

Erst sagt er nichts, doch dann beginnt er, vorsichtig zu erzählen.

„In der letzten Woche", meint er zögernd an mir vorbei blickend, „habe ich zweimal diesen Traum gehabt. Einmal hat mir das Krokodil sogar die Füße abgefressen. Ganz langsam." Ich fasse ihn an der Schulter, versuche, etwas Energie zu transportieren, ein wenig Wärme. Ein paar Sekunden leichter Geborgenheit.

„Wenn es okay für dich ist, kannst du in der Schule immer zu mir kommen. Wir können auf dem Rechner was zocken oder so."

Ich meine das richtig ernst, denn irgendwie ist es das Einzige, was ich ihm anbieten kann. Colin sagt nichts. Die Hand immer noch auf seiner Schulter sage ich: „Okay. Dann kannst du ja jetzt zurück in die Klasse gehen."

Ich brauche jetzt auch erst mal eine Pause und das mit dem Zocken am Rechner können wir auch nächste Woche noch machen. Ich wünsche Colin frohe Ostern, hoffe, dass er etwas aus dieser Stunde mitgenommen hat. Colin geht wieder in seine Klasse. Sicherlich wird es ihm jetzt etwas besser gehen, beruhige ich mein schlechtes Gewissen und fasse den Plan, durch etwas Tatkraft wenigstens mein Pflichtbewusstsein zu beruhigen, also mache ich mich auf zu Herrn Kerstens Büro. Dort klopfe ich an die Tür und öffne sie, ohne abzuwarten. Herr Kersten sitzt am Schreibtisch, scheint beschäftigt zu sein, tippt irgendwas. Aber dann schaut er kurz hoch und fragt mit belanglos klingender Stimme: „Ja?"

„Ich habe das in der Dritten geklärt und auch kurz mit Colin gesprochen. Er scheint wieder okay zu sein."

„Super. Dann ist ja alles gut."

Herr Kersten hört auf, zu tippen, schaut mich an und ich erwidere seinen Blick. Ein paar Sekunden geht das so, dann sage ich unsicher: „Gut, dann geh ich jetzt mal wieder."

Herr Kersten nickt, ich ziehe die Tür wieder zu. Strange Begegnung. Völlig egal.

Die restlichen Stunden gehen zügig vorüber. Bertram habe ich heute überhaupt nicht gesehen und viel war sowieso nicht mehr los. Frau Scholler ist verschwunden. Auf jeden Fall steht sie nicht mehr vor dem Schulhaus, als ich nach der fünften Stunde das Gebäude verlasse. Ich bin auf dem Weg zu Jaroslav. Heute das Finale. Ich habe ganz fest vor, ihm das Ultraschallbild von Bérénice zu zeigen. Irgendwie wäre es ein Happy End. Wovon, weiß ich auch nicht. Aber das Gefühl passt, das will ich damit sagen.

Und schon geht es mit der Tram zum Augustusplatz. Dort steige ich in die 16, um die Straße des 18. Oktober hochzudüsen. Aus der Bahn sehe ich dann einige Minuten später Jaroslavs Wagen und bin richtig euphorisch, ich kann es gar nicht erwarten, auszusteigen. Als die Tram endlich hält, springe ich hinaus und laufe hastig auf den Broilerwagen zu. Noch im Laufen ziehe ich mein Portemonnaie aus der Jackentasche, um das sorgsam zusammengefaltete Bild herauszunehmen. Ich komme von hinten an den Wagen heran, höre Geräusche vom Grill, sehe keine Ansammlung von Rentnern. Sehr schön. Jetzt können wir ungestört reden. Ich gehe hastig um den Wagen herum zum Grill und bleibe wie vom Donner gerührt stehen. Eine untersetzte Frau mit grauschwarzen Haaren steht vor mir und schnauzt mich geradezu an, was ich haben wolle. Entsetzt zucke ich zusammen. Was ist hier los? Verwirrt blicke mich auf dem Platz nach einem anderen Hähnchenwagen um, doch da ist keiner. Ich stehe vor dem Wagen von Jaroslav. Da bin ich mir absolut sicher. Das Problem ist nur, dass es nicht Jaroslav ist, der vor mir steht. Die Frau starrt mich an, wütend, voller Hass.

„Was ist nun?“, bellt sie im Kasernenton und ich sammle all meine Kraft und kann trotzdem nur stotternd fragen: „Wo ... wo ist Jaroslav?“.

Das Ultraschallbild habe ich noch immer in der Hand und stecke es jetzt schnell weg.

„Jaroslav? Nie gehört. Du willst mich wohl verarschen, oder was?”

Die Frau ist richtig in Rage. Das bringt nichts. Ich muss hier weg. Jetzt bereue ich es, Jaroslav nie nach seiner Telefonnummer gefragt zu haben. Ich kann nur hoffen, dass er krank und diese Erscheinung in dem Wagen seine Vertretung ist. Aber ich darf meine Angst nicht von anderen abhängig machen, denke ich, als ich dann in der

Tram nach Hause sitze. Es muss alles an einem vorbeigehen, außer den Dingen, die einem wichtig sind. Dann ist alles gut. Wenn man sich bewusst wird, dass allein der Fakt, nicht in einem arabischen Geheimgefängnis zu Tode gefoltert zu werden, ein Geschenk Gottes ist, dann wird alles einfacher. Ich meine, wenn es ihn wirklich geben sollte. *Gott*. Wenn da wirklich etwas ist, dann glaube ich, Gott ist Zuflucht. Ein Raum, in dem wir Lasten deponieren. Lasten, die man nicht mehr tragen kann. Ich spüre allmählich eine spirituelle Kraft in mir. Einen Funken, den jeder von uns besitzt. Ich meine, wir haben ja eine Seele, oder so was in der Art. Wir sind keine Tiere. Wir sind verletzlicher. Trauriger. Tiere schreiben keine Bücher, spielen nicht Free Jazz oder fahren Formel-Eins-Rennen. Und trotzdem sind wir alle nichts. Zerschlagene Steine in den Wüsten des Alls. Ein himmlisches Leuchten im Infrarotbereich.

Zoes Eltern

„Harmonie ergibt sich aus der Analogie der Gegensätze.“
(Buch Sohar)

Ich muss mir wieder etwas Gras von Mandy holen. Ich schlafe seit einigen Tagen wirklich sehr unruhig. Doch vielleicht bin ich nur etwas aufgeregt, denn heute werde ich Zoes Eltern kennenlernen. Wir werden mit ihnen hier in Leipzig zu Mittag essen. Wo, das weiß ich noch nicht. Ich habe auch erst vor kurzem erfahren, dass sie ein Haus in einem eingemeindeten Dorf im Speckgürtel Leipzigs besitzen. Aber jetzt ist es erst einmal früh morgens gegen fünf und ich liege wieder wach in meinem Bett. Gott sei Dank ist heute Feiertag. Keine Schule, kein Ärger. Trotzdem stehe ich einige Minuten später auf, denn wenn ich einmal wach bin, kann ich nicht im Bett liegenbleiben, das macht mich irgendwie aggressiv. Ich ziehe mir eine Jogginghose und einen alten, aber frisch gewaschenen Trainingspulli an, gehe ins Wohnzimmer und knipse den Fernseher an. Immer noch *ZDFinfo*, die typischen schwarz-weißen Bilder, eine Doku über den Zweiten Weltkrieg. Um mir einen Kaffee zu machen, gehe ich in die Küche, und während das Wasser erhitzt wird, verschwinde ich kurz im Bad. Dort putze ich meine Zähne und wasche mir das Gesicht. Zurück in der Küche gieße ich das heiße Wasser in die Tasse mit dem Kaffeepulver, rühre mit dem Löffel mehrmals um, füge einen Schuss Milch aus dem Kühlschrank hinzu. Vorsichtig laufe ich, die Tasse fixierend, wieder ins Wohnzimmer.

Auf dem Sofa sitzend warte ich dann darauf, dass der Kaffee etwas abkühlt. Während ich auf die Bilder von rollenden Panzern und erfrorenen Soldaten blicke, denke ich bei mir, dass ich irgendwie völlig verseucht bin. Ich meine im Kopf und so. Manchmal habe ich richtige Flashbacks von ganz schlimmen Bildern. Kein Wunder, dass ich keinen Schlaf finde. Der ganze Scheiß, den ich mir reinziehe, hat Spuren in der Psyche hinterlassen. Aber ich komme einfach nicht darum herum, mir das Neueste und Grausamste im Netz anzutun. Es ist kein Voyeurismus, der mich treibt. Kein Genuss des Grauens. Ich leide mit diesen Menschen, die in den Videos erschossen, verbrannt, gesteinigt oder vergewaltigt werden. Ich fühle mit der Mutter, die ihr schwer verletztes Kind in den Armen hält. Mit dem Sohn, dessen Vater zerschossen auf einer Straße liegt. Den Mädchen von Ciudad Juárez - Minderjährige, die von mexikanischen Kartellen entführt, über Tage vergewaltigt, verstümmelt und schließlich zu Tode gefoltert werden. Aus Spaß, einfach so. Sie machen Videos von ihren Taten, schicken diese den Eltern, verhöhnen sie dabei. Nein, ich ergötze mich nicht daran. Fast empfinde ich es als Verantwortung, mir das alles anzusehen. Ich bin auch der Meinung, dass sich viel zu wenige Leute diesem Schrecken visuell aussetzen. Wenn es so wäre, dann könnte unsere Welt vielleicht eine bessere sein. Wenn wir alle begreifen, dass nur Versöhnung und

Sanftheit uns retten können, ist unendlicher Frieden keine Träumerei mehr.

Latent deprimiert zappe ich mich durch die Fernsehkanäle, bis ich um halb elf realisiere, dass Zoe mich in gut einer Stunde abholt. Mir fällt auf, dass Zoe noch nie in meiner neuen Wohnung war, doch wir werden jetzt nicht die Zeit haben, das nachzuholen, sondern sicherlich gleich in die Stadt fahren. Ich stehe auf, um zu duschen. Das erledige ich heute ausgiebig, denn ich bin schon etwas aufgeregt und versuche, mich unter dem heißen Wasserstrahl etwas zu beruhigen. Danach trockne ich mich ab und gehe in mein Schlafzimmer. Dort suche ich mir aus dem Kleiderschrank eine dunkle Jeans und ein eierschalenfarbenes Hemd heraus. Ich lege sogar noch etwas Parfum auf. *Fahrenheit*, das benutze ich schon seit Jahren. Geschniegelt und gebügelt setze ich mich dann wieder auf das Sofa im Wohnzimmer. *Evic Media* will ich mir nicht antun, das erste Mal überhaupt. Sicherlich geht es dort heute wieder um irgendwelche Horrornachrichten. Ich muss für das Treffen mit Zoes Eltern in Balance bleiben und empfinde das als Fortschritt. Ich rauche noch eine Zigarette und schaue mir auf *Deluxe* Musikvideos aus den Achtzigern an. Rick Astley ist dabei. So verkehrt empfand ich den eigentlich nicht. Zehn Jahre später hätte er sicherlich auch Sänger von Type O Negative werden können. Die Stimme dazu hat er auf jeden Fall.

Punkt zwölf. Niemand da. Toll. Unpünktlichkeit hasse ich, doch weil es Zoe ist, versuche ich, mich zusammenzureißen. Ich stehe auf und laufe unruhig etwas herum. Schnell habe ich die gesamte Wohnung abgelaufen, dann klingelt es. Gott sei Dank! Jetzt stellt sich auch wieder die

Aufregung ein. Wie gesagt, ich kenne Zoes Eltern nicht. Wir sehen uns heute das erste Mal. Ich ziehe die Jacke über, lasse die Wohnungstür ins Schloss fallen, sperre sie zu und streife die neuen Sneakers von *Adidas* über. Zügig gehe ich die Treppen hinab, aber nicht zu hastig, sondern ziemlich entspannt. Ich öffne die Tür zur Straße und vor mir steht Zoe. *Tata!*

„Hey!“, sagen wir beide zur gleichen Zeit, umarmen uns herzlich, küssen uns auf die Wangen, drücken uns.

„Na, bist du aufgeregt?“, fragt mich Zoe, blickt mich an und ihre Augen glänzen richtig, aber nicht durch vergossene Tränen oder so. Es ist ein reiner Glanz. Ein Licht der Freude.

„Klar“, sage ich. „Ich bin gespannt, wie du sie vorbereitet hast. Ich meine, was du ihnen über mich erzählt hast.“

Wir gehen zum Auto, das etwas die Straße weiter unten steht. „Nur das Beste“, meint Zoe jetzt lachend und hakt sich bei mir unter. „Nur das Beste“, sagt sie noch einmal und ich ziehe sie an mich heran. Ich bin glücklich mit ihr.

Das Wetter ist warm, fast sommerlich, und am Himmel sind wie Waben die Ozonstreifen der Flugzeuge angeordnet. Vögel zwitschern, der Winter ist vorbei. Im Auto hören wir leise MDR Kultur. Wir beide haben jetzt Sonnenbrillen auf, Zoe fährt gechillt durch den flüssigen Verkehr. Heute ist nicht viel los. Karfreitag eben. Sie sagt mir, dass wir uns mit ihren Eltern beim Italiener an der Nikolaikirche treffen. Ich war noch nie dort, aber das ist okay für mich. Im Radio läuft etwas von Dvorák und das passt ganz gut.

Wir fahren in das Parkhaus unter dem Augustusplatz. Sicherlich hat Zoe hier auch immer ihr Auto abgestellt, wenn sie mich bei Frau Kehrel-Buch getroffen hat. Jetzt lässt sie die Scheibe hinunter, um ein Ticket aus dem Automaten zu ziehen, und legt es in den Getränkehalter der Mittelkonsole. Wir müssen nicht lange suchen und finden schnell eine Parklücke. Nachdem Zoe den Motor abgestellt hat, ist es ganz dunkel im Auto. Wir beide sitzen nebeneinander, sagen nichts, bis wir uns zeitgleich aufraffen und dann über unsere synchrone Aktion lachen müssen. Wir nehmen nicht den Lift, sondern gehen das eine Stockwerk die Treppen hinauf und kommen vor dem Gewandhaus heraus. Dort überqueren wir den Augustusplatz und laufen die Grimmmaische Straße hinunter, biegen rechts ab in Richtung Nikolaikirchhof. Ich stehe jetzt richtig unter Strom. Es ist komisch, die Mutter der Freundin kennenzulernen, wenn man selber keine Mutter mehr hat. So etwas schießt mir durch den Kopf, doch dieser Zustand ist erfreulicherweise nur von ganz kurzer Dauer. Als wir links um die Ecke gehen, sind wir auch schon da. Zoe sagt: „Schau, da sind sie."

Sie deutet mit der Hand auf ein elegant gekleidetes Paar, das Arm in Arm von der Nikolaikirche aus auf uns zuschlendert. Beide sind groß gewachsen, das fällt mir als Erstes auf, und jetzt hebt der Mann, sicherlich Zoes Vater, seine Hand und winkt uns zu. Er ruft mit einer beeindruckend bassigen, aber dennoch fröhlichen Stimme: „Hallo, ihr beiden!"

Dann sehe ich in das Gesicht von Zoes Mutter. Es lächelt mich an und ich fühle mich sofort angenommen. Mir wird warm vor lauter emotionaler Überwältigung und als die beiden dann endlich vor uns stehen, Zoe mit Umarmungen begrüßen, um sich dann mir zuzuwenden, bekomme ich kein Wort mehr heraus. Doch Zoes Vater ergreift die Initiative, streckt mir seine große Hand entgegen und sagt: „Hallo, ich bin der Gunther."

Ich ergreife seine Pranke, die einen aushaltbaren Druck ausübt, und sage: „Hallo, und ich bin Liam."

Ich wende mich daraufhin Zoes Mutter zu, ergreife jetzt ihre Hand.

„Es ist schön, Sie beide endlich kennenzulernen."

Wir schauen uns ein, zwei Sekunden in die Augen.

„Ja, wir freuen uns auch sehr", sagt sie. Blonde Haare, die wie frisch frisiert auf ihre Schultern fallen. „Aber, ich bin Karin. Wir duzen uns, ja?"

„Sehr gern."

Ich blicke Gunther prüfend an. Er nickt, es scheint also in Ordnung zu gehen. Die Begegnung ist bereits jetzt ein Selbstläufer. Unglaublich. Alles ist so leicht, so verspielt. Es gibt sie also, die ungezwungenen Treffen. Erstkontakte, die völlig unkompliziert ablaufen und von Anfang an eine Bereicherung darstellen. Auf dem Weg in das Restaurant hinein noch ein kurzer Small Talk. Gunther meint, beim nächsten Mal solle ich unbedingt meine Eltern mitbringen. Ein böser Blick von Zoe zu ihm, als wir unsere Jacken an die Garderobe hängen.

„Ich meine deinen Vater und seine neue Frau. Anette heißt sie doch, oder?"

Ich nicke mit dem Kopf, antworte, dass es sie beide sicherlich freuen würde. Ich bin Gunther nicht böse, ich habe diesen Mann bereits in mein Herz geschlossen. Er hat alles, was mein Vater nicht besitzt. Ich befinde mich wie in Trance. Alles läuft glatt wie Butter. Die Momente gleiten ineinander.

Wir haben Platz genommen und ein Kellner, der schnell herbeieilt und uns mit italienischem Akzent begrüßt, überreicht die Speisekarten. Er ist richtig niedlich. Dann das Aussuchen der Gerichte. Der gefürchtete Moment des Wartens auf die Bestellung. Oft müßig, voller erzwungener Gespräche. Doch nicht heute, Zoes Eltern geben mir Halt. Ich fühle mich wie ein Austauschschüler, der das Glück hat, an eine echte Vorzeigefamilie geraten zu sein. Man macht es mir einfach, niemand erwartet etwas von mir. Wir führen lockere Gespräche voller Witz und Flair. Gunther ist ein toller Erzähler. Bei unserem zweiten Bier erzählt er mir von seiner Reise in den Kongo.

„Auf den Spuren Joseph Conrads sozusagen."

Und ich weiß sofort, was er meint, und wir stoßen lachend an. Das Essen kommt und es sieht köstlich aus. Ich habe auf einmal richtigen Kohldampf. Wir reden wenig, während wir unsere Portionen verdrücken, aber das ist völlig okay so. Als wir fertig sind und uns die Münder abtupfen, bestellt jeder von uns, außer Zoe, noch einen doppelten Espresso. Wir beginnen, uns locker über die Schwangerschaft und Bérénice zu unterhalten. So, als wäre es das Normalste der Welt.

Ja, ich sehe diese Menschen heute das erste Mal, aber fühle mich ihnen bereits tiefer verbunden, als ich es je mit meinem Vater war. Und noch ein Thema erledigt sich. Eines, was mich die meiste Zeit sicherlich nur unterbewusst beschäftigt hat, aber jetzt umso klarer wird: das Thema Großeltern. Denn obwohl ich gerne meinem Vater ermöglichen möchte, ein glücklicher Opa zu sein, so bin ich mir auch der Gefahren bewusst. Ich traue dem Frieden nicht. Zu viel Schädliches ist passiert, zwischen Vater, Heuschrecke und mir. Wir haben uns immer nur abgestoßen und uns dadurch immer mehr zerstört. Wir alle drei sind schuld. Doch das kann man nicht wiedergutmachen.

Summa summarum kann ich meiner Tochter aus dieser Ecke nicht viel anbieten. Das macht es schwierig, sich zu entspannen.

Ich schäme mich, dass ich keine Eltern wie Zoe habe, die ich präsentieren kann. Die mich gut aussehen lassen, mich unterstützen und ermutigen. Diese Begegnung mit Karin und Gunther ist bittersüß. Sie zeigt das vorherrschende Gefälle. Ich bin alt genug, um das zu begreifen. Aber sie werden tolle Großeltern sein. Das weiß ich. Sie freuen sich aus tiefstem Herzen. Ganz echt, ganz ungehindert. Sie scheinen authentische Menschen mit einem großen Herz zu sein. Wir alle haben verlernt, über unserer Gefühle zu reden – ein großes Problem. Doch hier sitzt die Ausnahme von der Regel vor mir und ich freue mich umso mehr für Bérénice. Freue mich über die tollen Großeltern, die sie bekommt. Wie das mit meinem Vater und Heuschrecke laufen soll, müssen wir erst noch sehen. Da heißt es, nichts zu überstürzen. Es wird kompliziert werden, so viel ist sicher.

Samstag

„Wer keine Kinder hat, kann nicht weinen."
(Japanisches Sprichwort)

Ich erwache neben Zoe in ihrem Bett. Sie liegt neben mir und ihr Atem geht ruhig und gleichmäßig, es ist bereits hell draußen. Graublaues Licht fällt durch die Spalten der Rolllamellen am Fenster. Ich habe geschlafen wie ein Baby. Nach dem Treffen mit ihren Eltern sind wir beide noch ins Kino gegangen. *Cinestar*, Popcorn, Mainstreamkino in der Petersstraße. Der neue Tarantino lief, irgendein Western. Er hat mich nicht vom Hocker gerissen. Interessanter war, dass Zoe und ich völlig relaxed nebeneinandersitzen konnten. Keine Gedanken wie: Soll ich jetzt ihre Hand ergreifen oder meine auf ihr Bein legen? Soll ich näher an sie heranrutschen? Soll ich sie küssen? All das fand nicht statt und das fühlt sich irgendwie befreiend an. Wir konnten uns ungestört voneinander auf den Film konzentrieren und uns dann auf dem Weg in ihre Wohnung über das Gesehene unterhalten. Wir haben noch Tee getrunken. Zoe hat wieder Räucherstäbchen und Kerzen angemacht. Wir haben auf dem Teppich gesessen und Musik gehört, uns leise und vertraut über ihre Eltern, Bérénice und meinen Vater unterhalten. Ich öffne mich langsam. Erzähle Zoe auch immer mehr von meiner Mutter. Bis vor ein paar Tagen wusste sie nur, dass sie nicht mehr lebt, nicht jedoch, dass sich ihr Grab auf dem Südfriedhof befindet. Ich habe ihr auch von meiner Sorge hinsichtlich meines Vaters und Heuschrecke erzählt. Es tut gut, jemanden zu haben, mit dem man teilen kann. Es kommt immer auf das Gegenüber an, den Spiegel.

Ich drehe mich um und lege mich ganz nah an Zoes warmen Körper, berühre mit meiner Hand ihren Bauch, spüre die wachsende Wölbung. Das erste sichtbare Zeichen von Bérénice. Ich versuche, mir vorzustellen, wie Bérénice die Wärme wahrnimmt, die ich durch die Bauchdecke zu ihr transportiere. Zoe bewegt sich, streckt sich ein wenig, scheint durch meine Berührung zu erwachen. Jetzt dreht sie sich etwas zu mir, sodass ihr Kopf dann auf meiner Brust liegt. Dies ist die intimste Distanz, die wir zulassen und die uns beiden guttut. Im Kopf summe ich die Melodie von Belafontes Jamaica Farewell. „Sad to say I'm on my way. Won't be back for many a day. My heart is down, my head is turning around." Und obwohl der Text traurig ist, fühlt sich die Melodie des Liedes ermutigend an. Wie Ankommen und Geborgensein. Ich versuche, noch einmal wegzudämmern, was mir auch gelingt. Zoe ist ebenfalls wieder eingeschlafen. Sicherlich eine gute Stunde liegen wir noch so im Bett, bis ich aufstehe und im Bad verschwinde.

Nachdem ich mich frisch gemacht habe, gehe ich wieder zurück ins Schlafzimmer. Leider habe ich keine Wechselklamotten mit. Ich glaube, ich muss Zoe sogar nach einem Paar Socken fragen. Sie ist zwischenzeitlich aufgewacht und liest in einem Modemagazin, sodass ich ihr Gesicht nicht sehen kann.

„Guten Morgen."

Zoe klappt die Zeitung zusammen und schaut mir noch ziemlich verschlafen ins Gesicht.

„Hallo", seufzt sie, lächelt, packt das Magazin zur Seite und streckt sich noch einmal. Ich setze mich zu ihr auf die Bettkante und streiche ihr durchs Haar. Zoe schließt ihre Augen und ich betrachte ihr Gesicht. Ihre Züge sind reicher geworden, die Haut glänzt wie von einem Taufilm benetzt. Ich küsse sie auf die Stirn und sie lässt es zu. Bald danach steht sie auf und geht ins Bad.

Gunther hat Zoe gestern noch einen Umschlag in die Hand gedrückt und dieser liegt jetzt auf dem Küchentisch. Ich nehme ihn in die Hand, er ist nicht zugeklebt und darum schaue ich hinein. Eine Karte ist darin enthalten, ich ziehe sie heraus. Ein Gutschein über einhundert Euro für einen Einkauf bei *Baby Walz*. Ich bin richtig gerührt. Was für eine nette Geste. Eine Geste, aus der Fürsorge und Freude auf das Kommende sprechen. Ich muss jetzt nicht erwähnen, dass ich das natürlich gleich wieder ins Verhältnis setzen werde: Es ist nicht das fehlende Niveau meines Vaters und seiner Freundin, was mich betrübt macht, sondern das Wissen, dass sie bereits ihr Bestes geben. Da wird nicht mehr kommen. Ihre Leistung ist ausgereizt. Es ist keine Steigerung möglich.

Ich stecke den Gutschein zurück in den Umschlag und mache mir einen Kaffee. Dabei verspüre ich immer weniger den Drang nach einer Zigarette. Es wäre ein guter Zeitpunkt, gänzlich mit dem Rauchen aufzuhören. Was gibt es Größeres und Wichtigeres als ein Kind? Dafür kann man ruhig diese Krebsstängel sein lassen. Und um dem Ganzen Gewicht zu verleihen, beschließe ich innerlich wirklich die Abschwur vom Tabak. Ich werde mir einen Vaporizer fürs Kiffen zulegen, da gibt es hochwertige Modelle bei Amazon, die gar nicht mal so teuer sind. Und da Zoe noch eine Weile braucht, setze ich mich an den Tisch, trinke meinen Kaffee und nehme mir die Zeit, mal wieder bei *Evic Media* vorbeizuschauen.

Es beginnt relativ harmlos. In den ersten Schlagzeilen geht es um den kommenden Staatsbankrott Großbritanniens und ein sechsjähriges Mädchen aus Venezuela, das von Jesus ein Kind erwartet. Nordafrikanische Warlords und blutige Aufstände in Algerien. Aber *Evic Media* ist natürlich immer für eine Überraschung gut. Diese befindet sich heute unter dem Titel *Hard Crush*, ein ziemlich kaputtes Genre im Fetischbereich.

Unter das Genre Hard Crush fallen Videos, in denen Frauen dabei gefilmt oder fotografiert werden, wie sie zur sexuellen Befriedigung der Zuschauer Kleintiere verstümmeln. Attraktive Damen, oft auch in Reizwäsche, High Heels sind Pflicht, quälen Kaninchen, Katzen und kleine Hunde zu Tode. Gearbeitet wird mit Scheren, kochendem Wasser und hohen Absätzen. Das Tier wird malträtiert, förmlich zertreten. Teenies in Hot Pants, die lächelnd Welpen zerquetschen. Wenn man so etwas sieht, wird einem einmal mehr klar, dass es zu spät ist. Zu spät für diese ganze abgefuckte Welt. Da kann man nur noch mit dem Kopf schütteln und mit den Schultern zucken. Selbst die Wissenschaft weiß keine Antwort darauf. Justin Lehmiller von der Ball State University meint, dass man nur sehr wenig über den menschlichen Drang kennt, dabei zuzusehen, wie andere Leute Lebewesen foltern und zerdrücken. Es gebe so gut wie keine empirischen Studien, die den Crush-Fetisch beleuchten. Ich kenne diese Filme. Hard Crush ist kein neues Thema für mich. Bisher habe ich solche Videos aber nur in einschlägigen chinesischen Foren gesehen. Heute, nur einige Monate später, scheint dieses Phänomen im europäischen Mainstream angekommen zu sein.

Zoe und ich essen kein Frühstück, sondern wollen gleich in die Stadt fahren. Sie weiß bereits von dem Gutschein, also haben wir uns entschlossen, das klare und warme Frühlingswetter auszunutzen, um shoppen zu gehen. Wir fahren mit der Tram über den Hauptbahnhof bis zum Augustusplatz. Dort steigen wir aus und laufen das kurze Stück zu *Baby Walz*. Zoe kennt die Strecke sehr gut und als wir dann vor dem Laden stehen, zieht sie mich irgendwie richtig euphorisiert hinein. Vor mir eröffnet sich ein bonbonfarbenes Panorama aus Kinderwagen, Autositzen, Essstühlchen und Tonnen von Kleidung für Babys und Kinder. Ich bin ziemlich überfordert. Aber Zoe weiß offensichtlich genau, was sie will, und ich lasse sie durch die Regale forsten, während ich ein wenig zwischen der Auslage entlangschlendere. Was mich von Anfang an bestürzt, sind die Preise. Alles hier ist schweineteuer. In der Abteilung Erstausstattung, also in unserem Metier, liegen kleine Söckchen für fünf Euro das Paar und Strampler für bis zu dreißig. Ich finde das Ganze maßlos übertrieben. Hier wird die Gefühlswelt werdender Eltern knallhart ausgenutzt. Aber ich rege mich nicht auf, sondern lasse Zoe, die sich mittlerweile wieder zu mir gesellt hat, die Sache übernehmen, wohlweißlich, dass man mit hundert Euro in einem derartigen Fachgeschäft nicht wirklich weit kommt.

Nach einer halben Stunde haben wir alles – alles, was man für hundert Euro in dieser Art von Läden bekommen kann. Wir haben zwei Strampler, drei Paar Söckchen, eine Wickeltasche – die war im Angebot – und eine ziemlich niedliche Mütze ausgesucht. Die Vorstellung, wie Bérénice dieses Mützchen später aufhaben wird, ist wirklich zum Dahinschmelzen und eine warme Welle durchströmt meinen Körper. Wir gehen zur Kasse, wo man uns sehr freundlich empfängt. Wir bekommen das Gekaufte in die Wickeltasche gepackt, darauf besteht Zoe, und auch darauf, sich diese gleich umzuhängen. Somit gehen wir dann, nun fast als werdende Eltern zu erkennen, aus dem Laden. Die Wickeltasche ist dunkelblau mit cremefarbenen Applikationen und steht Zoe außerordentlich gut. Sie gibt ihr eine attraktive Ernsthaftigkeit. Gemeinsam laufen wir noch zurück zum Augustusplatz und dort trennen sich unsere Wege. Ich will nach Hause, noch etwas chillen, bevor es mit Bertram auf die Hochzeit geht. Wir küssen uns zum Abschied auf die Wangen, verabreden uns für Montag zum Brunch. Ich warte noch, bis ihre Bahn kommt, Zoe einsteigt und wegfährt.

Zuhause bin ich wieder allein. Irgendwie schlägt mir das auf die Stimmung. Auf einmal habe ich auch keine Lust mehr, mit Bertram auf die Hochzeit zu gehen. Ich bin ganz bei mir und vermisse Zoe. Ich merke, dass ich allein nicht mehr so richtig klarkomme. Aber konnte ich das jemals? Auf einmal sind es wieder Bilder aus Shanghai, die mir in den Kopf schießen. Ich sitze auf der Couch im Wohnzimmer und starre auf das Schwarz des Fernsehbildschirms. In Shanghai war ich ohne Zweifel, woran auch immer das gelegen hat. Aber zurück in Deutschland sind sie wieder erschienen, die Zweifel, wie ein alter Weggefährte. Was ist, wenn ich mich nicht ändern kann?

Wenn ich alles besitze, aber nicht glücklich bin? Ich habe auf einmal große Angst, dass ich Zoe und Bérénice nicht das geben kann, was es braucht, um eine ganz normale Familie zu sein. Es ist das mütterliche Trauma und alles, was danach kam. Warum ist mein Vater nicht auch allein? Das würde vieles einfacher machen. Durch Bérénice könnte mein Vater zu einem neuen Menschen werden. Er würde aufgehen in der Rolle eines Großvaters, würde all seinen Kummer und seine Schuld vergessen können. Jetzt fällt mir auch Mandy ein. Was wird dort passieren? Ich ahne nur, dass es schlimmer werden wird. Wie wird das Ende sein?

Es ist halb zwei. Um fünf treffe ich mich mit Bertram. Wann haben wir das eigentlich ausgemacht? Ich weiß es nicht mehr. Ich schalte die Glotze an und, nein, ich schaue nicht *ZDFinfo* und auch keine Zweite Weltkriegs-Dokus. Das schaffe ich jetzt einfach nicht. Schnurstracks zappe ich zu *KiKA* und dort läuft Yakari. Es ist sehr schön, dem kleinen Indianer, der mit Tieren sprechen kann, zuzusehen, wie er mit seinem Pferd die wildesten Abenteuer erlebt. Kindliche Unschuld und stolze ehrenhafte Indianer. Ein harmonisches Zusammenspiel von Mensch und Natur. Ja, das brauche ich jetzt. Ich stelle mir den Alarm des Handys auf vier Uhr, so habe ich noch genug Zeit, mich frisch zu machen. Eine neue Folge Yakari beginnt. Ich strecke mich auf dem Sofa aus und dämmere ein paar Minuten später weg.

Éire

„Ein Schwein und ein Mann ohne Geschichte sind das Gleiche."
(Irisches Sprichwort)

Der Alarm des Handys lässt mich aufschrecken. Ich scheine eine geraume Zeit lang tief geschlafen zu haben, jetzt switche ich den Alarm aus und lese noch ziemlich benommen Bertrams *WhatsApp*-Nachricht, die er mir vor einer Stunde geschrieben hat. Stimmt, wir hatten noch nicht ausgemacht, wann und wo wir uns treffen wollen. Es ist ein typischer Fehler von mir, Begegnungen zuzusagen und nicht zu wissen, wo sie stattfinden. Auf jeden Fall hat Bertram geschrieben, dass wir uns in einer Stunde vor der Poliklinik für Psychotherapie und Psychosomatische Medizin in der Karl-Tauchnitz-Straße treffen, um dann von dort ins Glashaus im Clarapark zu gehen. In dieser gastronomischen Einrichtung soll also das irische Spektakel steigen.

Ich stehe auch gleich auf, denn so viel Zeit habe ich nicht mehr. Dusche kurz, creme das Gesicht ein, trage etwas Deo und Parfum auf, dann gehe ich in mein Schlafzimmer. Ich ziehe die Jeans von gestern an, entscheide mich für ein Hemd in mintgrün, eine kleine Anspielung auf die irische Nationalfarbe. Einige Minuten später streife ich mir die dunkle Windjacke von der Garderobe über, ziehe die *Adidas* vor der Tür an und sperre ab. Geld und Handy habe ich dabei, also kann es losgehen.

Ich renne die Treppen hinunter und auf die Straße. Das Wetter ist unverändert schön. Auf dem Weg zur Tramstation muss ich kurz überlegen, wie ich zur Karl-Tauchnitz-Straße komme. Ich werde wohl mit der 10 bis zur Hohen Straße fahren, um dann die Mozartstraße hinunter bis zur Poliklinik zu laufen. In der Bahn höre ich über Kopfhörer englische Sea Shanties, einfach um mich ein wenig auf den Abend einzustimmen. Irish Folk kann ich mir jetzt nicht geben, den werde ich heute noch zur Genüge zu hören bekommen.

An der Station Hohe Straße angekommen, steige ich aus und laufe an der Sparkasse vorbei Richtung Clarapark. Je schöner das Wetter, desto reizvoller die Frauen. Ein paar ziemlich beeindruckende Exemplare laufen auf meinem Weg an mir vorüber. Studentinnen, jung, unverbraucht und ziemlich heiß. Ich muss gestehen, dass mein Sexualtrieb doch noch intakt ist. Allein in dem Geflecht von Zoe und mir habe ich ihn ausgeblendet. Ansonsten schaue ich mir gern die Frauen an. Ihre Ästhetik macht mich glücklich, beruhigt mich. Ich denke sogar, dass der bloße Anblick dieser fast schon sommerlichen Erotik viel mehr wert ist als bloßer Sex, der zerschlägt und im Grunde unbefriedigend ist. Wertvoller ist das Unerreichbare. Die Mystik, die Phantome. Es war ein großer Fehler, den Geschlechtsakt auf die Weltbühne zu heben. Bücher, Musik, Theaterstücke, Studien, Werbung, Forschung und Therapeuten. Sex ist nur ein Rudiment unserer animalischen

Vergangenheit. Etwas völlig Unspektakuläres. Doch durch dessen Überhöhung schaffen wir es nicht mehr, den Kern zu erkennen. Wir werten auf, verherrlichen uns, treiben Spielchen und zerbrechen an ihnen.

Mit diesen Gedanken im Kopf laufe ich die Mozartstraße hinunter und erblicke einige Minuten später Bertram, der direkt vor der Klinik steht. Obwohl es ziemlich warm ist, hat er einen dunkelgrünen Nato-Parka an und eine schwarze Baskenmütze auf dem Kopf. Er könnte glatt als Partisan der Résistance durchgehen. Aber farblich passt er zum kommenden Event. Vielleicht ist ihm auch nur kalt. Bertram bemerkt mich nicht, bis ich an ihn herantrete und ihm auf die Schulter tippe. Er zuckt zusammen, erschreckt sich richtig, doch als er herumfährt und mich erblickt, hellt sich sein Gesicht auf. Jetzt nimmt er auch die Sonnenbrille ab, so eine Pilotenbrille, ein billiges Imitat, und seine Augen sind blutunterlaufen, so als hätte er stark geweint oder tagelang nicht geschlafen.

„Hey, alles klar bei dir?“, frage ich ihn etwas in Sorge.

Ich bin schon ein wenig verunsichert, mit welcher Stimmung wir bei der Hochzeit aufschlagen werden.

„Ja, alles okay. Ich habe nur ziemlichen Heuschnupfen. Eine meiner tausend Allergien.“

Wir setzen uns in Bewegung.

„Na, dann ist ja gut“, meine ich und lächele etwas. War ja klar, dass Bertram auch eine Pollenallergie hat. „Sag mal, wo warst du eigentlich letzte Woche? Ich meine, du warst nicht in der Schule.“

Bertram versichert mir, dass es ihn bezüglich des Heuschnupfens ziemlich erwischt hatte. Er habe die ganze Nacht nicht schlafen können, da er glaubte, zu ersticken. Sowieso schlage ihm dieser Umstand doch ziemlich aufs

Gemüt. Um ihn etwas abzulenken, hake ich noch einmal nach.

„Und, kennst du eigentlich die irische Braut?“

Bereits etwas besser gelaunt erklärt Bertram mir daraufhin:

„Nein, ich kenne die Dame nicht. Nur ihren zukünftigen Ehemann. Ein Kumpel aus dem Internet. Eigentlich habe ich ihn auch noch nie getroffen, sondern nur World of Warcraft mit ihm gezockt. Wird auch eine Art Premiere für mich, Heiko, so heißt er, in natura gegenüberzutreten.“

Zum Glashaus laufen wir nur wenige Minuten und können schon von einiger Entfernung eine lärmende Menschenmenge wahrnehmen. Englische Wortfetzen drängen an mein Ohr und als wir näherkommen, können wir dann die knapp hundert Leute sehen, die vor dem Glashaus herumstehen. Innen ist alles bis auf den letzten Platz belegt, ich meine, insofern ich das von hier aus durch die Fenster beobachten kann. Was mir sofort auffällt, sind die Frauen. Es sind viele Frauen vor Ort. Eigentlich ein gutes Zeichen. Doch etwas stimmt nicht. Fast jede von ihnen ist gefühlt knapp zwei Meter groß und genauso breit. Alle sind in viel zu kleine quietschfarbene Kleider gepresst. Fleischige Arme, mächtig wie Oberschenkel, quellen aus ihnen heraus. Aber dafür herrscht eine sichtbar ausgelassene, von Alkohol geschwängerte, ziemlich ansteckende Stimmung. Irgendwie laufe ich die ganze Zeit Bertram hinterher, der wie ausgewechselt, richtig euphorisch und erhobenen Hauptes voranschreitet. Je näher wir der Gruppe kommen, desto lauter wird es. Schrilles Lachen, Gesänge aus dem Inneren des Glashauses, laute Unterhaltungen, männliche Brunftschreie. So wie ich das alles bewerte, befinden sich hier wirklich hauptsächlich Iren. Das kann man zweifelsfrei an dem nicht zu überhörenden Akzent ausmachen.

Vor mir bauen sich auf einmal zwei Typen auf. Richtige Bären, mindestens einen Kopf größer als ich, megabreite Schultern und eine starke Brust. Bertram ist verschwunden. Reflexartig schießt mir das Adrenalin in den Körper und ich mache mich bereit, gleich krankenhausreif geschlagen zu werden. Doch statt mein Gesicht schmerzend in den Händen zu halten, bekomme ich von einem der beiden Paddys ein Riesenglas Bier in die Hand gedrückt. Der andere packt mich an den Schultern und zieht mich in die sich jetzt amorph bewegende Menschentraube. Das alles passiert völlig automatisch, ohne meine Gegenwehr.

Schwitzende riesige Körper umgeben mich. Ein Malstrom aus weißem Fleisch. Ich nehme einen großen Schluck aus dem Glas und dann geht es mir schon gleich besser. Die Angst vergeht. Ich fühle mich als Teil dieser Bewegung – egal, wohin die Richtung geht. Der gesamte Tross bewegt sich einige Momente später in das Glashaus und ich bin mittendrin. Alle singen. Alle sind in einer fast wahnsinnigen Laune. Man könnte meinen, es ginge zur nächsten Sportpalast-Rede. Bertram habe ich seit einer geraumen Zeit verloren, höre aber von irgendwoher seine Stimme, die heiser meinen Namen ruft. Ich werde an einen Tisch gezerrt. Das Restaurant ist zum Brechen gefüllt. Überall sind Menschen. Jeder von ihnen ist riesig, breit und hochrot im Gesicht. Mir gegenüber sitzen zwei aschblonde Zwillinge. Sie sehen sich fast zu ähnlich. Richtig beängstigend ist das. Sie grinsen mich an, blecken ihre Zähne. Nun fallen mir auch die zwei beleibten Teenager auf. Zwei Mädchen mit riesigen Brüsten, sie sitzen neben mir. Gepresst in Kleider aus metallenem Hellblau und blendendem Glitzerrot. Ich muss an Karamellbonbons denken. Sie schauen mich nicht an, sondern starren in die Mitte des Saals, sodass ich jetzt auch meinen Kopf dort hindrehe.

Eine kleine Tanzfläche ist dort zu sehen, umringt von der Menschenmasse. Ein dürres Männchen tritt hervor. Er wird begleitet von einer mächtigen und schweren Frau, die in ein klassisches weißes Hochzeitskleid gepackt ist. Der Typ – ich kann mir nicht helfen – sieht irgendwie aus wie Sachsen-Paule. Wahnsinn, das wird sicherlich Heiko sein, und die beiden dort vorn somit das Brautpaar. Mein Gott, der Typ könnte wirklich ein Double von Sachsen-Paule sein. Ich bin richtig fasziniert. Komisch, wie sich einem solche Typen ins Gedächtnis brennen. Aber Heiko ist sicherlich nur ein harmloser Zocker, der endlich seine große Liebe gefunden hat. Mit Pornos hat er bestimmt nichts am Hut. Man muss sich einfach auch mal für andere freuen können.

Jetzt sehe ich auch Bertram wieder. Er steht nicht weit weg von dem Paar, in einem der ersten Kreise der Gäste, die Heiko und seine Frau umringen. Bertrams Hemd ist aus der Hose gerutscht. Sein Gesicht ist puterrot, doch er scheint mächtig Spaß zu haben. Jetzt ertönt auf einmal ohrenbetäubende Musik. Irish Folk, ich habe es gewusst. Automatisch beginnen Heiko und seine Braut zum Rhythmus und den schrillen Flötentönen zu zucken. Schütteln alle Glieder, verrenken sich, flippen richtig aus.

Jetzt packt die Matrone Heiko an den Hüften, stemmt ihn hoch, und der weiß gar nicht, wie ihm geschieht, als er sich wie ein Käfer zappelnd unter der Decke wiederfindet. Eine ganz groteske Version von Dirty Dancing spielt sich vor mir ab. Doch den Leuten scheint es zu gefallen.

Denn wie auf Kommando, als wäre dies ein abgesprochenes Zeichen gewesen, schwingt jeder, gepackt wie von einem Veitstanz, die Beine. Ich werde hin- und hergeworfen und dann geht es in gegeneinander laufenden Polonaisen durch den gesamten Saal. Mir scheint, als wäre ich Teil einer Horde Dämonen. Angeführt von Teufeln, die mit ihren Todesfingern von allen Sinnen verlassen die Flöten spielen. Als wäre dies der Untergang einer ganzen Welt und Übergang in eine andere, dunkle Existenz. Irgendwann zieht Bertram an mir vorüber. Als er mich erblickt, streckt er die Hände nach mir aus, versucht, mich zu ergreifen, doch es ist zu spät. Er verschwindet so augenblicklich, wie er vor mir aufgetaucht ist. Es wird immer heißer im Saal und draußen ist es dunkel geworden, das sehe ich, als ich mit meiner Reihe an der Fensterfront vorbeiziehe und in mein gespiegeltes Gesicht blicke, das schweißnass und mit irren Augen zurückglotzt. Mein Herz rast.

Die Polonaise löst sich schlagartig auf und ich muss mich total benommen an die Wand lehnen und verschnaufen. Was für ein Wahnsinn. Ich bin völlig aus der Puste. Es bilden sich verschiedene Personengruppen heraus. Der Geräuschpegel ist noch immer enorm, obwohl die Musik endlich abgestellt ist. Regelmäßig höre ich Gläser auf dem Boden zerspringen. Die Iren sind nicht totzukriegen und ich bekomme allmählich das Gefühl, als wäre dies nur eine Art Warm-up. Aus der Menge heraus sehe ich wieder die zwei Typen von vorhin auf mich zusteuern. Wieder haben sie Biergläser in der Hand, sicher ist eines davon für mich bestimmt. Und so ist es auch: Als sie vor mir stehen, wird mir ein noch größeres Glas als zuvor in die Hand gedrückt. Ich nehme an, es ist Kilkenny, was wir trinken. Beide reden dazu auf mich ein, eher schreien sie, denn nur so kann man sich hier verständigen. Doch die Kommunikation ist schwer, ich habe mit der Lautstärke und dem irischen Akzent zu kämpfen. Was ich mitbekomme, ist, dass die beiden Finn und Rory heißen und aus Westport stammen, einer kleinen Stadt an der Atlantikküste. Sie sind wirklich sehr sympathische Typen und ich denke kurz darüber nach, die beiden vielleicht einmal zu besuchen. Irland soll ja toll sein.

Als wir unser Bier ausgetrunken haben, gehen wir zur Bar, heißt, die beiden Iren ziehen mich mit. Es werden drei Whiskey geordert. Da ich ansonsten nur sehr wenig Alkohol trinke, bin ich bereits ziemlich angetüdelt und der Whiskey hebt mich noch einmal auf ein ganz anderes Level.

Dann steht plötzlich Bertram neben mir. Er ist auch völlig besoffen. Seit wann sind wir eigentlich hier? Bertram lallt mich zu. Ich verstehe kein Wort. Er wiederholt es lauter und ich halte mir die Ohren zu, um ihm zu signalisieren, dass er das lassen soll. Dann zeige ich mit meinem Finger auf den Mund, frage nonverbal, ob wir eine rauchen gehen wollen. Bertram nickt. Ich drehe mich zu meinen beiden irischen Buddys um, doch die sind verschwunden. Die Leute, die jetzt dort stehen, kenne ich nicht. Also ziehe ich Bertram von der Bar weg, während er in seinem desolaten Zustand versucht, mit der Bedienung zu flirten. Doch diese zeigt nur einen angeekelten Gesichtsausdruck und gibt sich keine Mühe, diesen zu kaschieren. Ich lächele sie entschuldigend an.

Nachdem wir uns durch die tobende Menge gekämpft haben, treten wir einige Minuten später aus dem Glashaus heraus und mir wird bewusst, wie gut es tut, frische

Luft zu schnappen. Draußen stehen ebenfalls eine Menge Leute herum, Sie trinken, rauchen, unterhalten sich. Als ich nach den Zigaretten in meiner Jackentasche greifen möchte, bemerke ich, dass ich diese gar nicht mehr anhabe. Sie muss im Eifer des Gefechts verschwunden sein. Handy, Schlüssel und etwas Kohle habe ich aber in den Hosentaschen – das war der Notfallplan. Deshalb kann ich dann auch den Verlust der Jacke verschmerzen und mich wieder einigermaßen auf Bertram konzentrieren. Bertram hat Zigaretten dabei. Das ist sehr gut, denn wenn ich so viel Alkohol trinke, bekomme ich ein immens starkes Bedürfnis, zu rauchen.

„Puh, was für eine Party, oder?“, frage ich Bertram, der vergeblich versucht, sich die Zigarette anzuzünden.

Seine Hände zittern so stark, dass ich ihm das Feuerzeug aus der Hand nehme, um ihm Feuer zu geben. Dann nehme ich mir auch eine Kippe, stecke sie mir an. Ich inhaliere tief den Rauch. Bertram antwortet ungewöhnlich klar und fließend, völlig konträr zu seinem Erscheinungsbild: „Ja, das kannst du laut sagen. Und die Weiber! So viele Frauen hier. Heute schleppe ich garantiert eine ab. Endlich.“

Bertram ist wie elektrisiert, total unter Strom. Spitz wie eine Feldmaus, könnte man sagen. Aber heute könnte er wirklich Erfolg haben. Für mich ist nichts dabei, ich bin von der momentanen Damenauswahl eher abgestoßen. Doch für Bertram reicht es. Wann, wenn nicht hier und heute?

„Ja, da hast du recht. Heute stehen die Chancen gut“, sage ich ermutigend.

Ich will ihn unterstützen, denn ich glaube, wenn heute nichts geht, dann war es das. Was soll noch passieren?

Wenn man es nicht schafft, auf einer irischen Hochzeit wie dieser zum Stich zu kommen, wo dann?

„Ach, habe ich dir eigentlich schon Heiko und Abbie vorgestellt?", meint Bertram jetzt. Ich verneine, denke aber, dass Abbie sicherlich Heikos Frau ist. Bertram will sicherlich so schnell wie möglich ins Gebäude zurück, wegen der Weiber, und versucht deshalb, mir das ausstehende Kennenlernen des Brautpaars als unbedingt nötig zu verkaufen.

„Egal. Komm, es wird Zeit. Wir gehen wieder rein", meint Bertram und drückt die Kippe mit seinem Schuh am Boden aus.

Er reibt seine Handflächen aneinander und starrt mich mit glänzenden Augen an. Er ist völlig von der Rolle. Aber Heiko möchte ich dann schon mal kennenlernen. Vielleicht auch nur einfach aus dem Grund, überprüfen zu können, was es mit der Ähnlichkeit zu Sachsen-Paule auf sich hat. Kurz liegt mir die direkte Frage an Bertram auf den Lippen, doch dann lasse ich es lieber und folge ihm, der bereits einige Meter vorausgeeilt ist, schwankend zurück ins Glashaus.

Diana Stretch

„Tränen können die Seele heilen."
(Beate Uhse)

Die nächsten Minuten, Stunden, ich weiß es nicht mehr, vergehen wie in einem Wahn. Ich steuere mit Bertram auf der Suche nach Heiko und Abbie eine halbe Ewigkeit durch die wildgewordenen Gäste, doch wir finden sie nicht. Bertram versucht zwischendurch, mit irgendwelchen Weibern anzubandeln, aber das klappt auch nicht. Ich glaube, er bekommt sogar eine geknallt.

Irgendwann sinken wir auf zwei Stühlen zusammen. Es muss schon ziemlich spät sein. Schnapsleichen liegen auf dem Boden und in den Ecken. Irgendjemand hat wieder ohrenbetäubenden Irish Folk angeschmissen und mit jedem weiteren Flötensolo wird mir schlechter. Dann kotze ich auch wirklich in einem armdicken Strahl gelb und breiig auf den Boden. Doch das stört mich nicht. Dazu bin ich zu hinüber, außerdem geht es mir gleich besser. Niemand nimmt Notiz von mir. Alles scheint völlig normal. Und ja, ich wische mir auch den Mund mit dem Hemdsärmel ab. Bertram blickt mich von gegenüber fasziniert an. Er schielt dabei. Es wird Zeit, zu gehen. Ich bin auf einmal hundemüde und ziemlich geschwächt.

Wir schaffen es, uns aufzuraffen, organisieren beim Rausgehen sogar noch zwei Flaschen Bier. Unter dem klaren Nachthimmel öffnen wir sie mit dem Feuerzeug von Bertram, nehmen einen kräftigen Hieb, versinken beide für kurze Zeit im Anblick der Sterne. Fühlen uns klein und doch befreit. Jedenfalls geht es mir so.

„Scheiße, wieder nichts gelaufen", platzt Bertram in meine Besinnlichkeit, nimmt einen Schluck Bier, während ich gar nicht weiß, was ich sagen soll.

Bertram tut mir auf einmal richtig leid. An versagter Zuwendung kann ein Mensch zu Grunde gehen, das weiß ich.

„Ich finde es auch traurig", sage ich resigniert und blicke auf den Boden vor uns. Mehr fällt mir momentan nicht ein. „Komm, lass uns gehen. Ich bringe dich noch nach Hause."

Ich kann Bertram jetzt nicht alleinlassen. Ich habe irgendwie Schiss, dass er sich etwas antut. Im Ernst.

„Danke. Das ist nett von dir. Einen Freund kann ich jetzt gebrauchen."

Ich blicke zu Bertram rüber, um zu schauen, ob er weint, kann es aber in der Dunkelheit nicht erkennen.

„Kein Problem", sage ich und starre auf das schwarze Gras vor mir.

Irgendwie organisieren wir uns in Höhe der Wundtstraße ein Taxi. Ich sitze dann vorn neben dem Fahrer, er ist Armenier und heißt Narek. Ich bin durch den Alkohol ziemlich redselig geworden. Der kurze Spaziergang hat mir gutgetan und die Müdigkeit hat sich gelegt. Trotz meiner Trunkenheit kann ich Narek mit meinem Wissen über den Aghet begeistern. Ich sage, dass der türkische Völkermord am armenischen Volk auch so eine Geschichte sei, die jedem am Arsch vorbeigehe. Narek meint richtig baff, dass er noch nie in Deutschland jemanden getroffen hätte, der so detailliert über die Leidensgeschichte seines Volkes Bescheid wüsste – schon gar nicht auf einer Taxifahrt. Ich rege mich noch darüber auf, dass die Türken bis heute diesen Genozid bagatellisieren und die tausendfachen Morde als *kriegsbedingte Sicherheitsmaßnahmen* verniedlichen.

Narek stimmt mir begeistert zu und sagt, ich sei jetzt sein Bruder und er würde mir die Hälfte des Fahrpreises erlassen. Dann dreht er das Radio lauter, sicherlich etwas Armenisches, und ich bedanke mich überschwänglich bei ihm und blicke dann zu Bertram nach hinten, freudig über diesen völkerverbindenden Discount. Bertram ist anscheinend eingeschlafen, aber als ein Streifen Licht auf sein Gesicht fällt, sehe ich, dass er mit nebeligen Augen in die Nacht starrt. Auf die vorbeifliegenden Häuser und Straßenlaternen, die erleuchteten Fenster in den Wohnungen. Dorthin, wo Menschen sich begegnen, sich liebhaben und ihr Leben miteinander teilen.

Bertram wohnt in Stötteritz. Wir halten vor einer Dönerbude. Wie vereinbart zahle ich nur die Hälfte des Fahrpreises und lade Bertram spontan ein. Narek gibt mir noch seine Visitenkarte. Ich solle ihn anrufen, wenn ich seine Dienste benötige. Irgendwie glaube ich, es geht hierbei nicht nur ums Taxifahren, aber egal. Bertram ist schon ausgestiegen und lässt die Tür zufallen. Ich verabschiede mich von Narek und muss dann, als ich auf der Straße stehe, an Jaroslav denken. Narek und er haben Parallelen. Doch vielleicht sind es nur Gemeinsamkeiten, die *ich* in ihnen sehe. Das Taxi fährt weg. Narek hupt nochmal. Ein feiner Kerl, denke ich und wende mich Bertram zu.

„So, und wo wohnst du jetzt?", bemühe ich mich, ein Gespräch zu beginnen. Bertram zeigt mit seiner Hand die Straße hinunter. „Würdest du vielleicht noch kurz zu mir hochkommen? Ich muss dir was zeigen", flüstert Bertram und ich spüre, dass es hier nicht um Kleinigkeiten geht.

Dennoch sage ich zu. Eine komische Verantwortung hat sich in mir breit gemacht.

„Sicher, kein Problem. Aber ich kann nicht lange bleiben."

Ich schlafe doch lieber in meinem Bett, und dass ich jetzt mit Bertram mitgehe, ist wirklich ziemlich außergewöhnlich für mich. Wir laufen einige Minuten und dann stehen wir vor der großen schweren Holztür eines Mietshauses. Eine ziemlich dunkle Ecke zum Wohnen hat sich Bertram ausgesucht. Das passt aber zu ihm. Er schiebt die Tür auf und macht das Licht im Treppenhaus an. Vier bis fünf vergammelte Fahrräder stehen herum, die Briefkästen sind wild durcheinander in verschiedenen Farben an der Wand angebracht.

Wir steigen die Stufen hinauf, sagen nichts. Es ist schon komisch, mit Bertram so die Treppen hinaufzugehen. Diese Szene hat etwas aus dem horizontalen Gewerbe. Er geht vor mir und ich bin allmählich beunruhigt, was heute noch passieren wird, denn es ist nicht so, dass ich mich darauf freue. Im zweiten Stock halten wir an. Bertram kramt in seiner Jackentasche nach dem Schlüssel, findet ihn, sperrt die Tür auf und tritt, ohne sich zu mir umzusehen, in den dunklen Flur seiner Wohnung. Ich folge ihm, streife die Schuhe von den Füßen und Bertram gibt zu erkennen, dass er sich bewusst ist, mit mir gemeinsam in seiner Wohnung zu sein, als er mir ein paar Hausschuhe anbietet. So richtige Pantoffeln. So wie früher die im

Museum. Bertram zieht seine Jacke aus und hängt sie an die Garderobe. Ich habe ja keine mehr, das fällt mir jetzt wieder auf.

„Komm, wir gehen ins Wohnzimmer. Schön, dass du da bist“, sagt Bertram leise zu mir und öffnet eine der zwei Türen, die vom Flur abgehen.

Ich trete in einen schummrigen Raum, bestückt mit einer altbackenen Couchgarnitur und einer braun gebeizten Schrankwand, in der sich auch ein Fernseher befindet. Ich setze mich auf einen der Sessel und Bertram geht zielgerichtet zu der Schrankwand, öffnet eine Glastür und nimmt eine Flasche und zwei Schnapsgläser heraus. Haselnusslikör, ach du Scheiße, das sehe ich von hier. Bertram setzt sich mir gegenüber, blickt eine Weile versonnen auf den Tisch, schraubt dann geübt die Flasche auf und schenkt uns beiden das Gesöff ein. Haselnusslikör ist wohl ziemlich das Letzte, was ich trinken würde. Ein echt perverses Getränk. Aber heute, Bertram zu Liebe, reiße ich mich zusammen.

„Weißt du“, beginnt Bertram auf einmal und kippt sich den Likör hinter, „irgendwie bist du der Einzige, dem ich vertraue. Ich weiß, wir beide kennen uns nicht wirklich. Aber ich merke, du machst dir genauso viele Gedanken wie ich. Sicherlich andere als ich. Aber ich weiß, dass du ein guter Mensch bist.“

Ich bin richtig berührt, fast etwas unangenehm, denn Bertram hat noch nie so gesprochen und mir fällt auf, was für eine angenehme Stimme er hat. Sie klingt überlegt und lebensklug, hat fast keinen Dialekt und ein in Besitz nehmendes Timbre.

„Was gibt es, Bertram? Was ist los?“, frage ich leicht überfordert und ziehe mir den Likör rein. „Geht es immer noch um die Frauen? Die irischen Weiber waren doch eh alle fett."

„Das wäre mir egal gewesen."

Bertram hat die Hände gefaltet und auf seinen Schoß gelegt. Jetzt schaut er mich direkt an und sein Blick ist fest, ernst, völlig entschlossen.

„Ich lebe mit jemandem zusammen, Liam."

Bertrams Worte klingen wie ein Geständnis und ich weiß gar nicht so richtig, was ich damit anfangen soll. Eigentlich ein Grund zur Freude. Gleichzeitig doch Verwirrung darüber, warum er nie davon erzählt hat. Seine Worte klingen wie eine Erlösung. Aber ich spüre den Schatten im Hintergrund, die versteckte Botschaft. Warum sagt mir Bertram das? In dieser Intensität? Und mit wem wohnt er zusammen?

„Aber ist das nicht toll?", frage ich verunsichert. „Ich meine ..."

Bertram schneidet mir das Wort ab.

„Es ist nicht so, wie du denkst."

Er klingt richtig aggressiv, scheint kurz über etwas nachzudenken, um dann sichtlich einen Entschluss zu fassen. „Warte hier, ich bin gleich wieder da."

Bertram steht auf, bleibt kurz in der Mitte des Raumes stehen und sagt: „Es muss sein!"

Dann verschwindet er aus dem Zimmer. Jetzt bin ich ja echt gespannt. Ich habe keine Vorstellung. Ist hier noch jemand in der Wohnung? Mit wem lebt Bertram zusammen? Fragen über Fragen.

Ich höre, wie er wieder hereinkommt, drehe aber meinen Kopf nicht in seine Richtung, sondern starre nur geradeaus. Was kommt jetzt? Ich vernehme bekannte Geräusche, so als würde jemand einen Ballon in den Händen halten. Es klingt aber nach mehr Volumen. Eine Art Luftmatratze vielleicht? Bertram geht an mir vorbei und für den Bruchteil einer Sekunde sehe ich nur ein lebensgroßes rosa Etwas, aber als Bertram mir dann wieder gegenüber im Sessel sitzt und mich auf einmal ganz anders anschaut als noch vor wenigen Minuten – ängstlich, unsicher –, begreife ich auch langsam, was er da in den Händen hält: eine Gummipuppe. So eine aus dem Sex-Shop. Noch immer komme ich nicht drauf, was Bertram mir damit sagen möchte, doch nun schwappt sie endgültig über mich. Die Erkenntnis.

„Das ist Diana." Bertram stellt mir seine Gummipuppe vor. „Diana ist meine Partnerin."

Mir wird schlecht. Sauer stoße ich Haselnusslikör auf.

„Nun sag doch was!"

Bertram will, dass ich etwas sage. Was? Wie kann man beschreiben, was ich gerade sehe? Wer kann nachempfinden, was ich gerade spüre? Was sagt man zu einem Bekannten, dessen Lebenspartnerin eine Fickpuppe aus dem Pornoladen ist? „Eigentlich heißt sie ja Diana Stretch", sagt Bertram irgendwie liebevoll.

Er hat sich entschlossen, meine Bestürzung zu ignorieren und erst einmal allein fortzufahren. Jetzt blickt er Diana an. Sie hat so einen überdimensionalen Blasmund im Gesicht. Unfassbar.

„Also so hieß sie, als ich sie mir zugelegt habe. Diana Stretch. Aber ich nenne sie nur noch Diana."

Ich fasse meinen gesamten Mut zusammen. Irgendetwas muss ich ja jetzt mal sagen.

„Ehrlich gesagt …", meine Stimme klingt heiser und total gealtert. Ich bin, wie soll ich es sagen, ziemlich geplättet. „Wie teuer war denn das gute Stück?"

Ja, mein Gott! Was soll ich denn sonst sagen?

„Ach, so teuer war Diana nicht. Es gibt da große Unterschiede. Ich habe ein eher billigeres Model gekauft, aber bewusst ausgewählt, da habe ich persönliche Gründe."

Sicher, das glaube ich ihm aufs Wort. Junge, Junge.

„Ähm, ihr schlaft also auch zusammen und so?"

Was für eine dämliche Frage, aber ich denke, jetzt muss ich einfach mitspielen. Muss interessiert und authentisch wirken. Desto eher komme ich von hier wieder weg.

„Nein, in letzter Zeit nicht mehr so oft." Bertram steigt voll darauf ein. „Wir schauen eher gemeinsam fern oder unterhalten uns. Natürlich spricht Diana nicht, aber ich kann sie hören. Ihre Stimme ist in meinem Kopf. Gelegentlich streiten wir uns auch."

Mein Gott, wie alt ist denn die Puppe? Nun, wenn ich sie mir wieder so anschaue, sieht sie echt ziemlich Old School aus. „Sag mal, wäschst du Diana auch mal?", frage ich Bertram.

Ich bin auf einmal richtig interessiert.

„Klar. Du denkst wohl, ich bin ein Asozialer, oder was? Ich dusche sie jeden Abend warm ab, nicht zu heiß, das ist wichtig."

„Verstehe, interessant!"

Mehr habe ich erst einmal nicht zu sagen.

„Jetzt schau mich nicht so an", herrscht mich Bertram an. „Ich bin kein Perverser. Ich weiß, dass eine richtige Frau besser wäre, gesünder. Aber was soll ich machen?"

„Ich weiß auch nicht. Irgendwie kann ich dich sogar verstehen", sage ich und zucke mit den Schultern.

Ich meine das richtig ehrlich, sage dann aber auch zu Bertram, dass er jetzt Diana wegpacken soll. Ich glaube, ich habe genug gesehen.

Bertram bringt Diana wieder hinaus und ich schenke mir aus freien Stücken tatsächlich noch ein Glas Haselnusslikör ein. Das hätte ich auch nie gedacht. Nachdem ich das Zeug hinuntergekippt habe, kommt Bertram wieder ins Zimmer und ich nutze diese Dynamik, um aufzustehen. Ich muss jetzt wirklich weg von hier.

„Du, ich werde jetzt mal abhauen. Es war eine lange Nacht und, na ja, es ist ziemlich viel passiert, oder?"

„Das bleibt aber unter uns, ja?", erwidert Bertram, ohne auf meine Frage zu antworten.

„Sicher. Absolut. Darauf kannst du dich verlassen." Als ob ich diese schräge Geschichte irgendjemandem erzählen könnte.

Ich gebe Bertram zum Abschied nur kurz die Hand. Irgendwie ist mir nicht mehr so richtig wohl bei ihm. Ich verlasse auch ganz schnell die Wohnung und stürze im Dunkeln fast die Treppen hinab. Ich habe das Licht nicht angemacht, bescheuert. Draußen stoppe ich ein Taxi und es ist nicht Narek. Ich sage nur, wo ich hin will. Es interessiert mich nicht, wer da vorne sitzt. Gedanken kreisen in meinem Kopf. Mir ist wieder schwindlig. Ich bin total fertig. Muss dringend in mein Bett. In was für einer Welt leben wir eigentlich, in der Männer vor Einsamkeit Gummipuppen ficken müssen? Es ist alles so brutal. So selbstzerstörerisch.

Ich kann nicht einmal an Bérénice denken.

Ostersonntag

„Leben ist Brückenschlagen über Ströme, die vergehen.“
(Gottfried Benn)

In der Morgendämmerung komatös ins Bett gefallen, versuche ich nun, bis Mittag meinen Rausch auszuschlafen. Das gelingt mir aber nicht, ich muss immer wieder an die Hochzeit und die Ereignisse in Bertrams Wohnung denken. Aus diesem Grund stehe ich gegen eins auch endgültig auf und pflanze mich ziemlich gerädert mit einer Tasse Kaffee vor den Fernseher. Heute geht es auf *ZDFinfo* um den Leibarzt Hitlers, Dr. Theodor Gilbert Morell. Er soll dem Führer regelmäßig Methamphetamindosen verabreicht haben. Adolf war dadurch ein harter Meth-Head und das erklärt so einiges. Der Blitzkrieg im Crystal-Rausch. Eine neue Facette der historischen Beleuchtung.

Bevor ich heute zu Mandy fahre, werde ich noch meine Mutter besuchen. Ich brauche sie jetzt, auch wenn es nur ihr Grabstein ist. Ich werde an der Tankstelle vorbeigehen und Blumen holen. Eigentlich hätte ich gestern in einem Fachgeschäft etwas Ordentliches besorgen sollen, aber das habe ich dann doch wieder vergessen. Ich rufe Zoe an und erzähle ihr von der Hochzeit und von Diana, doch sie lacht nur, findet es witzig, wie erfrischend. Ihre Leichtigkeit steckt mich an und ich werde ein wenig mit unbeschwerter Energie aufgefüllt. Das kurze Telefonat tut mir so gut, dass ich endlich aufstehe, ins Bad gehe und dusche. Dann die übliche Routine. Abtrocknen, heute mal am Waschbecken Zähne putzen, anziehen, dann wieder auf die Couch vor den Fernseher, *Evic Media* checken.

Heute geht es um eine schräge Form des Containerns. *Fresssüchtig und geizig* lautet die Überschrift der Videoreportage über das Leckermäulchen Manuela. Die junge Frau steigt vor laufender Kamera in die Müllkübel hinter Discountern und schnappt sich, wenn sie Glück hat, eine halbgefrorene Sahnetorte von *Coppenrath & Wiese.* Sie reißt die Verpackung auf und schlingt den süßen Fast-Food-Fraß in sich hinein. Es ist total verstörend. Am schlimmsten ist, dass solche Launen der Natur medial ausgeschlachtet werden. Eigentlich bräuchte Manuela dringend Hilfe, doch das interessiert wieder kein Schwein. Noch so ein Beispiel für die Abgestumpftheit der Welt, in der wir leben. Vieles blenden wir einfach aus, um nicht vollends durchzudrehen. Und ehrlich gesagt, reichen mir schon wieder die wenigen Sekunden mit Manuela. *Evic Media* zieht mich neuerdings ziemlich runter und irgendwie törnt mich dieser ganze Abfuck nicht mehr an.

Ich schreibe Mandy eine *WhatsApp*-Nachricht, um sicherzugehen, dass sie noch von unserem geplanten Treffen weiß. Eigentlich hoffe ich, dass sie es vergessen hat oder sich gar nicht meldet, doch nur einige Minuten später blinkt mein Handy auf. Mandy wartet schon auf mich und will wissen, wann ich endlich käme. Ich schreibe ihr zurück, dass es wohl erst am späten Nachmittag sein wird. Dass ich zuvor noch meine Mutter besuchen möchte, erzähle ich ihr nicht, obwohl Mandy weiß, dass sie tot ist. Gegen den Besuch bei meinem Vater entscheide ich mich nun auch. Ich möchte nicht, dass Heuschrecke das Gefühl vom Friedhof in mir befleckt. Selbst das Treffen mit Mandy könnte mich runterziehen. Aber gut. Ich denke schon wieder viel zu viel nach. Vielleicht finde ich im Zug noch Ruhe, um etwas lesen, und darum stecke ich die Autobiografie von Peter Scholl-Latour ein. Ich schicke Zoe einen Zwinker-Smiley, frage, ob wir uns morgen sehen wollen, das habe ich vorhin ganz vergessen. Dann streife ich mir eine leichte Kapuzenjacke über und ziehe wieder die *Adidas*-Sneakers an.

Draußen auf der Straße bleibe ich kurz stehen, halte mein Gesicht in die warmen Sonnenstrahlen und schließe meine Augen hinter der Sonnenbrille. Dann laufe ich zur Tankstelle – das sind ungefähr zwanzig Minuten – und versuche, im Kopf klarer zu werden. Der Alk hängt mir noch ziemlich nach. Bei der Aral angekommen, nehme ich mir eine völlig überteuerte Dose *Relentless Origin* aus dem Regal, mein Favorit unter den Energydrinks. Dann halte ich Ausschau nach Blumen. Neben der Schiebetür sind einige in Wassereimern zu finden. Die habe ich beim Reingehen gar nicht gesehen. Wie ich vermutet habe, sind sie eher kümmerlich, und ich nehme mir jetzt wirklich fest vor, bei meinem nächsten Besuch auf dem Friedhof endlich mal etwas Angemessenes zu besorgen. Es wird schlussendlich ein kleines Sträußchen für fünfzehn Euro. Bei Blumen kenne ich mich zwar nicht so aus, aber ich bin mir fast sicher, dass in dem Strauß einige Astern stecken. Zum Friedhof laufe ich noch knapp eine Viertelstunde, er ist nicht weit von der Tankstelle entfernt. Über die Zwickauer und dann die Tabaksmühle hoch, durch den kleinen Park, in dem auch die Marienquelle liegt.

Viele gehen an dieser kleinen Grotte, verschlossen mit einer schmiedeeisernen Tür, achtlos vorbei. Dabei gibt dieser Ort dem umschließenden Stadtteil seinen Namen. In der Zeit des Nationalsozialismus stand auf der Wiese hinter dem Marienborn noch eine Bronzegruppe von Max Alfred Brumme. Leider wurde sie im Zuge der Aktion „Metallspende des deutschen Volkes" von den Nazis eingeschmolzen und ist heute nicht mehr dort zu finden.

Ich passiere jetzt die Quelle und werfe einen kurzen Blick auf sie, um dann die letzten Meter zum Eingang des Friedhofs zu laufen, durch das Tor, auf den Kiesweg und unter den Bäumen entlang, die alles sofort kühler werden lassen. Den Blumenstrauß habe ich in der Hand, die Blüten zeigen nach unten. Ich schreite versonnen über den Weg, in Gedanken bei meiner Mutter. Jetzt sehe ich den Grabstein, Laub liegt darauf. Ich wische es weg, berühre den Stein.

Diese kurze Berührung und die Nähe zur Ruhestätte meiner Mutter treiben mir die Tränen in die Augen. Still weine ich vor mich hin. Den Strauß lege ich auf die Erde und hocke mich vor das Grab. Ich schaue auf den Namen meiner Mutter und ihre Lebensdaten. Dann fange ich an, von Zoe und Bérénice zu erzählen. Sage ihr endlich, dass ich Vater werde und dass ich sie vermisse und ich mir so sehr wünsche, sie wäre hier. Sie könnte Bérénice in den Armen halten, Oma sein. Aber ich weiß, dass dies nicht möglich ist. Und deshalb verspreche ich meiner Mutter, dass ich alles tun werde, um mit meinem Vater wieder klarzukommen. Einfach damit ich Bérénice einen Opa bieten kann. Einen Großvater aus unserer Familienlinie.

Und vielleicht birgt dies auch die Chance unser allumfassendes Trauma zu überwinden und somit eine neue, unbefleckte Generation zu erschaffen. Ich stehe auf und bleibe noch etwas vor dem Grab stehen. Dann trockne ich meine Tränen, küsse zum Abschied den kalten Marmor, streichele ihn, verabschiede ich mich.

Hope

„Unglück ist eine Probe auf die Zuverlässigkeit des Menschen.“ (Ho Chi Minh)

Zurück vom Friedhof trinke ich im Hauptbahnhof noch einen Kaffee bei *McDonald's*. Ich habe noch ungefähr dreißig Minuten, bevor es mit der Regionalbahn ins Kaff zu Mandy geht. Der Kaffee schlägt nicht an. Ich bin immer noch fertig von der gestrigen Nacht, schaue instinktiv auf mein Handy, um zu checken, ob dort eine Nachricht von Bertram zu finden ist, doch das Display ist dunkel. Nichts ist in der Zwischenzeit passiert und das ist gut so.

Eigentlich habe ich überhaupt keinen Bock, ihm am Dienstag in der Schule über den Weg zu laufen. Er kann ja machen, was er will. Aber bei aller Liebe: Ich brauche keine Freunde, die mit Gummipuppen zusammenleben. Ein Freund war er sowieso nie. Ich spürte nur eine Verantwortung seinem Schicksal gegenüber. Aber auch das ist jetzt vorbei. Er hat Diana und wenn er Probleme hat, soll er sie mit Sachsen-Paule bequatschen. Ich meine Heiko. Na ja, wie auch immer.

Während der Zugfahrt lese ich in der Autobiografie von Peter Scholl-Latour. Ich weiß gar nicht, wer mir das Buch geschenkt hat oder ob ich es mir sogar selbst gekauft habe. Auf jeden Fall befindet sich Peter gerade in Indochina und beschreibt eindrücklich die dortigen Verhältnisse und das Aufkommen der kommunistischen Vietminh unter der französischen Kolonialbesatzung. Sehr interessant sind auch die Beschreibungen des Caodaismus. Eine recht junge Religion mit immerhin acht Millionen Anhängern in Vietnam. Der Caodaismus beinhaltet eine umfassende Synthese aus asiatischem und christlichem Glaubensgut. Er lehrt die Seelenwanderung und hält Grundsätze wie Vegetarismus, Alkoholverbot, Nächstenliebe und Armut als moralische Pflicht hoch. In prächtigen Tempeln werden mit Weihrauch Geister beschworen und die Gebete vollzogen. Unter den *hohen Geistern* des Caodaismus befinden sich unter anderem Jesus, die Jungfrau von Orleans und der französische Schriftsteller Victor Hugo. Allein daran sieht man, wie verworren der Indochinakrieg gewesen sein muss, sodass nach den Franzosen selbst die Amerikaner mit ihrer militärischen Übermacht dieses kleine südostasiatische Volk nicht in die Knie zwingen konnten.

Männer vom Schlag Scholl-Latours gibt es heute nicht mehr. Heute wird nur nachgeplappert und sich empört, statt zu erleben und die Themen sachlich durchzudeklinieren. Es gilt alles nur der Selbstdarstellung. Furchtbar.

Als ich gerade gedanklich mit einer M60 auf der Schulter durch vietnamesische Reisfelder wate und mir der Schweiß in die Augen läuft, fährt die Regionalbahn in das Kaff ein und schlagartig ist der cochinchinesische Kriegstraum vorbei. Ich befinde mich wieder in der nackten, zurückgelassenen Realität. Der Bahnhof, die Brücke, der Fluss. Und wieder sind da diese negative Energie und die

Erinnerungen. Der schwarze Ton, die fade Luft. Niemand ist auf der Straße. Die Leere ist bedrückend. Gut, es ist Ostersonntag. Vielleicht haben die wenigen Menschen hier einfach etwas anderes zu tun. *Fair enough.*

Knapp zwanzig Minuten später stehe ich dann vor dem *Sing Sing* und es kommt mir vor, als wären seit meinem letzten Besuch Jahre vergangen. Ich gehe auf die Eingangstür zu, hinein in das Treppenhaus, laufe die Stufen hinauf, vorbei an der Palme, die noch immer dort steht, dann stehe ich vor Mandys Wohnungstür. Ich klingele, ohne nachzudenken. Die Melodie des Big Ben ertönt, diesmal nicht geleiert, vielleicht hat Mandy sich aufgerafft und eine neue Batterie eingesetzt. Ich bin begeistert.

Mandy öffnet die Tür. Ich habe gar nicht so schnell damit gerechnet und entgegen meiner Erwartung sieht sie heute richtig gut aus – also für ihre Verhältnisse. Sie trägt ein dunkelblaues, eng geschnittenes T-Shirt und ausgewaschene Jeans. Ich glaube, sie hat sich sogar ein wenig geschminkt, etwas Kajal um die Augen kann ich erkennen.

„Hey, grüß dich“, sage ich und lächele.

„Hey Liam, endlich. Komm rein!“, erwidert Mandy und diese ersten Sekunden sind überraschenderweise sehr vertraut.

Im Flur drücken wir uns sogar kurz. Ich glaube, das haben wir noch nie gemacht. In Mandys Wohnung riecht es nach Kaffee und Kiff. Ich streife die Schuhe von den Füßen und folge Mandy ins Wohnzimmer. Der Fernseher läuft ohne Ton, eine Tierdoku. Es geht um Zebras und die afrikanische Savanne. So richtig weiß ich gar nicht, wie wir beginnen wollen. Mandy scheint außerordentlich gut aufgestellt und ich muss sie direkt darauf ansprechen.

„Was ist los? Du bist heute so ... gut gelaunt."

Mandy setzt sich und ich nehme auch Platz. Das Zimmer ist pikobello aufgeräumt.

„Ich habe mich von Marko getrennt. Du weißt doch, der Typ aus deiner ehemaligen Hochschule."

Ach, denke ich, das sind ja mal gute Neuigkeiten.

„Es ging einfach nicht weiter. Er hat mich zu ziemlich krassen Sachen verleitet."

Sicherlich meint Mandy unter anderem den kruden Porno von ihr, den ich aus dem Netz kenne. Aber gut, so hat das Ganze jetzt wenigstens einen Abschluss gefunden.

„Schön, ich freue mich für dich. Der Typ hat dir wirklich nicht gutgetan."

Ich spreche Mandy Mut zu, denn ich denke, diesen Typen verlassen zu haben, ist der erste Schritt in die richtige Richtung.

„Und sonst? Ist sonst noch etwas passiert?"

Mandy zögert mit einer Antwort, doch dann sagt sie fast treuselig: „Ich bin auf Opipram."

Sie holt etwas weiter aus.

„Das ist eine Art Stimmungsaufheller. Ich war bei meinem Hausarzt, denn ich hatte in den letzten Wochen ziemliche Herzrhythmusstörungen. Der meinte, ich sei depressiv und solle unbedingt mit dem Crystal aufhören. Er hat mir dann die Pillen aufgeschrieben. Na ja, so ist das."

Okay, das hört sich für mich irgendwie nach Fortschritt an, denke mir.

„Super! Und, hast du wieder was gezogen?", frage ich mit echtem Interesse.

Wir sind gleich beim Thema angekommen, denn ich weiß, wenn das mit ihrer Tochter wieder funktionieren soll, muss Mandy unbedingt mit dem Meth aufhören.

„Nein, ich bin seit zwei Wochen clean. Die Tabletten helfen, um über die dunklen Phasen hinwegzukommen. Aber ich kiffe viel."

„Das finde ich ehrlich gesagt nicht so schlimm", antworte ich. „Sicher, Antidepressiva und Kiff können ziemlich träge machen. Aber alles ist besser als dieses kristalline Dreckszeug." Ich versuche, überzeugend zu klingen.

„Mach nach einem Monat bei deinem Hausarzt doch einen Test auf Metamphetamin. Wenn der negativ sein sollte, kannst du ihn ja mal dem Jugendamt zeigen."

Ich halte es für eine gute Idee, um den Umgang mit ihrer Kleinen wieder zu ermöglichen.

Mandy zuckt mit den Schultern. „Ja, das kann ich machen. Aber gut, es reicht jetzt mit dem Thema. Lass uns einen rauchen."

Und da ich etwas Entspannung nicht abgeneigt bin und meine Begegnung mit Mandy besser läuft, als gedacht, sage ich zu und so paffen wir dann eine Tüte und hören Trip Hop, Tricky, um genau zu sein.

Irgendwann sitzen wir beide ziemlich abgedichtet in unseren Sesseln und ich erzähle Mandy von meiner anstehenden Vaterschaft. Ich beobachte sie dabei, möchte wissen, wie sie darauf reagiert. Mandy blickt versunken aus dem Fenster, hört mir zu, dann läuft ihr still eine Träne über die mir zugewandte Wange.

„Ich freue mich für dich", sagt sie leise. „Ich hoffe einfach, dass sich bei mir auch alles wieder einrenkt. Ich habe einfach tierisch Angst, wieder rückfällig zu werden. Warum habe ich auch jemals damit angefangen?"

Mandy hasst sich dafür, es gibt nichts Schöneres und Wichtigeres als das eigene Kind, dieses Gefühl kann ich jetzt erst erahnen. Doch sie hat es versaut und das liegt unter anderem an dem verfluchten Crystal.

„Warum unternimmt niemand etwas dagegen? Warum wird so getan, als sei es *nur* eine Milieudroge?“, fügt sie noch hinzu.

„Ich kann das auch nicht verstehen. Aber lass uns beide jetzt einfach das Beste hoffen. Wir haben keine andere Wahl.“

„Ja, du hast Recht.“

„Du musst unbedingt clean bleiben, Mandy. Sonst kannst du das mit deiner Tochter vergessen.“

Mit diesem Statement schließe ich das Thema ab. Man sollte es nicht ausreizen.

Beide sitzen wir nun schweigend zusammen. Draußen geht die Sonne unter. Wie immer langsam, in einer endlosen Bewegung. Glühendes Orange fasst an die Dächer und die Wände der Häuser. Und wir blicken aus dem Fenster auf dieses sonderbare Licht. Die Musik ist aus und ich höre uns atmen. Das ist seit langem der intimste Moment, den ich mit Mandy erlebe. Nicht drauf, nicht kaputt. Nicht getrieben von einem harten Drogenwahn, das Leben zerschlagend und völlig am Ende. Ich kann wieder das Kind in Mandy sehen. Die Zeit, als alles noch rein und unvergiftet war. Die Mandy, die geliebt wurde und die Hoffnung ihrer Eltern war.

Karlchen

„An den Frieden denken heißt, an die Kinder denken.“
(Michail Gorbatschow)

Auf *Evic Media* geht es heute um platzende Silikonimplantate. Am schlimmsten sind die Fotos von deformierten Hinterteilen. In Syrien haben sie mal wieder ein paar Menschen geköpft. Ein vierjähriges Kind soll vor den Augen seiner Mutter enthauptet worden sein. Die Mörder zwangen sie anschließend, ihre Hände in das Blut ihres Kindes zu tauchen.

Ich bin wieder in der Tram auf dem Weg zur Schule und surfe mit dem Handy im Internet. Das verlängerte Osterwochenende hat mir gutgetan. Ich habe sogar noch meinem Vater eine SMS geschickt, ihm Frohe Ostern gewünscht und so. Er hat sich bedankt und gefragt, wann ich mal wieder vorbeikommen würde. Ein etwas schlechtes Gewissen habe ich schon, dass ich ihn am Sonntag nicht besucht habe. Aber vielleicht war es wirklich besser so, gerade nach dem Besuch bei meiner Mutter. Man sollte es vermeiden, die essenziellen Dinge des Lebens zu vermischen.

Sonntagabend bin ich von Mandy mit dem letzten Zug zurück nach Leipzig gefahren, habe mir von ihr noch etwas Weed mitgenommen und sie mit einem guten Gefühl zurückgelassen. Ich hoffe, sie schafft den Ausstieg aus der Meth-Hölle. So wie ich auch. Durch Zoe und Bérénice ist es mir auch gelungen, eine neue Treppe des Lebens zu erklimmen. Ich möchte Mandy einfach daran teilhaben lassen. Es könnte in mir den aufkeimenden Glauben untermauern, dass es glückliche Fügungen gibt und Menschen wirklich errettet werden können. Das Bild von Mandy und ihrer Tochter in meinem Kopf, wie sie wieder zusammenleben und alles gut ausgeht für die beiden, löst in mir eine tiefe Befriedigung aus. Ich werde dranbleiben.

Gestern, Ostermontag, war ich mit Zoe im Wildpark. Wir sind an den weitläufigen Gehegen im südlichen Auenwald vorbeigeschlendert. Über den Zustand mancher Bauten waren wir entsetzt. Es schien, als wären diese eingezäunten Lebensstätten von Wildschweinen, Bisons und Luchsen jahrelang nicht gereinigt worden. Die Tiere schauten uns traurig an und wir wurden dadurch richtig wehmütig, aber irgendwie auch wütend. Wie kann es sein, dass sich die Stadt monatlich internationale Happenings leistet, aber parallel dazu die armen Viecher im Wildpark völlig verwahrlost in ihrer eigenen Scheiße herumliegen? Danach sind Zoe und ich in ein veganes Restaurant gegangen. In Connewitz, das hatte sie sich gewünscht. Vom Hocker gerissen hat mich das Dargebotene nicht, aber die Bedienung mit den verfilzten Rastas, barfuß wohlgemerkt, war ganz nett. Zoe erklärte mir, dass die Speisen in dem Laden alle sehr hochwertig und verdammt gesund seien. Darum hab ich auch nicht gemeckert und vorbildlich meine ofengedünsteten Ingwermöhren mit Gewürzhirse vertilgt. Dreißig Euro hat uns der Spaß gekostet. Für mich ein bourgeoiser Bruch. Immer wieder diese Widersprüche.

Als ich wenige Minuten später aus der Tram steige und zügig zum Schulhaus laufe, wundere ich mich nicht darüber, dass Karlchen noch immer nicht an der Bushaltestelle zu finden ist. Das hat noch Zeit. Ich trete ins Treppenhaus. Alles ist ruhig. Der Unterricht hat bereits begonnen und mein Dienst fängt erst zur zweiten Stunde an. Gut so. Das Büro aufgesperrt, die Jacke auf den Stuhl geworfen, fahre ich noch im Stehen den Rechner hoch. Vor der Tür schwillt allmählich der Geräuschpegel an. Die erste Stunde ist vorüber. Irgendwie hab ich das Gefühl, dass etwas in der Luft liegt. Karlchen kommt mir wieder in den Kopf. Er *muss* heute da sein. Ich weiß, wenn er heute nicht in der Schule ist, ist das ein ganz schlimmes Zeichen. In die dritte Klasse muss ich heute sowieso gehen, weil ich dort Vertretung habe. Ich stehe auf und gehe aus dem Büro ins Treppenhaus. Die Fünfte kommt an mir *vorbei.* Basti führt die Gruppe an, bleibt vor mir stehen, grinst.

„Na, schon was von Karlchen gehört?"

„Du elender kleiner Wichser!", fährt es mir über die Lippen. „Wenn du ihm was angetan hast, dann Gnade dir Gott!"

Basti steht vor mir, grinst immer noch.

„Sie dürfen mich nicht Wichser nennen, Sie Arschloch."

Ich versuche, Basti am Kragen zu packen. Jetzt haue ich ihm wirklich eine rein, denke ich. Doch der rennt bereits blitzartig die Treppen hinunter und ich erwische ihn nicht. Mein Gefühl wird immer schlechter und ich bekomme den Gedanken nicht los, dass Basti hinter Karlchens

Verschwinden steckt. Zügig laufe ich die Stufen hinunter. Im ersten Stock steht Herr Kersten. Er sieht furchtbar aus. Er entdeckt mich und winkt mir hektisch zu. Daraufhin beschleunige ich meinen Schritt und trete an ihn heran.

„Kommen Sie mit! Sie müssen unbedingt mitkommen“, sagt er irgendwie völlig außer Atem.

Er ist kreidebleich. Jetzt geht es los. Das fühle ich. Jetzt beginnt das Grauen. Der Horror. Ich bin schweißnass, folge Herrn Kersten über den dunklen Flur. Wir gehen auf sein Büro zu und er öffnet mit seinem Schlüssel die Tür, dann treten wir ein.

„Sie müssen sich etwas ansehen. Ich kann nicht mehr. Ich brauche Ihren Rat.“

Nein, jetzt wird nichts Gutes passieren, sagt mir eine innere Stimme. Es ist so weit: Alles ist verloren. Es gibt Momente im Leben, in denen einem alles bereits klar ist, noch bevor man den Grund dafür kennt. Ich nehme an, heute ist es ein Video, das Herr Kersten mir zeigen wird. Ein Video, in dem Karlchen die Hauptrolle spielt. Ich möchte es um Gottes Willen nicht sehen, aber ich kann mich nicht wehren. Herr Kersten platziert mich auf seinem Bürosessel. Ich tue nichts dagegen, sondern starre nur auf den erleuchteten Monitor. Herr Kersten riecht nach Angst. Er ergreift die Maus, fährt mit dem Cursor etwas auf dem Desktop herum, bevor der Pfeil auf einer Videodatei verharrt. Der Dateiname ist eine kryptische Zahlenabfolge.

„Das Video haben mir Schüler aus der dritten Klasse zugespielt. Es geistert seit gestern durch die *WhatsApp*-Gruppen der Schule“, sagt Herr Kersten völlig fertig. Dann klickt er auf die Datei.

Anfangs sind es raschelnde Sequenzen. So als ob ein Handy aus einer Tasche geholt würde, dessen Kamera schon läuft. Jetzt sehe ich Bäume, einen Wald. Ganz kurz schwenkt die Kamera auf eine Gruppe Kids, doch die haben die Kapuzen ihrer Sweatshirts tief ins Gesicht gezogen, sodass ich niemanden erkennen kann. Jetzt Schreie, die einem durch Mark und Bein gehen. Das Handy richtet sich auf einen Jungen, der am Boden liegt. Die Hose hängt ihm in den Kniekehlen. Es ist wirklich Karlchen. Er wird von drei anderen Jungs festgehalten. Ich brauche ein paar Sekunden, um zu begreifen, was ich dort sehe. Und jetzt erst erkenne ich, was dort passiert, erkenne auch, wer versucht, Karlchen eine grüne Sektflasche in den Hintern zu schieben. Es ist Basti. Er penetriert Karlchen, der wie ein Wahnsinniger vor Schmerzen immer schriller schreit. Und die Schreie steigern sich in etwas Tierisches, Abnormales und zutiefst Verstörendes. Laute, die man nie wieder vergisst. Einer der anderen Jungs tritt Karlchen jetzt ins Gesicht und sein Kopf fliegt dadurch richtig nach hinten. Kurz verstummt er, doch dann läuft ein Schwall Blut aus Nase und Mund und Karlchen beginnt wieder, zu schreien, diesmal gurgelnder, schwächer. Das Video bricht ab. Ich sitze versteinert vor dem Rechner. Kalter Schweiß läuft mir in Strömen den Körper hinab. Mein Puls rast, doch ich spüre meinen Herzschlag nicht mehr.

Herr Kerstens Stimme sagt von ganz weit entfernt: „Was machen wir? Um Gottes Willen, was machen wir jetzt?"

Ich sage nichts. Bin völlig unfähig dazu, als wäre ich meiner Sprache beraubt. Eine Gewissheit stellt sich ein. Genauso, wie ich sie bereits vor dem Video fühlte. Vorbei. Meine Zeit hier ist zu Ende. Es gibt keine Barrieren mehr zu überwinden. Ich habe alles gesehen. Selbst das Böse wirkt banal. Alles, was ich dachte, alles, was ich aufgebaut habe, hat keinen Wert und hat ihn vermutlich nie besessen. Ich will, dass alles verschwindet. Die Kinder, die Schule, die Lehrer, die Erinnerungen. Doch ich weiß, dass das nicht einfach so passieren wird. Und aus dieser Erkenntnis wächst der Wunsch, zu verschwinden. Einfach zu verschwinden, wegzurennen und sich aus dem Staub zu machen.

Ich stehe auf, starre noch immer auf den Rechner, dann blicke ich Herrn Kersten an. Er zittert, sein Gesicht ist schweißnass. Er will, dass ich irgendetwas sage. Hofft, dass ich ihm erklären kann, was wir beide gesehen haben. Aber das kann ich nicht. Ich verabscheue ihn. Ich weiß, dass er sich das nicht ausgesucht hat, aber er repräsentiert in diesem Moment den gesamten Apparat. Das System. Ich möchte, dass er an diesem Job verreckt. Ich will, dass alle den Schmerz spüren, den ich fühle. Ich gehe zur Tür und Herr Kersten ruft mir verzweifelt irgendetwas hinterher. Aber ich habe keine Ahnung, was es ist. Es ist völlig bedeutungslos geworden.

Die Stufen zu meinem Büro nehme ich langsam, wie in Trance. Ich sperre die Tür auf, gehe zum Schreibtisch, ziehe den Stecker des Rechners aus der Wand, fast schon symbolisch. Ich blicke auf den Schreibtisch. Von hier gibt es nichts mitzunehmen. In diesem Raum habe ich nichts vollbracht. Ich nehme meine Jacke von der Stuhllehne und streife sie über. Stehe dann noch kurz im Raum, werfe einen Blick auf alles. Ein viertel Jahr hat es gedauert. Mein Berufsstart, hier in dieser Schule. Es hat sich angefühlt wie ein ganzes Leben. Zeit, zu verschwinden. Die dritte Stunde hat bereits begonnen und niemand sieht mich, als ich die Stufen hinunterschleiche. Keine Minute werde ich hier länger verweilen. Draußen vor dem Schulhaus angekommen, schlägt mir das Herz bis zum Hals und ich setze mich in Bewegung, laufe immer schneller. Ich glaube, zum Schluss renne ich sogar.

Nach Hause will ich nicht. Dort zieht es mich nicht hin. Jaroslav kommt mir in den Sinn. Ihn muss ich besuchen. Klären, ob er wieder da ist. Das ist mir irgendwie ziemlich wichtig. Darum haste ich zur Bahn, um zum alten Wohnheim zu fahren. Etwas später sehe ich jedoch schon aus den Fenstern der Tram, dass niemand vor dem *Rewe* steht. Kein Hähnchenwagen, kein Jaroslav, kein Grund auszusteigen. Somit überfahre ich die Station und steige an den Tierkliniken aus, um den Weg nach Hause zu Fuß zurückzulegen. Ich laufe die Straße entlang, über die Brücke, unter der gerade eine S-Bahn durchrauscht. Ich spüre immer mehr, dass ich das Richtige getan habe. Keinen weiteren Tag an der Schule! Morgen muss ich zu Herrn Baydoun, um mich krankschreiben zu lassen. Ich glaube wirklich, dass ich durch all die Erlebnisse in diesem Irrenhaus einen Knacks wegbekommen habe.

Manchmal ist mir, als säße mir jemand auf der Brust. Ich bekomme ganz schlecht Luft und es schießt heiß und kalt durch meinen Körper. Ich weiß, ich erzähle das jetzt das erste Mal. Aber diese Zustände, wie ich sie nenne – manche würden vielleicht auch Panikattacke dazu sagen –, habe ich in letzter Zeit immer öfter. Ich weiß auf einmal auch, dass ich Jaroslav nie wiedersehen werde. Er gehört zu diesem Kapitel in meinem kurzen Leben, das ich nun abschließe. Was bleibt, sind die Erinnerungen an ihn, der ja irgendwie ein Vorbild für mich verkörpert, der einen guten Einfluss auf mich hatte, so selten wir uns auch sahen. Ja, ich werde ihn vermissen, schon jetzt.

Und so gehe ich die Straße entlang und die Sonne geht blutrot unter und umspült die Dächer mit dem Licht des Abends. Ich muss noch einmal an Karlchen, Colin und Charleen denken. An die Kinder, die ich zurücklasse und die nun wirklich komplett auf sich selbst gestellt sind. Doch darauf kann ich keine Rücksicht mehr nehmen. Und da mir das alles zu viel wird, höre ich jetzt über die Kopfhörer die Greatest Hits der Backstreet Boys, einfach um etwas herunterzukommen. „But my love is all I have to give", singen die Boys und so endet nicht nur der Tag: Es endet eine Ära voller Gewalt und Misserfolg. Eine neue Phase hat begonnen. Das Unternehmen Bérénice.

Dritter Teil

August

„Die Deutschen haben sechs Monate Winter und sechs Monate keinen Sommer.“ (Napoleon Bonaparte)

Hochsommer. Die Hitze knallt vom Himmel und die Häuser zeichnen sich hart gegen den azurblauen Himmel ab, nicht eine Wolke ist zu sehen. Seit Wochen schon dieses Wetter. Man schwitzt und ist träge und deshalb bleiben Zoe und ich in unserer abgedunkelten Wohnung und schauen uns über *Amazon Prime* eine Komödie mit Robert de Niro an – Zoe bezahlt das Abo. Ein weiterer finanzieller Teil unserer Wohnung, den sie übernimmt. Wir sind im Juni nach Plagwitz gezogen, ziemlich hip, ich weiß, aber Zoe wollte es so. Ihre Eltern überweisen monatlich vierhundert Euro zu der Miete dazu. Und da liegen wir nun im ersten Stock in unserer sanierten 4-Zimmer-Altbauwohnung auf der Couch und schauen uns diesen Robert-de-Niro-Film an. Ich bin seit Ende April krankgeschrieben. Mein letzter Tag an der Schule hat mich endgültig aussortiert und Herr Baydoun hat mich daher aus dem Verkehr gezogen. Er hat mir Mandys Antidepressivum aufgeschrieben. *Opipram*. Zufälle gibt es im Leben. Das ist echt unglaublich.

Zoes Bauch ist gewachsen, kugelrund ist er, könnte man sagen. Aber Zoe ist eine der Frauen, bei denen sich die Auswirkungen der Schwangerschaft nahtlos in die Körperformen einfügen. Sie sieht toll aus, das muss ich mir eingestehen. Seit geraumer Zeit quäle ich mich aber mit essentiellen Gedanken herum. Dinge schwirren durch meinen Kopf, wie: Werde ich je wieder arbeiten können? Was für eine Rolle werde ich als Vater einnehmen? Werde ich zu jemandem, der nicht mehr arbeiten gehen kann? Der zu Hause bleibt und für seine Liebsten kocht? Tolle Szenarien, die ich aber für mich behalte. Zoe weiß von meinen Zweifeln nichts und das ist besser so. In den letzten Wochen hat sich eine Art Routine zwischen uns eingestellt. Keine langweilige Öde, eher ein latent erregtes Warten auf die Geburt. Ich esse viel Eis, zusammen mit Zoe, abends vor dem Fernseher.

Vor einigen Wochen sind wir sogar im Urlaub gewesen. Kurz nach der Geschichte in der Schule. Wir waren an der Ostsee, genauer gesagt in Binz, und es war ganz wunderbar. Spät am Nachmittag habe ich oft allein am Strand gesessen und auf die Linie am Horizont gestarrt. Ich habe die großen Schiffe davor beobachtet, die so weit entfernt nur noch grauen Punkten glichen. Ich habe dabei vieles zurückgespult, vieles durchdacht. Mandy, mein Vater, Heuschrecke. Shanghai. Das Zurückkommen. Zoe und unsere gemeinsame Vergangenheit. Was wissen wir voneinander? Vielleicht nur, dass die Wellen mit dem Echo Millionen verstrichener Jahre an die Bucht branden und dass all unsere Erinnerungen grau sind. Meine Gefühle pendeln. Es fühlt sich nicht gut an, nur zu Hause zu sein. Warum können wir nicht ineinanderfallen?

Zweimal habe ich Mandy besucht. Was soll ich sagen, es läuft gut bei ihr. Sie hat mit dem Meth aufgehört und bis jetzt durchgehalten. Ihre Tochter sieht sie wieder regelmäßig. Die Wohnung ist aufgeräumt. Sie will auch eine Familienhilfe über das Amt beantragen. Sie weiß, dass sie Unterstützung braucht. Ich freue mich für sie und doch suche ich nur wenig den Kontakt zu ihr. Manchmal habe ich deswegen Gewissensbisse, aber ich muss jetzt einfach für mich sein. Bei Mandy ist vieles verloren gegangen, unwiederbringlich. Das zu sehen, tut mir weh und verunsichert mich. Ich hoffe, sie kann das verstehen. Mein Vater und Heuschrecke haben uns einmal in unserer neuen Wohnung besucht und es war okay. Fast normal, könnte man sagen. Eine gute Stunde haben wir zusammengesessen und Kaffee getrunken, dann sind sie wieder gegangen. Mein Vater sah müde aus, doch er lächelte. Ihm tut der Aufbau unseres kleinen Glücks gut. Heuschrecke und ich haben uns entschieden, das Kriegsbeil zu begraben. Nicht, dass wir darüber gesprochen hätten, doch wir beide bemerken es vom Gegenüber. Wir werden uns immer hassen. Das wissen wir. Doch es ist ein unterkühlter Hass, Bérénice zuliebe. Aber ich werde wachsam sein. Nicht ein einziges Mal wird Heuschrecke mein Kind in den Händen halten. Sie darf es anschauen, aber nicht berühren!

Gestern waren Zoe und ich sicherlich das letzte Mal vor der Geburt bei Frau Kehrel-Buch. Wenn es keine Komplikationen gibt, sollen wir warten, bis die Wehen einsetzen. Dieses Warten ist das Jetzt. Wir sind geerdet, küssen uns manchmal, so wie Ehepaare das tun. Ohne Zunge, nur auf den Mund. Wir umarmen uns still und sind in unseren eigenen Gedanken. Wir haben im St.-Georg-Krankenhaus vorgesprochen und sie wissen Bescheid. Sobald es losgeht, sollen wir ein Taxi rufen und zur Notaufnahme fahren. Ich habe mir alles genau angesehen, damit nichts schiefgehen kann.

Der Film ist zu Ende. Was ist nur aus de Niro geworden? Das beschäftigt mich richtig. Zoe sagt, sie nehme jetzt ein Bad, und steht auf. Ich nicke, schaue mir noch den Abspann an. Danach gehe ich in unser Arbeitszimmer. Na, jedenfalls nennen wir es so. Dort stehen unsere Laptops Rücken an Rücken auf dem Schreitisch. Ich setze mich an mein MacBook, die letzte große Investition, die ich mir geleistet habe, und um mich zu zerstreuen, surfe ich in *Facebook* rum. Eine Freundesanfrage hat mich erreicht. Ein gewisser Boom Shalala.

Ich klicke auf das Profil, ohne die Anfrage zu bestätigen. Das Profilbild ist ein schwarzer Totenkopf mit einem neonfarbenen Cannabisblatt auf der Stirn. Ich scrolle etwas die Timeline hinab und traue meinen Augen kaum. Ein Strahl Adrenalin durchschießt meinen Körper. Auf einem der öffentlich geposteten Fotos grinst mich Basti an. Er hat eine Kapuze übergezogen, doch ich schaue direkt in seine kalten, hellblauen Augen. Oh Gott, wie ich dieses Kind hasse. Ich schließe sofort den Browser und starre auf den Desktophintergrund. Rote Felswindungen in Amerika. Utah wird es sein. Ich muss meinen *Facebook*-Account löschen, hämmert es in meinem Kopf. Es ist der letzte Dreck. Heftig, was diese kurze interaktive Begegnung in mir ausgelöst hat. *Facebook* ist die Matrix, und allmählich glaube ich auch, dass man durch *Facebook* wahnsinnig werden kann. Ich gehe zu Zoe ins Bad. Sie liegt in der Wanne, hat die Augen geschlossen, Schaum über ihrem Körper, nur der Bauch schaut etwas hervor.

„Du, dieser Basti aus der Schule hat mich auf *Facebook* geaddet", sage ich leise.

Zoe blickt mich an.

„Ich habe mich ziemlich darüber erschreckt", gebe ich zu. „Ich glaube, ich werde meinen Account löschen."

Irgendwie ist das für mich eine richtig große Entscheidung. „Mach es einfach", antwortet Zoe. „Ich gehe da auch nicht mehr drauf. Ich denke, *Facebook* macht auf Dauer einsam und kaputt."

Ich beuge mich zu Zoe hinab und gebe ihr einen Kuss auf die Stirn, sage: „Alles klar."

Sie atmet tief ein, angenehm berührt, hoffentlich.

„Ich gehe mal kurz runter, okay?", flüstere ich und sie nickt und schließt wieder die Augen.

Runtergehen heißt bei mir, dass ich mir auf dem Hinterhof einen kleinen Sticky reinziehen werde. Das mache ich des Öfteren, denn seitdem ich krankgeschrieben bin, kiffe ich wieder ziemlich viel. Es beruhigt mich einfach und lenkt mich von den Bildern in meinem Kopf ab, die oft nur Karlchen, Basti und Charleen thematisieren.

Auf dem Weg zurück ins Arbeitszimmer überlege ich, ob das Gras der alleinige Grund war, Mandy zu besuchen. Doch da diese Vorstellung latente Gewissenbisse in mir auslöst, versuche ich, die Gedanken an Mandy zu verscheuchen, und setze mich wieder vor den Laptop. Ich öffne die oberste Schublade des Schreibtisches. Dort liegt mein „Bauzeug". Ich klappe das Silberdöschen auf und nehme eine kleine Blüte heraus, brösele sie mir zurecht. Dann ziehe ich ein Blättchen aus der Packung, lege ein wenig Tabak auf das Papier und streue die Graskrümel darüber. Hier und da zupfe ich ein wenig herum, um alles in Form zu bringen. Dann lecken, rollen. Fertig.

Ich ziehe die Tür zu und schlüpfe in meine *Adidas*. Dann gehe ich die Stufen hinunter und trete auf den Hinterhof hinaus. Ich setze mich auf die Bank in der Ecke, die steht ziemlich günstig, denn man kann sie schlecht einsehen. Unauffällig werfe ich noch einen Blick auf die umliegenden Fenster, es kann ja sein, dass eine neugierige Oma hinausschaut – nichts. Ich zünde den Joint an und nach den ersten drei Zügen flutet das Gras an und ich schaue hinauf auf das hellblaue Viereck des Himmels über mir, was durch die mich umschließenden Häuserblocks erzeugt wird. Als ich nach kurzer Zeit ziemlich high bin und an die Geburt von Bérénice denken muss, werde ich wieder sehr nervös. Man weiß ja, wie so etwas aussieht.

Es wird schon wohl ziemlich heftig werden. Ein Kind zu bekommen ist bestimmt kein Zuckerschlecken. Aber wir werden es schaffen. Auf jeden Fall will ich dabei sein. Für Zoe ist es auch okay. Das haben wir besprochen. Ich freue mich über die Befriedung der Beziehung zwischen meinen Vater und mir und kann auch den unausgesprochenen Waffenstillstand mit Heuschrecke akzeptieren. Das alles braucht es jetzt. Wir müssen uns zusammenreißen, denn die Veränderung durch Bérénice ist für jeden Beteiligten eine Chance. Möglicherweise die letzte, die wir bekommen.

Meine Mutter schwebt über allem und schaut dem Ganzen zu. Das spüre ich. Was bleibt? Je näher die Geburt rückt, desto mehr zerfällt die alte Welt. Wieder die Gedanken an meine Landung vor knapp neun Monaten. Die Ängste im Flugzeug - ich habe sie überwunden. Die letzten Monate kommen mir vor wie ein ganzes Leben. Menschen sind gekommen, Menschen sind gegangen. Jaroslav und Bertram werde ich vermissen. Mein Ex-Kollege hat sich nie wieder bei mir gemeldet. Für Jaroslav hoffe ich auf ein glückliches Leben. Wenn jemand einen Lotteriegewinn verdient hat, dann er. Für Bertram hoffe ich auf eine Frau und menschliche Wärme. Doch es gibt tragische Figuren, deren Leben einfach hoffnungslos enden muss, ihnen ist kein Happyend bestimmt. Parallel dazu versuche ich, mir keine Sorgen um Mandy zu machen, doch ein flaues Gefühl in mir lässt sich nicht leugnen. Ich denke an ihren Hautauschlag und an ihre Tochter. Aber auch daran, dass ich es nicht in der Hand habe und mich von dieser Verantwortung lösen muss. Fraglich bleibt, wie es mit mir selbst weitergeht. Ich werde mich wohl voll in die Vaterschaft stürzen. Zoe möchte nach der Geburt sowieso so bald wie möglich arbeiten gehen.

Der Sticky ist aufgeraucht, aber ich bleibe noch eine Weile sitzen. Irgendwo klappert Geschirr, weiter oben läuft ein Radio. Ich blicke auf den Boden vor mir. Nach einer Weile hole ich mein Handy hervor und mache mich daran, mein *Facebook*-Konto zu löschen. Doch so einfach ist das nicht, oder ich bin schlichtweg zu dicht, und deshalb gehe ich nach einer Weile wieder nach oben in die Wohnung. Zoe liegt im Bett und schläft. Der Fernseher läuft. ZDF, irgendetwas völlig Sinnloses. Ich gehe zum Bücherregal, das neben dem Fernseher steht, und schweife mit dem Blick über die Rücken der Bücher. Eine knappe Minute später ziehe ich dann Dostojewskis *Der Idiot* hervor, gehe ins Bad und lasse mir in die Wanne heißes Wasser laufen. Ausgezogen und in die Wanne gelegt, lese ich dann wenige Minuten später ein paar Seiten. Lege das Buch aber bald wieder weg. Irgendwie ist es mir zu anstrengend, zu schwer. Ich schließe die Augen und genieße das heiße Wasser um mich herum. Der Kiff bewirkt, dass ich kurz einnicke.

Gegen Abend schaffe ich es dann doch, mein Konto bei *Facebook* zu löschen. Zuvor habe ich eine Viertelstunde *Google*-Anleitungen studiert, dann ein paar Mal hin- und hergeklickt und plötzlich ist meine *Facebook*-Ära zu Ende. In der Nacht liege ich neben Zoe und träume. Ich träume von Szenen aus meiner Kindheit und wache immer wieder auf. Ein Urlaub: Wir zelten an einem See, kurz nach der Wende, ich bin noch ziemlich klein. Tausende silberne Lichtpunkte tanzen auf dem Wasser. Jeder besitzt ein eigenes Strahlen. Mückenstiche auf meiner Haut, viele habe ich mir wundgekratzt. Meine Mutter und Vater sind zusammen. Wir sind glücklich. Alles ist unschuldig, aber so fern und doch unvergessen.

Gedanken

„Was du für den Gipfel hältst, ist nur eine Stufe.“
(Seneca)

Ich bringe den Müll runter. Zoe ist bei einer Freundin und mir fällt wieder auf, dass ich eigentlich niemanden aus ihrem Freundeskreis kenne. Es hat den Anschein, als würden wir immer noch getrennte Leben führen. Ich weiß, dass es bei vielen Paaren anders läuft. Sie wachsen zusammen, sie werden eins. Doch bei uns ist das anders. Der Zustand, den wir heute erreicht haben, ist wohl der intimste, den wir zulassen werden. Seit dem einen Mal, da wo Bérénice entstand, haben wir nicht mehr miteinander geschlafen. Es gab auch keine Vorstufen. Küsse und Umarmungen, das ist alles, was wir voneinander annehmen. Zoe ist jetzt hochschwanger. Sowieso der falscheste Moment, um an Sex zu denken. Aber ich bewerte unsere asexuelle Ebene nicht. Sie kommt mir eben nur manchmal in den Sinn. Wird einfach sichtbar. Ich sollte nicht so viel nachdenken, aber das macht der Kiff eben mit einem. Man beginnt, über Gott und die Welt zu grübeln. Schwierig, wenn man wie ich von Natur aus ein nachdenklicher Mensch ist.

Und so stehe ich auf dem Hof und blicke mit der Mülltüte in der Hand hoch in das blaue Himmelsquadrat. Ich wollte nicht, dass Zoe heute mit der Straßenbahn zu ihrer Freundin fährt. Ich meine, sie ist im neunten Monat schwanger. Doch sie wollte davon nichts hören. Sie macht ihr Ding und ich mache meins. Das mag komisch klingen, aber es ist so. Was ist das nur zwischen uns? Ich empfinde tiefe Verantwortung für Zoes Unversehrtheit, will einfach, dass es ihr gut geht. Ihr, der Mutter meines Kindes. Manchmal denke ich, dass wir beide im Herzen nur Bérénice lieben, nicht uns. Auf jeden Fall gibt mir Zoe dieses Gefühl. Ob das schlimm ist, weiß ich nicht. Es scheint ja irgendwie zu funktionieren.

Wieder zurück in der Wohnung und außer Atem wegen der Treppen lasse ich mich im Wohnzimmer auf unser Ecksofa fallen. Ich muss Sport treiben, regelmäßiges Trainieren erfrischt sicherlich auch den Geist. Ich werde ab heute versuchen, jeden zweiten Tag joggen zu gehen. Vielleicht eine halbe Stunde, mehr schaffe ich sicherlich nicht. Heute fange ich damit an, es wird mir guttun. Gegen zwei – Zoe ist noch nicht zurück – habe ich mich soweit aufgerafft, dass ich bereit zum Joggen bin. Doch in meinem Elan habe ich ganz vergessen, dass ich gar keine Laufschuhe mehr besitze. Somit muss ich notgedrungen auf meine *Adidas* zurückgreifen, was mir nicht recht ist, da sie noch ziemlich neu sind und ursprünglich nicht für Sport gedacht waren. Ich ziehe vorher noch alte Bermudas an, eher etwas für den Strand, aber ich habe so gut wie keine kurzen Trainingshosen.

Draußen auf der Straße lege ich auch gleich los. Ich hätte eine Sonnenbrille mitnehmen sollen, denn das Licht ist ziemlich grell, aber ich bin zu faul, um wieder hochzugehen. Deshalb laufe ich einige Querstraßen hinunter in den Clarapark hinein. Kühl und schattig empfängt mich das Grün. Ich renne durch den Wald, über die Sachsenbrücke, weiter die Anton-Bruckner-Allee hinunter bis zu dem künstlichen ovalen See, in dessen Mitte eine Fontäne Wasser herausschießt. Dort umkreise ich das Becken und jogge dann etwas langsamer die Strecke zurück. Erstaunlicherweise funktioniert das alles ganz gut. Ich schwitze zwar stark, aber habe meinen Atemrhythmus gefunden und genieße jeden Meter, den ich zurücklege. Dabei entspanne ich geistig und sehe meinen neuen Lebensabschnitt wie ein Panorama vor mir. Zentral stehen dort Zoe und Bérénice. Links und rechts daneben, blasser werdend: Mein Vater, Mandy, die Schule, Karlchen und Charleen. Etwas weiter weg: Shanghai und meine Mutter, doch das ändert sich oft und hat nichts zu bedeuten.

Ich erreiche wieder das Elsterflussbett und dort bleibe ich auf der Sachsenbrücke stehen, habe Lust, auf das Wasser zu blicken. Ein Ruderboot, ein Vierer, gleitet unter der Brücke entlang und zerteilt sanft das Wasser, welches sich in gleichmäßigen kleinen Wellen vom Bug wegbewegt. Die Ruderer sind hochkonzentriert und das Geräusch der Riemen, wenn sie das Wasser aufwirbeln, ist elementar und friedlich. Diese Szene hat etwas Ästhetisches und passt zu meiner durchs Laufen erreichten Ausgeglichenheit, sie rundet mein kleines Sporterlebnis perfekt ab. Einige Fahrradfahrer kreuzen hinter mir den Weg. Jemand lacht im Scherz. Ich lege meine Hände auf die steinerne Brüstung und schließe die Augen, atme tief ein und lasse die Energie der Umgebung auf mich wirken. Die Strahlen der Sonne wärmen meine Lider und ich kann die Energie dieses Feuers aus dem All auf meiner

Haut spüren. Ich nehme sie in mir auf, lade meine Akkus. Weniger kiffen, mehr Sport. Ich glaube, so einfach ist es momentan. Vielleicht sollte ich es sowieso lassen, dieses Rauchen. Ich muss fit und klar sein, wenn es losgeht. Wenn Bérénice kommt.

Zurück zu Hause trinke ich ein Glas Milch und esse eine Banane. Um nicht auf dumme Gedanken zu kommen – ich meine das Kiffen –, mache ich gleich noch ein paar Liegestütze, Kniebeugen und etwas Bauchtraining. Danach gehe ich ins Bad und dusche heiß und lange. Als ich fertig bin, trockne ich mich mit dem großen beigen Handtuch ab und streife mir den Bademantel über. Die Wohnungstür geht, Zoe kommt zurück.

„Hallo“, tönt ihre Stimme aus dem Flur und ich erwidere ihren Gruß in derselben Formel.

Ich schaue nochmal kurz in den Spiegel, doch der ist beschlagen, sodass ich nur meine Konturen wahrnehmen kann, dann gehe ich barfuß in das Wohnzimmer und von dort in den Flur, wo Zoe gerade ihre Handtasche auf der Kommode abstellt. Sie schaut mich an, ich freue mich.

„Und, wie war's?“, frage ich, gehe auf sie zu und umarme sie.

Ich weiß, eine dämliche Frage, aber ich stelle sie trotzdem.

„Ach, ganz gut“, meint Zoe.

Was soll sie auch sagen? Ich kenne ihre Freundin nicht einmal. Ich lege meine Hand auf ihren Bauch und im selben Moment bewegt sich Bérénice. Sie tritt und boxt. Sie ist bereits jetzt ein sehr lebhaftes Mädchen.

Ich sage zu Zoe: „Komm, wir gehen ins Wohnzimmer“, und frage gleich darauf: „Möchtest du einen Tee?“

Zoe bejaht und ich biege in die Küche ab, während sie

im Wohnzimmer verschwindet. Dann stehe ich vor der Anrichte und warte darauf, dass das Wasser kocht, fühle mich irgendwie schuldig. Es herrscht ein fühlbares Gefälle zwischen uns. Das habe ich jetzt wieder bemerkt. Woran das liegt, hatte ich ja schon erwähnt. Zoe steht vor einer der größten und respektabelsten Aufgaben ihres Lebens. Doch wovor stehe ich? Na ja, lassen wir das. Es deprimiert mich eh nur wieder. Ich nehme den Wasserkocher, der sich bereits ausgeschaltet hat, in die Hand und begieße den Teebeutel mit seinem sprudelnd heißen Inhalt. Dann balanciere ich die Tasse vorsichtig ins Wohnzimmer, stelle sie vor Zoe auf den Tisch und setze mich zu ihr auf das Sofa. Sie hat den Fernseher eingeschaltet und schweigend schauen wir einige Minuten irgendeine Talkshow. Doch ich bin überhaupt nicht bei der Sache. Ich traue mich aber nicht, Zoe zu fragen, ob bei ihr alles okay ist. Ich glaube, es ist das Klügste, alles so laufen zu lassen, wie es ist. Sicher wird es nach der Geburt wieder besser. Momentan hängen wir beide nur in unserem jeweils eigenen Film ab und es sind es nur die Hormone, die sie so unterkühlt wirken lassen. Wir werden wieder intensiver zusammenfinden. Und sicher habe ich mit allem Recht.

Am Abend, Zoe ist schon ins Bett gegangen, surfe ich mal wieder auf *Evic Media* herum. Heute geht es um behinderte Kinder in Entwicklungsländern. Zahlreiche Fotos von Kindern, denen Tumore aus dem Körper wachsen und die entstellt auf irgendwelchen Decken in schmutzigen Wohnungen auf dem Boden liegen, sind dort abgebildet. In einem kurzen Videoclip klagen die alleingelassenen Eltern ihr Leid. Viele haben wegen des Mangels an staatlicher Unterstützung einen regelrechten Hass auf ihr Kind entwickelt. Hinzu kommt auch noch der Ausstoß aus der sozialen Gemeinschaft. Für viele Religionsgläubige sind diese bemitleidenswerten Kinder Ausgeburten der Hölle. Geistig Zurückgebliebene werden in Asien oft neben den Tieren hinter dem Haus angekettet, damit niemand sie sieht. In einem anderen Beitrag geht es um eine Statistik über die Häufigkeit von Sex bei Studentinnen und um Modenschauen, in denen Körperöffnungen im Mittelpunkt stehen. In Venezuela soll ein neuer Feminizid stattfinden. Leichen junger Mädchen werden grausam entstellt auf Müllkippen gefunden. Dieses Jahr sollen es bereits über vierhundert Opfer sein. Man vermutet, die Regierung stecke dahinter.

In der Nacht schlafe ich schlecht, fast gar nicht. Das liegt daran, dass ich nichts gekifft habe und auch sonst so ziemlich mit allem gedanklich beschäftigt bin. Ich kann einfach nicht abschalten. Und so liege ich wach und starre in die Dunkelheit. Zoe atmet regelmäßig, mir den Rücken zugewandt, und ich bekomme auf einmal richtig Angst. Was ist, wenn sich gar nichts ändert? Was ist, wenn Bérénice auf die Welt kommt und alles so bleibt, wie es ist? Vielleicht wird auch alles schlimmer werden und wir werden Bérénice als Belastung empfinden. Vielleicht kann ich meinem Vater und Heuschrecke doch nicht vergeben und schaffe es nicht, den Tod meiner Mutter zu überwinden. Ich werde Zoe und Bérénice verlassen, auf ewig arbeitsunfähig sein und immer fetter werden. Die Tage zählen, die mir noch bleiben, und Schritt für Schritt den Lebensmut verlieren. Wohin ist das Gefühl der Sicherheit verschwunden?

Mir wird auf einmal klar, dass in den letzten Monaten etwas von uns fortgegangen ist. Wir sind nur auf die Geburt fixiert, sonst verbindet uns nicht viel. Aber ich wünsche mir doch so, dass wir eine Einheit werden und auf allen Ebenen verschmelzen. Gleichzeitig scheine ich nicht in der Lage zu sein, dies zu verwirklichen. Ich werde nervös wegen der Geburt, denn es kann ja jeden Moment losgehen. Ich möchte, dass alles klar geht und für Zoe gut läuft. Ich meine ohne Komplikationen und so. Aber möglicherweise reicht es nicht, sich einfach nur zu mögen. Das werde ich wohl noch herausfinden müssen. Hauptsache, ich verletze niemanden dabei. Eher verschwinde ich.

Initium

„Lass deine Taten sein wie deine Worte. Und deine Worte wie dein Herz.“
(Ludwig Uhland)

Der nächste Morgen. Es geht los. Zoe hat eine Schmierblutung und ich bin sofort von null auf tausend. Sie sitzt noch auf der Toilette und blickt in ihren Slip, als ich schon zum Telefon greife und die Taxinummer wähle. Diese habe ich bereits vor Wochen in meinem Handy abgespeichert. Außerdem ist ein Taxi schneller bei uns als ein Krankenwagen. Im Flur auf- und abgehend fällt mir vor Aufregung das Gespräch mit der Dame in der Zentrale schwer, obwohl ich eigentlich nur sagen muss, dass ich ein Taxi brauche und zwar sofort. Doch ich bewältige auch das, irgendwie schaffe ich es, mit zitternder Stimme unsere Adresse durchzugeben und hinzuzufügen, dass es eilt, da meine Freundin ein Kind bekommt. Ich lege auf und blicke wieder zu Zoe. Die ist in der Zwischenzeit aufgestanden, hat den Slip gewechselt und packt noch einige Sachen in die Tasche für ihren Krankenhausaufenthalt. Ich überlege, was ich mitnehmen soll. Das Portemonnaie, das iPhone, Kopfschmerztabletten. Wie lange wird alles dauern? Ich gehe von maximal vier Stunden aus. Viel kann ich sicherlich nicht machen. Einfach dabei sein und sie auf dieser Reise begleiten. Das zählt. Irgendwie finde ich es jetzt komisch, dass ich ihr ziemlich nah kommen werde. Ich meine, so körperlich. Im letzten halben Jahr habe ich sie nicht ein einziges Mal vollständig nackt gesehen. Es gab einfach keine Gelegenheit dazu. Aber jetzt? Zoe kommt auf mich zu, eine kleine Kosmetiktasche in der Hand, und blickt mich glücklich an.

„Jetzt ist es so weit", sagt sie und küsst mich auf die Stirn.

Wir umarmen uns. Ich bin wieder ganz bei ihr und genieße dieses Gefühl. Merke, dass ich es vermisst habe. Zoe löst sich als erste aus unserer Umarmung.

„Ich muss noch ein paar Kleinigkeiten einpacken", flüstert sie und so, wie sie mich jetzt anblickt, so, wie ich empfinde, ist es wie ganz am Anfang. Wieder wie in den Momenten, die uns zusammengebracht haben und uns heute hier stehen lassen.

„Lass, ich mach das schon", erwidere ich. „Setz dich aufs Sofa. Das Taxi ist sicher gleich da."

Viel packe ich dann nicht ein. Einen extra Jogginganzug und nochmal Wechselwäsche. Ich greife wahllos zu, lege alles in eine kleine Reisetasche, dann klingelt es auch schon an der Tür. Ich gehe mit der Tasche ins Wohnzimmer und helfe Zoe von der Couch. Auf dem Flur binde ich ihr die Schuhe zu, helfe ihr in die Jacke. Irgendwie wirkt Zoe jetzt so zerbrechlich. So habe ich sie noch nie erlebt und dann ist der Zeitpunkt gekommen, als Zoe zu schreien beginnt.

„Um Gottes Willen, was ist los?", frage ich entsetzt.

Zoe krümmt sich vor mir und hält ihre Hände vor den Bauch. Unter ihr bildet sich eine Pfütze auf dem Boden.

Die Fruchtblase scheint geplatzt zu sein. Jetzt wird es allerhöchste Eisenbahn. Ich bin ziemlich überfordert, stütze Zoe unbeholfen. Zoe schreit jetzt nicht mehr, atmet dafür aber heftig.

„Es sind die Wehen. Komm, lass uns fahren", sagt sie auf einmal bestimmt. Ich gehe schnell ins Bad und hole eine Klopapierrolle. Damit wische ich Zoes Beine trocken. Sie trägt ein Kleid, das habe ich noch gar nicht bemerkt. Ich nehme die Reisetasche und noch einen kleinen Rucksack mit Zoes wichtigen Unterlagen – Mutterpass, Blutbilder, Dokumentationen der Schwangerschaft. Sie betritt das Treppenhaus. Ich lösche das Licht und ziehe die Tür hinter uns zu.

Der Taxifahrer ist ein untersetzter Mann, der an seinem Auto lehnt und eine Kippe raucht. Als er uns beide kommen sieht, wirft er die Zigarette auf den Gehsteig. Er hat eine Sonnenbrille auf, obwohl es heute bewölkt ist. Es fehlt nur noch, dass er, wenn er die Lage erkennt, sagt, wir sollten ja nicht sein Taxi verschmutzen, aber er ist ganz lieb. Er eilt auf uns zu, nimmt mir die Taschen ab und öffnet die Wagentür. Das alles findet stumm und irgendwie eingespielt statt.

Worte finde ich erst wieder, als ich mit Zoe auf dem Rücksitz sitze und zu ihm sage: „Wir müssen ins St. Georg und zwar so schnell wie möglich."

Er antwortet nur: „Ja, Boss", und dann geht es los.

Die Fahrt ins Krankenhaus bekomme ich nicht mit. Ich muss mich um Zoe kümmern, die auf dem Rücksitz kauert. Die Beine angezogen, die Hände auf dem Bauch. Ich rede ihr gut zu, leise kommen die Worte wie automatisch aus meinem Mund. Ich bin in einem mir unbekannten Modus, man könnte sagen in einem Zustand völliger Hingabe, und streiche Zoe die Haare aus dem völlig verschwitzten Gesicht. Ich möchte nur noch helfen.

Wir kommen am Eingang der Notaufnahme an. Zoe hatte in der Zwischenzeit noch eine Wehe. Die Abstände sind aber noch ziemlich groß. Ich bin gespannt, wie das alles weitergeht.

Ich drücke dem Fahrer dreißig Euro in die Hand und sage: „Stimmt so. Vielen Dank!"

Dann steige ich aus, nehme die Taschen aus dem Kofferraum. Der Fahrer öffnet Zoes Tür. Ich bedanke mich noch einmal und gebe ihm, warum auch immer, die Hand. Dann gehen Zoe und ich langsam zum Eingang der Notaufnahme.

Die gläserne Schiebetür öffnet sich mit einem leichten Zischen und nun sind wir auch schon direkt in einem der vielen Krankenhausflure. Es ist erst einmal niemand zu sehen. Ziemlich hilflos stehen wir einen Moment herum, bis ich Zoe auf einen Stuhl setze und sage: „Warte hier!"

Wissend, dass das überhaupt keinen Sinn ergibt, denn wohin sollte Zoe auch gehen. Im übernächsten Raum werde ich fündig. Dort sitzt eine Schwester in einem apricotfarbenen Arbeitsdress. Als sie mich sieht, schaut sie von einem der Bildschirme um sich herum auf, fragt: „Ja, bitte?"

„Hallo. Also ... meine Freundin bekommt ein Kind", sage ich irgendwie unschlüssig. „Wir müssten schon irgendwo registriert sein. Wir waren schon einmal hier", schiebe ich dann aber mit mehr Bestimmtheit hinterher.

Die Schwester schaut mich freundlich und völlig relaxt an und sagt dann richtig motiviert: „Na, da wollen wir mal."

Sie steht auf und kommt zu mir. Ich schätze sie auf Anfang zwanzig, blond, etwas klein, aber hübsches Gesicht. Von ihrer Figur kann man aufgrund der lässig geschnittenen Arbeitskleidung wenig erkennen. Aber das ist jetzt auch egal. Die Schwester, sie heißt laut Namenschild Meggy, geht nun vor mir aus dem Zimmer und erblickt auf dem Flur Zoe. Routiniert geht sie zu ihr, legt den Arm auf Zoes Schulter, sagt, dass alles gut sei und sie keine Angst zu haben brauche. Sie sei in guten Händen. Jetzt werde sie schnell einen Rollstuhl holen und dann gehe es auch schon zur Geburtenstation. Zoe nickt und richtet sich etwas auf. Ich komme zu ihr und Meggy verschwindet in einem der Zimmer gegenüber, kehrt aber wenige Sekunden später mit einem Rollstuhl zurück. Er sieht robust aus und ist mit dem typischen, schwarzen Kunstleder bezogen. Meggy stellt den Rollstuhl vor Zoe und zieht die Bremse an. Wir helfen ihr hinein.

Zoe flüstert mehrmals: „Danke, Danke!" Dann fängt sie an zu weinen. Sie ergreift meinen Arm und blickt mich an. „Liam, ich habe irgendwie Angst."

Der Klang ihrer Worte überrascht mich, noch nie war Zoe so angreifbar.

„Nein, nicht doch", entgegne ich, stoppe den Rollstuhl und beuge mich zu Zoe hinunter. „Was ist los, Zoe? Alles wird doch in Ordnung gehen. Ich bin bei dir."

„Ja, ich weiß", flüstert sie. „Danke, dass du da bist."

Ich küsse Zoe auf die Stirn und halte ihr Gesicht in meinen Händen. Wir blicken uns an, ganz tief, dann küssen wir uns auf den Mund. Ich kann ihre warmen Tränen auf meinen Wangen spüren, küsse Zoe noch einmal auf die Stirn, dann blicke ich zu Meggy und nicke ihr zu. Ich richte mich auf und laufe neben dem Rollstuhl her, den Meggy über die langen Flure schiebt. Zoe krümmt sich wieder und stöhnt.

Wir fahren mit dem Fahrstuhl eine Etage weiter nach oben, laufen noch einen Gang entlang, bis wir in ein kleines Zimmer kommen. Ich bin etwas verwundert, da ich dachte, es ginge auf dem kürzesten Weg in den Kreißsaal, aber auf meine Nachfrage meint Meggy, dass das alles noch eine Weile dauern könne. Gefühlt gehe sie von zehn bis zwölf Stunden aus. Zoe solle sich auf das Bett legen, was sie auch angestrengt bewerkstelligt. Meggy bittet Zoe, ihren Bauch freizumachen, auf den sie dann Elektroden klebt, die verbunden sind mit einer Art EKG. Meggy erklärt mir, dies sei ein CTG, ein Wehenschreiber. Dieser zeichne die Herzfrequenz von Bérénice in Zoes Bauch auf. Nun heiße es aber erst einmal, sich zu beruhigen und anzukommen. So schnell gehe eine Geburt auch nicht vonstatten. Sie werde jetzt mal nach der Ärztin schauen. Meggy geht aus dem Zimmer und es ist ganz still, nur das Piepen des CTGs ist zu hören. Ich blicke zu Zoe. Sie liegt mit geschlossenen Augen da und deshalb setzte ich mich zu ihr auf den Stuhl neben der Liege.

Die Stunden vergehen. Zoes Wehen bleiben in ziemlich langen Abständen. Die Ärztin kommt irgendwann, untersucht Zoe, meint abschließend, dass alles gut aussieht, aber sie glaubt, dass sich an Zoes Zustand über Nacht nichts ändern wird. Ich solle nach Hause gehen, mich etwas hinlegen und ausruhen. Ich würde meine Kraft sicher noch brauchen. Sie würden mich anrufen, wenn es losgeht. Zoe meint auch, das sei okay, und nur etwas zögernd stimme ich dann zu. Aber irgendwie kann ich mich nicht von Zoe lösen, sodass ich noch eine halbe Stunde bei ihr bleibe, bis mir die Augen fast zufallen und ich mich endgültig entschließe, zu gehen.

Lost

„Sogar wenn man nichts mehr vom Leben zu erhoffen hat, bleibt immer noch etwas zu befürchten.“
(Michel Houellebecq)

Ich nehme eine der letzten Trams nach Hause und während der Fahrt surfe ich auf dem Handy herum. Auf *Evic Media* gibt es heute eine Reportage über zwei obdachlose Kinder in Berlin: Das Mädchen nennt sich Larissa, der Junge Luke. Larissa schlief, als sie zwölf Jahre alt war, mit ihrem Vater. Sie erhoffte sich dadurch mehr Liebe von ihm, denn er gab ihr diese nie. Ihre Mutter erfuhr von dieser kranken Liaison und schmiss statt des perversen Vaters Larissa aus der Wohnung. Das ist nun über ein Jahr her und seitdem lebt sie auf der Straße. Larissa redet darüber, dass sie anschaffen geht, dass sie es hasst, aber machen muss, um über die Runden zu kommen. Sie gibt der Journalistin gegenüber auch ihren Zwang zu, auf öffentlichen Toiletten masturbieren zu müssen. Es ist ein kranker Fetisch, der sie beherrscht und auf die schmuddeligen Toiletten treibt. Sie weiß: Das alles hängt mit ihrem Vater zusammen.

Die Reportage ist verstörend, aber auch herzzerreißend. Ich erkenne, dass Larissas größte Lust das Produkt einer missbrauchten und zerschlagenen Jugend ist. Larissa fühlt sich einsam und denkt darüber nach, warum sie lebt. Warum ihr dies alles nicht erspart geblieben ist. Die Journalistin von *Evic Media* schafft es, dem Artikel Seele einzuhauchen. Behutsam tastet sie sich an die Verletzungen von Larissa und Luke heran. Larissa hat auf den Fotos des Artikels ein bleiches und pickliges Gesicht. Ist auf Meth und MDMA und wartet zu dem Zeitpunkt des Interviews seit einer halben Stunde an einem Stromkasten, auf dem „Plakatieren verboten“ steht. Sie wartet, wie jeden Tag, auf Luke. Mehrmals, meist so eine halbe Stunde, sagt sie. Luke hieß früher Jens und Larissa Claudia. Doch diese Namen haben sie abgelegt. Jens und Claudia hätten nicht gepasst, nicht hierher. Zu schwach wären sie für ihr neues Leben gewesen.

Jens ist sechzehn und schon seit drei Jahren auf der Straße. Er hat alles zurückgelassen. Es gab keinen anderen Ausweg für ihn. Die Schläge und Tritte seines Vaters taten weh und ließen die Haut aufplatzen. Doch dem Schmerz am Körper hatte er standgehalten. Wenn seinem Alten der Sinn danach stand, ihn zu vermöbeln, nutzte Jens einfach seine Gabe, sich auszuklinken und abzukapseln von dem Geschehen. Dann prügelte der Vater auf einen stummen Körper ein und schlug die Hände in ein schlafendes Gesicht. Jens flüchtete sich in Erinnerungen. Er dachte an Schokoladenkuchen und Indianerfilme. Er träumte, auf den Baum im Park zu klettern, der so viele Herzen in der Rinde hat. Er hat Sehnsucht nach Märchenwelten und kindlicher Natürlichkeit.

Ja, den Schmerz am Körper hatte er ausgehalten. Lange und geduldig. Er kannte nichts anderes. Dennoch hatten die Kontraste zu Hause ihn mürbe gemacht. Die Küsse und Umarmungen, wenn Besuch da war. Die heuchlerische und gespielte Harmonie. Die gefährliche Ruhe vor dem Sturm. Irgendwann war die Zeit für Jens endgültig reif. Er musste verlorengehen, dann ist er einfach abgehauen. Und von da an war er Luke und dieser blickt in den Nächten durch die Fenster unserer Wohnungen und kann den Kern von allem sehen. Das Wesen in uns, wie es wegdämmert, um Tag für Tag ins Traumlose zu sinken. Millionen von Leben – und trotzdem ist jeder für sich ein Einzelgänger.

Letztes Jahr zu Heiligabend ist Luke in ein leer stehendes Haus eingebrochen. Er hat in einem der verlassenen Zimmer Teelichter in einem Kreis angeordnet und angezündet, Pappkartons auf dem Boden ausgebreitet und mit zwei Schlafsäcken eine kleine Kuschelecke eingerichtet. Zwei zerknitterte Poster von Eminem hingen mit Reißzwecken an der feuchten Wand. Nachdem er draußen auf der Straße Larissa von dem Zimmer erzählt hatte, fiel sie ihm um den Hals und küsste ihn vorsichtig auf den Mund. Luke hat dann seinen Arm um Larissa gelegt und sie sind zu dem Haus gegangen. Er hat Larissa die Mauer zum ersten Stock hinaufgezogen, da die Türen und Fenster, bis auf wenige Ausnahmen, vermauert waren. Und später, in ihrer „Weihnachtshöhle“, so hatte Larissa den eigens für sie ausstaffierten Raum liebevoll genannt, haben sich beide fest und vorsichtig aneinandergeschmiegt und gemeinsam in das zuckende Licht der Kerzen geblickt. Als es allmählich kälter wurde und die Kerzen verloschen waren, hat Larissa zu Luke gesagt, dass sie ihn den ganzen Tag vermisst hätte und ihn lieben würde. Und Luke starrte in die Dunkelheit, konnte nichts sagen. Küsste verlegen Larissas Hals und streichelte scheu ihre Wange.

Wenn Larissa, minderjährig und auf Abklatsch, in die Autos steigt, um sich für zehn Euro Schwänze von kranken Yuppies in den Mund stopfen zu lassen, dann hat Luke Angst um sie. Dann weiß er, dass er nichts mehr für sie tun kann. Aber nun liegt Larissa neben ihm, und er spürt ihren Körper an seinem. Fühlt, wie ihre Brust sich hebt und senkt. Hört, wie ihr Atem die Kälte der Nacht vertreibt. Ich kann nicht verstehen, dass man Kindern wehtun kann. Dass man ihnen Liebe und Zuneigung verweigern, sie schlagen und missbrauchen kann. Wieso gibt es so viele Menschen, die nicht begreifen, dass ein Kind die Antwort auf alle Fragen ist? Larissa und Luke sind sicherlich nur zwei von ihnen.

Die Tram hält auf einmal ruckend an und ich blicke von dem Handy auf und durch das Fenster auf die Straße. Von hier aus kann ich nicht erkennen, was der Grund für diesen plötzlichen Stopp ist und deshalb sitze ich zehn Minuten herum, warte auf eine Durchsage, doch nichts passiert. Ich steige aus, gehe vor zum ersten Waggon, aber der Führerstand ist leer. Weder der Fahrer noch eine andere Menschenseele sind weit und breit zu sehen. Und so laufe ich dann durch die Nacht und bin ganz bei mir. Die dunkle Schläfrigkeit der Stadt hüllt mich ein. Meine Schritte klingen durch die Straßen, mein Herz schlägt einen anderen Rhythmus dazu.

Heimkehr

„Das Recht auf ein gescheitertes Leben ist unantastbar.“
(Josef Stalin)

Draußen wird es hell. Ich liege auf dem Sofa im Wohnzimmer und starre in den Morgen. Ich habe immer noch die beiden Kids aus Berlin im Kopf und dieses Bild kollidiert mit meinen Gedanken an Zoe und Bérénice. Es ist früh um fünf. Ich schaue auf mein Handy, nur um zu checken, ob das Krankenhaus angerufen hat, was ich aber sowieso gehört hätte, da ich das Telefon nicht auf lautlos gestellt habe. Dieses ganze Warten macht mich richtig kirre, also stehe ich auf, dusche und putze mir die Zähne, um dann zu Zoe zurück ins Krankenhaus zu fahren. In der Tram sitzen schon einige Werktätige und ich vermeide es, sie anzuschauen, denn ich habe kein gutes Gefühl dabei. Warum, weiß ich auch nicht. Ich schreibe Zoe via *WhatsApp*, dass ich auf dem Weg bin, bekomme aber während der gesamten Fahrt keine Antwort von ihr zurück. Nach circa zwanzig Minuten steige ich aus und laufe noch eine Weile bis zum Krankenhaus. Dort fährt gerade ein Rettungswagen vor. Blaulicht, keine Sirene.

Durch die Notaufnahme nehme ich den mir bekannten Weg zur Station und finde auch das Zimmer wieder, in dem ich Zoe zurückgelassen habe, doch es ist leer. Im Schwesternraum ist auch niemand, sodass ich ein wenig in Panik den Flur hinuntergehe, auf der Suche nach Zoe oder einer Ansprechperson. Meine Intuition lenkt mich zu einem Zimmer mit der Nummer 232. Und ohne Nachzudenken gehe ich zur Tür, klopfe, öffne sie dann vorsichtig und schaue durch den Spalt hinein. Tatsächlich sehe ich dort Zoe im Bett liegen. Sie hat die Augen geschlossen und atmet unregelmäßig. Als ich eintrete, bemerkt sie mich.

„Liam", flüstert sie, mehr kommt nicht über ihre Lippen, die ganz ausgetrocknet sind. Das sehe ich, als ich an ihr Bett trete und tief berührt ihre Hand in die meine nehme.

„Wie geht's dir? Brauchst du etwas zu trinken?", frage ich.

„Nein, ich brauche nichts. Danke", antwortet sie erschöpft. „Es hat sich noch nichts an den Wehen geändert. Sie kommen immer noch in langen Abständen."

„Mach dir keine Sorgen. Alles wird gut", versuche ich, sie zu beruhigen, obwohl ich mir auch Sorgen machen.

Ich sehe einen Becher mit Wasser auf dem Schränkchen neben ihrem Bett, und weil ich mir irgendwie hilflos vorkomme, aber jetzt etwas unternehmen muss, nehme ich ihn in die Hand und reiche ihn Zoe. Obwohl sie keinen Durst hat, stützt sie sich mühevoll auf – ihr Bauch ist wirklich riesig –, um langsam von dem Wasser zu trinken.

„Ich schaue mal, ob ich eine der Schwestern finde", sage ich. „Irgendwas muss ja jetzt passieren."

Zoe nickt und ich trete wieder nach draußen und gehe noch einmal zu dem Schwesternzimmer am anderen

Ende des Flures. Nun sitzt dort statt Meggy eine ältere, untersetzte Dame vor dem Rechner, doch an ihrer apricotfarbenen Kleidung erkenne ich, dass sie ebenfalls zum Personal gehört. Ein wenig enttäuscht bin ich, denn ich habe wirklich Meggy erwartet, doch die wird sicherlich ihren Dienst beendet haben.

„Guten Morgen, meine Freundin liegt in Zimmer 232. Wissen Sie, wie es nun weitergeht? Die Wehen haben sich ja nicht gesteigert und sie ist jetzt schon ziemlich erschöpft." Die Schwester blickt mich an.

„Ja, ich habe vor einer Stunde mit der diensthabenden Ärztin gesprochen. Ich denke, wir werden ihre Partnerin bald an den Wehentropf hängen. Irgendwann müssen wir ja zu Potte kommen."

Über so viel Zuversicht bin ich erst einmal beruhigt.

„Okay, dann warte ich bei ihr im Zimmer. Vielen Dank."

„Keine Ursache, wir sehen uns gleich, ja?"

Ich nicke zustimmend mit dem Kopf.

„Also dann, bis gleich."

Ich wende mich zum Gehen und laufe den Flur hinunter, zurück in Zoes Zimmer. Sie hat sich etwas aufgerichtet und hält den Hörer des Krankenhaustelefons an ihr Ohr. Ich denke, sie spricht mit ihrer Mutter. Leise gibt sie die letzten Ereignisse durch, reicht mir dann den Hörer mit dem Hinweis, ihre Mutter würde gern mit mir reden. Verunsichert nehme ich Zoe den Hörer aus der Hand und drücke ihn an meine Ohrmuschel.

„Hallo?"

„Hallo Liam. Schön, dass du da bist. Ich meine, dass du Zoe beistehst."

„Aber das ist doch selbstverständlich!", sage ich sehr bestimmt, vielleicht sogar etwas gekränkt.

„Schön. Ich werde morgen auf der Station vorbeikommen. Du bleibst bei Zoe, ja?“

Ich versichere Zoes Mutter noch einmal, dass ich ihrer Tochter nicht von der Seite weichen werde, und das beruhigt sie. Dann verspreche ich ihr, dass ich sofort anrufen würde, wenn Bérénice das Licht dieser Welt erblickte.

„Ich bin stolz auf euch. Ich wünsche euch beiden viel Kraft“, sind ihre letzten Worte, dann verabschieden wir uns.

Ich reiche Zoe den Hörer und sie legt auf. Während des Gesprächs wird mir bewusst, dass ich auch meinen Vater anrufen sollte, denn ich möchte ihn eigentlich ebenfalls an den kommenden Momenten teilhaben lassen. Aus diesem Grund gehe ich, nachdem ich das Gespräch mit Zoes Mutter beendet habe, noch einmal hinaus aus dem Krankenhaus und setze mich auf eine der metallenen Bänke in dem kleinen Park davor. Ich ziehe mein Handy aus der Tasche, wähle die Festnetznummer meines Vaters und lausche angespannt auf das Rufen in der Leitung. Nach dem vierten Klingeln wird das Gespräch von meinem Vater angenommen und ich bin froh, dass es nicht Heuschrecke ist, mit der ich sprechen muss. Ich möchte diesen sakralen Moment einfach nicht beschmutzen. Mein Vater und ich begrüßen uns erst ganz nüchtern mit einem beidseitigen „Hallo“.

„Du, wir sind schon im Krankenhaus. Zoe liegt seit gestern in den Wehen.“

Jetzt ist mein Vater richtig aufgeregt, das höre ich an seiner Stimme.

„Wahnsinn! Das ist ja toll. Und, alles okay bei ihr?“

„Ja, die Wehen kommen zwar immer noch in großen Abständen, aber sie wollen Zoe jetzt an den Wehentropf hängen. Das beschleunigt das Ganze.“

„Braucht ihr irgendetwas? Kann ich helfen?“

„Nein, alles okay. Mach dir keine Sorgen. Wir bekommen das hier hin.“

„Ja, das macht ihr schon. Ich traue dir das zu. Ich bin stolz auf dich.“

Leise, irgendwie beschämt sagt er jetzt: „Bei deiner Geburt war ich leider nicht dabei“, und es ist das erste Mal, dass er das mir gegenüber erwähnt.

„Ich wünschte, deine Mutter wäre jetzt bei uns“, höre ich ihn noch sagen und dieser Satz, dieser Wunsch ist wie ein Schlüssel, der in mein Herz geht und etwas aufschließt.

Es ist die Tür der Trauer und die der Erinnerungen an die vielen wachen Stunden in der Dunkelheit. Es sind die Leben von uns beiden, die wir nebeneinander fristen und die sich jetzt wieder vereinen. Und ich kann nicht mehr an mich halten, Tränen laufen über meine Wangen und ich schluchze: „Ich weiß, Vati. Ich weiß.“

Ich möchte ihn umarmen, ich will, dass er jetzt bei mir ist. Warum musste uns das alles passieren? Warum wurden wir auseinandergerissen? Ist es Schicksal? Spielt so das Leben? Ich weiß es nicht. Ich weiß nur, dass ich trotz meiner positiven Anspannung im Hier und Jetzt traurig bin.

„Ich hab dich lieb, Vati. Danke, dass du das gesagt hast.“ Ich muss mich zusammenreißen, ich weine ziemlich stark.

„Liam, alles ist gut. Ich freue mich, dass ich Großvater werde.“ Pause. „Wir werden bald wieder eine richtige Familie sein. Das verspreche ich dir!“

Diese letzten Worte meines Vaters werden mir noch lange im Gedächtnis bleiben, da bin ich mir sicher. Sie werden mich verfolgen, ein Leben lang. Nachdem wir das

Gespräch beendet haben, verweile ich noch einen Moment auf der Bank. Ich trockne meine Tränen, blicke auf das Gras der Wiese vor mir. Ich fühle mich geerdet und gelöst. Ich glaube, ich bin bereit für all das Kommende.

Zenit

„Gegenüber jeder Aktion steht eine Reaktion."
(Sir Isaac Newton)

Die nächsten Stunden kann ich nur mit einem gewissen Abstand beschreiben. Ich finde Zoe, an den Wehentropf angeschlossen, im Zimmer wieder. Sie ist nunmehr fast ununterbrochen mit den Wehen beschäftigt. Sie werden stärker, dauern länger an. Bald darauf wird Zoe von Meggy und einer anderen Schwester aus dem Zimmer geschoben. Ich habe gar nicht bemerkt, dass sie wieder Schicht hat. Aber ich freue mich, sie zu sehen, denn bei ihr habe ich ein gutes Gefühl. Ich laufe neben dem Bett her und berühre manchmal Zoes Hand. In der Hoffnung, dass sie mich hört, sprudeln mir dabei immer wieder die gleichen Sätze über die Lippen: „Es ist alles gut. Ich bin bei dir. Halte durch! Hab keine Angst!"

Ich will, dass sie merkt, dass ich voll dabei bin, sieht, wie sehr ich mich reinhänge. Ohne Zeit zu verlieren, geht es in den Kreißsaal, den ich schon von unserem letzten Besuch vor einigen Monaten kenne. Mir fällt wieder auf, dass das Wort Kreißsaal völlig unpassend für diesen Raum ist, der eigentlich ganz gemütlich aussieht. Eine große runde Wanne für Wassergeburten steht links im Raum. In der Mitte ein ausladendendes, verstellbares Bett, auf das wir Zoe hinaufhelfen. Ich bin überhaupt nicht mehr müde, sondern mit meinen Gedanken ganz hier, alles ist klar, ich stehe völlig unter Adrenalin. Zoe trägt nur ein kurzes Nachthemd und ihr Bauch ist riesig, die Haut gespannt und glänzend. Ihre Vagina ist geschwollen, doch Scham oder Ekel überfallen mich nicht. Zoe und ich erleben beide ein Novum. Etwas, was wir nur gemeinsam durchschreiten können, und dieser Umstand lässt alles Verstörende auf einmal richtig und rein erscheinen. Nun heißt es, die Zähne zusammenbeißen. Ich denke an meine Mutter, das gibt mir Kraft. Sie ist jetzt bei mir und wacht über uns wie ein Engel.

Zoe bricht mir fast die Finger. Meggy redet auf sie ein. In unregelmäßigen Abständen sagt sie: „Atmen! Pressen! Atmen!“

Zoe schnauft und prustet, uriniert. Meggy verkündet irgendwann, dass sie den Kopf sehen kann, dichte, schwarze Haare.

„Nur noch ein bisschen weiter pressen! Gleich ist es geschafft.“

Ich stehe gebannt neben dieser Szenerie, traue mich nicht, Zoe anzufassen. Und da das Köpfchen von Bérénice nicht weiter herauskommen will und Zoe sich sichtbar quält, holt Meggy noch eine andere Schwester hinzu. Diese kniet sich hinter Zoe auf das Bett, legt ihre Hände auf Zoes Bauch und drückt ohne Vorwarnung in einer Wehe mit einer heftigen Bewegung nach unten. Zoe schreit gellend auf, ein platschendes Geräusch ertönt und Zoes Bauch fällt zusammen. Zwischen ihren Beinen liegt jetzt ein kleines, blutverschmiertes Menschenkind.

Absolut ungläubig betrachte ich das alles. Schaue zu Zoe. Sie hat sich völlig verändert. Verschwitzt hängen ihr die Haare im Gesicht. Sie ist unendlich erschöpft, doch ihre Augen leuchten und jetzt lächelt sie mich an. Dies ist der innigste Moment, den wir in unserer Beziehung erleben dürfen. Wir beide wissen das. Ich glaube, es ist Liebe, was da zwischen uns passiert. Wir ahnen nicht, was uns erwartet, doch wir sind bereit dafür. Zusammen, gemeinsam. Ich sehe nun wieder hinunter zu Bérénice. Ja, zu Bérénice! Dort liegt sie. Sie ist real. Dieses Baby ist meine Tochter - unser Kind. Unglaublich, wie sich das anhört. Von einem Moment zum nächsten ist alles anders.

„Möchten Sie die Nabelschnur durchschneiden?", fragt mich Meggy und wie in Trance ergreife ich die Schere.

Jetzt sehe ich zum ersten Mal so richtig Bérénice Gesicht. Ihre Augen sind geschlossen, der kleine Körper bewegt sich etwas. Auf einmal öffnet sie ihr Mündchen und beginnt, in einer wahnsinnigen Lautstärke zu schreien.

Meggy sagt: „Sie wird mal eine Sängerin." Dann lacht sie und mich macht das richtig stolz. „Jetzt müssen Sie aber die Nabelschnur durchschneiden."

Meggy führt meine Hand, in der anderen halte ich die Schere. Die Nabelschnur wurde bereits kurz vor Bérénice Bauch abgeklemmt, und als ich sie jetzt berühre, bin ich verwundert darüber, wie hart und trocken sie ist. Ich habe mir eine Nabelschnur glitschig und weich vorgestellt. Ich drücke einmal kräftig auf die Schere und dann ist es vollbracht. Bérénice ist da – abgenabelt von ihren letzten neun Monaten und hineingeboren in unsere Zeit. Alles, was man darüber erzählt, ist wahr. Meggy nimmt Bérénice und legt sie Zoe in den Arm. Von diesem Moment an sind ihre Anstrengung und ihre Schmerzen sichtbar verschwunden. Sie weint. Bérénice hat sich bei Zoe schlagartig beruhigt und legt jetzt ihr kleines Mündchen an Zoes

Brust und beginnt, zu nuckeln. Meggy meint, das sei ein gutes Zeichen.

Die nächsten Minuten vergehen wie in einem Traum. Meggy überprüft noch die Nachgeburt, um zu kontrollieren, ob dort alles in Ordnung ist. Dann wird Bérénice gewogen und ich bekomme eine Glückwunschkarte mit ihrem Fußabdruck überreicht. Zoes Bauch wird mit einer Art großer Binde und Bérénice mit einem Leinentuch umwickelt. Meggy und die andere Schwester holen ein neues Bett von draußen, auf das sie Zoe und Bérénice legen und sie beide zudecken. Zoe sieht mittlerweile wieder völlig erschöpft aus, ihr fallen die Augen zu und ich folge Meggy, als sie Zoe und Bérénice aus dem kleinen Saal schiebt. Wir gehen nur ein paar Schritte, dann kommen wir zu dem Einzelzimmer, das heute durch einen glücklichen Zufall nicht belegt ist. Es ist mittlerweile sieben Uhr abends, in dem Zimmer hängt gedämpftes Licht. Zoe ist eingeschlafen, Bérénice an ihren Körper gedrückt. Beide liegen selig vor mir. Alles, worum es mir in dieser Welt geht, ist genau dieses Bild.

Ich muss meinen Vater und Zoes Mutter anrufen, schießt es mir auf einmal durch den Kopf und deshalb gehe ich nach draußen auf den Flur und verlasse die Station. Draußen in der Anmeldung habe ich etwas Empfang und wähle aufgeregt die Nummer von Zoes Eltern. Leider geht jedoch nach mehrmaligen Rufen bei beiden Handys nur der Anrufbeantworter dran, sodass ich ihnen die freudige Botschaft aufs Band spreche und auch sage, dass ich immer erreichbar bin. Danach wähle ich die Nummer meines Vaters und nehme nun deutlich nervöser das Handy ans Ohr. Nachdem es dreimal geklingelt hat, nimmt Heuschrecke das Gespräch an. Ich weiß erst einmal gar nicht, was ich sagen soll, weil ich doch absolut mit der Stimme meines Vaters gerechnet habe. Es wird ein kurzes, furchtbares Telefonat. Nein, ich sage ihr nicht, dass Bérénice auf die Welt gekommen ist. Das möchte ich meinem Vater zuerst erzählen. Aber Heuschrecke meint, dass er noch mal weggegangen ist. In die Stadt, etwas einkaufen. Sicher ein Geschenk für Zoe und Bérénice, denke ich und freue mich darüber.

„Gut, ich rufe später noch einmal an, oder probiere es auf dem Handy. Bis dahin“, bringe ich über die Lippen, dann lege ich auf.

Ich bin schon sehr enttäuscht, meinen Vater nicht sprechen zu können und versuche ihn deshalb auf dem Handy zu erreichen, doch es ist ausgeschaltet. Nicht einmal die Mailbox geht ran. Darum gehe ich wieder zu Zoe und Bérénice ins Zimmer, doch die beiden schlafen fest. Ich trete näher an das Bett heran, betrachte das kleine Gesicht von Bérénice und plötzlich fühle ich mich so müde, dass ich mich am liebsten zu ihnen legen möchte. Ich muss mich ausruhen, am besten fahre ich kurz nach Hause. Leise gehe ich hinaus und gebe Meggy noch Bescheid. Sie nickt und meint, das hätte ich mir verdient.

Draußen ist es dunkel geworden. Blutrot steht der Sonnenuntergang über den Dächern und ich fühle mich dadurch sonderbar berührt. Auf der Fahrt nach Hause muss ich noch einmal an das Gespräch von heute Morgen mit meinem Vater denken. Seit Jahren war es die erste ehrliche Auseinandersetzung mit ihm. Seit langer Zeit hat er mir wieder das Gefühl gegeben, interessiert an mir zu sein. An den Dingen, die ich tue, an den Dingen, die mir wiederfahren. Ich möchte so gern mit ihm sprechen, möchte ihn sehen. Erinnerungen an die Gefühle aus meiner Kindheit steigen in mir auf. Erinnerungen an unverfälschte, reine Liebe und das bedingungslose Vertrauen eines Kindes in seine Eltern. Ein Vertrauen, das allzu oft zerschlagen und vernichtet wird. Solange bis nur noch ein Glimmen übrigbleibt, das eben nicht ganz erstickt. Es ist für den Menschen eine lebenslange Qual und das Warten auf ein erneutes Entfachen der Flamme unerträglich. Doch vielleicht wird mein Feuer wieder brennen. Vielleicht kommt die Liebe wieder zu mir, dieses Urvertrauen. Meine Tore jedenfalls sind weit geöffnet – bereit, meinen Vater einzulassen.

Nachdem ich zu Hause ausgiebig geduscht und mich im Bademantel auf die Couch im Wohnzimmer gesetzt habe, schaue ich mir zu allem Unglück mal wieder ein Video auf *Evic Media* an. Dort wird in Burma ein Kleinkind von Soldaten mit einem Elektroschocker gefoltert. Es ist ein kleiner Junge. Er hat schwarze Sandalen an, ansonsten ist er nackt. Der Kleine sitzt auf dem Boden und schreit dieses Schreien, das man nicht vergessen kann. Ein Kind, das in solch einer Panik schreit, das ist wohl das schlimmste Geräusch auf Erden. Abwechselnd tasert einer der Soldaten das Ohr und die Hände des Kindes, manchmal sogar das kleine Gesicht. Der Junge versucht, sich zu schützen, versucht wegzukriechen, doch kann er sich vor Schmerzen und Angst kaum bewegen. Es ist diese Hilflosigkeit, die mir so wehtut, denn der Kleine hat keine Chance. Irgendwann bricht das Video ab und ich sitze wieder einmal völlig entsetzt davor. Fassungslos darüber, dass es immer noch schlimmer gehen kann und eine Steigerung des Grauens nicht aufzuhalten ist. Und wenn da nicht dieser Funke wäre, dieses winzige Licht in uns, die Flamme, die in jedem von uns brennt, dann würde es nicht so schwerfallen loszulassen. Die Dinge würden leichter unwichtig erscheinen. Was passiert mit den Menschen, wenn keine Konsequenzen für ihr Handeln im Raum stehen? Der Kokon der Zivilisation ist so dünn, fast papiern.

Vielleicht ist die Botschaft des Humanismus wirklich nur eine Fiktion. Ein Symbol des Luxus und des Überflusses. Diese kleinen Hände, wie sie versuchen, den Körper zu schützen. Nein, so etwas kann ich nicht vergessen. Diese Sequenzen haben sich in meine Seele gebrannt wie so vieles aus dem Netz. Dieses Video ist der berühmte Tropfen, der das Fass zum Überlaufen bringt. Das Gramm, das meine Belastbarkeit reißen lässt. Ich habe mir viel zu viel von diesem Horror angetan. Ich wusste immer, dass es das pure Gift für die Seele ist. Aber ist es nicht unsere Verantwortung, den Schmerz anderer aufzunehmen? Ihn zu teilen, zumindest sich dafür irgendwie zu interessieren?

Ich stehe in der Mitte unseres Wohnzimmers und ein tiefer Schrei bricht aus mir heraus. Alles, was sich aufgestaut hat, alles, was ich konsumiert, aber nie verarbeitet habe, liegt in diesem Schrei. Er steigert sich in ein schrilles Kreischen, fällt dann abrupt ab, in ein Schluchzen, von dem ich wie im Fieberwahn geschüttelt werde. Ich rutsche zusammen, krümme mich auf dem Teppich in der Embryohaltung zusammen und bleibe dort liegen. Bérénice, ich vermisse dich. Es ist schön, dass du da bist. Ich weiß, dass du mich heilen kannst. Weiß, dass durch dich alles wieder richtig werden wird. Ich muss meine Seele wiederfinden.

Telefonate

„Versuchung ist ein Parfum, das man so lange riecht, bis man die Flasche haben möchte."
(Jean-Paul Belmondo)

Heuschrecke sagt, dass sie nicht wisse, wo er sei, und dass er in der Nacht auch nicht nach Hause gekommen ist. Sie ist richtig beunruhigt und weiß nicht recht, was sie tun soll. Aber wenn sich bis Mittag nichts verändert habe, würde sie die Polizei rufen, was anderes bleibe ihr, bleibe uns ja gar nicht übrig. Jetzt beginne ich, mir auch Sorgen zu machen, denn dieses Wegbleiben über Nacht passt überhaupt nicht zu meinem Vater. Er ist gestern nach seinem Ausflug in die Stadt nicht nach Hause gekommen.

Ich stehe in der Küche, habe mich gerade nach ein paar Stunden Schlaf fertig gemacht, um wieder zu Zoe ins Krankenhaus zu fahren – und jetzt dieses Gespräch. Heuschrecke hat mich angerufen, doch da nur die Festnetznummer meines Vaters auf dem Display erschienen ist, nahm ich an, dass er es sei. Freudig habe ich das Gespräch angenommen. Doch nun ist alles anders. Mein Vater ist verschwunden und ich spreche mit Heuschrecke am Telefon. Ich komme nicht drum herum, ihr von der Geburt zu erzählen, und irgendwie ist alle Magie in dieser Botschaft verloren gegangen. Es ist nur noch eine weitere Nachricht, die Heuschrecke nicht in der Lage ist aufzunehmen. Nach einer kurzen distanzierten Freude lenkt sie das Gespräch wieder auf meinen Vater. Es ist, als wäre die Geburt von Bérénice nie geschehen, und zu meiner bis jetzt gehalten Euphorie gesellt sich ein dumpfes, dunkles Unbehagen.

Aber alles wird okay sein. Heuschrecke dreht wieder einmal durch, versuche ich, mich zu beruhigen. Sicherlich hat mein Vater die Schnauze voll von ihr und ist in ein Hotel gezogen. Das kann doch alles sein! Nein, ich werde mein Hochgefühl über Bérénice nicht von Heuschrecke zerstören lassen. Ich beende das Gespräch, sage, ich würde gegen Mittag noch einmal anrufen. Heuschrecke will noch etwas sagen, doch ich würge sie ab und lege auf. Während des kurzen Telefonats bin ich in der Küche hin- und hergewandert, jetzt stehe ich seit einigen Sekunden unbeweglich an einem Fleck und blicke aus dem Fenster. Ich fühle mich irritiert und muss mich neu ordnen.

Alsbald verlasse ich aber die Wohnung und sitze dann in der Tram zurück ins Krankenhaus. Zurück zu Zoe und Bérénice. Als ich auf dem Weg zur Geburtenstation die Flure des Krankenhauses entlanggehe, versuche ich, das mit meinem Vater zu verdrängen, aber es gelingt mir nicht wirklich. Mir ist, als hätte sich etwas an mich herangehängt. Ein Schatten, der mir folgt und sich mir aufs Herz legt. Nein! Das lasse ich nicht zu. Bérénice. Bérénice. Bérénice. Nur du.

Ich komme in das Zimmer und dort liegen beide zusammen im Bett und sehen aus wie ein Ikonenbild. Sonnenstrahlen fallen wie ein Himmelsleuchten auf die Bettwäsche. Zoe strahlt mich an und ich schwebe zu ihr. Küsse sie, schaue auf Bérénice. Sie schläft und ich lege sacht meine Hand auf ihren kleinen Körper. Er ist warm und wunderschön und mich durchflutet eine mächtige Energie. Tief, ehrlich und fundamental.

„Komm, nimm sie in den Arm", sagt Zoe, und hält mir Bérénice entgegnen. Unbeholfen nehme ich zum ersten Mal unser Kind zu mir. Nun bin ich Vater, in einem Krankenhauszimmer stehend, die neugeborene Tochter im Arm. Die Mutter, erschöpft, aber von Glück erfüllt, schaut uns an. Ja, man könnte diese Szene fast als Kitsch bezeichnen.

Ich bleibe mehrere Stunden und die vergehen wie im Flug. Zoe stillt Bérénice und ich wickle sie. Sie schreit dabei, aber wir freuen uns darüber. Zoe gelingt es sehr schnell, sie wieder zu beruhigen. Ihr Mündchen an Zoes Brust gedrückt, beginnt Bérénice, zu trinken, und dieses Bild ist unbeschreiblich. Ich nehme Zoes Brust überhaupt nicht als sexuell war. Sie ist das Zentrum dieser Welt. Ohne dieses Bild der stillenden Mutter gäbe es uns nicht. Es ist der Anfang von allem. Der Beginn eines immerwährenden Zyklus.

Gegen Mittag ist Zoe erschöpft und Bérénice schläft auch schon eine Weile, sodass ich mich für heute verabschiede und beide nochmal küsse. Nachdem ich die Tür leise zugezogen habe, verlasse ich die Station und gehe hinaus auf die Straße. Es ist angenehm mild und ich ziehe mein Handy aus der Hosentasche und wähle die Mobilnummer meines Vaters. Doch sein Telefon ist noch immer ausgeschaltet und so laufe ich nach Hause. Der ausgedehnte Spaziergang mag mein Unverständnis über dieses

Thema nicht zu lösen. Es scheint, als wäre der Schatten von heute Morgen mir bis nach Hause gefolgt.

Später liege auf dem Sofa im Wohnzimmer und denke an meine Mutter. Ich habe Zoe vorhin noch einmal über *Whatsapp* geschrieben, aber keine Antwort erhalten. Sicher schläft sie – ein gutes Gefühl. Doch die Gedanken an meinen Vater, der verschwunden scheint, bringen mich aus dem Gleichgewicht, sodass ich den Fernseher anknipse, um mich berieseln zu lassen. Ich entscheide mich, erst gegen Abend noch einmal meinen Vater anzurufen, denn sicher ist er nicht *verschwunden*. Was soll das auch? Heuschrecke spinnt sich da etwas zurecht und versucht einfach, mit dieser kruden Story mein Hochgefühl zu beschmutzen. Obwohl, manchmal verschwinden Menschen einfach. Die Erde tut sich auf und verschluckt sie einfach. Aber doch nicht meinen Vater. Das glaube ich einfach nicht.

Im Fernsehen läuft wieder nur Schrott und deshalb entschließe ich mich, Mandy anzurufen. Ihr möchte ich gern von Bérénice Geburt erzählen. Ist sie doch die Einzige, die mir einfällt, mit der ich dieses Ereignis noch teilen könnte. Ich habe keine anderen Freunde und mir fällt zum wiederholten Male auf, dass ich all die Jahre ziemlich einsam war. Sicher, ich kannte Leute, hier und da. Aber Freunde – ich weiß nicht. Ich glaube, auch Mandy ist keine wirkliche Freundin. Freundschaft hat für mich sehr viel mit Liebe und Vertrauen zu tun und beides gibt es auf Dauer bei Mandy nicht. Nichtsdestotrotz rufe ich sie an. Es läutet mehrfach, bis sie das Gespräch entgegennimmt und ich ein schwaches „Hallo“ aus dem Telefon zu hören bekomme. Ich bin verwundert über diese gequälte Begrüßung und versuche, ihr betont freundlich zu entgegnen: „Hey, ich bin es. Alles gut bei dir?“

Mandy antwortet sehr verzögert und irgendwie genervt: „Na ja, geht so. Was gibt es denn?"

Beeinflusst durch ihre träge und emotionslose Art habe ich gar keinen Bock mehr, mit Mandy zu reden, geschweige denn ihr mitzuteilen, dass ich Vater geworden bin. Verunsichert sage ich, dass bei mir auch alles okay sei. Frage sie, warum sie so fertig klinge, obwohl bereits ein böser Verdacht in meinem Hinterkopf lauert.

„Ach, lass mal. Mir geht es gut", sagt Mandy. „Na ja, ich habe gestern wieder einmal ein wenig genascht. Aber das war es. Nur das eine Mal."

Ich kann es nicht fassen. Sie hat es wirklich wieder getan. Mandy hat sich C reingezogen. Ich muss richtig aufseufzen und stumm mit dem Kopf schütteln. Das kann doch alles nicht wahr sein.

„Okay, wenn du meinst", ist alles, was ich über die Lippen bekomme. Ich bin maßlos enttäuscht, schwanke hin und her, ob ich Mandy von Bérénice erzählen soll oder nicht. Letztendlich entscheide ich mich dafür.

„Du, ich bin Vater geworden. Gestern ist Bérénice auf die Welt gekommen."

Ungläubige Stille in der Leitung. Sekunden tropfen wie Leim. „Du bist was? Du bist Vater geworden?", ertönt es endlich. Mandy klingt wütend. Sie scheint es wirklich nicht zu fassen und kurz frage ich mich, ob ich ihr jemals von Zoe und der Schwangerschaft erzählt habe.

„Ja und ich freue mich sehr", erwidere ich trotzig und versuche, dabei auch so zu klingen.

„Na dann, Glückwunsch", meint Mandy lapidar und ich hasse es, wie sie das sagt. Dieses verdammte Meth. Es zerstört die Menschen. Raubt ihnen alle Liebe.

„Danke."

Das bringt alles nichts.

„Wie geht es deiner Tochter?“, frage ich und bin schon dabei, das Gespräch zu beenden, wohlwissend, dass es nichts Gutes zu berichten gibt. Jetzt, wo Mandy wieder auf C ist und bei ihr alles wieder so ist wie bei meiner Ankunft vor fast einem Jahr. Auf keinen Fall wird Mandy bei dem einmaligen Konsum bleiben, das ist mir voll bewusst. Zeit, mit ihr abzuschießen. Ich kann sie und ihre Selbstzerstörung nicht in meinem Leben zulassen. Sie hat es so entschieden, sie wollte es nicht anders.

„Alles okay. Die Kleine ist bei ihrem Vater. Sie kommt morgen zu mir. Da kann ich heute noch ausspannen.“

Ausspannen, diese Verniedlichung eines Crystal-Abklatsches sagt alles. Mandy ist zurück im Sumpf. Vielleicht für immer. „Okay. Also dann, bis irgendwann. Ja?“

Ich presse die Worte hervor, möchte sofort auflegen.

„Ja, Liam. Und komm mich doch mal mit deiner Tochter besuchen. Ich würde mich freuen.“

Mandy klingt traurig, als sie das sagt. So, als würde sie wissen, dass unser Gespräch vielleicht ein Abschied für immer sein wird.

„Ja, mache ich“, lüge ich. „Pass auf dich auf!“

Einige Sekunden verrinnen.

„Ja, Liam. Gib deiner Tochter einen Kuss von mir. Es tut mir leid, dass ich das alles vergessen habe.“

Ich setze an, um sie zu verabschieden, aber dann sagt Mandy noch: „In letzter Zeit lief es nicht so gut bei mir.“

„Das tut mir leid“, kommt noch resigniert über meine Lippen, dann lege ich auf. Was soll ich sonst tun?

Es ist mittlerweile zwei Uhr und ich muss das Telefonat mit Mandy erst einmal verdauen. Es ist für mich schlimm, zu wissen, dass sie eigentlich ein gutes Herz hat und dass unter der Haut der Süchtigen ein fühlender Mensch denkt und leidet. Ein Mensch, der sich und seinen Konsum hasst. Und immer wieder gibt es dieses tückische Auftauchen. Diese Phasen des Clean-Seins. Ein paar Wochen alles wieder richtig machen, sich neu aufstellen, die Sachen anpacken, die zu ergreifen man nicht in der Lage war. Bis einen die Sucht wieder zurück in den Sumpf zieht. Hinein in die dunkle Welt der Abhängigkeit. Und mit jedem Mal geht es für sie tiefer hinab. Solange, bis kein Ablösen mehr möglich ist. Das C, das Meth, ist stärker als die Liebe. Es hat Mandy alles geraubt. Und diese Stimmung verleitet mich dazu, wieder an meinen Vater denken. Was ist da bloß los?

Ganz kurz kommt in mir ein Gefühl auf, als wäre er wirklich verschwunden und ich würde ihn nie wiedersehen. Aber das ist völlig unvorstellbar. Wieso sollte er verschwinden? Gerade jetzt, wo alles so gut läuft. Eigentlich will ich gar nicht zu Hause anrufen. Ich habe Angst, nochmal mit Heuschrecke sprechen zu müssen. Ich werde ins Krankenhaus fahren, um positive Energie zu tanken. Möchte Bérénice und Zoe einfach sehen. Auf *Evic Media* geht es heute Gott sei Dank nur darum, wie blinde Menschen träumen und was Sapiosexuelle anmacht.

Patrum

„Oft verliert man das Gute, wenn man das Bessere sucht.“
(Pietro Metastasio)

Am späten Nachmittag sitze ich in der Tram auf dem Weg ins Krankenhaus und versuche, mich mit Gedanken über Jack London von meinem Vater abzulenken, denn eben lief noch eine kurze Dokumentation über diesen großen Schriftsteller auf *ZDFinfo*. Leute wie Jack London haben am Tag tausend Wörter aufs Papier gebracht - das ist für mich unvorstellbar. Jeden Tag, egal was passierte. Wahnsinn. Jack London wuchs in den Armenvierteln von San Francisco auf und musste bereits mit vierzehn in einer Konservenfabrik arbeiten. Vierzigjährig hat er sich zu Tode gesoffen, aber bis dahin alles Menschenmögliche erlebt. Als Teenager ist er mit *Hobos*, das sind amerikanische Penner, auf den Zügen durch die gesamten Staaten gefahren. Jack London hat dort die Abgehängten und Vergessenen kennengelernt und deren Eigenarten intensiv studiert. Diese Zeit sollte prägend für sein gesamtes literarisches Werk werden, das in großen Stücken ein flammender Apell gegen Ausbeutung und soziale Ungleichheit ist. Mit Anfang zwanzig zog er mitten im Goldrausch mit tausenden anderen zu den Klondike-Fields am Yukon. Die gewaltige Natur Alaskas beschrieb er als brutal und gnadenlos. Legendär sind seine Beschreibungen der *weißen Stille* und der Kälte, die selbst gestandene Männer wahnsinnig werden lassen. Er war Zeuge und eindringlicher Beschreiber des legendären Erdbebens in San Francisco. Sozialist und Boxer, ein Getriebener. Und ich bin ein großer Fan.

Ich steige aus und laufe das letzte Stück zum Krankenhaus. Kurz vor dem Eingang klingelt mein Telefon. Ich ziehe es aus der Hosentasche. Die Festnetznummer meines Vaters. Gott sei Dank! Erleichtert nehme ich das Gespräch an, drücke das Handy ans Ohr.

„Ja?"

Es ist Heuschrecke. *Fuck!*

„Liam, dein Vater ist immer noch nicht zu Hause. Es sind jetzt fast achtundvierzig Stunden um."

Der Hinweis von Heuschrecke auf die vergangenen zwei Tage soll mir sicherlich sagen, dass wir ihn als vermisst melden müssen, aber sie möchte es selbst nicht aussprechen. Typisch. Sie möchte mir wieder alles überlassen.

„Was meinst du damit? Was ist mit den achtundvierzig Stunden?"

Daraufhin erklärt mir Heuschrecke, dass dies das gesetzliche Zeitfenster ist, nach dem man offiziell eine Vermisstenanzeige bei der Polizei aufgeben kann.

„Kannst du das bitte übernehmen, Liam? Ich schaffe das einfach nicht. Ich habe die ganze Nacht vor Sorge nicht geschlafen und nur geweint", jammert sie.

Diese verdammte Hure. Kein Wort glaube ich ihr. Kurz muss ich sogar daran denken, dass sie meinen Vater um die Ecke gebracht haben könnte, im nächsten Moment erscheint mir das dann doch zu schräg. Aber wie sie jetzt auf die Tränendrüse drückt und mich anschleimt, macht die ganze Sache noch viel schlimmer.

„Ja, ich nehme das in die Hand“, sage ich trocken. Eigentlich ist es mir ganz recht, dass ich die Sache steuern soll. Heuschrecke würde alles nur wieder zerstören mit ihrer Drecksenergie und ihrem bösem Hokuspokus. Ich hasse sie, Mordfantasien steigen in mir auf. Verdammt, wo ist mein Vater?

Ich stehe immer noch vor dem Eingang des Krankenhauses und bin schweißgebadet. Mein Gesicht gleicht einer gequälten Fratze. Mit der Hand umklammere ich das Handy und halte es angeekelt einen halben Meter vom Kopf weg. Mir ist kotzübel. Ich muss mich beruhigen. Ohne noch etwas zu Heuschrecke zu sagen, beende ich das Gespräch und stecke das Handy in die Hosentasche. Ich schließe meine Augen und versuche, tief und langsam zu atmen. Drei Minuten sind es gewiss, die ich dort so herumstehe und atme, dann geht es mir langsam wieder besser. Ich kann meine Gedanken ordnen und die nächsten Schritte festlegen. Jetzt erst einmal zu Zoe und Bérénice. Positive Energie tanken. Das wird mir guttun. Auf dem Weg zur Station überlege ich, ob ich Zoe von den aktuellen Vorkommnissen berichten soll.

Es ist keine Schwester zu sehen, aber ich denke, es ist okay, wenn ich einfach zu der Mutter meiner Tochter gehe. Vor Zoes Zimmer klopfe ich komischerweise an die Tür, bevor ich leise und vorsichtig, sogar den Rücken etwas gebeugt, eintrete. Zoe liegt nicht im Bett, sondern steht, nicht weit von der Wickelkommode entfernt, mit

Bérénice auf dem Arm im Zimmer. Als sie hört, dass jemand das Zimmer betritt, dreht sie sich um. Strahlend, verändert, eine richtige Frau.

„Hallo“, flüstere ich und lächele, schließe die Tür und gehe auf beide zu.

„Hallo“, flüstert Zoe zurück.

Dann sagen wir beide nichts mehr, schauen verzaubert auf Bérénice. Sie bewegt sich etwas unwillig, streckt sich, das kleine Gesicht mürrisch zusammengekniffen. Ich muss lachen und küsse sie ganz vorsichtig auf die Stirn. Ich blicke Zoe kurz an und wir verstehen uns ohne Worte. Ich nehme Bérénice in meine Arme. Ach, wie gut das tut. Dieser kleine, warme Körper an meiner Brust. Unbeschreiblich. Liebe strömt in mich hinein. Tränen schießen mir in die Augen. Wo ist mein Vater? Ich möchte ihm das doch alles zeigen. Will dass er dasselbe spürt wie ich. In einem Leben ohne Heuschrecke. Bérénice liegt ganz ruhig an meiner Brust und ich schaffe es nicht besser, die Gefühle zu beschreiben, die mich aufwühlen.

„Mein Vater ist seit zwei Tagen verschwunden“, sage ich jetzt leise zu Zoe. Ich muss es einfach loswerden. Auch wenn es diesen einzigartigen Moment befleckt und durcheinanderbringt.

„Was meinst du damit?“

„Ich meine, er ist seit zwei Tagen nicht mehr nach Hause gekommen. Heuschrecke, äh, ich meine Anette, will, dass ich eine Vermisstenanzeige aufgebe.“

Bérénice beginnt, zu quengeln, windet sich in meinen Armen.

„Und, machst du es?“

„Na ja, ich denke schon. Irgendwie gefällt mir die Sache nicht.“

Bérénice schreit jetzt und Zoe nimmt sie mir wieder aus dem Arm. Sie setzt sich mit ihr auf das Bett und beginnt, sie zu stillen.

„Dann kümmere dich darum. Es ist schon ziemlich komisch." Zoe denkt kurz nach. „Mach dir keine Sorgen, Liam. Es wird nichts passiert sein. Wer weiß, vielleicht hat er eine Neue?"

Zoe lächelt verschmitzt und denselben Gedanken hatte ich auch schon. Es wäre schön, wenn es so wäre. Es wäre perfekt. „Ok, dann gehe ich nachher zur Polizei. Sicher ist sicher."

Ich bleibe noch eine halbe Stunde. Bérénice schläft tief und fest. Und dann packt es mich. Ich sitze auf einmal wie auf glühenden Kohlen. Ich verabschiede mich von Zoe und küsse Bérénice auf das kleine Köpfchen. Ich muss zur Polizei. Das alles lässt mir keine Ruhe mehr.

Die Sonne scheint und es ist warm, als ich zur Straßenbahnstation gehe. Und auf einmal ist mir auch, als wäre mein Vater bei mir. So, als würde er neben mir laufen. Gedanklich versuche ich, mögliche Szenarien seines Verschwindens durchzuspielen und irgendwie die Gründe dafür zu erahnen. Doch dann überschwemmt mich wieder die Gewissheit, dass das alles auch ein schlechter Scherz sein und es banale Erklärungen für sein Wegbleiben geben könnte. So eine exotische Dramatik passt einfach nicht zu meinem Leben. Auch ist die Vorstellung, er wäre wirklich verschwunden, unerträglich, denn das würde ja bedeuten, dass nur Heuschrecke übrigbleibt. Und das muss mit allen Mitteln verhindert werden.

Also fahre ich dann die paar Stationen zum Connewitzer Kreuz, steige aus und gehe zu der Polizeiwache in der

Biedermannstraße. Ich laufe durch die Passage nach hinten, dort befindet sich eine Art Polizeibüro, das eigentlich wie ein stinknormales Bürgeramt aussieht. An einem Schreibtisch, den man von der Tür aus sehen kann, sitzt ein Beamter. Er ist jung, blond und sieht richtig adrett aus. Ich gehe auf ihn zu, er guckt mich an, dann stehe ich vor ihm und sage nervös: „Guten Tag. Ich möchte, äh, ich muss ein Vermisstenanzeige aufgeben."

Als ich diese Worte ausspreche, wird mir die gesamte Tragweite der Ereignisse kurz bewusst, aber dann greift der Verdrängungsmechanismus wieder und lässt mich automatisch funktionieren.

Der Polizist meint: „Bitte setzen Sie sich! Ich brauch erst einmal Ihre Personalien."

Ich setze mich, bin wie in Watte gepackt. Die Aura der Polizeistation erwirkt in mir den gebührenden Ernst. Nachdem ich meine Personalien aufgegeben habe, schildere ich auf Nachfrage des Polizisten, warum genau ich seine Hilfe benötige. Herr Klaron, der Name steht auf seinem Dienstschild auf der Brust, klärt mich, nachdem ich ihm von dem Verschwinden meines Vaters vor zwei Tagen erzählt habe, auf, dass man eine Vermisstenanzeige grundsätzlich meist nach vierundzwanzig Stunden aufgeben kann und nicht erst nach zwei Tagen. Bei Kleinkindern und alten Leuten werde natürlich sofort gehandelt. Das sei ja auch völlig verständlich. Herr Klaron vermittelt Vertrauen, jedenfalls für diesen aktuellen Moment.

Das ganze Prozedere dauert wirklich eine gute Stunde, in der ich unter anderem meinen Vater genau beschreiben soll, was mir merkwürdigerweise schwerfällt. Ich bekomme noch eine Kopie der Anzeige mit auf den Weg. Man werde mich anrufen, falls sich etwas Erwähnenswertes ergibt. Außerdem solle ich mich melden, wenn mein Vater wieder nach Hause käme, dann könnte man diesen Vorfall auf Eis legen. Wir verabschieden uns. Irgendwie habe ich das Bedürfnis, dem Beamten die Hand zu geben. Er drückt die meine fest, sagt noch, dass in neunzig Prozent der Fälle der oder die Vermisste von selbst wieder auftaucht. Also keine Sorge! Ich danke ihm und verlasse die Wache.

Draußen auf der Straße stehe ich eine Weile herum und starre auf den Verkehr vor mir. Nach einigen Minuten ziehe ich mein Handy aus der Tasche und rufe zu Hause, rufe Heuschrecke, an. Niemand nimmt ab. Ich weiß nicht, was ich tun soll, habe aber nur die Möglichkeit, zurück in unsere Wohnung zu gehen. In die Stadt will ich nicht. Ins Kino schon gar nicht. Es ist anstrengend, so zwischen diesen zwei Welten zu stehen. Totale Angst steht absoluter Freude gegenüber. Sekündlich pendle ich zwischen diesen zwei Extremen hin und her.

Ich habe noch etwas Weed zu Hause, das werde ich rauchen. Ich werde Zoe *WhatsApp*-Nachrichten schicken und mir Dokus im Fernsehen anschauen, auf dem Sofa liegen und versuchen, die Gedanken an meinen Vater zu vertreiben und mir einzureden, dass alles okay ist und er morgen wieder gesund und munter bei Heuschrecke auf der Matte steht. Er wird bald Bérénice sehen und sie in den Armen halten und oft zum Kaffeetrinken kommen. Wir werden gemeinsam auf den Spielplatz und in den Zoo gehen. Vielleicht fahren wir auch mal über ein Wochenende weg. Natürlich ohne Heuschrecke. Das wird schon klappen.

Ja, all das wird passieren, rede ich mir nun ein. Doch im Herzen trage ich bereits die Trauer über den Verlust meines Vaters. Dort hat sich das Schlimmste eingepflanzt und wächst und gedeiht. Aber die Stärke dieser so unfassbaren Verrücktheit bremst die Erkenntnis. Ich schreibe Zoe, dass ich sie und Bérénice vermisse und am liebsten jetzt bei ihnen sein möchte. Von den Sorgen um meinen Vater erwähne ich nichts. Ich fühle mich unendlich einsam.

Spät in der Nacht falle ich vor dem Fernseher in einen unruhigen Schlaf. Ich träume von Inseln, die ineinanderfallen, Kindern mit abgerissenen Köpfen und Sex mit Zoe. Von Blicken, die auf den Straßen vorübergleiten und Palmen vor einem schwarzen Himmel, die sich lautlos im Wind wiegen.

Fine

„Du hast dein Mehrsein verloren."
(Matt Hatter)

Als ich acht Jahre alt war, meldete mich mein Vater beim Judotraining an. Er war der Meinung, dass ein Junge sich verteidigen müsse, doch beim Training wurde ich von den anderen Kindern nur gequält. Oft wurden mir auf dem Boden liegend die Arme festgehalten und ins Gesicht gespuckt. Auch war es auch üblich, dass nach einem verlorenen Kampf der Unterlegene durch die „Gasse" rennen musste. Dazu stellten sich alle Kinder zu gleichen Teilen gegenüber auf und hielten ihre Judogürtel als Peitschen in den Händen. Der tragische Auserwählte musste seine Kutte ausziehen und dann durch diese Gasse rennen, wobei die Gürtel der anderen auf den nackten Rücken klatschten und dunkelrote Striemen auf der Haut hinterließen. Weil ich nie einen Kampf gewann, musste ich oft durch die Gasse rennen, doch zeigte daheim nie meine Striemen. Ich schämte mich einfach zu sehr dafür, immer der Verlierer zu sein.

Meinen ersten offiziellen Wettkampf absolvierte ich in dem darauffolgenden Winter in der Turnhalle des städtischen Gymnasiums. Mein Vater saß im Publikum, winkte mir zu und zeigte mit dem Daumen nach oben. Er erwartete viel von mir. Ich hatte Angst – und verlor. Es war kein starker Gegner, der mich bezwang, eigentlich eine Luftnummer. Aber ich hatte beim Training nicht ein einziges Mal gewonnen, warum sollte es nun passieren? Nach dem Kampf, noch auf der Matte liegend, blickte ich hinauf zu den Rängen in das enttäuschte Gesicht meines Vaters. Seine Lippen waren zusammengepresst, der Blick ganz hart. Fluchtartig verschwand ich nach diesem kläglichen Intermezzo in die Umkleidekabine. Ich schlug mit den Fäusten an die Wand, vergrub mein Gesicht in den Armen und ließ mich von einem Weinkrampf durchschütteln.

Auf dem Weg nach Hause, es war bereits dunkel, lief ich niedergeschlagen neben meinem Vater her. Wir sprachen kein Wort und ich fühlte seine Enttäuschung wie ein Brennen auf der Haut. Ich wusste zwar, dass meine Mutter mich zu Hause in den Arm nehmen und trösten würde, denn ihr war es egal, ob ich gewann oder verlor. Doch ich wünschte mir so sehr die Anerkennung meines Vaters. Und vielleicht zerriss in diesem Moment das Band zwischen uns und ist einer der Gründe, warum wir danach nie wieder zusammenfanden. Ja, möglicherweise ist es wirklich so banal und unfair. Die Motive der Erwachsenen sind selten von Kindern zu verstehen, erst recht, wenn ihnen dadurch das Urvertrauen zerschlagen wird.

Und jetzt, mit dieser neu aufkeimenden Hoffnung zwischen uns, erschaffen durch Bérénice, macht sein Verschwinden noch weniger Sinn. Wir haben doch endlich eine zweite Chance bekommen. Eine Möglichkeit, die Zeit zurückdrehen zu können. Zurück zu diesem Winterabend, zurück zu der Straße, auf der ich mit meinem Vater gehe und mich nach seiner Liebe sehne. Zu dem Moment, als das Kind in mir zerbrach.

„Wir werden bald wieder eine richtige Familie sein. Das verspreche ich dir!"

Der Klang der letzten Worte meines Vaters hallt brutal in meinem Kopf wieder und wieder. Das Versprechen, das er ernst und ehrlich gemeint hat. Ich kann mir einfach nicht vorstellen, dass er von mir, dass er von seiner neuen Familie fortgegangen ist. Das macht doch alles kein Sinn ...

Zoe reißt mich aus meinen Gedanken. Sie möchte sich schon bettfertig machen, und obwohl sie nur einige Meter neben mir steht, klingt es für mich so weit entfernt, als sie das sagt. Ich blicke zu ihr, nicke mit dem Kopf und sage leise: „Okay."

Dann geht sie ins Bad und verschließt die Tür.

Eine Woche ist seit der Geburt vergangen und Zoe und Bérénice sind seit drei Tagen zu Hause. Wir sind jetzt eine richtige Familie und alles läuft auch ziemlich reibungslos, wenn nicht da nicht die Sache mit meinem Vater wäre. Aber Bérénice ist ein liebes Baby. Sie schläft viel und lange, manchmal schreit sie auch, doch wenn ich sie auf den Arm nehme, beruhigt sie sich ganz schnell. Wenn sie gestillt werden möchte, muss ich sie natürlich an Zoe abgeben. Dann stehe oder sitze ich daneben und beobachte die beiden. Ich kann oft nicht fassen, dass ich Vater bin und bin ganz versunken darin, werde dabei aber auch traurig, weil ich das Glück nicht mit meinen Eltern teilen kann.

Am liebsten bade ich Bérénice. Dann lacht sie und quiekt vergnügt. Sacht berühre ich mit dem Waschlappen ihre zarte Haut. Ich bin ganz vorsichtig, will bloß nichts falsch machen. Bérénice und ich haben zueinandergefunden, das fühle ich. Ich denke, sie mag mich auch sehr, und dieses Gefühl erfüllt mich mit großem Stolz. Zoes Eltern waren gestern zu Besuch. Alles lief wie im Bilderbuch, sie sind strahlende Großeltern. Sie haben einen Haufen Geschenke mitgebracht. Zoes Mutter war völlig entrückt vor Glück. Sie wollte Bérénice gar nicht mehr hergeben. Zwei Stunden sind Karin und Gunther geblieben. Es war eine angenehme und sehr familiäre Zeit, Gunther hat mich sogar zur Verabschiedung umarmt. Ich mag die beiden wirklich sehr und bin froh, dass sie quasi meine Schwiegereltern in spe sind. Und trotzdem ist zwischen Zoe und mir eine seltsame Kühle eingekehrt. Wir reden, seitdem wir zusammen in der neuen Wohnung sind, nur miteinander, wenn wir mit Bérénice beschäftigt sind. Wir erfreuen uns beide an ihr, doch nicht an dem jeweils anderen. Was hat sich außer dem Verschwinden meines Vaters in den letzten Tagen verändert? Es gibt neben Bérénice keine weiteren Themen. Sicher, einige Alltagsdinge, aber sonst nichts. Ich überlege, ob das schon immer so gewesen ist oder es mir nur jetzt, wo unsere Tochter endlich auf der Welt ist, mehr auffällt.

Ich nächtige auf dem Sofa vor dem Fernseher, Zoe mit Bérénice im Schlafzimmer. Das ist okay für mich, doch ich weiß nicht, ob das für uns und das Baby gut ist. Manchmal denke ich: Was gleitet mir hier wieder weg? Ist es nur diese Depression, die Frauen nach der Geburt bekommen? Ich weiß es nicht.

Tagsüber werde ich gut durch die Pflege für Bérénice abgelenkt. Manchmal verblasst dadurch sogar die Sorge um meinen Vater. Nur am Abend, wenn beide schlafen und ich alleine auf dem Sofa sitze, kommen die Zweifel und die Angst zurück. Dann frage ich mich, ob Zoe und ich jemals zueinanderfinden werden und ob das vielen Paaren so geht. Vielleicht ist das, was ich mit Zoe erlebe, nur die Realität. Die Realität einer Beziehung, später möglicherweise sogar einer Ehe. Vielleicht habe ich einfach nur eine andere Vorstellung von den Dingen. Ich glaube eigentlich nicht, dass meine Ansprüche zu hoch sind, aber vielleicht gibt es die Dinge, nach denen ich suche, gar nicht.

Auf *Evic Media* ging es heute Morgen unter anderem um die belgischen Kriegsgräuel im Kongo zur Kolonialzeit. Schwarze mit abgehackten Händen wurden dort gezeigt. Die weiße Gier nach Kautschuk und Elfenbein sollen dafür verantwortlich gewesen sein. Außerdem berichteten sie von zwei Kids, die einem Hund die Ohren mit einer Schere abgeschnitten und via *Facebook*-Live-Video alles übertragen haben. Dabei grinsten beide frech in die Kamera. Gefakte Brustimplantate in den USA, die platzen. Einem Jungen werden in Syrien beide Beine abgerissen. Er sitzt im Staub und schreit in die Kamera. Promipartys, wichtige Leute, sinnlose Galas. Die Kohle wird nur so rausgeballert. *Instagram*-Persönlichkeiten, Teens in Bikini. Ein von Säure entstelltes Gesicht in Pakistan. Das Grau im Leben wird nur abgelöst von verschiedenen Nuancen.

Zoe kommt aus dem Bad. Sie hat den Pyjama mit den *Paul Frank*-Affen an, die Haare hochgesteckt und sich abgeschminkt. Sie nimmt ihr Handy vom Wohnzimmertisch, schaut kurz darauf, legt es wieder hin, kommt zu Bérénice und mir. Es gibt ein letztes Miteinander.

„Na, wie geht's euch beiden?"

Was für eine komische Frage.
„Alles okay", sage ich.
„Ich leg mich hin. Bringst du sie mir nachher rüber?"
Ich stimme unwillig zu. Zoe und ich küssen uns auf die Wange, so wie Bekannte es tun. Es ist mehr Geste als Bedürfnis, etwas völlig Eingespieltes.

Ich blicke ihr nach, als sie ins Schlafzimmer geht, und werde traurig. Warum habe ich diese Frau nie erobern können? Bis heute weiß ich nicht, wer sie ist. Selbst ein gemeinsames Kind hat nichts daran ändern können. Nichts hat sich vertieft. Ein neuer Mensch steht zwischen uns. Aber er schafft es nicht, uns zu verbinden. Ein Mensch, den wir beide lieben und für den wir sterben würden. Wir wissen das. Es hat ein Kampf um Bérénice begonnen. Wir bemerken ihn nur noch nicht. Aber er wird uns zu Feinden machen. Wo werden wir am Ende stehen? Vor Ruinen – das ist gewiss.

Aber sicherlich ist alles gut. Garantiert ist alles okay und ich bilde mir nur wieder etwas ein und sollte dem Ganzen Zeit geben. Möglicherweise könnte ich mich sogar mit allem arrangieren, wenn nicht die Geschichte mit meinem Vater wäre. Seit über einer Woche ist er nun verschwunden und nichts ist passiert. Bei der Polizei ist er ein Fall von vielen, Routine sozusagen. Mit Heuschrecke habe ich nur einmal noch telefoniert, kurz nach dem Besuch auf der Polizeiwache. Wir haben uns nichts zu sagen, hatten es noch nie. Und die Erkenntnis, dass sie möglicherweise für das Verschwinden meines Vaters verantwortlich ist, ist noch lange nicht in mein Bewusstsein eingedrungen. Eine Überlebensfunktion blendet diese Ebene nahezu aus. Nur manchmal zuckt eine Ahnung durch meinen Körper und ich erstarre. Doch noch hoffe ich auf eine letzte Begegnung, auf ein letztes Zusammensein. Wenn wir nicht vereint sein können, dann darf mir diese Chance nicht genommen werden. Es muss einen Abschluss geben. Ein Ende, damit ich loslassen kann.

Und so stehe ich vor dem Fenster im Wohnzimmer und habe Bérénice im Arm. Sie schläft und schmiegt sich an meinen Körper. Ich schaue über die Dächer der Stadt, hinein in den dunkelrot gefärbten Abendhimmel. Mein Innerstes vibriert, nur Bérénice gibt mir noch Halt. Ich schaue in den Himmel und die Erinnerungen kommen über ihn. Erinnerungen, die wie Gemälde erscheinen und wieder zerfließen. Die sich verschlingen und zu einer dunklen, farbigen Masse werden. Und diese Masse beginnt, aufzusteigen, und schwebt über der Stadt, löst sich auf und fällt als Staub auf die Gesichter der Menschen, die auf den Straßen gehen. Sie berührt die Dinge, die wir vermissen, benetzt dein Lächeln und legt sich auf deine Tränen. Tränen, in denen sich die Bilder deiner Vergangenheit spiegeln: deine Eltern, ein junges Paar. Ein Kinderwagen und du darin. Ein erster Kuss, dein schamerfüllter Blick. Ein Urlaub am Meer. Du weißt nicht mehr, wo. Sand in den Augen, die junge Haut verbrannt. Gebrochene Versprechen und so viele verpasste Chancen. Und immer wieder deine Mutter. Ihr Geruch, ihr Lachen. Alles um dich herum wird milchig, Silhouetten gegen das Sonnenlicht. Momente von Heimat und nur einmal echte Liebe. Danach kommt sie nie wieder. Du wirst älter, dein Herz wird dunkler mit den Jahren. Irgendwann bist du völlig allein, dann verschwindest du. Du wirst vergessen werden, aber niemals vergehen. Zurück bleibt ein Funken Energie. Ein Funken, der eins wird mit Raum und Zeit. Der durch das Universum schießt und deine Lebensbotschaft in sich trägt. Auf eine fortwährende Reise, für ewig in der schwarzen Unendlichkeit. Als Staub in den Mühlen des Alls.

Sollten Sie also zufällig meinem Vater begegnen, dann sagen Sie ihm, dass ich ihm vergeben habe. Sagen Sie, dass ich an ihn denke, hier, in meinen wachen Nächten und den wirren Träumen. Dass ich fest an seine Rückkehr glaube und auf ihn warte. Ich habe ihm alles verziehen. Er trägt keine Schuld mehr. Wir tragen keine Schuld mehr.

Dieses Buch ist eine Hommage an das Leben.